«Wie in den Vorgängern gelingt es Remin mit historiographischer Phantasie und krimineller Energie, die Fährnisse der Stadt Venedig zu schildern.» *(Welt online)*

«Voller Atmosphäre und bevölkert von ausgesprochen schrägen Gestalten ist dieser Band lesenswert und spannend obendrein.» *(Lübecker Nachrichten)*

«Lesegenuss pur!» *(Gießener Allgemeine)*

«Die Spezialität von Nicolas Remin besteht darin, wunderbar sympathische Charaktere mit leichter Hand durch historische Kulissen zu führen. Spannend und mit milder Ironie erzählt, kann man es sich mit diesem Buch an der Hofburg und in Venedig gemütlich machen.»
*(Kieler Nachrichten)*


Nicolas Remin wurde 1948 in Berlin geboren. Er studierte Allgemeine und Vergleichende Literaturwissenschaft, Philosophie und Kunstgeschichte an der Freien Universität Berlin und in Santa Barbara/Kalifornien. Seit seiner Rückkehr aus den USA arbeitet er als Synchronautor und Synchronregisseur. Nicolas Remin lebt heute in der Lüneburger Heide.

Aus der erfolgreichen Serie um Commissario Tron sind bereits erschienen: «Schnee in Venedig» (rororo 25299), «Venezianische Verlobung» (rororo 25300), «Gondeln aus Glas» (rororo 25301) sowie «Requiem am Rialto» (Kindler Verlag).

NICOLAS REMIN

# Die Masken von San Marco

COMMISSARIO TRONS
VIERTER FALL

Rowohlt Taschenbuch Verlag

Veröffentlicht im
Rowohlt Taschenbuch Verlag,
Reinbek bei Hamburg, September 2009
Copyright © 2008 by Rowohlt Verlag GmbH,
Reinbek bei Hamburg
Umschlaggestaltung any.way,
Barbara Hanke/Cordula Schmidt
(Umschlaggestaltung: Linkimage)
Druck und Bindung CPI – Clausen & Bosse, Leck
Printed in Germany
ISBN 978 3 499 24202 1

**Die Masken von San Marco**

# I

Die Bombe, aus der gaffenden Menge herausgeschleudert, detonierte mit einem gewaltigen Feuerball, als die Kutsche Napoleons III. vor dem Pariser Opernhaus zum Stehen kam. Die Explosion ließ das Glasdach über dem Eingang einstürzen, zerfetzte ein halbes Dutzend zivile Opernbesucher und brachte die Gasbeleuchtung auf der Straße zum Erlöschen. Nachdem man die verkeilte Kutschentür aufgebrochen hatte, stellte sich heraus, dass der Kaiser und die Kaiserin unverletzt waren. Als Kaiserin Eugénie die Loge mit blutbeflecktem Kleid betrat, ging ein besorgtes Raunen durch das Parkett, doch es handelte sich lediglich um das Blut eines Adjutanten. In der Pause nahm das Kaiserpaar die Glückwünsche des herbeigeeilten Kabinetts entgegen. Die Rückkehr des kaiserlichen Paars in die Tuilerien glich einem Triumphzug. Ganz Paris war auf den Beinen, um den wunderbar Verschonten zuzujubeln.

*Ein Triumphzug. Eine ganze Stadt, die den Verschonten zujubelt.*

Franz Joseph legte die Mappe mit den Zeitungsausschnitten wieder auf den Schreibtisch zurück, erhob sich und trat ans Fenster. Die herbstliche Sonne hatte die Wolken im Westen zu einem verwaschenen, grauen Federstrich verfärbt, und ein plötzlicher Windstoß tauchte den Innenhof der Hofburg in gelbliches Blättergeflatter. Auf der anderen Seite des Platzes fegte ein alter Mann mit einem

Reisigbesen Blätter über den Kopfsteinen zusammen; ein zweiter kam angeschlurft und blieb stehen, um mit ihm zu plaudern. Franz Joseph schloss die Augen, und einen Moment lang verwandelte seine Phantasie die beiden alten Männer in eine jubelnde Menschenmenge, die ein wilder Sturm monarchistischer Begeisterung vor seine Fenster getrieben hatte.

*Eine ganze Stadt, die den Verschonten zujubelt.*

Die Idee war genial. Vor allem war sie seine eigene Idee, obwohl er sie, zugegebenermaßen, zunächst als nicht ganz ernst gemeinte Andeutung geäußert hatte, fast ein wenig erschrocken über seine eigene Kühnheit. Dass sein Generaladjutant, Graf Crenneville, die Andeutung aufgegriffen und die konkrete Planung veranlasst hatte, gab ihm jedoch nicht das Recht auf geistige Urheberschaft. Franz Joseph nahm sich vor, gegebenenfalls darauf hinzuweisen – wenn alles befriedigend verlaufen war.

Er trat vom Fenster zurück, als Crennevilles schwarze, von zwei Pinzgauer Pferden gezogene Kutsche den Innenhof überquerte, sich den Wachsoldaten näherte und rumpelnd zum Stehen kam. Die Soldaten salutierten, dann zogen die Pferde wieder schnaufend an, und er hörte, wie das Klappern der eisenbeschlagenen Hufe leiser wurde und der Wagen in der Durchfahrt verschwand.

Sie waren also gekommen – Graf Crenneville zusammen mit diesem Oberst Hölzl –, und sie würden in ein paar Minuten sein Arbeitszimmer betreten, um die Einzelheiten zu besprechen. Franz Joseph spürte, wie sich sein Magen verkrampfte. Er schloss den angelehnten Fensterflügel mit einem militärischen Ruck und zog seine Uniformjacke am Hals zusammen – es fröstelte ihn. Die Öfen seines Arbeitszimmers, riesige weiße Kachelöfen, die von separaten Fluren aus beheizt wurden, stammten aus den Tagen Maria Theresias und spendeten nur wenig Wärme. Wenn in sechs Wochen der Winter einsetzte, würde er sich wieder mit *scaldinos*, tragbaren kleinen Öfen voll glühender Holzkohle, behelfen müssen.

Nein, dachte er seufzend, während er wieder an seinem Schreibtisch Platz nahm und mechanisch nach dem Federhalter griff, niemand konnte der Kaiserin verdenken, dass jeder längere Aufenthalt in der Hofburg sie an den Rand eines Nervenzusammenbruchs trieb. Wie sehr sie unter der stickigen Luft der Hofburg und dem düsteren Prunk des spanischen Hofzeremoniells litt, wusste er, aber er hatte ihr nie zu helfen vermocht. Alles, was er tun konnte, war, Verständnis für ihre Zustände aufzubringen und ihr zu versichern, dass er sie liebte – falls es ihr denn, dachte er mit einem Seufzer, noch etwas bedeutete.

Jedenfalls schien ihr die kleine Venedigreise, die sie in der nächsten Woche antreten würden, nicht unwillkommen zu sein. Ganz gegen ihre Gewohnheit hatte sie seine Aufforderung, ihn auf diesem Besuch zu begleiten, nicht zurückgewiesen, schien sich fast ein wenig auf ein Wiedersehen mit der Lagunenstadt zu freuen.

Was genau er in Venedig plante, hatte er ihr vorsichtshalber verschwiegen. Aus naheliegenden Gründen war es erforderlich, den Kreis der Eingeweihten so klein wie möglich zu halten. Wenn die Sache ans Licht kam, war der politische Schaden unabsehbar. Zudem war zu befürchten, dass die Kaiserin sein Vorhaben missbilligen würde. Und das Letzte, was er sich wünschte, war ein Streitgespräch, das mit der Abreise einer grollenden kaiserlichen Gattin an den Starnberger See endete.

Fünf Minuten später waren Schritte im Vorzimmer zu

hören, und ein livrierter Lakai erschien an der Tür. «Graf Crenneville und Oberst Hölzl, Majestät.»

Franz Joseph straffte den Oberkörper. Er tauchte den Federhalter in das Tintenfass und beugte sich über die Akten auf seinem Schreibtisch.

«Lass die Herren eintreten», sagte er knapp.

Er würde, den Federhalter in der Hand und die Augen fest auf die Akte gerichtet, langsam bis zwanzig zählen, danach den Kopf nachdenklich wiegen und schließlich *günstig erledigen* an den Rand des Aktenstücks schreiben. *Günstig erledigen* passte fast immer. Dann erst würde er geruhen, seinen kaiserlichen Blick zu heben und die Anwesenheit der beiden Herren mit zerstreuter Miene zur Kenntnis zu nehmen. Auf keinen Fall durfte der Eindruck entstehen, er hätte bereits auf den Besuch gewartet.

Oberst Hölzl, dessen Herz so heftig schlug, als könne es jeden Moment zerspringen, blieb unwillkürlich einen Schritt hinter Crenneville zurück, der sich seinerseits mit behäbiger Gelassenheit dem Schreibtisch des Kaisers näherte. Das auf Hochglanz polierte und nach Bienenwachs duftende Parkett wirkte auf Oberst Hölzl so glatt wie eine Eisfläche, und er fragte sich, wie viele Besucher bereits auf dem Weg zum kaiserlichen Schreibtisch gestürzt waren.

Der Allerhöchste hatte den Kopf nicht gehoben, als sie über die Schwelle des Arbeitszimmers getreten waren. Er las, ganz so wie es seinem öffentlichen Bild entsprach, konzentriert in einer Akte. Oberst Hölzl sah, wie sich beim Lesen seine Lippen bewegten. Schließlich schrieb der Kaiser nachdenklich zwei Wörter an den Rand des Aktenstücks. Dann erst erhob er sich aus seinem Stuhl, trat neben den Tisch und blickte ihnen entgegen: ein mittelgroßer, fast schmaler Mann mit haselnussbraunen Augen und einem Bart, der ein wenig zu groß für sein Gesicht zu sein schien. Oberst Hölzl fand, dass Franz Joseph nicht ganz so majestätisch aussah wie auf den Bildern in den Amtsstuben.

Crenneville hatte ihn pünktlich um vier Uhr nachmittags in seinem Hotel abgeholt, und die zehn Minuten, die der Wagen zur Hofburg unterwegs war, hatten sie dazu genutzt, noch einmal alles durchzusprechen. Die Idee war kühn und originell. Denn was könnte die liberalen Abgeordneten des Hohen Hauses mehr davon überzeugen, dass die Abrüstung der Italienarmee ein verhängnisvoller Fehler war, als ein spektakuläres Ereignis auf der Piazza San Marco?

Oberst Nepomuk Hölzl, jung, ehrgeizig und Chef der militärischen Abwehr in Verona, war vor sechs Wochen telegraphisch nach Wien gerufen worden, um vom Generaladjutanten des Kaisers mit einem äußerst delikaten Kommando betraut zu werden. Daraufhin hatte er einen Plan entwickelt, der ebenso kühn war wie die Idee selbst.

Crenneville war beeindruckt – speziell von der originellen Lösung eines zusätzlichen Problems, das sich noch während der Planung ergeben hatte. Vielleicht, dachte Oberst Hölzl, war das der Grund, aus dem ihn Crenneville mit in die Hofburg gebeten hatte. In jedem Fall war es eine Ehre, in Gegenwart des Allerhöchsten das Wort zu ergreifen. Das alles würde seiner Karriere einen gewaltigen Schub verpassen.

Sie hatten, nachdem der Kaiser sie mit ausgesuchter Höflichkeit begrüßt hatte, auf zwei schlichten Bugholzstühlen Platz genommen, die vor dem Schreibtisch des Kaisers standen. Crenneville hatte bereits seit einer halben Stunde gesprochen und kam jetzt zum Ende seines Vortrags. «Allerdings», schloss er lächelnd, «hat sich noch eine kleine Variation ergeben.» Er lehnte sich auf seinem Stuhl zurück und klappte seinen Notizblock zusammen. «Herr Oberst?»

Oberst Hölzl hob den Kopf und registrierte befriedigt, dass seine anfängliche Nervosität vollständig verflogen war. «Es gibt tatsächlich eine Gruppierung in Venedig», sagte er langsam, «die anlässlich des hohen Besuches einen Anschlag auf das Leben Ihrer Majestät plant.»

Der Federhalter des Kaisers geriet bei dem Wort Anschlag in ein nervöses Wippen. «Wie bitte?»

«Unsere Agenten haben erfahren», fuhr Oberst Hölzl fort, «dass in drei Tagen jemand mit einer größeren Menge Sprengstoff nach Venedig unterwegs sein wird. Er arbeitet für Leute aus dem Umkreis des *Comitato Veneto*, einer Turiner Gruppierung, in der wir einen Maulwurf platzieren konnten.»

Der Kaiser runzelte die Stirn. «Steckt die piemontesische Regierung dahinter?»

Oberst Hölzl schüttelte den Kopf. «Dafür gibt es keine Indizien.»

«Was haben diese Leute vor?»

«Unser Agent weiß nur, dass ein Sprengstoffspezialist nach Venedig reisen wird, um die Operation zu leiten. Er kennt jedoch die genaue Zugverbindung und die *Codes*.»

«Welche ... *Codes*?»

«Die Kleidung, die der Mann tragen wird, damit er erkannt wird. Und die Parolen.»

«Ich kann Ihnen nicht ganz folgen.»

«Aus Sicherheitsgründen», sagte Oberst Hölzl, «beschränkt sich der Kontakt zwischen den verschiedenen Gruppierungen auf ein Minimum. Sie sind sich behilflich, achten aber streng darauf, dass man nur das Allernötigste voneinander weiß.»

«Wollen Sie damit sagen, dass der Mann, der den Sprengstoff nach Venedig bringt, die venezianische Gruppe nicht kennt?»

Oberst Hölzl nickte. «Ebenso wenig wie die venezianische Gruppe ihn. Deshalb die *Codes* – in unserem Fall eine schwarze Trauerbinde und das *Giornale di Verona*. So kann im Ernstfall niemand den anderen verraten. Der Austausch verläuft über eine Deckadresse in London und dauert in der Regel zwei Monate.»

«Warum verhaften wir den Mann nicht gleich am Bahnhof?»

«Weil er uns vorher zu den Verschwörern führen muss.»

«Also werden Sie zuschlagen, sobald Sie wissen, wie groß die Gruppe ist und wer ihr angehört.»

«Die andere Möglichkeit wäre», sagte Oberst Hölzl, «dass wir den Mann, der den Sprengstoff nach Venedig bringt, durch unseren Agenten ersetzen. Er könnte einen Herzanfall im Coupé erleiden oder unglücklich aus dem Fenster stürzen. Dann würde unser Agent das *Giornale di Verona* an sich nehmen, die schwarze Armbinde überstreifen und sich am Bahnhof ansprechen lassen. Wir hätten einen Maulwurf direkt im Herzen des Feindes und wären nicht auf riskante Observationen angewiesen.»

«Und können die Gruppe jederzeit verhaften lassen», sagte der Kaiser.

Oberst Hölzl hob die Schultern. «Es wäre allerdings klug, die Festnahme nicht vom Militär, sondern von der venezianischen Polizei durchführen zu lassen.»

«Warum das?»

Crenneville schaltete sich ein. «Majestät erinnern sich, dass der Sinn der ganzen Operation darin besteht, auf die katastrophale Unterfinanzierung der Italienarmee hinzuweisen. Eine unterfinanzierte Armee hat keine effektive Abwehr. Deshalb sollten wir die Aufdeckung des Attentats der Zivilpolizei überlassen. Unser Agent wird ein paar Spuren legen, die man unmöglich übersehen kann.»

Der Kaiser wiegte nachdenklich den Kopf. «Und dieser Mann, den Sie ausgewählt haben – können wir uns wirklich auf ihn verlassen?»

«Das Herz, das in seiner Brust schlägt, ist Majestät treu ergeben», sagte Oberst Hölzl ein wenig pathetisch.

Das war gewaltig übertrieben, denn tatsächlich hatte es sich als schwierig erwiesen, in der Kürze der Zeit einen geeigneten Mann zu finden. Crenneville gegenüber hatte Oberst Hölzl diesen Umstand nicht erwähnt, und es schien ihm auch wenig ratsam, diesen Punkt vor den Ohren des Kaisers zur Sprache zu bringen.

«Von wo wird unser Agent auf mich feuern?», erkundigte sich der Kaiser.

Eine merkwürdige Frage, dachte Oberst Hölzl. Darüber hatte Crenneville doch lang und breit gesprochen. Aber vielleicht wollte der Kaiser ja nur sein Gedächtnis auf die Probe stellen.

«Von einer Dachluke des Palazzo Reale», antwortete Oberst Hölzl, «während der Ansprache Seiner Majestät. Er wird Schießpulver mit kräftiger Rauchentwicklung benutzen, und man wird einen lauten Knall hören. Nach dem ersten Schuss werden sich alle Augen auf das Dach richten. Dann feuert unser Mann einen zweiten blinden Schuss ab, schwenkt die Tricolore und verschwindet.»

«Auf der Piazza San Marco», fügte Crenneville hinzu,

«wird zweifellos Panik ausbrechen, und man wird sich im Nachhinein daran erinnern, dass die einzige Person, die ...»

Franz Joseph beendete den Satz: «Die nicht von der Panik erfasst wurde, der Kaiser selbst war.» Seine Augen blitzten auf. «Ein Fels in der Brandung, ein *rocher de bronce*, der kalten Blutes das Kommando übernommen hat.»

Crenneville neigte sein graumeliertes Haupt. «Ich bin überzeugt davon, dass das Parlament seinen verhängnisvollen Entschluss sofort revidieren wird. Eindrucksvoller als durch dieses Attentat kann man die Gefährlichkeit der Italiener und die Ineffizienz des militärischen Apparates nicht demonstrieren.»

«Dann fasse ich noch einmal zusammen.» Der Kaiser legte den Federhalter aus der Hand, schloss die Augen und räusperte sich. «Punkt eins. Unser Agent tötet den Spezialisten, der mit dem Sprengstoff nach Venedig kommt, und gibt sich am Bahnhof für ihn aus. Punkt zwei. Er lässt die Gruppe auffliegen, indem er ein paar Spuren für die venezianische Polizei legt. Punkt drei. Er feuert auf mich aus einer Dachluke des Palazzo Reale.»

Der Kaiser schloss abermals die Augen, nur blieben sie diesmal ein wenig länger geschlossen. Als er sie wieder öffnete, waren sie auf Oberst Hölzl gerichtet. «Und diese Platzpatronen? Kann man die mit echten Patronen verwechseln?»

Oberst Hölzl gestattete sich ein fachmännisches Lächeln. «Das ist völlig ausgeschlossen, Majestät. Ich übergebe dem Mann das Gewehr und die entsprechende Munition persönlich.»

## 2

Der Zug verließ pünktlich um acht Uhr abends den Bahnhof von Verona – sechzehn grüngestrichene Waggons, an denen zwei fensterlose Gepäckwagen hingen. Nur eine kleine Gruppe kaiserlicher Offiziere und ein Dutzend Zivilisten waren zugestiegen, froh, sich aus der feuchten Kälte des Bahnsteiges in die beheizten Coupés flüchten zu können.

Die Anweisungen Oberst Hölzls waren äußerst präzise gewesen. Er hatte den Mann ohne Schwierigkeiten erkannt und sofort das Abteil gefunden, in dem er saß. Da es sich um ein Coupé erster Klasse handelte, hing über den grünen Plüschsitzen, gut beleuchtet von zwei Petroleumlampen, eine Lithographie des Kaisers. Was er, wie immer man auch die Angelegenheit betrachtete, als durchaus passend empfand.

Die angrenzenden Abteile waren frei geblieben, aber das spielte im Grunde keine Rolle. Er war darauf eingestellt, seine Arbeit geräuschlos zu erledigen. Zweifellos wäre die Operation in Gefahr geraten, wenn ein hoher Offizier trotz fehlender Reservierung darauf bestanden hätte, sich zu ihm und dem Mann in das Coupé zu setzen. Doch nachdem der Zug in Vicenza noch einmal kurz gehalten hatte und dieser Fall nicht eingetreten war, hatte er sich entspannt in sein Polster zurücklehnen können.

Das Gesicht des Mannes, der ihm gegenübersaß und mit dem er nicht mehr als ein paar unverbindliche Worte gewechselt hatte, war unauffällig, glatt rasiert und ein wenig feist. Von einem Knopf seines Gehrockes baumelte ein Kneifer, den der Bursche hin und wieder aufsetzte, wenn er in dem *Giornale di Verona* blätterte. Die schwarze Binde um den linken Oberarm ließ auf einen kürzlich in der Familie erfolgten Trauerfall schließen, ebenso wie die herabgezogenen Mundwinkel des Mannes, und seine leichenblasse Gesichtsfarbe, die im Licht der Petroleumlampe ins Grünliche changierte, passte angesichts der Umstände besonders gut.

Er schätzte ihn auf Mitte dreißig – ein Zivilist, wahrscheinlich nicht einmal Reserveoffizier und mit Sicherheit schlecht in Form. Männer mit rosigen Wurstfingern waren im Kampf keine ernsthaften Gegner. Es würde sich schnell und problemlos durchführen lassen, zumal der Bursche völlig ahnungslos war. Ein kurzer, wohlgezielter Schuss direkt zwischen die Augen – die Angelegenheit von ein paar Sekunden –, und der erste Teil der Operation wäre erledigt. So wie die Dinge lagen, würde sogar der Schalldämpfer, den er vorsichtshalber auf seinen Revolver geschraubt hatte, überflüssig sein. Vor ein paar Tagen hatte er noch einmal die Zeit gemessen und festgestellt, dass die Eisenbahn genau acht Minuten brauchte, um die nördliche Lagune zu überqueren – Zeit genug, um den Mann zu töten und seine Leiche anschließend aus dem Coupé zu werfen, selbst wenn er unerwarteterweise auf Gegenwehr stoßen würde.

Der Regen hatte hinter Padua eingesetzt und sich vor Fusina – wo die Eisenbahnbrücke über die nördliche Lagune begann – in einen veritablen Wolkenbruch verwandelt. Das Regenwasser schlug mit harten Tropfen gegen die Scheibe, lief in breiten Schlieren das Fenster herab und sickerte darunter hervor. Bei freundlicherem Wetter hätte er jetzt das Coupéfenster heruntergelassen, um einen Blick auf die schimmernde Lagune zu werfen und voller Freude den fauligen Salzgeruch einzuatmen, doch heute musste es leider geschlossen bleiben. Alles, was er in der Scheibe erkennen konnte, war das Spiegelbild des Mannes, der die letzten Minuten seines Lebens mit der Lektüre des *Giornale* verschwendete – einer Zeitung von ausgesuchter Langweiligkeit.

Er nahm seine Aktentasche vom Nebensitz, löste den Riemen, mit dem sie verschlossen war, und steckte langsam seine rechte Hand hinein. Wie immer empfand er die Berührung mit dem glatten Ebenholzgriff seiner Waffe als äußerst angenehm, in gewisser Weise erregender als die Berührung einer Frau. Die Eisenbahn war langsamer geworden. Sie hatten die Brücke erreicht. Es gab keinen Grund, noch länger zu warten. Er zog den Revolver aus der Tasche und richtete den Lauf der Waffe ohne Hast zwischen die Augen des Mannes. Dann spannte er den Hahn, betätigte den Abzug – aber alles, was er hörte, war ein trockenes Klicken. Der Revolver hatte eine Ladehemmung.

Der Mann mit den Wurstfingern reagierte erstaunlich schnell. Anstatt vor Schreck zu erstarren – was ihm selbst die Gelegenheit gegeben hätte, einen zweiten Schuss abzufeuern –, drehte sich der Bursche nach links und ließ den rechten Fuß nach vorne schnellen. Der Stiefel traf die Revolverhand und schleuderte die Waffe polternd zu Boden. Signor Wurstfinger katapultierte sich aus dem Sitz und ließ seine beiden Hände, schnell wie zuschnappende Schildkröten, auf seinen Hals zuschießen. Mit aller Kraft presste er seine Kehle zusammen. Der Schmerz war kaum zu ertragen, und einen Moment lang verschwamm die Welt vor seinen Augen. Er warf sich zur Seite und schlug hart mit dem Kopf gegen die Scheibe. Trotzdem gelang es ihm, Zeige- und Mittelfinger in die Augen des Mannes zu stoßen. Signor Wurstfinger schrie auf und lockerte unwillkürlich seinen Griff, was ihm die Gelegenheit bot, seine linke Faust von unten auf das Kinn des Gegners zu stoßen und seinen Kopf in den Nacken zu schleudern. Ein zweiter Faustschlag, diesmal der stärkeren rechten Faust, landete auf dem Kinn des Mannes und versetzte ihn in eine seitliche Drehung. Signor Wurstfinger verlor das Gleichgewicht, stürzte zu Boden und schnaufte wie ein Fisch auf dem Trockenen.

Er warf sich rittlings auf seinen Rücken legte den rechten Arm um den Hals des Mannes, während er ihn mit der linken Hand an den Haaren packte und ihm den Kopf nach hinten riss. Ein kurzer, harter Ruck, dann brach das Genick. Es hörte sich an, als würde man am Strand eine Muschel zertreten. Signor Wurstfinger gab einen erstickten Laut von sich, bäumte sich ein letztes Mal auf und sackte dann kraftlos auf den Boden des Abteils. Sein Kopf drehte sich zur Seite, die starren Augen waren auf das Antlitz des Kaisers gerichtet, der das Gefecht mit unbewegter Miene verfolgt hatte.

Inzwischen mochte der Zug die Hälfte der Brücke überquert haben, es blieben also noch knappe vier Minuten, um den Toten zu durchsuchen und anschließend aus dem Coupé zu werfen. Die Frachtpapiere fand er in der Innentasche des Gehrocks, zusammen mit dem Pass, einem Billett erster Klasse und der Reservierungsbestätigung für ein Hotelzimmer in San Marco. Der Pass war gefälscht, und selbstverständlich hatte der Mann nicht die Absicht gehabt, das Hotel aufzusuchen. Das Billett erster Klasse steckte er in die Innentasche des Gehrocks zurück: eine erste Spur für die venezianische Polizei.

Er packte den Mann unter den Achseln und lehnte ihn mit dem Rücken, so aufrecht er konnte, an die Tür des Abteils. Dann öffnete er die Tür und sah, wie der Oberkörper des Mannes rückwärts in die Dunkelheit kippte. Er bildete sich ein, das klatschende Geräusch zu hören, mit dem die Leiche auf die Wasseroberfläche aufschlug. Der Regen prasselte immer noch lautstark auf das Dach des Abteils. Dass jemand bei solch einem Wetter den Kopf aus dem Fenster gesteckt hatte, war auszuschließen. Falls doch, war es mit Sicherheit zu dunkel, um irgendetwas erkennen zu können. Er setzte sich wieder hin und legte das *Giornale di Verona* auf den Nebensitz.

Der Zug verringerte seine Geschwindigkeit auf Schritttempo, jetzt konnte er auf der rechten Seite des Abteils ein paar Gaslaternen erkennen. Dann tauchte der Bahnsteig auf, Gepäckträger in dunkelblauen Uniformen warteten auf dem Perron, hinter ihnen das Schild – falls es Reisende gab, die sich darüber im Zweifel befanden –, auf dem stand: Venezia, Santa Lucia.

Ein paar Minuten später stieg ein etwas mitgenommen aussehender Herr mittleren Alters aus einem Coupé erster Klasse. Er trug eine schwarze Armbinde um den linken Ärmel seines altmodischen Überziehers, hielt in der rechten Hand das *Giornale di Verona* und sah sich unsicher um. Offensichtlich hatte ihn ein Trauerfall nach Venedig geführt.

## 3

«Im Grunde ist dieses Schreiben ein Skandal», sagte Johann-Baptist von Spaur aufgebracht.

Der Polizeipräsident ließ die flache Hand auf seinen Schreibtisch klatschen und warf einen wütenden Blick auf das Portrait des Kaisers, das an der Wand hing. Der Schlag brachte ein Likörglas zum Klirren, das Spaur angesichts des Skandals geleert hatte, und verscheuchte zwei Spatzen, die sich auf dem Fensterbrett seines Büros in der Questura niedergelassen hatten.

Die Fensterflügel standen weit auf und ließen die milde Luft eines fast sommerlichen Herbsttages in Spaurs Büro strömen. Nach ein paar kalten Regentagen hatte der Wind über Nacht gedreht, und als Tron heute Morgen erwachte, war der Himmel über dem Canalazzo fleckenlos blau, wie reingewaschen. Tron hatte sich um zwölf Uhr mit der Principessa im Café Florian verabredet. Sein Interesse an Spaurs Schreiben hielt sich in Grenzen.

«Indirekt unterstellt man uns Unfähigkeit», fuhr der Polizeipräsident fort. «Wahrscheinlich hat Toggenburg in einem seiner Berichte durchblicken lassen, dass auf die venezianische Polizei kein Verlass ist. Anders kann ich mir dieses Schreiben nicht erklären. Ganze drei Sätze sind wir der Hofburg wert. Als ob wir mit der Sache nichts zu tun hätten.»

Die *Sache* war der Besuch des Kaisers, und bei dem Schreiben handelte es sich um eine lakonische Mitteilung des kaiserlichen Generaladjutanten, Graf Crenneville, an den venezianischen Polizeipräsidenten. Sie beschränkte sich auf die Bekanntgabe der Besuchsdaten und die höflich formulierte Bitte, in allen Angelegenheiten, die den Besuch des Kaisers betrafen, den Anweisungen des Stadtkommandanten, Generalleutnant Toggenburgs, zu folgen. Auf dem Kopf des Bogens im halben Kanzleiformat stand in großen gedruckten Buchstaben *klassifiziert und dringlich.*

Tron legte den Bogen auf den Schreibtisch zurück und sah Spaur an. «Wann ist dieses Schreiben gekommen?»

«Heute Morgen. Per Boten von der Kommandantura. Ich wette darauf, dass Toggenburg den Inhalt des Schreibens kennt.»

Tron machte ein nachdenkliches Gesicht. «Vielleicht unterstellt man uns ja mehr als nur Unfähigkeit und zieht es deshalb vor, sich bei der Sicherung der kaiserlichen Person ausschließlich auf das Militär zu verlassen.»

Spaur runzelte die Stirn. «Was soll das heißen?»

«Dass man uns nicht über den Weg traut», Tron lächelte, «die venezianische Polizei für politisch unzuverlässig hält – unterwandert von Gefolgsleuten Turins und Garibaldis. In solche Hände legt man nicht die Sicherheit des Kaisers.»

Spaur verdrehte die Augen. «Als ob die Sicherheit des Kaisers bei Leuten wie Toggenburg in besseren Händen liegt! Ich würde *meine* Sicherheit *diesem* Militär jedenfalls nicht anvertrauen. Ist Ihnen das Datum auf der Mitteilung aufgefallen?»

Tron nickte. «Der Brief ist bereits vor zwei Wochen in der Kommandantura eingetroffen.»

«*Verschlüsselt* eingetroffen, Commissario. Das weiß ich von dem zuständigen Nachrichtenoffizier.»

«Und warum hat es so lange gedauert, bis wir die Anweisung erhalten haben?»

Spaur schnaubte verächtlich. «Weil aus Sicherheitsgründen die *Codes* geändert worden sind und man aus Sicherheitsgründen diese Änderung geheim gehalten hat. Da aber auf der Kommandantura noch immer nach den alten Codebüchern dechiffriert wird, konnte eine knappe Woche lang niemand klassifizierte Mitteilungen aus Wien lesen. Man hat die chiffrierten Nachrichten vom Ballhausplatz und aus der Hofburg einfach abgelegt – in der Annahme, dass ohnehin nichts Wichtiges mitzuteilen ist.»

«Und wann ist das aufgefallen?»

«Als ein Rittmeister aus dem Generalstab, der sich auf diesem Weg ein Hotelzimmer bestellen wollte, keine Antwort bekam. Er hat daraufhin nachgeforscht und Krach geschlagen. Dann hat es noch eine Woche gedauert, bis die neuen Codebücher aus Verona eingetroffen sind. Bei der Anforderung der Codebücher ist ein falsches Formular benutzt worden, und die Gegenzeichnung des vorgesetzten Offiziers hat gefehlt. Deshalb erhalte ich die Anweisung des Generaladjutanten erst jetzt.»

Tron runzelte die Stirn. «Ich frage mich, warum so eine triviale Mitteilung chiffriert werden musste.»

«Weil alles, was mit dem Besuch des Kaisers zu tun hat, automatisch als klassifiziertes Material behandelt wird», erläuterte Spaur.

«Sind Einzelheiten über das Programm durchgesickert? Hat Toggenburg, als Sie ihn gestern auf der Piazza getroffen haben, ein wenig geplaudert?»

Spaur zuckte die Achseln. «Mir erzählt Toggenburg aus Prinzip nichts. Er hat lediglich ein paar Andeutungen gemacht. Offenbar wird der genaue Ablauf der kaiserlichen Visite diesmal als Staatsgeheimnis behandelt. Es gibt nur Gerüchte.»

«Was wissen wir gerüchteweise?»

«Dass der Kaiser die Südbahn nimmt und über Triest anreist. Und dann die Fahrt auf der Dampferfregatte *Jupiter* fortsetzt. Man munkelt, dass diesmal auch der Besuch eines Gewerbebetriebs geplant ist, der ein für diese Region typisches Produkt herstellt. Es kann also gut sein, dass der Kaiser eine Saline besichtigt oder dem Arsenal einen Besuch abstattet.»

«Das Arsenal ist ein Witz», sagte Tron. «Die großen Schiffe werden heute in Triest gebaut. Der Kaiser könnte höchstens eine Gondelwerft besuchen.»

Spaur hob entnervt die Schultern. «Ich weiß es auch

nicht, Commissario. Wir müssen einfach abwarten. Angeblich wird der Kaiser sich auf dem Markusplatz dem Volk zeigen und den kroatischen Jägern einen Besuch auf der Dogana abstatten. Dann soll es noch einen Empfang im Palazzo Reale geben. Eine rein militärische Angelegenheit, soweit ich das verstanden habe.»

«Haben wir etwas mit der Absicherung zu tun, wenn sich der Kaiser tatsächlich dem Volk zeigt?»

Der Polizeipräsident sah Tron resigniert an. «Das würde ich auch gerne wissen. Aber es sieht im Moment tatsächlich so aus, als würde man keinen großen Wert auf unsere Mitarbeit legen.»

«Soll das bedeuten, dass wir den Besuch des Kaisers vollständig ignorieren?»

Spaur schüttelte den Kopf. «Natürlich nicht. Wir ziehen vorsichtshalber für diese drei Tage Personal aus anderen Sestieri ab und verstärken unsere Kräfte in San Marco dort, wo sich der Kaiser aufhält», sagte Spaur. «Und falls wirklich etwas passiert, falls tatsächlich jemand einen Anschlag auf das Leben des Kaisers planen sollte – vielleicht sind wir ja dann schneller als das Militär.»

Spaur streckte seine Hand nach dem Likörglas aus und warf einen nachdenklichen Blick auf das kaiserliche Portrait an der Wand. «Dann würde der Kaiser uns sein Leben verdanken», sagte er. «Und Toggenburgs Kopf würde auf dem Block liegen. Wir könnten, äh ...» Der Polizeipräsident leerte sein Likörglas mit einem Zug und heftete einen träumerischen Blick auf die rötlichen Reste des Getränks im Glas.

«Wir könnten was?», erkundigte sich Tron.

Spaur hob den Blick, räusperte sich und schickte ein nervöses Lächeln über den Schreibtisch. Schließlich wedelte er mit der linken Hand, so als würde er einen unstatthaften Gedanken verscheuchen. «Nichts, Commissario.»

«Hat Toggenburg irgendetwas über einen möglichen Anschlag auf das Leben des Kaisers angedeutet?»

Der Polizeipräsident schüttelte den Kopf. «Mit keinem Wort.» Seine Augen zogen sich zusammen. «Wie kommen Sie darauf?»

«*Ispettore* Bossi ist ein Gerücht zu Ohren gekommen. Angeblich planen ein paar Leute ein Attentat.»

«Woher hat Bossi diese Information?»

Tron seufzte. «Von seinem Friseur. Ich gebe zu, dass es sich hier um keine sehr zuverlässige Quelle handelt.»

«Gerüchte über einen Anschlag», sagte Spaur, «gibt es jedes Mal, wenn der Kaiser nach Venedig kommt.» Er schien fast ein wenig enttäuscht zu sein. «Die übliche Garibaldi-Folklore. Also vergessen Sie dieses Gerücht.»

Der Polizeipräsident griff nach der Likörflasche, schenkte sich großzügig nach und trank das Glas sofort zur Hälfte leer. Dann sah er Tron an. «Aber ich kann Ihnen etwas verraten, was *kein* Gerücht ist, Commissario.» Spaur lehnte sich lächelnd in seinem Sessel zurück. «Franz Joseph wird diesmal von der Kaiserin begleitet.»

*Wie bitte?* Einen Moment lang war Tron davon überzeugt, dass er sich verhört hatte. Die Kaiserin in Venedig? Er schloss die Augen und musste unwillkürlich daran denken, wie er sie im Ballsaal des Palazzo Tron zum ersten Mal gesehen hatte: eine maskierte junge Frau, die unter all den Ballgästen ein wenig verloren gewirkt hatte. Sie waren sich seit jener Nacht nie wieder begegnet.

Tron räusperte sich. «Die Kaiserin wird den Kaiser begleiten? Das ist sehr ungewöhnlich. Wird Ihre Hoheit anschließend noch in der Stadt bleiben?»

Spaur hob die Schultern. «Davon ist mir nichts bekannt. Ich wüsste im Übrigen auch nicht, bei welcher Gelegenheit Sie Ihre Bekanntschaft erneuern könnten.» Der Polizeipräsident lächelte anzüglich. «Dass man Sie auf den Empfang in den Palazzo Reale bitten wird, ist unwahrscheinlich. Jedenfalls sollten wir auf alles vorbereitet sein. Finden Sie heraus, wen wir in den anderen Stadtteilen entbehren können, und machen Sie einen Einsatzplan für diese drei Tage. Und stellen Sie auf dem Weg nach draußen fest, wo mein *sergente* bleibt.»

Was sich erübrigte, denn in diesem Moment ging die Tür auf, und *sergente* Kranzler, Spaurs persönliches Faktotum, betrat das Büro, stellte wortlos ein Tablett auf den Schreibtisch und verschwand wieder.

Auf dem Tablett standen eine Kaffeekanne, eine silberne Zuckerdose, eine Tasse und ein Teller mit einem Stück Kirschtorte, das man als Grundstein für den Petersdom hätte benutzen können. Neben der Tasse lag ein Zettel, den Spaur mit mäßigem Interesse in die Hand nahm. Nachdem er ihn durchgelesen hatte, blickte er auf und lächelte matt. «Arbeit für Sie, Commissario.»

Tron, der sich bereits erhoben hatte, runzelte die Stirn. «Was ist passiert?»

«An den Fondamenta Nuove ist eine Leiche angeschwemmt worden», sagte Spaur gelangweilt. «Offenbar ist die Todesursache unklar.» Er streckte die Hand nach der Kuchengabel aus. «Bossi wartet in Ihrem Büro auf Sie. Die Nachricht stammt von ihm.»

# 4

«Männlich, Zivilist», sagte Bossi fünf Minuten später zu Tron. «Sie haben ihn am Ponte dei Mendicanti aus dem Wasser gezogen.»

Die Sonne, die im Herbst und im Winter nur zur Mittagszeit in Trons Büro schien, brachte Bossis blaue Uniform zum Leuchten und betonte gleichzeitig das abgewetzte Mobiliar des Raumes, den rissigen Terrazzofußboden, die fleckigen Wände. Zu Bossis Füßen standen, in rechtwinkliger Ordnung aufgereiht, zwei kofferähnliche Behältnisse aus poliertem Kirschholz – eins für die Kamera, das andere für die Gelatine-Trockenplatten. Ein hölzernes Stativ lehnte tatendurstig an Trons Schreibtisch – es handelte sich um die Ausrüstung für *Tatortfotografien*. Was nichts anderes bedeutete, dachte Tron resigniert, als dass Bossi von einem Gewaltverbrechen ausging.

Tron räusperte sich. «Wer hat den Mann aus dem Wasser gezogen?»

«Ein Spaziergänger hat ihn treiben sehen und die Wache am Rialto informiert», sagte Bossi. «Worauf zwei *sergenti* die Leiche geborgen haben. Einer von ihnen ist dann zur Questura gelaufen.»

«Und wann ist der Mann gefunden worden?»

«Vor zwei Stunden.»

«Ist er ertrunken?»

«Der *sergente* sagt, er habe Verletzungen im Gesicht.»

«Wo ist der *sergente* jetzt?»

«Ich habe ihn vor einer halben Stunde zu Dr. Lionardo geschickt», sagte Bossi ungerührt. «Der *dottore* müsste bereits auf dem Weg sein.»

Tron runzelte die Brauen. «Warum haben Sie mich nicht sofort benachrichtigt?»

«Weil Spaurs Faktotum sich geweigert hat, Ihnen den Zettel zu bringen. Er wollte das Büro nicht ohne den Kaffee und den Kuchen betreten.» Bossi verdrehte die Augen. «Die Torte aus dem Café Oriental war noch nicht da. Ging es um etwas Wichtiges?»

«Um den Besuch des Kaisers. Wir haben Anweisungen aus Wien erhalten.»

«Und?»

«Das Militär wird sich um alles kümmern», sagte Tron. «Wir unternehmen nichts. Es sei denn, die Kommandantura fordert uns nachdrücklich an. Spaur möchte trotzdem für diese drei Tage Beamte aus anderen Stadtteilen abziehen und in San Marco einsetzen. Aber das ist eine interne Maßnahme, von der Toggenburg nichts weiß.»

«Unter diesen Umständen», sagte Bossi, «sind wir auch nicht dafür verantwortlich, wenn etwas schiefgeht.»

Tron sah Bossi an. «Was ist mit dem Friseur, der etwas über ein Attentat gehört hat?»

Bossi zuckte gleichgültig die Achseln. «Der Mann redet viel. Und meistens redet er Unsinn. Das hatte ich Ihnen aber gesagt, Commissario.»

«Ich habe das Gerücht überflüssigerweise Spaur gegenüber erwähnt. Er schien den Gedanken reizvoll zu finden, dass jemand ein Attentat auf den Kaiser plant.»

«Wie? Spaur wünscht sich den Tod des Kaisers?»

Tron schüttelte den Kopf. «Er wünscht sich, dass wir den Tod des Kaisers verhindern.»

«Das verstehe ich nicht.»

Tron lächelte. «Es gefällt Spaur nicht, dass die Sicherung des kaiserlichen Besuches ausschließlich in den Händen des

Militärs liegt. Er vermutet, dass man uns für unfähig und unzuverlässig hält. Ein von der venezianischen Polizei und nicht vom Militär vereiteltes Attentat auf den Kaiser würde Toggenburg bis auf die Knochen blamieren.»

«Hat er das gesagt?»

«Nicht direkt. Aber er hat es durchblicken lassen.»

«Dann wird dieser Besuch für Spaur zu einer Enttäuschung werden», sagte Bossi. «Es werden sich höchstens ein paar Leute die Tricolore ins Knopfloch stecken. Das alles lässt sich ohnehin nicht aufhalten.» Das alles war die Einheit Italiens, mit der Bossi, wie die meisten Venezianer, stark sympathisierte.

Tron, der Bossis Begeisterung für einen Anschluss des Veneto an Turin nicht teilte, seufzte. «Ist meine Gondel unten?»

«Sie wartet bereits, Commissario.» Bossi bückte sich nach den Kästen mit der Kamera und den Gelatine-Trockenplatten und sah Tron verlegen an. «Könnten Sie vielleicht …?»

Einen Moment lang verstand Tron nicht, was Bossi von ihm wollte. Dann begriff er. Bossi wollte, dass er das Stativ trug. Also nahm Tron das Stativ, fischte im Vorübergehen seinen Zylinderhut vom Kleiderständer und hielt Bossi, der keine Hand frei hatte, die Tür auf.

Merkwürdig, dachte Tron, als er eine halbe Stunde später zusammen mit Bossi an den Fondamenta Nuove aus der Gondel stieg – merkwürdig, dass ihn der Anblick einer Leiche immer noch in eine unprofessionelle Erregung versetzte. Er merkte es an der leichten Beschleunigung seines Herzschlags und dem Schweißausbruch auf Stirn und Nacken, was ihn jedes Mal nötigte, seinen Zylinderhut abzunehmen.

Dabei bot der Tote, der an der Kaimauer in einer Pfütze aus brackigem Lagunenwasser lag, keinen besonders grausamen Anblick. Er hatte die Augen geschlossen, sein Kopf war zur Seite geneigt. Über seine Stirn zog sich eine fingerlange Schürfwunde, die eher an einen harmlosen Sturz als an ein Verbrechen denken ließ. Das Wasser hatte die Haut an Gesicht und Händen aufgeweicht, aber der Mann sah nicht aus, als hätte sein Körper tagelang in der Lagune getrieben.

Eine kleine Menschenmenge hatte sich in einigem Abstand um den Toten versammelt und stellte sich vermutlich, wie der Chor in der griechischen Tragödie, die Frage nach den Umständen der Tat:

*Ach, wer kündet es wohl? Sagt es ein Fischer mir,
der schlaflos am Gestad emsig den Fang betreibt?*

Die Handlung des Schauspiels, das hier so unverhofft geboten wurde, schleppte sich allerdings ein wenig dahin. Sie gewann auch nicht an Fahrt, als Bossi damit begann, den Toten aus allen möglichen Perspektiven abzulichten. Fotografen, deren Oberkörper bei jeder Aufnahme unter einem schwarzen Samttuch verschwanden, kannten die Leute von der Piazza.

Das Bühnenbild aber war beeindruckend. Vor der Kaimauer erstreckte sich die westliche Lagune mit den Inseln San Michele und Murano; am fernen Horizont, wie mit einer scharfen Schere ausgeschnitten und auf blauen Karton geklebt, waren die schartigen Berggipfel der Prealpi zu erkennen. Nicht unbedingt ein passender Tag, dachte Tron seufzend, um sich mit einem Verbrechen zu befassen. Falls es sich denn überhaupt um eines handelte.

Dr. Lionardos Gondel tauchte auf, als Bossi bereits damit beschäftigt war, seine Ausrüstung wieder in ihre Behältnisse zu verstauen. Der *medico legale* trug seinen üblichen schwarzen Radmantel, dazu einen abgewetzten Zylinderhut, der in der Sonne glänzte, als wäre er lackiert. Er schien eine anstrengende Nacht hinter sich zu haben. Seine Augen lagen tief in den Höhlen, und er unterdrückte ein Gähnen, als er aus der Gondel stieg. Tron musste plötzlich daran denken, dass er in all den Jahren ihrer Zusammenarbeit nie ein privates Gespräch mit Dr. Lionardo geführt hatte. War der *dottore* verheiratet? Hatte er Kinder? Oder war er ledig? Tron wusste es nicht. Aber er schätzte Dr. Lionardo wegen seiner schnellen, professionellen Art zu arbeiten. Und er mochte die fast zeremonielle Behutsamkeit, mit der er die Toten behandelte, so als wären sie noch am Leben und hätten Gefühle und Wahrnehmungen.

Nachdem der *dottore* seine Untersuchung beendet hatte, erhob er sich und streckte Tron wortlos einen durchweichten Zettel entgegen. Vorsichtig faltete Tron das nasse Stück Papier auseinander. Als er die Buchstaben auf dem Papier entziffert hatte, hielt er überrascht inne. Es handelte sich um ein Eisenbahnbillett erster Klasse, gestern ausgestellt für den Zehn-Uhr-Zug von Verona nach Venedig. Allerdings war es merkwürdig, dass der Mann, falls er tatsächlich den Zug von Verona nach Venedig benutzt hatte, weder Geld noch irgendwelche anderen Papiere mit sich führte. War er ausgeraubt und getötet worden? Hatte der Mörder seine Leiche anschließend in die Lagune geworfen? Oder hatte Dr. Lionardo etwas übersehen? Nein – das war auszuschließen. Der *dottore* hatte noch nie etwas übersehen.

Tron hob sein Gesicht von dem Billett. «Können Sie sagen, woran er gestorben ist?»

«Ich glaube, er hat sich das Genick gebrochen», sagte Dr. Lionardo.

«Und die Wunden auf der Stirn?»

«Harmlose Schürfwunden.»

«Gibt es Abwehrverletzungen?»

Dr. Lionardo schüttelte den Kopf. «Nur ein Bluterguss an der rechten Hand. Aber der kann alle möglichen Gründe haben.»

Tron stellte die entscheidende Frage. «War der Mann bereits tot, als er ins Wasser gefallen ist?»

Der *dottore* drehte den Kopf zur Seite, um ein paar Möwen nachzusehen, die über den Ponte dei Mendicanti flogen. «Wenn er noch geatmet hat», sagte er, «müsste Wasser in der Lunge sein. Aber das werde ich erst nach der Sektion wissen.»

«Wann habe ich Ihren Bericht?»

«Morgen früh.»

«Offenbar wollte der Mörder, dass das Opfer nicht identifiziert werden kann», sagte Bossi. «Deshalb hat er dem Mann die Taschen geleert und muss dabei das Billett übersehen haben. Da er nicht ausschließen konnte, dass in Fusina noch jemand zusteigt, blieb ihm für den Mord nur die kurze Strecke über die Lagune.»

«Sie gehen also davon aus, dass der Mann ermordet wurde?»

«Das Fehlen von Abwehrverletzungen besagt, dass wir es mit einem *kaltblütigen Killer* zu tun haben. Der Fall wird einiges Aufsehen erregen», fuhr Bossi unbeirrt fort. «Also eine gute Gelegenheit, darauf hinzuweisen, dass wir hier mit den modernsten Polizeimethoden arbeiten.»

«Ich glaube nicht, dass wir ausgerechnet mit Mordfällen

Aufmerksamkeit erregen sollten. Schon gar nicht so kurz vor dem Besuch des Kaisers. Wenn es denn überhaupt ein Gewaltverbrechen gewesen ist. Dass Mörder ihren Opfern das Genick brechen, ist ungewöhnlich. Mörder erschießen, erwürgen oder erschlagen ihre Opfer. Sie brechen keine Genicke.»

«Ein *professioneller Killer* schon.»

«Darf ich fragen, was Sie da lesen, Bossi?»

Bossi wurde rot. «Den *Agenten des Zaren*.»

Tron musste lachen. «Von Paul de Cock?»

Bossi nickte.

«Das sind Schundromane, Bossi. Schlecht geschrieben und wirklichkeitsfremd. *Professionelle Killer* kommen nur in Dienstbotenromanen vor. Schon der Titel ist in höchstem Maße albern.»

Bossi räusperte sich. «Und was ist Ihre Version, Commissario?»

«Die gibt es nicht», sagte Tron. «Jedesfalls nicht, bevor ich den Sektionsbericht gelesen habe.»

«Was ist, wenn sich herausstellt, dass der Mann bereits tot war, als er ins Wasser fiel?»

«Dann wäre auch eine ganz andere Erklärung möglich», sagte Tron. «Coupétüren entriegeln sich, wenn man die Klinke nach unten drückt. Der Mann könnte sich aus dem Fenster gelehnt und dabei versehentlich die Coupétür geöffnet haben. Das ist im letzten Jahr auf der Südbahn passiert.»

«Der betrunkene Generalstabsoffizier?»

Tron nickte. «Alle dachten zunächst an einen Mord. In Wahrheit aber war es ein Unfall. Der Mann könnte sich also beim Sturz auf die Brücke das Genick gebrochen haben und anschließend ins Wasser gerutscht sein.»

«Und wie erklären Sie, dass er weder Geld noch Papiere bei sich hatte?»

«Geld und Papiere könnte er im Handgepäck aufbewahrt haben», sagte Tron. «Das ist zwar ungewöhnlich, aber durchaus denkbar.»

«In diesem Fall müsste sich herrenloses Gepäck im Abteil gefunden haben.» Bossi runzelte die Stirn. «Was geschieht, wenn sich herrenloses Gepäck in einem Abteil findet?»

«Der Schaffner sichert es und informiert den Bahnhofsvorsteher», sagte Tron. «Schriftlich auf einem dafür vorgesehenen Formular. Wenn es Anzeichen für ein Verbrechen gibt, wendet sich der Bahnhofsvorsteher an die Bahnhofswache, die uns ebenfalls schriftlich davon in Kenntnis setzt. Was noch nicht geschehen ist. Es sei denn, der Bericht ist irgendwo hängengeblieben.»

«Was machen wir jetzt?»

«Wir fahren zum Bahnhof», sagte Tron. «Und reden mit dem Bahnhofsvorsteher. Mit Valmarana.»

«Mit Ihrem Schulfreund, dem Schaffner? Dem *Conte* Valmarana?»

«Valmarana ist befördert worden», sagte Tron. «Was ihm vermutlich gut in den Kram passt. Dann kann er sich besser um seine *pensione* kümmern.»

«Er hat ein Hotel eröffnet?»

Tron nickte. «Die *Pensione Valmarana*. Es soll sich um eine typisch venezianische *pensione* handeln.»

«Feuchte Bettwäsche, schlechtes Essen und kleine Zimmer?»

Tron grinste. «Und unverschämte Preise.»

## 5

Elisabeth, in wollener Turnkleidung, an den Füßen Ballettschuhe aus Leinen, ließ die Hanteln, die sie im Liegen gestemmt hatte, auf die lederüberzogene Korkmatte fallen und richtete sich auf. Der Regen, der seit den frühen Morgenstunden an die Fenster der Hofburg getrommelt hatte, war schwächer geworden. Wenn sie die Augen schloss, war nur ein sanftes Rauschen zu hören, ein tröstliches Geräusch, das sie an Sommerregen in Possenhofen erinnerte und ihr einen Moment lang die Illusion verschaffte, wieder daheim am Starnberger See zu sein.

Sie erhob sich mit einer schwerelosen Bewegung und trat vor einen der beiden riesigen Spiegel, die an den Wänden ihres Turnkabinetts angebracht waren, verschränkte die Hände hinter dem Nacken und drehte sich langsam zur Seite. Die enganliegende Turnkleidung – eine kurze Tunika, dazu eine Hose aus feinster Kaschmirwolle – ließ sie fast unbekleidet erscheinen. Befriedigt stellte sie fest, dass ihr Körper immer noch einwandfrei war: der Bauch flach, Beine und Arme auf angenehme Weise muskulös, dazu eine Taille, die ihresgleichen suchte.

Dass Franz Joseph ein Faible für Frauenzimmer besaß, die zu gemütlicher Fülle neigten, wusste Elisabeth, und manchmal fragte sie sich, ob ihre obsessive Turnerei nicht auch den Sinn hatte, das Bedürfnis des Kaisers nach intimen Annäherungen in Grenzen zu halten. Sie jedenfalls hatte diesen Teil ihrer Ehe in den letzten Jahren immer unverhohlener als unangenehme Pflicht behandelt und jede Gelegenheit genutzt, sich ihren ehelichen Pflichten zu entziehen. Seltsam eigentlich, überlegte sie weiter, dass

Franz Joseph sie immer noch liebte. Oder tat er nur so, weil er gegenüber seiner Mutter nicht zugeben wollte, dass es ein Fehler gewesen war, sich damals in Ischl für *sie* entschieden zu haben und nicht, wie ursprünglich vorgesehen, für ihre Schwester Helene? Und ihre eigenen Gefühle? War es wirklich Liebe gewesen, die sie in Ischl für Franz Joseph empfand, oder hatte es sich lediglich um die kindischen Schwärmereien eines Backfischs gehandelt? Doch was immer es gewesen war, dachte Elisabeth – es hatte sich mit jedem Tag, an dem sie erwachsener wurde, aufgelöst wie ein Stückchen Zucker in einer Tasse Tee.

Sie wandte sich seufzend vom Spiegel ab und ließ den Blick über ihr Turnkabinett schweifen. Da war der Barren, die Reckstange, die von der Decke herabhängenden Ringe, die Hanteln mit verschiedenen Gewichten und schließlich die Waage mit der darüber angebrachten großen Tabelle, in der sie ihr Gewicht und den Umfang ihrer Taille notierte. Alle Welt war davon überzeugt, dass sie sich an den Geräten quälte, um ihre Figur und ihre legendäre Schönheit zu konservieren. Aber das stimmte nicht. Oder es stimmte nur zum Teil, denn noch etwas anderes spielte eine Rolle. Elisabeth hatte entdeckt, dass die Konzentration auf ihren Körper alle anderen Gedanken in ihrem Gehirn auslöschte: die Gedanken an ihre Gefangenschaft in der Hofburg, an das Schlangennest der Hofgesellschaft und nicht zuletzt die Gedanken an ihre fehlgeschlagene Ehe.

Als sie sich gerade dem Stufenbarren näherte, klopfte es, und an der Tür zeigte sich das Gesicht Ida Ferenczys, ihrer Vorleserin und Vertrauten. In der Hand hielt sie ein Stück Papier. Ihre Miene verriet Unbehagen.

«Was gibt es?»

Das hübsche Gesicht ihrer Vorleserin war rot vor lauter Verlegenheit. «Ein Billett des Kaisers.»

Elisabeth musste unwillkürlich lächeln. Offenbar hatte jemand, der selbst nicht den Mut aufbrachte, sie zu stören, der armen Ferenczy befohlen, das Billett zu übergeben. War es Oberst Crenneville? Oder dieser intrigante Grünne? Sie konnte den einen ebenso wenig ausstehen wie den anderen.

«Was will der Kaiser?» Eine sinnlose Frage. Selbstverständlich kannte die Ferenczy den Inhalt des Billetts nicht.

Die Ferenczy hob verlegen die Schultern. «Das Billett ist versiegelt.»

«Dann brich das Siegel auf. Sag mir, was er schreibt. Und komm rein.»

Elisabeth bückte sich nach einem Handtuch, um es auf Nacken und Oberarme zu breiten. Im Turnkabinett wurde niemals geheizt. Sobald sie aufhörte, sich an den Geräten zu plagen, wurde ihr kalt.

«Seine Majestät schreibt, dass er Ihre Hoheit sprechen möchte», sagte die Ferenczy, nachdem sie den Brief überflogen hatte.

«Er sieht mich heute Abend beim Diner.»

Die Ferenczy schüttelte den Kopf. «Seine Majestät möchten Hoheit früher sprechen.»

«Und wann?»

«Seine Majestät möchten Hoheit um elf in der Suite Ihrer Hoheit sprechen.»

Wie bitte? In einer Stunde? Elisabeth gestattete sich einen Anflug von Gereiztheit in ihrer Stimme. «Um elf habe ich Fechten. Das weiß der Kaiser.»

«Seine Majestät haben die Fechtstunde verschoben.»

Die Fechtstunde verschoben? Wenn der Kaiser eigenmächtig ihre Fechtstunde verschoben hatte, musste es sich um etwas Dringendes handeln. Elisabeth schob das Handtuch, das von ihren Schultern zu gleiten drohte, um den Hals zusammen, wandte sich ab und trat ans Fenster. Es hatte aufgehört zu regnen, aber der Himmel über der Stadt war immer noch schwer und schiefergrau, genauso trostlos wie der baumlose Innenhof, an dem ihre Suite lag. Ein paar Sekunden lang erwog sie, dem Kaiser eine Absage zu erteilen, doch dann siegte ihre weibliche Neugierde.

«Schick die Wastl ins Ankleidezimmer», sagte Elisabeth, indem sie sich umdrehte. «Sie soll mir beim Anziehen helfen.»

Von wegen dringend, dachte Elisabeth anderthalb Stunden später mit wachsender Verärgerung. Sie hatte sich, auch weil sie genau wusste, dass Franz Joseph es missbilligte, eine ihrer ägyptischen Zigaretten angezündet und musterte ihren kaiserlichen Gatten, der eine Teetasse in der Hand hielt, über die aufsteigende Rauchspirale hinweg. Der ausladende Backenbart des Kaisers wölbte sein Gesicht, und Elisabeth fand, dass er jedes Mal, wenn er die Tasse zum Mund führte, einem Hamster glich, der seinen Kopf in einen Wassernapf steckt.

Franz Joseph hatte sich eine geschlagene halbe Stunde darüber ausgebreitet, welche Personen nach der feierlichen Messe im Markusdom in welcher Reihenfolge die Tribüne vor der Kirche betreten würden. Und wie wichtig es für ihn sei, dass sie an seiner Seite stand, wenn er die Huldigung des Volkes entgegennahm. Er hatte auch angedeutet, dass sie etwas Lehrreiches versäumen würde, wenn sie nicht anwesend wäre – vermutlich, dachte Elisabeth, meinte er damit die Huldigung des Volkes. Ob sie ihn darüber aufklären sollte, dass sich die Begeisterung der Venezianer für seine Person und für die kaiserliche Familie in Grenzen hielt?

Elisabeth lehnte sich in ihrem Sessel zurück und schluckte ihren Ärger hinunter. Über das Protokoll der feierlichen Messe in San Marco, Höhepunkt des kaiserlichen Besuchs in Venedig, hatten sie bereits lang und breit gesprochen. Eine dringende Mitteilung, die es gerechtfertigt hätte, ihre Fechtstunde zu verschieben, hatte der Kaiser ihr nicht gemacht.

«Ist das alles, was du mir sagen wolltest?» Sie war erstaunt darüber, wie gelassen ihre Stimme klang.

Franz Joseph setzte die Teetasse vorsichtig ab und sah sie aufmerksam an. «Da ist noch etwas.»

«Und was?»

«Erinnerst du dich an die Halskette, die die Gattin des französischen Botschafters auf dem letzten Hofball getragen hat? Die Halskette der Königin Hermelinda?»

Mein Gott, was für eine Frage. Natürlich erinnerte sie sich daran. Die goldene Halskette aus Medaillons, auf denen die Profile römischer Kaiserinnen zu sehen waren. Angeblich stammte die Kette aus der gleichen Werkstatt, in der auch die legendäre Eiserne Krone entstanden war, ein Goldreif, der einen Nagel vom Kreuz Christi enthielt. Elisabeth, die sich normalerweise nicht viel aus Schmuck machte, hatte beim Anblick der Kette einen regelrechten Anfall von Besitzgier erlitten.

«Ja, sicher», sagte sie, irritiert über diese Wendung des Gesprächs. «Was ist mit der Halskette?»

«Die Kette stand in Paris zum Verkauf.»

«Dann ist sie jetzt vermutlich im Besitz von Kaiserin Eugénie», sagte Elisabeth. Eine wahrhaft grauenhafte Vorstellung, bei der ihr fast schlecht wurde. Sie schloss die Augen und ließ sich in ihren Sessel zurücksinken.

Der Kaiser lächelte. «Das wäre sie, wenn ihr nicht jemand zuvorgekommen wäre.»

«Jemand, den wir kennen?»

«Graf Auersperg.»

Elisabeth seufzte. «Schön für die Gräfin. Wir werden also das Vergnügen haben, die Halskette gelegentlich zu sehen.»

«Auersperg hat die Kette nicht in seiner Eigenschaft als Ehegatte erworben», sagte Franz Joseph.

«Sondern?»

«Er hat in meinem Auftrag gehandelt.»

Einen Moment lang war Elisabeth davon überzeugt, dass sie sich verhört hatte. Sie richtete sich so schnell in ihrem Sessel auf, dass ein wenig Asche von ihrer Zigarette auf den Fußboden fiel. «Du hast die Halskette gekauft?»

Franz Joseph nickte lächelnd.

«Und wo ist sie?»

«Dort, wo du sie zum ersten Mal tragen wirst», sagte Franz Joseph feierlich.

«Ich verstehe nicht, was du meinst, Joschi.» Wie bitte? Hatte sie eben Joschi gesagt? Mit einer leicht gurrenden Stimme? Offenbar, denn sie sah, dass der Kaiser unter seinem Backenbart wie ein kleiner Junge errötete.

«Ich meine unsere bevorstehende Reise», sagte der Kaiser.

Elisabeth brauchte ein paar Sekunden, um zu begreifen, was der Kaiser damit sagen wollte. «Das Halsband ist in Venedig?»

Franz Joseph senkte bejahend den Kopf. «Sicher verwahrt im Palazzo Reale.»

Elisabeth runzelte unwillkürlich die Stirn. «Im Palazzo Reale?»

«Du denkst an das Tafelsilber, das im vorigen Jahr verschwunden ist?»

Elisabeth nickte. Bei der letzten, im jährlichen Turnus erfolgten Inventur hatte sich herausgestellt, dass große Teile des Tafelsilbers, das noch von Napoleon stammte, aus dem Palazzo Reale verschwunden waren. Eine Untersuchung der Militärpolizei, vom Stadtkommandanten Toggenburg persönlich geleitet, war ergebnislos verlaufen. Weil man die ganze Angelegenheit für äußerst blamabel hielt, hatte man darauf verzichtet, die zivile venezianische Polizei einzuschalten.

«Toggenburg hat nach dieser Panne den Wachdienst im Palazzo Reale völlig neu organisiert», sagte Franz Joseph. «Ein solcher Vorfall wird sich kein zweites Mal ereignen. Und außerdem ist ja da noch Königsegg.»

Wie? Königsegg? Ihr Oberhofmeister, der sich bereits seit zehn Tagen in Venedig aufhielt, um ihren Besuch an Ort und Stelle vorzubereiten? Was hatte der mit der Halskette zu tun?

Als hätte er ihre Gedanken gelesen, sagte der Kaiser lächelnd: «Königsegg hat auf meine Anweisung hin die Halskette persönlich in Empfang genommen und sofort in den Tresor meines Arbeitszimmers eingeschlossen.» Er stand auf, strich seinen Uniformrock glatt und schnippte einen Kekskrümel von seinem Ärmel. «Der Graf wird die Kette hüten wie seinen Augapfel.»

# 6

Eberhard von Königsegg stand mit einem randvoll gefüllten Cognacglas in der Hand am offenen Fenster seines Zimmers im Palazzo Reale und blickte auf den nächtlichen Markusplatz hinab. Kurz vor elf hatte es angefangen zu nieseln, und alles, was er erkennen konnte, war ein dunkelgraues Rechteck, umgrenzt von mehreren Dutzend gelblicher Lichtpunkte, bei denen es sich um die moderne Gasbeleuchtung handelte, die der Allerhöchste den Venezianern spendiert hatte. Königsegg stürzte den Cognac in einem Zug hinunter und spürte, wie die in seinem Magen explodierende Wärme ihm etwas Entspannung verschaffte. Er wünschte, er hätte dieses verdammte Casino Molin nie betreten.

Der Schuldschein, den er dort gestern Nacht unterzeichnet hatte, belief sich auf astronomische fünftausendfünfhundert Gulden, und Königsegg wusste, dass die Casinos sich an den Stadtkommandanten wandten, wenn kaiserliche Offiziere ihre Schulden nicht beglichen. Es würde eine offizielle Untersuchung geben, bei dem auch seine Trinkerei und seine Frauengeschichten zur Sprache kommen würden. Am Ende würde man ihn fallenlassen wie eine heiße Kartoffel. Es sei denn ...

Königsegg atmete tief durch und schloss das Fenster. Dann warf er einen Blick auf seine Taschenuhr und stellte fest, dass es bereits kurz vor halb zwölf war. Er hatte sich dazu entschlossen, bis Mitternacht zu warten. Je später er aufbrach, desto unwahrscheinlicher war es, dass ihm jemand im Treppenhaus begegnete.

Eine halbe Stunde später, die er Cognac trinkend im

Sessel verbracht hatte, erhob sich Königsegg. Er drehte den Docht der Petroleumlampe herunter und griff nach der Blendlaterne, die er in den Räumen des Kaisers benötigen würde. Dann schloss er den obersten Knopf seines Uniformrocks und trat leise auf den Flur hinaus.

Jetzt fühlte Königsegg eine gewisse Schwere in den Gliedern und ein gummiartiges Gefühl in den Kniegelenken. Er hatte bei den ersten Schritten sogar den grotesken Eindruck, als hätte sich der Fußboden in eine schiefe Ebene verwandelt. Doch dann stellte er fest, dass er sich nur ein wenig an der Wand abstützen musste, um die Richtung einzuhalten. Gut, dachte er, während er sich am Treppengeländer nach unten tastete, dass sich der französische Cognac lediglich auf seinen Gleichgewichtssinn auswirkte. Sein Kopf hingegen – und darauf kam es an – war frei und klar, sein Verstand messerscharf.

Nach der zweiten Treppenkehre hatte er sein Ziel erreicht und stand auf einem langen Flur, der durch ein paar bläuliche Gasflämmchen spärlich erhellt wurde. Auf der linken Seite des Flures, zur Piazza San Marco hin, lag die Suite des Kaisers, die aus drei hintereinanderliegenden Räumen bestand. Erst kam das Vorzimmer, dann ein kleines Audienzkabinett und schließlich das Arbeitszimmer des Allerhöchsten, in dem sich der Tresor mit der goldenen Halskette befand.

Königsegg verharrte ein paar Sekunden vor der Eingangstür der kaiserlichen Suite, um zu lauschen. Als er nichts hörte, drückte er die Klinke langsam nach unten. Er durchquerte das Vorzimmer, schritt schlingernd, aber nicht ohne einen gewissen Schwung, durch den Audienzraum. Zehn Minuten nachdem er sein Zimmer verlassen hatte, betrat er das Arbeitskabinett des Kaisers. Vor dem Tresor blieb er stehen und holte tief Atem. Bis jetzt war alles erstaunlich glatt verlaufen. Allerdings stand ihm der heikelste Teil des Unternehmens noch bevor. Er musste die richtige Zahlenkombination einstellen.

Als Grünne vor zwei Tagen den Tresor geöffnet hatte, um die Schatulle darin zu deponieren, hatte Königsegg die ersten beiden Zahlen des *Codes* erkennen können. Die restlichen vier waren leicht zu erraten. Vermutlich eine Null, eine Acht, eine Drei und wieder eine Null. Hohe Offiziere benutzten ihre Geburtsdaten als Zahlencodes, und Königsegg ging davon aus, dass der Kaiser ebenso verfahren war.

Er ließ sich in die Knie sacken, richtete den Schein der Blendlaterne auf das faustgroße, mit zehn kleinen Zahlen versehene Rad und drehte den Zeiger auf die erste Zahl. Nach jeder Drehung wartete er ein paar Sekunden, um dem geheimnisvollen Mechanismus im Inneren des Schlosses die Gelegenheit zu geben einzurasten. Als er den Zeiger des Rades auf die letzte Zahl drehte, stellte er fest, dass ihm der Schweiß von der Stirn tropfte und dass seine Hände zitterten.

Dann drückte er den großen, unterarmlangen Hebel des Tresors nach unten und zog die Tür, als der Hebel den Anschlag erreicht hatte, vorsichtig nach vorne. Sie öffnete sich widerstandslos. Da sie gut geölt war, quietschte sie nicht einmal. Königsegg stieß einen Seufzer der Erleichterung aus.

Die Schatulle lag dort, wo Grünne sie hingelegt hatte, auf dem mittleren der drei Einlegeböden, ein unauffälliges, mit grünem Samt überzogenes Metallkästchen, das ihn unwillkürlich an die Konfektschachteln des Hofkonditors Demel denken ließ. Königsegg griff nach der Schatulle und öffnete sie. Die Halskette ruhte auf einem Samtkissen, und sie war noch prächtiger und noch schwerer, als er sie in Erinnerung hatte. Sie bestand aus einem Dutzend ovaler Medaillons, die durch kunstvoll gearbeitete Zwischenglieder zusammengehalten wurden. Jedes Medaillon zeigte das Profil einer römischen Kaiserin, und wenn die Medaillons zusammenstießen, ertönte das helle und zugleich sonore Klingeln, das nur zustande kommt, wenn Gegenstände aus reinem Gold einander berühren. Es war eines jener Geschmeide, dachte Königsegg, die man in grauer Vorzeit von Drachen bewachen ließ und um die man später blutige Kriege führte. Er schätzte das Gewicht der Kette auf ein knappes Pfund. Den momentanen Goldpreis kannte er nicht. Aber es würde ausreichen, um seine Schulden zu begleichen.

Er verstaute die Halskette in der Tasche seines Uniformrocks, legte die Schatulle an ihren Platz zurück und schloss die schwere Tresortür. Dann machte er sich auf den Rückweg, wobei er wieder sorgfältig vermied, mit den Absätzen seiner Stiefel aufzutreten.

An der Tür des kaiserlichen Arbeitszimmers blieb er noch einmal stehen, drehte sich um und ließ den Schein der Blendlaterne über den Raum gleiten. Er hatte nicht die geringste Spur hinterlassen. Dass jemand im Lauf der nächsten vierundzwanzig Stunden an den Tresor gehen würde, war äußerst unwahrscheinlich. Es war sogar unwahrscheinlich, dass jemand die Suite des Kaisers vor der Ankunft des Allerhöchsten betreten würde. Morgen Nacht, um die gleiche Zeit, würde er, wenn alles lief wie geplant, die Halskette wieder in die Schatulle zurücklegen.

# 7

Tron, in eine Hausjacke aus rotem Samt gekleidet, hielt ein Glas Veuve Cliquot in der Hand und versuchte, die missbilligenden Blicke zu ignorieren, die ihm die Principessa von der anderen Seite des Tisches her zuwarf. Diese hatte auf das Dessert verzichtet, an ihrem Champagner nur genippt und sich gerade die zweite Zigarette angezündet. Tron wusste, was sie dachte: dass er nicht die notwendige Selbstdisziplin aufbrachte, die das moderne Leben erforderte.

Was nicht unbegründet war, denn Tron tat jeden Tag Dinge, die er nicht tun sollte, aber dennoch nicht lassen konnte: die ersten beiden Dienststunden kaffeetrinkend im Café Florian zu vertrödeln, sich bei jeder Gelegenheit kritisch über die italienische Einheit zu äußern oder über die nächste Ausgabe des *Emporio della Poesia* nachzusinnen, anstatt die Akten zu bearbeiten, die sich auf dem Boden seines Büros stapelten. Und zweifellos entsprang es auch einem dekadenten Mangel an Disziplin, den Hauptgang, der im Palazzo Balbi-Valier serviert wurde (heute Abend hatte es sich um eine gebratene Wachtel gehandelt) immer öfter zugunsten der Desserts zu vernachlässigen, gewissermaßen nur pro forma an ihm teilzunehmen, um den aufgesparten Appetit vollständig in den Dienst von Soufflés, Halbgefrorenem, raffinierten Schokoladenderivaten und exotischen Früchten zu stellen.

Etwa in den Dienst der goldfarbenen Ananas, die er gerade mit einem scharfen Messer in mundgerechte Portionen zerteilt und mit den entsprechenden Zutaten versehen hatte. Seit einiger Zeit hatte Tron die Zerlegung der Frucht nicht mehr einem der äthiopischen Diener der Principessa überlassen, sondern darauf bestanden, es höchstpersönlich vorzunehmen. Also zuerst den grünen Schopf der Frucht abzutrennen, um sie anschließend in fingerdicke Scheiben zu schneiden, von denen er nur noch die holzige Mitte und den schuppigen Rand entfernen musste. Auf die untertassengroße gelbliche Scheibe konnte er Schlagsahne häufen, und auf die Schlagsahne Mandelkrokant oder grob zerstoßenes Sahnebaiser. Vor allem konnte er, wenn er einmal damit angefangen hatte, nicht so schnell wieder aufhören. War es bereits die vierte Ananas, die er sich jetzt einverleibte, oder erst die dritte? Und wenn es sich bereits um die vierte – und letzte – handelte, überlegte Tron weiter, wäre es dann nicht angemessen, das Essen mit ein wenig Schokoladenmousse zu beschließen? Immerhin hatte es sich in seinem Fall bei der Ananas um den Hauptgang gehandelt. Und ein Hauptgang ohne anschließendes Dessert war ein Ding der Unmöglichkeit. Allerdings konnte sich die Principessa auf den Standpunkt stellen, dass ...

Tron hob den Kopf. Die Principessa hatte etwas gesagt, was er nicht verstanden hatte.

«Drei Gulden oder umgerechnet sechs Lire», wiederholte sie.

«Wie bitte?»

«Drei Gulden oder umgerechnet sechs Lire. Und dabei handelt es sich um den Stückpreis.»

«Was kostet pro Stück sechs Lire?»

Die Principessa ließ einen Rauchring über den Tisch schweben. Ohne Tron anzusehen, sagte sie: «Eine Ananas. Vier dieser Früchte kosten demnach vierundzwanzig Lire. Die Kosten für den Champagner dürften sich auf weitere zwölf Lire belaufen. Wir sind also bei sechsunddreißig Lire.»

Also ungefähr bei dem Betrag, den er als Commissario in der Woche verdiente, dachte Tron. Würde ihn die Principessa auf diesen Umstand hinweisen? Nein – denn es reichte, dass sie wusste, dass er es wusste. Tron, der sich immer noch fragte, was das alles sollte, runzelte die Stirn.

«Möchtest du, dass ich in Zukunft auf mein Dessert verzichte?» Er hielt es für unklug, der Principessa zu erklären, dass er das *de facto* bereits getan hatte.

Das Lächeln der Principessa war ein wenig kühl. «Selbstverständlich möchte ich das nicht. Zumal dir ganz offensichtlich viel daran liegt. Aber es könnte eine Situation eintreten, die uns zwingt zu sparen.»

Tron fand, dass sich dieser Satz aus dem Mund einer Frau, die einen aufwendig renovierten Palazzo am Canal Grande bewohnte und ein Dutzend Hausangestellte beschäftigte, etwas seltsam anhörte.

Jetzt war das Lächeln auf dem Gesicht der Principessa verschwunden. «Hat die Contessa nichts erwähnt?»

«Was hätte sie erwähnen sollen?»

«Die böhmischen Glasfabrikanten haben sich in Wien beschwert», sagte sie, ohne die Stimme zu heben – ihre übliche Tonlage für das Verkünden schlechter Nachrichten. «Wir verkaufen zu viel von unserem Pressglas nach Österreich. Jetzt denkt man im Handelsministerium über Schutzzölle nach.» Sie schwieg und blickte der lavendelfarbenen Rauchwolke hinterher, die aus ihrer Zigarette aufstieg. «Wenn es zu Schutzzöllen kommt, machen wir keinen Gewinn mehr.» Und dann kam es, mit einer Stimme, die ausgesprochen beiläufig klang: «In diesem Fall muss ich die Fabrikation beenden.»

Tron brauchte ein paar Sekunden, um zu begreifen, was die Principessa gesagt hatte. *Dann muss ich die Fabrikation beenden.* Der Vertrieb des Pressglases nach Österreich war die Domäne seiner Mutter, der Contessa Tron. Eine Einstellung der Produktion hieße, dass sie sich wieder darauf beschränken müsste, einmal im Jahr ihren legendären Maskenball zu organisieren, und Tron bezweifelte, dass sie sich damit zufriedengeben würde. Und es bedeutete auch, dass die Renovierung des Palazzo Tron – der im Gegensatz zum Palazzo Balbi-Valier immer noch eine Bruchbude war – auf unabsehbare Zeit unterbrochen werden würde.

Erstaunlich, dachte Tron, wie sehr sich nicht nur sein Leben, sondern auch das seiner Mutter durch die Verlobung mit der Principessa geändert hatte. Zunächst hatte der Contessa seine Bekanntschaft mit der Tochter eines kleinen Pächters aus der *terra ferma* missfallen. Doch irgendwann hatten ihre spitzen Bemerkungen über die *bescheidene Herkunft* der Principessa aufgehört. Und als die Principessa den Vorschlag machte, den Namen *Tron* für das Glas, das sie auf Murano produzierte, zu benutzen, hatte die Contessa zu Trons Überraschung sofort zugestimmt. Und sich dann mit ebenso überraschender Hingabe – sie war nicht mehr die Jüngste – dem Geschäft mit dem Pressglas gewidmet. Dass die Contessa sich nun wieder ins Privatleben zurückziehen könnte, war völlig undenkbar.

Tron räusperte sich. «Ich frage mich, was die Contessa macht, wenn du die Pressglasproduktion einstellst.»

In der Tat – was konnte die Contessa anfangen? Einen Handel mit Antiquitäten eröffnen, wie ihre Freundin, die Contessa Albrizzi, die im Erdgeschoss ihres Palazzos wohlhabenden Fremden gefälschte Möbel andrehte? Sich auf den Verkauf von billigst erworbenen, drittklassigen Bildern spezialisieren, die sie den Kunden als alten Familienbesitz aus der *sala* des Palazzo Tron verkaufte? Oder alle vier Wochen einen Maskenball organisieren mit Eintrittspreisen wie bei einer Theateraufführung? Schwer vorstellbar.

Tron fiel das Gespräch ein, das er heute Nachmittag auf dem Bahnhof geführt hatte. Ohne nachzudenken, sagte er: «Julia Valmarana hat eine Pension im Palazzo Valmarana eröffnet.» Was er sofort bereute, denn bei der Vorstellung, die *sala* des Palazzo Tron in einen Frühstückssalon für Pensionsgäste zu verwandeln, wurde ihm regelrecht übel.

Die Principessa hob die Augenbrauen. «Die Frau deines Schulfreundes? Der auf der Strecke nach Verona die Fahrkarten kontrolliert?»

«Valmarana ist inzwischen Stationsvorsteher. Wir hatten heute Nachmittag ein Gespräch.»

«Wie läuft die Pension?»

Offenbar nicht schlecht, wenn Tron Valmarana richtig verstanden hatte. Vorsichtshalber, um diese Möglichkeit schon im Ansatz zu sabotieren, wiegelte er ab. «Sie brauchen immer noch Valmaranas Gehalt als Stationsvorsteher. Aber wir hatten andere Dinge zu besprechen.» Er beeilte sich, das Thema zu wechseln. «Das ist der Grund, aus dem ich heute Mittag absagen musste.»

«Was ist passiert?»

«An den Fondamenta Nuove ist eine Leiche angetrieben worden», sagte Tron, erleichtert darüber, dass die Principessa keine weiteren Erkundigungen über die Pensione Valmarana anstellte, «vermutlich mit einem gebrochenen Genick. Ohne Papiere, aber mit einem Erster-Klasse-Billett von Verona nach Venedig. Bossi behauptet, der Mann sei im Zug ermordet und dann aus dem Coupé geworfen worden.»

«Ich denke, er hatte ein gebrochenes Genick.»

«Für Bossi ein Indiz, dass ein *professioneller Killer* am Werk gewesen sein musste. *Professionelle Killer*, sagt Bossi, töten lautlos und ohne Spuren zu hinterlassen.» Tron lächelte. «Kein Blut, kein Rauch.»

Er hatte erwartet, dass die Principessa über diesen kindischen Unsinn den Kopf schütteln würde. Doch stattdessen erkundigte sie sich: «Und was meinst du?»

«Dass Bossi zu viele schlechte Romane liest», antwortete Tron. Er nahm einen kräftigen Schluck aus seinem Champagnerglas, wobei er feststellte, dass seine neuerworbene Kenntnis von den Kosten dieses Getränkes seinen dekadenten Genuss eher steigerte. «Ich glaube», fuhr er fort, «dass es ein Unfall war. Der Mann ist aus dem Coupé gefallen, hat sich dabei das Genick gebrochen und ist in die Lagune gerutscht.»

«Wenn es ein Unfall war, müsste sich das Gepäck des Toten im Abteil gefunden haben», sagte die Principessa.

Tron nickte. «So ist es. Deshalb sind wir auch auf dem Bahnhof gewesen.»

«Und?»

«Herrenloses Gepäck hat sich nicht gefunden», sagte Tron, der auf einmal das absurde Gefühl hatte, dass die Principessa seiner Unfalltheorie misstraute. «Aber das ist noch lange kein Beweis für ein Verbrechen. Das Gepäck könnte auch gestohlen worden sein.»

«Was habt ihr vor?»

«Die Sektion abzuwarten und eventuell mit den Fotografien, die Bossi von dem Toten gemacht hat, nach Verona zu fahren. Jedenfalls werden wir morgen Vormittag wissen, ob der Mann ermordet worden ist oder nicht.» Tron häufte einen Löffel Schlagsahne auf die letzte Ananasscheibe und streute großzügig Mandelkrokant darüber. «Und dann sehen wir weiter.»

Eine Redewendung, dachte Tron, die nicht nur geeignet

war, fruchtlose Diskussionen zu beenden, sondern auch als Motto über dem Leben stehen konnte, das er in den letzten Jahren geführt hatte. Immer war etwas abzuwarten, das niemand beeinflussen konnte, und solange es nicht eintrat, blieben die Dinge in der Schwebe: seine Heirat mit der Principessa, sein Status in ihrem Leben, ihr Status in seinem Leben und jetzt auch die Position der Contessa in diesem diffusen Geflecht. Was würde mit ihr geschehen, wenn es zu Schutzzöllen auf venezianisches Glas kam? Und wie lange würde sich die Entscheidung in Wien hinziehen? Tron hatte gehofft, dass die Principessa das heikle Thema an diesem Abend nicht mehr anschneiden würde. Aber nachdem der Kaffee serviert worden war, kam sie noch einmal darauf zurück.

«Stimmt es, dass der Kaiser auf seinem Besuch von der Kaiserin begleitet wird?»

Interessant, dachte Tron, offenbar wusste die Principessa bereits Bescheid. Er zuckte mit den Achseln. «Jedenfalls geht Spaur davon aus.»

Die Principessa löffelte ein wenig Zucker in ihren Kaffee. Dann sagte sie nachdenklich, so als wäre ihr der Gedanke gerade erst gekommen: «Du könntest mit der Kaiserin sprechen.»

«Ich soll um eine Audienz nachsuchen?»

Die Stimme der Principessa klang ein wenig ungeduldig. «Nicht um eine *Audienz nachsuchen*, Tron. Die Kaiserin bei passender Gelegenheit um eine kurze Unterredung bitten.»

«Die Frage ist, ob sich diese Gelegenheit ergibt.»

«Du siehst die Kaiserin doch! Immerhin werdet ihr auf sie aufpassen, wenn sie in Venedig ist.»

Tron schüttelte den Kopf. «Werden wir nicht. Für die

Sicherheit der kaiserlichen Familie ist diesmal ausschließlich das Militär zuständig.»

«Warum das?»

«Weil man in Wien der venezianischen Polizei nicht über den Weg traut.»

«Sie halten euch alle für Anhänger Garibaldis?»

Tron nickte. «So ungefähr. Ich werde also keine Gelegenheit haben, die Kaiserin zu sprechen. Man wird mich nicht einmal in ihre Nähe lassen. Es sei denn, sie hat ein kriminalistisches Problem und braucht meine Hilfe. Aber das ist ziemlich unwahrscheinlich.» Tron schob den Teller mit den Resten zerflossener Schlagsahne zur Seite und streckte die Hand nach dem Champagnerglas aus. «Abgesehen davon», fuhr er fort, «bezweifle ich, dass sich die Kaiserin für die Probleme von venezianischen Glasproduzenten interessiert. Und dass sie in der Lage ist, uns zu helfen.»

Eigentlich hatte Tron erwartet, dass die Principessa ihm widersprechen würde – in ihrem scharfkantigen Florentiner Italienisch. Aber das tat sie nicht. Stattdessen stand sie auf und ging zum Fenster. Da Moussada, der äthiopische Diener, den Raum bereits verlassen hatte, zog sie den Vorhang höchstpersönlich beiseite und öffnete die Fensterflügel. Tron sah, dass das Rechteck zwischen den Fensterrahmen fast vollständig schwarz war. Lediglich vom Palazzo Barbaro her schimmerten ein paar Lichtpunkte über den Canalazzo, flackernd wie die Positionslichter eines Schiffes. Ein Windstoß trieb einen Schwall feuchter Luft in den Raum – Herbstluft, die nach gefrorenem Seetang roch.

Tron erhob sich und ging ebenfalls zum Fenster. Als er neben die Principessa trat, lächelte sie, drehte die Augen zur oberen Etage und sah ihn fragend an. Tron wusste, was dieser Blick zu bedeuten hatte. Er zog die Principessa an sich und küsste sie, zuerst sanft, dann nachdrücklicher. Seine Hände glitten über ihren Rücken zu ihrer Taille herab. Der Stoff ihres Hauskleides fühlte sich glatt und weich an. Tron machte eine Handbewegung zum Tisch hin, auf dem immer noch der silberne Kübel mit dem Champagner stand. «Soll ich den Champagner mitnehmen?»

Diesmal sprach die Principessa reinstes *veneziano*. «Nimm den Champagner mit», sagte sie. «Morgen kann man ihn nicht mehr trinken.»

Tron musste lachen. «Und dafür ist er zu teuer. Ist es das, was du sagen wolltest?»

Die Principessa nickte. «Genau das wollte ich sagen.»


## 8

Es waren die Schreie, die ihn jedes Mal aus dem Schlaf rissen. Dann erwachte er schweißüberströmt, und das Schlimme war, dass er den Traum weiterträumen musste – hellwach und mit geöffneten Augen. Auch verblassten die Bilder nicht mit den Jahren, sondern wurden jedes Mal intensiver: das schreiende Mädchen, das aus dem Haus lief, ihr brennendes Kleid und der Schuss, der sie mitten ins Gesicht traf.

Seine Spezialeinheit hatte die Rothemden spät in der Nacht in einem Bauernhaus südlich des Gardasees zusammengetrieben und das Gebäude umstellt. Er hatte genug Leute, um sie am Ausbrechen zu hindern, aber zu wenig, um sie zur Kapitulation zu zwingen. Einen Sturm wollte er nicht riskieren, denn es hielten sich noch eine Frau und ein Mädchen im Haus auf. Also hatte er einen seiner Männer ins nahegelegene Stabsquartier geschickt, um Unterstützung anzufordern. Er glaubte, dass sich die Rothemden angesichts der klaren Übermacht ergeben würden. Was dann aus ihnen werden würde, blieb im Ungewissen – oft kannte die kaiserliche Armee kein Pardon mit den Freischärlern Garibaldis –, aber wenigstens würde der Frau und dem Mädchen nichts geschehen. Mehr konnte er nicht tun. Nicht dass ein paar gefangene oder erschossene Rothemden jetzt noch einen großen Unterschied gemacht hätten. Die kaiserliche Armee war vor zwei Tagen bei Solferino vernichtend geschlagen worden, und alle wussten, dass der Krieg verloren war. Aber die Entscheidung, sich zurückzuziehen, hätte auf einer höheren Ebene fallen müssen. Er selbst hatte keinen Handlungsspielraum.

Die Verstärkung erreichte sie im Morgengrauen: ein Detachement Linzer Dragoner, zwei Dutzend Berittene in abgerissenen Uniformen, geführt von einem Oberleutnant Kurtz, der sofort das Kommando übernahm. Kurtz weigerte sich, mit den Rothemden zu verhandeln. Erst schossen seine Leute das Dach des Hauses in Brand, dann feuerten sie auf die Rothemden, die aus dem brennenden Haus liefen, zum Schluss erschossen sie die Frau und das Mädchen.

Das Militärgericht, das ihn drei Monate später wegen Insubordination verurteilte – er hatte Oberleutnant Kurtz einen Faustschlag ins Gesicht versetzt –, beschränkte sich darauf, ihn zu degradieren. Aus der Armee hatte man ihn nicht entlassen, weil man ihn weiterhin für Spezialfälle brauchte – für Einsätze, die er meist alleine ausführte.

In Verona hatte er einen Mann getötet, der Knallquecksilber in seinem Keller herstellte, in Bad Ems hatte er Unterlagen aus dem Schlafzimmer eines preußischen Generals gestohlen, in St. Petersburg einen Attaché erschossen, der militärische Geheimnisse an die Russen verkaufen wollte. Er hatte festgestellt, dass ihm die Virtuosität, mit der er seine Missionen ausführte, Befriedigung verschaffte und dass ein Auftrag ihn umso mehr reizte, je undurchführbarer er erschien und je gefährlicher er war. Außerdem war zwischen ihm und der kaiserlichen Armee noch eine Rechnung offen, die er bei passender Gelegenheit begleichen musste.

Seit ein paar Jahren kursierte sein Name in den Offizierskasinos wie die Adresse eines guten Restaurants, und vermutlich war das der Grund gewesen, aus dem Oberst Hölzl vor zwei Wochen in seiner Grinzinger Wohnung aufgetaucht war. Er hatte sich den Vorschlag des Obersts ohne eine Miene zu verziehen angehört und nach kurzer Bedenkzeit zugesagt. Es war die Gelegenheit, auf die er gewartet hatte.

Er drehte sich zur Seite, tastete fluchend nach den Streichhölzern und entzündete die Petroleumlampe auf dem Tisch neben seinem Bett. Dann stand er auf und trat ans Fenster. Er steckte sich eine Zigarette an und spürte erleichtert, wie die Bilder in seinem Kopf anfingen zu verblassen. Die kleine Wohnung im Erdgeschoss, bestehend aus einem Zimmer und Küche und direkt an den Fondamenta degli Incurabili gelegen, gefiel ihm. Jetzt war die Aussicht vor seinem Fenster schwarz, doch tagsüber blickte er auf den Giudecca-Kanal, auf Segel- und Dampfschiffe. Er bedauerte es, dass er gezwungen war, die Stadt in einer guten Woche wieder zu verlassen.

Vermutlich, dachte er, hatten sie ihn gestern die ganze Zeit nicht aus den Augen gelassen. Sie waren auf dem Perron gewesen, als er aus dem Zug gestiegen war. Sie kannten seine Abteilnummer, außerdem war er leicht an der schwarzen Armbinde und dem *Giornale di Verona* zu erkennen. Dann hatten sie beobachtet, wie er mit den Männern vom Gepäckwagen verhandelt hatte, und schließlich, wie er eine halbe Stunde später den beiden schwarzgekleideten Burschen aus San Michele die Fracht übergeben hatte – die Fracht, deren Beschaffenheit es verbot, sie über Nacht auf dem Bahnhof zu verwahren, und die deshalb einen unverzüglichen Weitertransport auf die Toteninsel erforderte.

Nachdem die Gondel mit dem Sarg beladen worden war, hatte sich ihm ein hinkender Mann genähert. Er hatte ihn angesprochen, ihm zum Tod seines Vaters kondoliert und ihm ein privates Quartier angeboten. Einen Augenblick lang hatte er befürchtet, dass eine Parole vereinbart worden war, die er nicht kannte. Er hatte geantwortet, dass er mit einem privaten Quartier einverstanden sei, und zu seiner Erleichterung hatte sich der Mann damit zufriedengegeben.

Auf der Fahrt zu seiner Unterkunft hatten sie ein paar Höflichkeiten ausgetauscht. Wie groß die Gruppe der venezianischen Verschwörer war, wann und wo die Bombe in die Luft gehen würde, hatte der Mann ihm nicht verraten. Er hatte nur gesagt, dass die Beerdigung am nächsten Tag stattfinden würde und dass sie den Inhalt des Sarges ohne ihn bergen würden.

Aber er würde es bald erfahren – auf jeden Fall rechtzeitig genug, um der venezianischen Polizei auf die Sprünge zu helfen. Wenn es denn überhaupt notwendig war, denn die hiesige Polizei hatte einen guten Ruf und war ehrgeizig. Oberst Hölzl hielt es für unwahrscheinlich, dass sich die Questura sofort an den Stadtkommandanten wenden würde. Die zivile Polizei würde den Ehrgeiz haben, den Bären selbst zu erlegen. Die Versuchung, der Kommandantura das Fell wegzuschnappen, war einfach zu groß.

Harte, militärisch klingende Schritte näherten sich dem Fenster seiner ebenerdigen Wohnung, und seine Augen, die sich an die Dunkelheit gewöhnt hatten, erkannten zwei Silhouetten. Er vermutete, dass es sich um kroatische Jäger aus der nahegelegenen Kaserne handelte, die auf der Fondamenta degli Incurabili patrouillierten. Instinktiv trat er in den Raum zurück, obwohl die Soldaten nichts anderes sehen würden als einen beliebigen Mann, der nicht schlafen konnte und eine Zigarette rauchte.

Den heutigen Tag hatte er damit verbracht, ziellos durch die Stadt zu laufen und immer wieder in das Labyrinth von kleinen *calle* und *salizzade* einzutauchen, in denen jemand, der die Stadt gut kannte, spurlos verschwinden konnte. Zu Mittag hatte er im Café Florian eine Kleinigkeit gegessen und sich anschließend unter die Menschen auf der Piazza gemischt. Dort, wo man die Tribüne für den Kaiser aufschlagen würde, war er stehengeblieben und hatte einen professionellen Blick zu den gegenüberliegenden Dächern geworfen. Es gab mindestens ein halbes Dutzend Positionen, aus denen er feuern konnte. Die Distanz war keine Schwierigkeit – nicht mit der Waffe, die er benutzen würde. Der Fluchtweg war das Problem, aber er hatte eine gute Woche Zeit, um eine Lösung zu finden. Entscheidend war, dass er den Ort kannte und am nächsten Montag den genauen Zeitpunkt erfahren würde. Er musste also nur im richtigen Moment den Abzug durchziehen – und sich anschließend aus dem Staub machen. Oberst Hölzl würde später einiges zu erklären haben, aber das konnte ihm egal sein.

Er nahm einen letzten Zug aus seiner Zigarette, schnippte das Ende aus dem Fenster und beobachtete den Bogen, den die glühende Kippe beschrieb, bevor sie funkensprühend auf den Fondamenta landete. Dann schloss er den Fensterflügel und ging wieder zu Bett. Ein paar Minuten später war er eingeschlafen.

## 9

Als Tron am nächsten Morgen kurz nach elf sein Büro in der Questura betrat, lag der Bericht von Dr. Lionardo bereits auf seinem Schreibtisch – zwei Seiten, niedergeschrieben in der akkuraten Handschrift seines Assistenten. Der Sektionsbericht des *dottore* stellte fest, dass der Tote kein Wasser in der Lunge hatte und dass sein Ende tatsächlich durch einen gewaltsamen Bruch des Halswirbels herbeigeführt worden war. Was nichts anderes bedeutete, als dass der Mann ermordet worden war und der Täter die Leiche anschließend in die Lagune geworfen hatte. Damit war Trons Theorie, es könne sich auch um einen Unfall gehandelt haben, nicht mehr zu halten.

Tron, der den Bericht noch im Stehen überflogen hatte, nahm hinter seinem Schreibtisch Platz und legte die Beine auf die Tischplatte, um der Kälte zu entkommen, die der eisige Terrazzofußboden ausstrahlte. Es hatte bereits den ganzen Vormittag lang geregnet, und jetzt fegte ein eisiger Ostwind das Regenwasser gegen die Fenster, ließ es durch die Dichtungen sickern und von den Fensterbrettern herab auf den Fußboden tropfen. Dort bildete es Pfützen oder verschwand in den vielen Rissen, die den Fußboden des Raumes wie ein Spinnennetz überzogen.

Tron hatte sein Büro im zweiten Stock der Questura vor fünf Jahren bezogen, einen düsteren, durch zwei undichte Fenster erhellten Raum, dessen Einrichtung aus einem alten

Militärschreibtisch, zwei Stühlen, einem Aktenschrank und einem gusseisernen Ofen bestand. Vor dem Büro lag ein langer Flur, der kein Licht von außen empfing und von drei von der Decke hängenden Petroleumlampen nur spärlich erhellt wurde, sodass Tron immer den absurden Eindruck hatte, er würde sich in einem Kellergeschoss befinden. Neben ihm residierte *ispettore* Capponi, der Leiter der polizeilichen Materialbeschaffung, ein älterer Herr, mit dem Tron hin und wieder ein paar Worte auf dem Flur wechselte. Auf der anderen Seite befand sich die Tür zum Polizeiarchiv, das in einer wirren Ansammlung von konfiszierten Zeitschriften und Akten älteren Jahrgangs bestand, die von einem anämischen Österreicher namens Lueger verwaltet wurde. Ob die beiden heute ebenfalls ihre monatliche Holzlieferung erhalten hatten? Tron jedenfalls hatte heute Morgen zwei kniehohe Stapel von Holzscheiten bekommen. Die Lieferanten hatten sie an der Wand aufgeschichtet, wo sie in einem Bett aus Staub und Holzsplittern auf ihre Verwendung warteten.

Tron, der der Kälte wegen immer noch seinen Gehpelz trug, trat an einen der Aktenberge, die sich an zwei Wänden stapelten, und zog aufs Geratewohl ein dünnes Konvolut hervor: das Protokoll eines Taschendiebstahls aus dem Jahr 1853, ein Fall, den noch sein Vorgänger bearbeitet hatte. Dann kniete er sich vor den Ofen, öffnete die verrußte Klappe, zerknüllte die einzelnen Bogen der Akte und häufte das Papier auf den Ofenrost. Schließlich gab er einen kräftigen Schuss Brennspiritus auf den kleinen Scheiterhaufen und hielt ein Streichholz an das Papier. Sofort schoss eine kleine Stichflamme empor, und Tron beobachtete, wie das Feuer aus dem Papierknäuel emporzüngelte und langsam die Scheite in Brand setzte. Da der Ofen nicht gut zog, war er gezwungen, noch eine Weile Luft mit einem Aktendeckel in den Ofen zu wedeln. Zehn Minuten später tat ihm der rechte Arm weh, und er beschloss schon verärgert, seinen Amtssitz heute ins Café Florian zu verlegen, als Bossi in der Tür auftauchte.

Tron erhob sich, klopfte ein wenig Asche von seinem Gehpelz und zeigte auf seinen Schreibtisch. «Der Bericht von Dr. Lionardo ist gekommen.»

«Ich kenne seinen Inhalt.» Bossi nahm den Zwicker aus Fensterglas von der Nase, mit dem er sich seit seiner Beförderung zum *ispettore* schmückte. «Ich habe den Bericht selbst auf Ihren Schreibtisch gelegt.»

Über seiner Uniform trug Bossi einen weißen Kittel, den er auf der Questura gerne überstreifte, um sich als Vertreter moderner Polizeitechnik und als Mann der Wissenschaft zu präsentieren. Unter den Arm hatte er einen braunen Umschlag geklemmt – vermutlich die Fotografien, die Bossi gestern von dem Toten gemacht hatte.

«Also war es offenbar kein Unfall», sagte Tron, «und Sie hatten recht, Bossi.»

«Ich hatte auch in einer anderen Beziehung recht, Commissario», erwiderte Bossi. «Das steht nicht in dem Bericht, aber Dr. Lionardo hat es mir mitgeteilt.»

Tron runzelte die Stirn. «Sie haben Dr. Lionardo gesprochen? Wo denn und wann?»

«Ich bin im Ognissanti gewesen. Um sicher zu sein, dass der Bericht vorliegt, wenn Sie in die Questura kommen.»

«Und was fehlt in dem Bericht?», erkundigte sich Tron.

«Dass diese spezielle Methode zu töten relativ ungewöhnlich ist.»

«Sie meinen, jemandem das Genick zu brechen? Das sagten Sie bereits.»

«Jetzt sagt es auch Dr. Lionardo: Es reiche nicht, einfach nur den Kopf des Opfers zu drehen. Man muss den genauen Winkel kennen und wissen, wie man den Kopf anfasst. Der *dottore* vermutet, dass bei den meisten Menschen die Kraft in den Händen nicht ausreicht und der Mörder wahrscheinlich seine Arme zu Hilfe genommen hat. Er meint, diese Art zu töten erfordere eine besondere Technik.»

«Ein Indiz dafür, dass der Mörder kein Amateur war?»

«So ungefähr hat er sich ausgedrückt», sagte Bossi.

«Warum steht das nicht im Bericht?»

«Der *dottore* findet, dass er nur für medizinische Fakten zuständig sei. Was er sich dazu denke, sei seine persönliche Einschätzung.»

«Aber offenbar hielt er diese Einschätzung für so wichtig, dass er sie Ihnen mitgeteilt hat», sagte Tron. «Wissen Sie, was ich merkwürdig finde? Dass der Tote ausgerechnet dieses Eisenbahnbillett in seiner Westentasche hatte. Keine anderen Papiere – nur dieses Billett.»

«Wenn der Täter die Leiche in die Lagune werfen wollte, konnte er den Mord nur in den knappen fünf Minuten begehen, die der Zug braucht, um die Brücke zu überqueren. Immerhin hätte in Marghera, kurz vor der Brücke, noch jemand zusteigen können. Er stand unter Zeitdruck und hat das Billett einfach übersehen.»

«Oder der Tote hat die Bahn überhaupt nicht benutzt», warf Tron ein.

Bossi runzelte die Stirn. «Wie?»

«Der Mann ist überhaupt nicht in der Eisenbahn ermordet worden», sagte Tron. «Vielleicht nicht einmal in Venedig. Man hat ihm das Billett in die Tasche gesteckt, um eine falsche Spur zu legen.»

«Halten Sie das für möglich?»

«Ich halte es für möglich, aber ich behaupte nicht, dass es so war», sagte Tron. «Auf jeden Fall scheint mir diese Version wahrscheinlicher als ein geheimnisvoller Auftragsmord in der Eisenbahn. Wir sind hier nicht in einem Roman, Bossi.»

«Und was machen wir jetzt?»

«Sind das die Fotografien?» Tron deutete auf den braunen Umschlag. Bossi nickte.

Tron holte einen der kartonstarken Bogen im Atelierformat heraus. Wie jedes Mal, wenn er auf eine Fotografie blickte, hatte er das Gefühl, etwas zu betrachten, das aus einer anderen, längst vergangenen Zeit stammte, was schon deshalb nicht sein konnte, weil es die Kunst der Fotografie noch gar nicht so lange gab.

Der Mann hatte ein unauffälliges, glattrasiertes, vielleicht ein wenig feistes Gesicht; es blieb unklar, wie stark die Berührung mit dem Wasser seine Gesichtshaut aufgeschwemmt hatte.

Tron zuckte die Achseln. «Ich schlage vor, dass Sie mit diesen Bildern nach Verona fahren, Bossi.»

## 10

Der Regen und der Wind überfielen die Gondel plötzlich von allen Seiten, und Boldù lehnte sich unwillkürlich in den Polstern zurück. Heftige Böen trieben weiße Schaumkronen auf die Wellen, und der Regen sorgte dafür, dass die Segelschiffe, an denen sie vorüberglitten, nur hinter einem Vorhang aus nasser Luft zu erkennen waren. Beunruhigend war, dass der *felze*, das schwarze quadratische Gondelverdeck, unter dem sie saßen, den Wind wie ein Segel auffing und ihre Gondel bei jedem Windstoß gefährlich krängen ließ. Boldù fragte sich, ob es vorgekommen war, dass Gondeln im Giudecca-Kanal in Seenot gerieten. Und dann fragte er sich, ob der Mann, der schweigend an seiner Seite saß und sich Rossi nannte, schwimmen konnte.

Rossi hatte ihn kurz vor zwei Uhr an der Fondamenta degli Incurabili abgeholt und schien entschlossen, ihn erst am Ziel der Fahrt in seine Aufgabe einzuweihen – was immer dieses Ziel war und worin auch immer seine Aufgabe bestehen würde. An diesem Punkt waren die Auskünfte, die Oberst Hölzl ihm gegeben hatte, etwas unbestimmt gewesen. Er würde notfalls gezwungen sein zu improvisieren.

Die Konversation in der Gondel hatte sich auf das Nötigste beschränkt. Rossis Neugier auf seine Person schien sich in Grenzen zu halten, er hatte ihm kaum Fragen gestellt. Allerdings, sagte sich Boldù, gehörte es zu den Regeln seines Metiers, sich mit Fragen zurückzuhalten, und so hielt auch er sich zurück.

Als sie die Punta di Santa Marta erreicht hatten – sie waren den Giudecca-Kanal nach Westen gefahren –, hörte der Regen plötzlich auf, und auch der Wind flaute ab. Auf der rechten Seite erstreckte sich jetzt der Campo di Marte, der Exerzierplatz, und vor ihnen lag die winzige Isola di Santa Chiara. Links davon sah Boldù die von der regnerischen Luft verschleierte Eisenbahnbrücke, die den Bahnhof mit dem Festland auf der anderen Seite der Lagune verband. Die Brücke aus dieser völlig ungewohnten Perspektive zu sehen – in diesen Teil Venedigs stießen Fremde normalerweise nie vor – erheiterte Boldù grundlos.

Ein knappes Dutzend ausrangierter Schiffe ankerte vor

der Isola di Santa Chiara. Beim Näherkommen erkannte Boldù, dass sie einigen Venezianern als Quartier dienten, bevor man sie abwrackte: hüttenbesetzte Schuten, auf denen Lagerfeuer brannten, mit provisorischen Aufbauten versehene Segelschiffe, denen die Takelage fehlte. Zwei Lastensegler waren miteinander vertäut und schienen eine größere Anzahl von Menschen zu beherbergen. Boldù hörte Kindergeschrei und Hundegebell. Ein paar Männer in abgerissener Kleidung standen an der Reling und angelten. Als die Gondel die Schiffe passierte, drehten sie misstrauisch die Köpfe.

Der Raddampfer, den die Gondel auf Rossis Anweisung hin ansteuerte, lag am Rand dieser bizarren Siedlung, halb verdeckt von einer mastlosen Brigg, deshalb hatte ihn Boldù nicht sofort bemerkt. Es war ein Seitenraddampfer, der irgendwann Schornstein, Reling und Flaggenmasten verloren hatte. Am Bug zog sich, wie eine schlecht verheilte Wunde, ein langer, offenbar von innen abgedichteter Riss über die hölzernen Wanten. Der Dampfer sah aus wie ein Schiff, das nur ein Wunder davor bewahrt hatte, auf den Meeresgrund zu sinken.

Die Gondel glitt näher, und kurz vor dem Anlegen las Boldù auf einem der großen Kästen, unter denen sich früher die Schaufelräder gedreht hatten, den Namen des Schiffes: *Patna*. Boldù fand, der Name hörte sich indisch an.

Als sie das morsche Fallreep am Heck emporgeklettert waren und auf dem Deck der *Patna* standen, sah er, dass selbst die Bewohner der bizarren Wassersiedlung es als Behausung verschmäht hätten. Nicht nur die Reling war verschwunden, sondern auch das Schanzkleid existierte nicht mehr. Dem Ruderhaus fehlten Dach und Tür, und die Deckplanken waren mit Abfall übersät. Lediglich die vorderen, durch einen kleinen Niedergang zu erreichenden Deckaufbauten schienen intakt zu sein. Boldù fiel auf, dass keines der Oberlichter aus Milchglas zerbrochen war.

Vor der Tür der Deckaufbauten blieb Rossi stehen, klopfte dreimal und wartete. Einen Augenblick später steckte ein jüngerer Mann, der ein großes Messer in der Hand hielt, den Kopf heraus, nickte und trat dann zur Seite, um Rossi und Boldù einzulassen.

Der Innenraum war größer, als Boldù erwartet hatte, und mochte in den guten Zeiten der *Patna* das Bordrestaurant des Schiffes gewesen sein. Im Gegensatz zum schmutzstarrenden Deck war der Fußboden hier sauber, es roch leicht nach Desinfektionsmittel, fast wie in einem Lazarett. Direkt unter dem Oberlicht stand ein gewaltiger Arbeitstisch mit einem Stapel Pappe, daneben eine Apparatur, deren Funktion Boldù ebenso schleierhaft war wie der Verwendungszweck der Pappe. Die primitive Maschine bestand aus zwei Holzblöcken, auf denen eine drehbare Walze befestigt war. An einem Ende der Walze befand sich eine Kurbel. Boldù musste unwillkürlich an einen Bratenwender denken.

Rossi drehte die Kurbel, um zu demonstrieren, wie leicht sich die Walze bewegen ließ. «Für die Herstellung von Hülsen», sagte er. «Damit geht es schneller und genauer. Unser Material reicht für zweihundert Füllungen. Und aus einem Bogen machen wir vier Wandungen.»

*Füllungen? Wandungen?* Boldù verstand noch immer nicht, was genau hier fabriziert wurde, hielt es aber für klüger, keine Fragen zu stellen.

«Dann zeige ich Ihnen jetzt», fuhr Rossi fort, «wo wir den Satz mischen und die Füllung vornehmen. Kommen Sie.»

Rossi öffnete eine Tür am hinteren Ende des Raumes,

die zu einer weiteren Kajüte führte. Auf der Backbordseite registrierte Boldù drei – offenbar nachträglich eingebaute – Fenster. Sehen konnte man nichts dadurch, denn auch ihre Scheiben bestanden aus Milchglas.

Unter dem Oberlicht stand ebenfalls ein großer Holztisch, nur dass diesmal auf ihm zwei große, mit hölzernen Latten eingefasste Marmorplatten lagen. Darauf konnte man das Mischungsverhältnis des Schießpulvers verändern: aus Jagdpulver durch die Veränderung des Salpeter- und Schwefelanteils Sprengpulver machen oder umgekehrt. Boldù hatte keine Ahnung, was für eine Sorte Schießpulver er nach Venedig gebracht hatte, aber offenbar musste es hier noch einmal modifiziert werden, um anschließend – zu welchem Zweck auch immer – in die Hülsen gefüllt zu werden.

«Das Material», sagte Rossi, indem er seinen Zeigefinger auf zwei große Kisten richtete, die neben dem Tisch standen, «ist in diesen Behältern.»

Boldù nahm an, dass Rossi das Schießpulver meinte, das jetzt in Papphülsen zu Geschossen oder kleinen Bomben verarbeitet werden sollte.

«Strontium- und Bariumnitrat sind ausreichend vorhanden», fuhr Rossi fort. «Das Antimon für das Weiß erhalten wir übermorgen. Dann können wir den Satz mischen und den Füller in Betrieb nehmen.» Er wies auf eine Apparatur, die auf einem separaten Tisch neben den Mischpulten stand.

Der *Füller* bestand aus einer hohen, aufrecht stehenden Metallröhre, aus deren Innerem ein Seil kam, das über eine an der Decke befestigte Rolle wieder nach unten geführt wurde. Am unteren Ende des Seils befand sich ein Griff. Als Rossi daran zog, schob sich ein Kolben aus der Metallröhre.

Dann ließ er ihn los, und der Kolben schlug krachend auf den Boden der Röhre.

«Wir füllen den Zylinder in kleinen Portionen», erklärte Rossi, der sich jetzt anhörte wie Boldùs Chemielehrer auf der Kadettenanstalt. «Dann wird der Kolben hochgezogen und fallen gelassen, sodass er immer mit der gleichen Kraft auf den Satz schlägt. Handgeschlagener, dichter Satz brennt nie gleichmäßig ab. Wegen der Höhe brauchen wir dicht geschlagene Sätze.»

Boldù räusperte sich. «An welche Höhe dachten Sie?»

Und dann sagte Rossi etwas, das Boldù endlich die Augen öffnete. «Ich will, dass man die Bouquets in der ganzen Stadt sieht. Ich dachte an eine Höhe von hundert Metern.»

Als er begriffen hatte, worum es ging, wäre Boldù fast in Gelächter ausgebrochen. Eigentlich hätte er sofort darauf kommen können. Strontium ergab Rot, Barium Grün und Schwefelantimon Weiß. Die Idee war genial. Einen Augenblick lang reizte ihn die Vorstellung, sein eigenes Projekt mit dem der Gruppe zu einem einzigen zu kombinieren, beides zum gleichen Zeitpunkt stattfinden zu lassen.

Boldù lächelte. «Wann wollen Sie die Bouquets zünden?»

«Gleich am ersten Abend des kaiserlichen Besuchs. Zur Begrüßung.»

«Und wo?»

«Direkt über der Piazza. Vom Dachboden der Alten Prokuratien. Wir feuern zwanzig Sätze aus zwanzig verschiedenen Positionen ab.»

«Wie viele sind wir?»

Rossi zögerte einen Moment. Dann sagte er: «Mit Ihnen zusammen sind wir fünf.»

Boldù runzelte die Stirn. «Nur fünf Leute für zwanzig Positionen?»

«Wir benutzen Zündschnüre von verschiedener Länge», erklärte Rossi. «Jeder von uns bedient vier Positionen.»

«Und wie kommt man unter das Dach der Alten Prokuratien?»

«Vom Baccino Orseolo her. Über eine kleine Hintertreppe, die normalerweise nicht benutzt wird.»

«Was ist auf dem Dachboden?»

«Gerümpel, Taubendreck. Und massenhaft lose Dachziegel, die sich leicht entfernen lassen.»

«Kann man die fehlenden Dachziegel von der Piazza aus erkennen?»

Rossi schüttelte den Kopf. «Nicht bei Dunkelheit. Außerdem werden sie erst im letzten Moment entfernt.»

Das alles, fand Boldù, war sehr interessant zu hören.

## II

Königsegg nahm die goldene Halskette aus der Tasche seines Gehrocks und legte sie vor die Apparatur, die auf dem Tisch aufgebaut war. Der *professore* war neben ihn getreten, und Königsegg spürte, wie er ihn beobachtete. Die Apparatur bestand aus zwei großen, auf ein eisernes Gestell montierten Kupferzylindern, die durch Röhren miteinander verbunden waren. Auf dem linken Zylinder war eine Anzeige angebracht, auf der man die Temperatur ablesen konnte, darunter brannte eine Spiritusflamme. Wenn die erforderliche Temperatur erreicht war, würde der *professore* die Klappe an der Vorderseite des Zylinders öffnen, die

Halskette hineinlegen und ein wenig Quecksilber hinzufügen. Königsegg konnte es immer noch nicht recht glauben. Aber gestern hatte er mit eigenen Augen gesehen, dass es funktionierte.

Es war der Gondoliere am Casino Molin, der ihm die Adresse des *professore* gegeben hatte – «Sagen Sie ihm, dass Angelo, der Gondoliere, Sie geschickt hat. Der *professore* wird Ihnen helfen.»

Hatte der Gondoliere ihm angesehen, dass er gezwungen gewesen war, einen Schuldschein in astronomischer Höhe zu unterzeichnen? Und dass er ernsthaft mit dem Gedanken gespielt hatte, sich eine Kugel in den Kopf zu jagen? Königsegg glaubte fest daran, dass der Herr hin und wieder einen Engel auf die Erde sandte. Es konnte kein Zufall sein, dass der Gondoliere ausgerechnet *Angelo* hieß.

Also hatte Königsegg den *professore* am nächsten Morgen aufgesucht, und der hatte ihm seine Apparatur ausführlich erklärt. Natürlich hatte ihm Königsegg nicht geglaubt. Aber dann hatte der *professore* ihn um seinen Ehering gebeten und diesen in den linken Zylinder gelegt. Er hatte ein wenig Quecksilber hinzugefügt und einen Spiritusbrenner unter dem Zylinder entzündet. Fünf Minuten später hatte er aus dem rechten Zylinder einen Goldklumpen herausgeholt, der fast genauso viel wog wie der Ehering. Den Ring hatte ihm der *professore* zurückgegeben – völlig unbeschädigt. Königsegg musste sofort an die Halskette der Kaiserin denken.

«Ich nehme zehn Prozent als Kommission», hatte der *professore* gesagt. Er hatte ihn darauf hingewiesen, dass der Besitz einer solchen Apparatur hart bestraft wurde.

Königsegg sah, wie der *professore* nach der Kette griff und die Klappe öffnete. Er wurde plötzlich nervös. «Sind Sie sicher, dass die Kette dabei nicht beschädigt wird?»

Königsegg hatte das Schmuckstück in einer Apotheke wiegen lassen. Er hasste es, betrogen zu werden, und wollte nicht mehr als die vereinbarten zehn Prozent zahlen. Das Wichtigste war allerdings, dass er die Halskette heute Nacht unbeschädigt zurückbrachte.

Der *professore* lächelte mild. «Ganz sicher, Signore.»

Er legte die Halskette in den Zylinder, gab Quecksilber aus einem Apothekerglas dazu und schloss die Klappe. Von jetzt ab würde es fünf Minuten dauern. Die Wanduhr über dem Tisch stand auf sieben.

Der *professore* regulierte die Flamme unter dem ersten Zylinder und trat einen Schritt zurück. Nachdem er eine Weile auf den Zylinder gestarrt hatte, sagte er: «Dieses Verfahren nennt sich ‹direkte Multiplikation›. Dabei schmiegt sich das Quecksilber um das Gold und nimmt einen Abdruck des Metalls in sich auf. Nicht der Form, sondern der Substanz. Das geschieht im ersten Zylinder.»

Königsegg hatte kein Wort davon verstanden. «Und wenn das Quecksilber die Form abgenommen hat?»

«Dann wird der Abdruck durch die Röhren in den zweiten Zylinder geleitet. Dort kommt es zur *coagulatio* des Abdrucks, zur Gerinnung.»

Königsegg räusperte sich. «Und dann?»

«Warten wir, bis sich das Gold abgekühlt hat, und wiegen es ab», erklärte der *professore*. «Es könnte sein, dass der Abdruck zu kleinen Körnchen geronnen ist.» Er lächelte. «Das dürfte die Entnahme meiner Kommission erleichtern.»

Königsegg wusste, dass die Kette knapp fünfhundert Gramm wog. Nach Abzug der zehn Prozent blieben ihm vierhundertfünfzig Gramm reines Gold. Das war mehr als genug, um den Schuldschein im Casino auszulösen. Er sah auf die Uhr über dem Tisch. Noch zwei Minuten. Sein Herz schlug ihm bis zum Hals. Die Gnade des Herrn hatte ihm einen Engel gesandt, und er hatte sich der Gnade würdig erwiesen, indem er kühn und entschlossen gehandelt hatte. Der Herr, dachte er, hilft denen, die sich selbst helfen.

Er sah wieder auf die Wanduhr. Noch eine gute Minute. Dann würden sie das Gold wiegen, der *professore* würde seine Kommission abzweigen (Königsegg hatte beschlossen, es nicht allzu genau zu nehmen), und eine Viertelstunde später würde er die Wohnung verlassen haben. Ob er sich gleich zum Casino Molin begeben sollte, um den Schuldschein auszulösen? Es würde ohnehin zu riskant sein, sich vor Mitternacht in die Suite des Kaisers zu begeben. Und wenn er sich schon im Casino aufhielt – was sprach eigentlich dagegen, ein kleines Spielchen zu machen? Vielleicht sogar zwei? Königsegg schloss voller Vorfreude die Augen, und einen Moment lang glaubte er, das Geräusch zu hören, mit dem sich die Kugel im Kessel bewegte.

Das Nächste, was er hörte, war, wie hinter seinem Rücken die Wohnungstür aufgestoßen wurde, gefolgt von dem Trappeln schwerer Stiefel im Flur. Dann flog die Zimmertür auf, und zwei Polizisten stürmten in den Raum. Der eine war dick und klein, der andere dünn und groß. Beide trugen sie die blaue Uniform der venezianischen Polizei und hatten eine Pistole in der Hand. Die Waffe des dicken Polizisten zeigte auf ihn. Die des dünnen Polizisten auf den *professore*.

Ein paar tröstliche Sekunden lang brachte Königsegg es fertig, sich der Illusion hinzugeben, er wäre kurz eingenickt und dies alles nichts als ein besonders perfider Albtraum. Doch dann rief der dünne Polizist etwas in scharfem Ton auf *veneziano*, was Königsegg nicht verstand. Der Lauf seines Revolvers zuckte nach oben, und Königsegg nahm automatisch die Hände hoch. Aus den Augenwinkeln registrierte er, wie der *professore* ebenfalls die Hände hob.

Die beiden Polizisten traten einen Schritt näher, und Königsegg sah, dass der dicke Polizist ein offenes, freundliches Gesicht hatte, der dünne ein finsteres, raubvogelähnliches. Sie schienen es mit den Adjustierungsvorschriften nicht besonders genau zu nehmen, an beiden Uniformen fehlte der diagonal über die Jacke laufende weiße Riemen. Aber Königsegg hielt es für unangebracht, sie unter den momentanen Umständen darauf hinzuweisen.

Der *professore* sagte etwas mit lauter, empörter Stimme, worauf der dünne Polizist mit ebenso lauter Stimme antwortete. Wieder redeten sie *veneziano*, und wieder verstand Königsegg kein Wort. Der Wortwechsel endete damit, dass der dünne Polizist den *professore* unsanft an der Schulter packte und ihn an die Wand stieß. Er zog ein Paar Handfesseln aus der Tasche seiner Uniformjacke und band ihm damit die Hände auf dem Rücken zusammen.

Dann trat der dicke Polizist auf die Apparatur zu, öffnete die Klappe des linken Zylinders und nahm vorsichtig mit einem Taschentuch die Kette aus dem Behälter. Als er sie sah, stieß er einen überraschten Schrei aus. Beide Polizisten schienen erfreut zu sein. Wieder sprachen sie auf *veneziano*.

«Ist das Ihre Kette, Signore?», fragte der dünne Polizist. Er sprach jetzt ein Italienisch, das Königsegg verstand.

Königsegg nickte.

«Ein sehr schönes Stück.» Der dünne Polizist ließ die Kette über seine Finger gleiten. Die Augen in seinem schmalen Raubtiergesicht funkelten. «Ein Stück, das Begehrlichkeiten weckt.»

«Sie gehört meiner Frau», sagte Königsegg matt.

«Was hat er von Ihnen verlangt? Zehn Prozent? Zwanzig Prozent?», erkundigte sich der dicke Polizist.

«Zehn Prozent», sagte Königsegg.

Die beiden Polizisten brachen in Gelächter aus. Dann sagte der dünne Polizist: «Er hätte Ihnen fünfzig Prozent abgenommen, Signore. Notfalls mit Gewalt. Sie hätten sich schlecht beschweren können. Sind Sie Gast in dieser Stadt?»

Königsegg nickte.

«Wo logieren Sie?»

«Im Danieli», antwortete Königsegg, dem so schnell kein anderes Hotel einfiel.

«Können Sie sich ausweisen?»

«Meine Papiere sind auf meinem Zimmer.»

«In diesem Falle müssen wir Sie leider bitten, uns ins Hotel zu begleiten.»

«Werden Sie mir die Kette dort zurückgeben?» Eine völlig unsinnige Frage. Wo denn zurückgeben? In einem Zimmer, das gar nicht existierte?

Der dicke Polizist lächelte traurig und schüttelte den Kopf. «Das darf ich nicht, Signore. Aber Sie können unbesorgt sein. Wenn Sie beweisen können, dass diese Kette Ihnen gehört, wird das Gericht sie Ihnen nach dem Prozess zurückgeben.»

Königsegg wurde blass. «Es wird einen Prozess geben?»

«Hat Sie der *professore* nicht darauf hingewiesen, dass diese Apparatur illegal ist?»

Königsegg schüttelte wieder den Kopf. «Davon habe ich nichts gewusst.»

«Dieser Mann», sagte der dünne Polizist kurz, «wird wegen ähnlicher Delikte bereits von uns gesucht.» Er warf einen verächtlichen Blick auf den *professore*, der mit geschlossenen Augen an der Wand stand.

Wieder entspann sich eine auf *veneziano* geführte Diskussion zwischen den beiden Polizisten, von der Königsegg kein Wort verstand. Schließlich öffnete der dicke Polizist die Klappe des zweiten Zylinders, schlug die Goldkörner, die *coagulatio*, die sich gebildet hatte, sorgfältig in sein Taschentuch ein und sagte zu Königsegg: «Wir bringen Sie und den *professore* auf die Questura. Und gehen vorher am Danieli vorbei.»

Er warf einen fragenden Blick auf seinen Kollegen, und als der nickte, richtete der dicke Polizist seinen Zeigefinger auf Königsegg und beschrieb einen Kreis. Königsegg verstand. Es würde keinen Sinn haben, gegen die Handfesseln zu protestieren. Er drehte sich gehorsam um und legte die Handgelenke auf dem Rücken übereinander.

Als sie das Haus verließen und den Campo Santo Stefano kurz vor acht Uhr betraten, regnete es immer noch in Strömen. Königsegg, der seinen Hut und – wie es ihm schien – den größten Teil seines Verstandes in der Wohnung des *professore* zurückgelassen hatte, spürte, wie das Regenwasser von seinen Haaren herunter in seinen Kragen lief. Ein paar Leute mit Blendlaternen kamen ihnen entgegen, und Königsegg sah mit Schrecken, dass es sich um kaiserliche Offiziere handelte. Einen furchtbaren Moment lang hatte er die Vision, dass einer der Offiziere ihn erkennen würde – Guten Abend, Herr Generalmajor. Brauchen Herr Generalmajor Hilfe? –, aber sie gingen vorbei, ohne den Kopf zu drehen.

Sollte er den beiden Polizisten doch noch ein Geschäft vorschlagen? Die goldenen Körner gegen die Halskette?

Königsegg hatte in der Wohnung an diese Möglichkeit gedacht. Aber er hatte die Unterredung zwischen dem *professore* und den Polizisten nicht verstanden, und es war durchaus denkbar, dass die Polizisten einen entsprechenden Vorschlag bereits zurückgewiesen hatten. Denn etwas, irgendetwas, war anders an diesen Polizisten – Königsegg hatte es die ganze Zeit gespürt. Er stieß einen Seufzer aus und kam zu dem Schluss, dass es daran lag, dass sie nicht käuflich waren.

Sie bewegten sich noch immer in der Formation, in der sie das Haus verlassen hatten. Er und der *professore* gingen voraus, dicht hinter ihnen, die Waffen im Anschlag, folgten die Polizisten. Der Regen schien nachgelassen zu haben, aber ein böiger Wind war aufgekommen, der ihnen die Tropfen ins Gesicht trieb. In spätestens zehn Minuten würden sie im Danieli sein. Und dort, dachte Königsegg, indem eine Woge dumpfen Entsetzens über ihm zusammenschlug, wäre es aus mit ihm. Es sei denn, es gelänge ihm zu fliehen. Dann blieben ihm bis zur Ankunft des Kaisers fünf Tage, um die Halskette wieder in den Tresor zu legen. Königsegg hatte nicht die geringste Vorstellung, wie das zu bewerkstelligen war, aber vielleicht tat ja der Herr ein zweites Mal ein Wunder an ihm.

Sie hatten den Campo Santo Maurizio überquert und betraten die Calle delle Ostreghe, tagsüber eine schmale, von kleinen Läden gesäumte Gasse, jetzt ein rabenschwarzer Korridor, auf dessen Grund die Sicht auf Armeslänge geschrumpft war. Königseggs Augen brannten, sein Rücken tat ihm weh, und seine Handgelenke, die sich an den Fesseln rieben, schmerzten. Schlimmer jedoch als die körperlichen Schmerzen war die immer deutlichere Vorstellung davon, was ihn in Kürze im Danieli erwartete. *Mori Turi*

*Tesa Lutant*, murmelte Königsegg. Er wusste nicht genau, was dieser Satz bedeutete und an welcher Stelle der Heiligen Schrift er stand – schließlich war er kein Feldkurat. Aber irgendwie schien dieser Satz aus dem Buch der Bücher zu passen. Königsegg fand, er klang wie ein Gebet, fast wie eine heidnische Zauberformel. *Mori Turi Tesa Lutant*, wiederholte er inbrünstig.

In diesem Moment geschah zum zweiten Mal an diesem Abend etwas, das Königsegg nicht erwartet hatte. Es dauerte drei, vielleicht auch vier Sekunden, bis er begriff, was geschehen war. Der *professore* hatte sich plötzlich von seiner Seite gelöst und einen wilden Satz in die Dunkelheit gemacht. Eine Hand packte Königsegg hart an der Schulter, stieß ihn zur Seite, dann schrie der dünne Polizist etwas auf *veneziano*, und beide Polizisten stürzten an Königsegg vorbei. Königsegg hörte ihr wütendes Geschrei und wie ihre Polizeistiefel über das Pflaster trappelten. Dann brach das Gerufe plötzlich ab, die Schritte wurden immer leiser, bis schließlich nur noch ein feines Klappern zu hören war. Wieder hatte Königsegg das Gefühl, sich in einem Traum zu befinden. Er machte zwei stolpernde Schritte nach hinten, drehte sich um und lief in die Dunkelheit hinein.

## 12

«Phantastisch», murmelte Tron.

Er lehnte sich in seinem Sessel zurück und ließ das zweibogige Manuskript, in dem er mit wachsendem Entzücken gelesen hatte, auf die Knie sinken. Die Principessa, die auf der anderen Seite des Tischchens zwischen ihnen auf ihrer

Recamiere lag, hob irritiert den Kopf, vertiefte sich dann aber sofort wieder in ihre Geschäftspapiere. Es hatte am Nachmittag angefangen zu regnen. Obwohl die Fenster zum Canalazzo geschlossen und die Vorhänge zugezogen waren, hörte man die Tropfen an den Scheiben – ein Geräusch, das Tron immer als tröstlich empfunden hatte.

Das Gedicht, das ihm ein gewisser Signor Fabri mit einem kurzen Begleitschreiben für die Dezemberausgabe des *Emporio della Poesia* zugeschickt hatte, hieß lapidar *Pioggia nel Pineto*. Tron vermutete, dass es sich um ein Liebesgedicht handelte, obwohl der Gegenstand nicht vollständig klar war. Die Sprache jedenfalls war flirrend und geheimnisvoll, zugleich aber so rein und durchsichtig, wie es ihm nur selten begegnet war.

> *Piove su le tue ciglia nere*
> *Si che par tu pianga*
> *Ma di piacere ...*

Wer war er, dieser Signor Fabri, der als Adresse ein kleines in der Nähe der Accademia-Brücke gelegenes Haus angegeben hatte? Was für ein Unbekannter hatte diese zauberhaften Verse zu Papier gebracht und ...

«Phantastisch», sagte die Principessa.

Tron blickte auf und hatte einen Moment lang das unangenehme Gefühl, dass die Principessa seine Gedanken gelesen hatte. Nicht dass er etwas gedacht hatte, was sie womöglich missbilligt hätte – das würde er sich nie erlauben. Er räusperte sich. «Wie bitte?»

«Die neuen Zahlen aus Wien sind phantastisch», sagte die Principessa. Ihre Stimme klang ein wenig ungeduldig. Als Tron sie immer noch verständnislos anstarrte, fügte sie hinzu: «Das Pressglas, Tron. Jeder dritte Nachttopf, der in Wien verkauft wird, stammt aus unserer Produktion.»

Tron musste schlucken. Offenbar hatte die Principessa seine Gedanken *nicht* gelesen. Er sagte: «Das freut mich.»

«Es gibt nur ein Problem dabei», fuhr die Principessa fort. «Die Zahlen sind *zu* gut.» Sie zündete sich eine Zigarette an, inhalierte und blies den Rauch über das Tischchen. «Je mehr wir verkaufen, desto größer wird der Druck der böhmischen Produzenten. Wir müssen uns also etwas einfallen lassen.»

«Wie meinst du das?»

«Perfekt wäre», sagte die Principessa, «wenn der Kaiserin ein Malheur zustoßen würde.» Sie nahm Tron mit ihren grünen Augen scharf ins Visier. «Eine kleine Verwicklung, die sich dann mit deiner Hilfe in Wohlgefallen auflöst.»

Himmel, das klang fast so, als würde die Principessa von ihm erwarten, dass er die Verwicklung, die er auflösen sollte, vorher arrangiert hatte. Tron hielt es für klüger, nicht darauf einzugehen. Er sagte: «Du meinst, ich könnte bei dieser Gelegenheit die Schutzzölle zur Sprache bringen?»

Die Principessa nickte frostig.

«Die Kaiserin und der Kaiser sind nur vier Tage in Venedig», sagte Tron. «Es wird ein straffes Protokoll geben. Da bleibt kein Raum für Malheurs. Abgesehen davon überschätzt du vermutlich Elisabeths Einfluss auf den Kaiser.»

«Nicht, wenn stimmt, was ich aus Wien höre.» Die Principessa setzte ein überlegenes Lächeln auf.

«Und was hörst du aus Wien?»

«Dass die Kaiserin sich massiv in die Politik einmischt», antwortete sie. «Und dass Franz Joseph immer öfter auf sie hört. Die nationalen Bewegungen in der Monarchie werden täglich stärker, und der Kaiser hat kein Rezept dafür.»

«Und was wäre das Rezept der Kaiserin?»

«Die Zügel zu lockern und Entgegenkommen zu signalisieren», erklärte die Principessa. «Was der Hofkamarilla und der Erzherzogin Sophie natürlich nicht passt.»

«Woher weißt du das alles?»

«Von Hyazinth von Ronay, der unsere Firma in Wien vertritt. Er ist gut mit Ida Ferenczy bekannt, der Vorleserin von Elisabeth.»

«Meinst du, es hat politische Gründe, wenn die Kaiserin den Kaiser auf dieser Reise begleitet?»

«Das wäre denkbar», sagte die Principessa. «Und wenn das so ist, wäre es gut für uns. Man könnte neue Schutzzölle als einen Affront gegenüber dem Veneto auslegen. Es geht nicht nur um wirtschaftliche Fragen, sondern auch um Politik.»

«Mit anderen Worten, an deinem Pressglas hängt die Zukunft des Habsburgerreiches», sagte Tron.

Die Principessa, der die Ironie entging, nickte ernsthaft. «So könnte man es ausdrücken.»

«Ich frage mich, was die Kaiserin in Venedig vorhat.»

«Elisabeth muss nichts Bestimmtes vorhaben. Ihre bloße Anwesenheit reicht völlig aus. Im Gegensatz zu Franz Joseph kann sie Menschen für sich einnehmen. Das müsstest du doch am besten wissen.»

Tron, der an seine Begegnung mit der Kaiserin dachte, lächelte. «Allerdings. Aber darum geht es nicht. Ich kann mir einfach nicht vorstellen, dass ihr Einfluss auf den Kaiser so groß ist, wie du es darstellst.»

«Das haben viele nicht gedacht, und sie haben sich alle getäuscht.» Die Principessa drückte ihre Zigarette aus und sah Tron an. «Möchtest du ein paar Details aus der Hofburg hören?»

«Details aus der Hofburg höre ich immer gerne.»

«Nun, es gab in diesem Sommer eine heftige Auseinandersetzung zwischen Franz Joseph und Elisabeth.»

«Und worum ging es?»

«Um den Thronfolger, um Rudolf. Und um seinen Erzieher, den Grafen Leopold Gondrecourt. Ein übler Bursche und ein Protegé der Erzherzogin Sophie.» Die Principessa hielt inne und machte eine Kunstpause. «Was würdest du von einem Erzieher halten, der seinen Zögling nachts mit Pistolenschüssen weckt und ihn im Bett mit kaltem Wasser übergießt?»

«Wie alt ist Rudolf?», erkundigte sich Tron. Er fragte sich, worauf die Principessa mit dieser Schilderung hinauswollte.

«Sechs», antwortete die Principessa.

«Ich würde den Mann für einen Sadisten halten.»

Die Principessa nickte. «So hat das Elisabeth auch gesehen. Sie hat dem Kaiser im Sommer einen geharnischten Brief geschrieben: entweder Gondrecourt oder sie.»

Tron runzelte die Stirn. «Elisabeth hätte den Kaiser verlassen, wenn der Kaiser auf Gondrecourt bestanden hätte?»

«Genau das.»

«Und?»

«Graf Gondrecourt musste seinen Hut nehmen. Rudolf hat jetzt einen Erzieher, den die Kaiserin selber bestimmt hat, einen Liberalen. Sehr zum Missvergnügen der Erzherzogin Sophie und der Hofkamarilla.»

Aha, das war die Pointe der Geschichte. Tron sagte: «Mit anderen Worten, wenn Elisabeth von etwas überzeugt ist, lässt sie nicht locker. Die Frage ist nur, ob die Kaiserin für unser Pressglas mit derselben Energie kämpft wie für die Erziehung ihres Sohnes.»

«Es käme auf einen Versuch an, Tron.» Stimme und Miene der Principessa verrieten aber, dass sie mehr als nur einen Versuch erwartete. «Weiß man schon etwas über das Protokoll des kaiserlichen Besuchs?»

«Wir wissen nichts. Das ist es ja, was Spaur beklagt: dass man uns im Unklaren lässt. Ich weiß nur, dass diesmal die Einzelheiten des Protokolls erst kurz vorher bekannt gegeben werden.»

«Was hat das für einen Sinn?»

Tron zuckte die Achseln. «Vermutlich will man potenziellen Attentätern das Geschäft so schwer wie möglich machen.»

Die Principessa machte ein skeptisches Gesicht. «Attentäter? Hier in Venedig? Wo es ohnehin nur eine Frage der Zeit ist, bis die Österreicher abziehen?»

«Das wird der Kaiser etwas anders sehen», entgegnete Tron. «Ich bezweifle, dass sich Franz Joseph bereits mit dem Verlust des Veneto abgefunden hat. Und die Attentäter werden es – auf ihre Weise – ebenfalls anders sehen.»

«Du redest immer von Attentätern. Willst du damit sagen, dass es hier in Venedig Leute gibt, die ernsthaft einen Anschlag auf Franz Joseph planen?»

Tron schüttelte den Kopf. «Nicht dass ich wüsste. Es würde auch der italienischen Sache mehr schaden als nützen. Aber dass es hier Kreise gibt, die von der Militärpolizei genau beobachtet werden, kann ich mir gut vorstellen. Nur erfahren wir in der Questura nichts davon. Schließlich sind wir für unpolitische Fälle zuständig. Für ganz profanen Mord und Totschlag.»

Die Principessa schwieg einen Moment. Dann fragte sie: «Dieser Mann, den ihr gestern an den Fondamenta Nuove gefunden habt – ist er nun ermordet worden oder nicht?»

«Er ist ermordet worden», antwortete Tron, froh darüber, dass die Principessa endlich das Thema wechselte. «Der Obduktionsbericht hat Bossi recht gegeben. Jemand hat dem Mann das Genick gebrochen.»

«Was hat Bossi für eine Theorie?»

«Dass ein *professioneller Killer* am Werk war», sagte Tron.

Die Principessa musste lachen. «Das ist typisch Bossi. Und was glaubst du?»

«Dass Bossi zu viel Phantasie hat. Und dass es noch zu früh für Theorien ist.»

«Was habt ihr vor?»

«Herauszufinden, ob der Ermordete tatsächlich die Bahn benutzt hat. Dieses Billett könnte auch eine falsche Spur sein. Gelegt, um die Polizei zu verwirren.»

«Also hat Bossi Fotografien angefertigt und ist heute noch nach Verona gefahren, um festzustellen, ob jemand diesen Mann gesehen hat, richtig?»

Tron nickte. «So ist es. Ich werde es morgen früh erfahren.»

«Und wenn sich tatsächlich herausstellt, dass der Ermordete die Bahn benutzt hat?»

«Dann haben wir den ersten Eisenbahnmord Venedigs», sagte Tron resigniert. «Das kennt man bisher nur aus London und Paris.» Er stieß einen Seufzer aus. «Bossi wird begeistert sein.»

## 13

*Ispettore* Bossi, vor einem Jahr noch *sergente* Bossi, inzwischen Leiter des venezianischen Polizeilabors, trat vor den Spiegel und neigte den Oberkörper ein wenig nach vorne. Die Adjustierung auf seinen Schulterklappen, die ihn als *ispettore* auswiesen – ein blitzender Messingstern rechts, ein blitzender Messingstern links –, waren jetzt deutlicher zu sehen. Er hatte sie vor einer knappen Viertelstunde das letzte Mal geputzt – jedes Mal musste er dafür die Uniformjacke ausziehen. Aber er hatte festgestellt, dass man praktisch *alles* auf den Messingsternen sah – jeden Fleck und jedes Staubkörnchen. Es ließ sich also gar nicht vermeiden, in regelmäßigen Abständen zum Putztuch zu greifen. Bossi fand, die Messingsterne (die er sich ein wenig größer gewünscht hätte) ließen ihn weiser und interessanter aussehen. Und wenn er eine bestimmte Position vor dem Spiegel einnahm, den Oberkörper genau im richtigen Winkel nach vorne beugte, dann fühlte er sich auch weiser und interessanter.

Der Bericht, den er in den letzten beiden Stunden in seinem Kabuff im Dachgeschoss der Questura verfasst hatte, würde den Commissario nicht befriedigen. Nicht dass die gestrigen Ermittlungen in Verona erfolglos gewesen waren, durchaus nicht. Er hatte eine Menge herausgefunden – wesentlich mehr als erwartet. Aber zugleich hatte sich eine Reihe von neuen Fragen ergeben, und Bossi glaubte nicht, dass sie sich leicht beantworten lassen würden. Speziell das, was er nach seiner Rückkehr in Venedig erfahren hatte, verstärkte die romanhafte Rätselhaftigkeit, die über diesem Fall lag. Bossi lächelte glücklich. Er persönlich liebte solche

Fälle und bedauerte es immer wieder, dass der Commissario seine Vorliebe nicht teilte.

Er setzte sich wieder an seinen winzigen Schreibtisch, ergänzte hier und da noch ein fehlendes Komma in seinem Bericht und sah schließlich auf die Uhr. Kurz vor elf. Der Commissario nahm jeden Morgen eine dienstliche Inspektion des Café Florian vor (die sich manchmal in die Länge zog), aber gegen elf Uhr war er meistens in seinem Büro. Bossi schob die beiden Bogen seines Berichts zusammen, legte sie zwischen zwei Aktendeckel und erhob sich. Dann warf er einen letzten Blick in den Spiegel, um die Sterne auf seinen Schulterklappen zu überprüfen, und trat auf den Flur hinaus.

«Der Ermordete hat tatsächlich die Eisenbahn benutzt», sagte Bossi fünf Minuten später. Er hatte auf dem knarrenden Bugholzstuhl vor Trons Schreibtisch Platz genommen und seinen Bericht auf Trons Schreibtisch gelegt. «Der Schaffner in Verona konnte sich gut an ihn erinnern. Er reiste mit einem Gepäckstück, das etwas ungewöhnlich war. Besser gesagt: mit einem Frachtstück.» Bossi machte eine kurze Pause, bevor er weitersprach. «Der Ermordete führte einen *Sarg* mit sich.»

«Wie bitte?» Bossi beobachtete mit Genugtuung, wie Trons Augenbrauen nach oben schossen.

«Einen verlöteten und behördlich versiegelten Zinksarg. Aus den Papieren ging hervor, dass der Tote an der Cholera gestorben war. Der Frachtschein ist auf einen Signor Montinari ausgestellt worden.»

«Also wissen wir den Namen des Ermordeten.»

Bossi nickte.

«Wer hat die Papiere ausgestellt?»

«Die Begleitpapiere für den Sarg hat ein Amtsarzt in Peschiera unterschrieben. Der Frachtschein ist von der Bahn ausgestellt worden.»

«Wenn Signor Montinari auf dem Weg nach Venedig ermordet worden ist», sagte Tron, «dann kann er den Sarg nicht in Venedig in Empfang genommen haben. Also muss sich der Sarg noch auf dem Bahnhof befinden.»

«Das würde er auch, wenn er nicht abgeholt worden wäre.»

«Wer hat den Sarg abgeholt?»

Bossi, dem es lieber war, wenn Tron die Schlussfolgerung selber zog, sagte: «Jemand, der den Frachtschein hatte, der in Verona ausgestellt wurde.»

«Also kann nur der Mörder den Sarg in Venedig abgeholt haben. Mit wem haben Sie hier am Bahnhof gesprochen?»

«Mit dem Beamten, der für die Fracht zuständig ist. Er hat den Sarg an den Mörder ausgehändigt.»

«Wie hat der Beamte ihn beschrieben?»

«Mittelgroß, kräftig, glatt rasiert. Weder alt noch jung. Unauffällig. Der Mann sprach übrigens *veneziano*. So wie Signor Montinari.»

«Wo befindet sich der Sarg jetzt?»

«Er ist nach San Michele gebracht worden.»

«Woher wissen Sie das?»

«Ein Gepäckträger hat gesehen, wie der Sarg eine halbe Stunde nach Ankunft des Zuges auf eine Gondel befördert worden ist», sagte Bossi. «Die beiden Männer, die den Sarg verladen haben, waren Totengräber aus San Michele. Der Gepäckträger kannte sie zufällig.»

«Ist der Mann mit in die Gondel gestiegen?»

«Das konnte er leider nicht sagen.»

Tron machte ein nachdenkliches Gesicht. «Jemand

kommt mit einem Sarg nach Venedig. Er wird getötet, und der Sarg wird gestohlen. Eine ziemlich bizarre Geschichte.»

«Sie glauben also, es war ein Raubmord?»

«Ausgeführt von einem *professionellen Killer*, der im Sold finsterer Mächte steht? Die ihm den Auftrag erteilt haben, eine Choleraleiche zu stehlen?» Tron lächelte – ein wenig herablassend, wie Bossi fand.

«Ich glaube gar nichts, Bossi», fuhr Tron fort. «Natürlich könnten wir es mit einem Raubmord zu tun haben, und natürlich könnte der Mörder nicht auf eigene Rechnung getötet und geraubt haben. Aber in der Regel sind die Geschichten, die sich im wirklichen Leben abspielen, erheblich trivialer und bieten selten Stoff für Romane.»

«Und was machen wir jetzt?»

Tron warf einen Blick auf die Uhr, die neben dem Bild des Kaisers an der Wand hing. Er zuckte die Achseln. «Wir machen das, was auf der Hand liegt.»

«Wir fahren nach San Michele?»

«Genau», sagte Tron. «Obwohl ich mir nicht vorstellen kann, dass dieser Sarg auf der Toteninsel gelandet ist. Einen Mann zu töten, ihm den Sarg zu stehlen und diesen dann auf San Michele begraben zu lassen ist ein völlig sinnloser Vorgang.»

«Und wenn der Sarg doch nach San Michele gebracht worden ist?»

Tron musste unwillkürlich lachen. «Dann sollten Sie mir einen Ihrer Romane ausleihen, Bossi.»

## 14

Aus der Luft betrachtet, ist die Isola San Michele, die venezianische Toteninsel, ein auffällig geometrisches Gebilde, ein großes steinernes Rechteck, zusammengesetzt aus kleinen Rechtecken, Quadraten und Kreissegmenten. Richtige Bäume gibt es auf San Michele nicht, nur steife, düstere Zypressen, und braune, fruchtbare Gartenerde ist auf dieser bizarren Kreuzung von Friedhof und Kasernenhof nirgendwo zu sehen.

Pater Silvestro, der richtige Bäume und Gartenerde auf San Michele nie vermisst hatte, verschloss die Tür seines Arbeitszimmers und drückte die Klinke herab, um festzustellen, ob sie tatsächlich verschlossen war. Er stieg auf einen Stuhl und verhüllte das hölzerne Kruzifix an der Wand mit einem Tuch. Dann zog er die Fenstervorhänge zu, setzte sich an seinen Schreibtisch und nahm ein Messer aus der Schublade. Der große braune Umschlag lag bereits auf dem Tisch. Als Pater Silvestro ihn aufschlitzte, zitterten seine Hände.

Er hatte den Umschlag heute Morgen auf der Post an der Rialtobrücke abgeholt, wo er *poste restante* auf ihn gewartet hatte. Wie jedes Mal, wenn er eine neue Sendung abholte, klopfte sein Herz bis zum Zerspringen, und er fühlte sich von allen Seiten beobachtet. Natürlich war das albern. Mit seiner hageren Gestalt und seinen freundlichen braunen Augen, aus denen Gottesliebe und Askese sprachen, verkörperte er das Idealbild des vertrauenswürdigen Priesters. Niemand würde darauf kommen, was sich tatsächlich in dem Umschlag befand.

Pater Silvestro verstaute das Messer wieder in der Schublade, drehte sich um und warf vorsichtshalber noch einen Blick auf die Tür und die Vorhänge. Dann steckte er seine Hand, die immer noch heftig zitterte, in den Umschlag und zog den Inhalt heraus. Er hatte seine erste Bestellung – es war damals auf dem Priesterseminar – auf eine Annonce hin aufgegeben, die ihm in einer französischen Zeitschrift aufgefallen war, und war mit der Lieferung außerordentlich zufrieden gewesen. Pater Silvestro hätte sich gerne häufiger eine frische Sendung geleistet, aber allzu viel von der Kollekte abzuzweigen wäre aufgefallen.

Auch diesmal enthielt die Sendung die übliche Anzahl von Fotografien: zwei Dutzend Bildnisse junger Frauen im handlichen Carte-de-Visite-Format, jedes einzelne in duftendes Seidenpapier eingeschlagen. Drei der Bildnisse – Pater Silvestro sah es mit Entzücken – waren geschmackvoll koloriert. Jede der jungen Frauen hielt etwas in der Hand – ein Tamburin, einen Fächer, ein Weinglas oder eine Zigarette. Sie trugen Zylinderhüte, orientalische Turbane, Schleier, neckische Krönchen und Stiefelchen. Allen jedoch war gemeinsam, dass sie außer Zylinderhüten, Turbanen und Stiefelchen nichts anderes trugen.

Als Pater Silvestro begann, die kleinen Bildnisse wie eine Patience auf dem Tisch auszulegen, spürte er, wie ihm das Blut zu Kopf stieg und sich sein Pulsschlag beschleunigte. Er öffnete die Schublade seines Schreibtischs ein zweites Mal, zog eine Lupe heraus und beugte sich schwer atmend über die Fotografien. Wenn er die Lupe dicht vor das rechte Auge hielt und das linke Auge schloss, dann hatte er manchmal das Gefühl, er müsse nur noch seine Hand ausstrecken, um …

Das Klopfen an der Tür kam so plötzlich und unerwartet, dass Pater Silvestro vor Schreck die Lupe fallen ließ. Ein paar Sekunden lang steckte er im Klammergriff einer so überwältigenden Panik, dass er außerstande war zu reagieren. Dann sagte eine Stimme, die er nicht kannte und die sich anhörte wie die Stimme des Jüngsten Gerichts: «Sind Sie da, Pater Silvestro? Wir würden Sie gerne sprechen.»

Pater Silvestro riss die Schublade auf, schob die Fotografien mit beiden Armen hinein, knallte die Schublade wieder zu und erhob sich taumelnd.

Das Zimmer, das Tron und Bossi betraten, war ein kleiner zweifenstriger Raum, dessen Einrichtung sich auf einen Schrank, ein fast leeres Bücherregal, zwei Stühle und einen Tisch beschränkte. Auf dem Tisch lag eine aufgeschlagene Bibel, daneben eine Lupe mit Horngriff. Über ein an der Wand befestigtes Kruzifix war – aus welchen Gründen auch immer – ein Tuch gehängt worden, sodass man nur die hölzernen Füße des Gekreuzigten erkennen konnte. Pater Silvestro, dessen Füße man unter seiner nach oben gerutschten Soutane ebenfalls gut erkennen konnte, war ein hagerer, asketisch wirkender Mann mit einer hohen Stirn – und es war ganz offensichtlich, dass ihn der Anblick von Bossis Uniform in Schrecken versetzte.

«Ich bin Commissario Tron vom Sestiere San Marco», sagte Tron freundlich. «Und das ist *ispettore* Bossi. Es tut uns leid, wenn wir Sie gestört haben.»

«Und worum geht es, Commissario?» Pater Silvestros Gesichtszüge hatten sich wieder geglättet, aber seine Stimme klang dünn und verängstigt. Er hatte sich vor dem Tisch postiert, auf dem die Lupe und die Bibel lagen, und machte keinerlei Anstalten, seinen Besuchern eine Sitzgelegenheit anzubieten, vermutlich, dachte Tron, weil er nur über zwei

Stühle verfügte und sich daraus ein protokollarisches Problem ergab, das er umgehen wollte.

«Es geht um einen Sarg», sagte Tron.

«Um einen Sarg?» Es war unklar, ob Pater Silvestro tatsächlich überrascht war oder ob er es für opportun hielt, Überraschung vorzutäuschen.

«Der Sarg ist Sonntagabend am Bahnhof abgeholt und hierher transportiert worden», sagte Tron. «Wir versuchen, den Mann zu ermitteln, der ihn nach Venedig gebracht hat.»

Pater Silvestro hob die Augenbrauen. «Sie suchen Signor Montinari?»

«Sie kennen ihn?» Jetzt war Tron überrascht.

Pater Silvestro nickte. «Er hat die Grabstätte persönlich bestellt und war am Montag auf der Beerdigung.»

«Wer hat noch an dieser Beerdigung teilgenommen?»

«Niemand außer Signor Montinari und mir», sagte Pater Silvestro. «Er hat keine Verwandten in Venedig.»

«Und wer hat die beiden Träger am Sonntagabend zum Bahnhof kommen lassen?»

«Signor Montinari hatte am Sonntagmorgen aus Verona telegraphiert und mir die Ankunftszeit des Zuges genannt. Ich habe dann die Leute zum Bahnhof geschickt.» Pater Silvestro schien sein seelisches Gleichgewicht wiedergefunden zu haben, seine Stimme klang jetzt nicht mehr so dünn und unsicher.

«Haben Sie seine Anschrift hier in Venedig?», erkundigte sich Bossi.

«Er wohnt am Campo San Giobbe. Direkt gegenüber der Kirche», sagte Pater Silvestro. Und an Tron gewandt: «Aber warum stellen Sie mir all diese Fragen?»

«Weil am Sonntag ein Verbrechen im Zug nach Venedig

verübt worden ist und wir nach Zeugen suchen», antwortete Tron.

«Und Sie meinen, Signor Montinari könnte etwas beobachtet haben?»

«Es wäre möglich», sagte Tron. «Deshalb möchten wir ihn sprechen.»

Pater Silvestro runzelte die Stirn. «Hat dieses Verbrechen etwas mit dem Toten zu tun, der am Ponte dei Mendicanti aus dem Wasser gezogen wurde?»

Tron lächelte höflich. «Das wissen wir nicht. Wir sind mitten in den Ermittlungen.»

Bossi schaltete sich wieder ein. «Wo befindet sich das Grab von Signor Montinari?»

Pater Silvestro antwortete mit einer Gegenfrage. «Wo liegt Ihre Gondel?»

«An der Wassertreppe gegenüber den Fondamenta Nuove», erklärte Bossi.

«Dann sind Sie direkt daran vorbeigelaufen», sagte Pater Silvestro. «Es ist das frische Grab gleich auf der linken Seite, wenn Sie von der Treppe kommen.»

Tron hatte tatsächlich ein frisches Grab auf dem Weg zur Kirche registriert. «Sie meinen die Bretter, auf denen ein Kranz liegt?»

Pater Silvestro nickte. «Der Stein kommt erst in drei Wochen. Signor Montinari wollte sich persönlich darum kümmern.»

Als sie sich verabschiedeten, gab Pater Silvestro, der inzwischen vollständig zu priesterlicher Gelassenheit zurückgefunden hatte, Tron und Bossi die Hand. Allerdings auf eine etwas spitze Art, so als hätte er ein Gespräch mit zwei Häretikern geführt.

«Gratuliere, Bossi», sagte Tron eine Viertelstunde später, als sie wieder in der Gondel saßen. «Sie hatten recht mit Ihrer Vermutung. Der Sarg ist tatsächlich auf die Isola San Michele gebracht worden.» Auf dem Rückweg zur Gondel hatten sie zwar nicht den Sarg von Signor Montinari gesehen, aber noch einmal das frische Grab zur Kenntnis genommen – eine mit Brettern verdeckte Grube, auf der ein Kranz und ein verwelkter Blumenstrauß lagen.

«Ich frage mich», fuhr Tron fort, «welche Folgerungen Sie jetzt daraus ziehen. Warum hat der *professionelle Killer* den Sarg nicht entwendet, sondern ihn auf die Toteninsel bringen lassen?»

Bossi schwieg eine Weile mürrisch vor sich hin. Schließlich sagte er: «Welche Folgerungen ziehen *Sie* denn daraus, Commissario?»

«Gar keine», antwortete Tron, indem er die Beine ausstreckte und sich in sein Polster zurücklehnte. «Weil ich mir auf all das keinen Reim machen kann.»

Die Gondel schwenkte nach rechts, um nicht mit einem griechischen Raddampfer zu kollidieren, der von der Sacca della Misericordia kam und gerade den Ponte dei Mendicanti passierte. Es war windstill, und der schwarze Rauch, der aus dem Schornstein des Dampfers quoll, blieb als Schmutzstreifen in der feuchten Luft hängen.

«Signor Montinari», fuhr Tron fort, «bestellt vor einer guten Woche eine Grabstätte. Dann begibt er sich nach Peschiera, wo sein Vater stirbt. Anschließend transportiert er den Sarg nach Venedig und wird im Zug ermordet. Der Mörder aber hat seltsamerweise nichts anderes zu tun, als den Sarg – wie ursprünglich vorgesehen – nach San Michele zu bringen. Wo dieser einen Tag später von Signor Montinari, der eigentlich tot sein müsste, beerdigt wird.»

Tron schüttelte seufzend den Kopf. «Wir können nur eines sagen: dass es nicht Signor Montinari gewesen sein kann, der im Zug ermordet worden ist. Denn der war Montag auf der Beerdigung.»

«Und wer ist der Mann im Zug gewesen?»

«Jemand, der sich als Signor Montinari ausgegeben hat», sagte Tron. «Weiß der Himmel, aus welchen Gründen.»

«Und warum ist er ermordet worden?»

Tron zuckte die Achseln. «Ich weiß es nicht. Es ergibt alles keinen Sinn.» Er drehte den Kopf nach links und sah Bossi an. «Was halten Sie von Pater Silvestro?»

«Er war regelrecht in Panik, als er uns die Tür geöffnet hat», sagte Bossi. «Ist Ihnen das verhängte Kruzifix an der Wand aufgefallen?»

«Ja, natürlich.»

«Wenn ein Priester nicht wünscht, dass das Auge des Herrn auf ihm ruht», sagte Bossi nachdenklich, «dann meist, weil er eine unchristliche Handlung begeht. Deshalb hat Pater Silvestro ein Tuch über das Kruzifix geworfen.»

«Um welche unchristliche Handlung zu begehen?»

«Um zu lügen», sagte Bossi. «Pater Silvestro hatte etwas zu verbergen. Das war eindeutig.»

«Und was hatte er zu verbergen?»

«Ich weiß es nicht», erwiderte Bossi. «Finden Sie es nicht auffällig, dass er sofort auf die Leiche an den Fondamenta zu sprechen kam?»

Tron schüttelte den Kopf. «Absolut nicht. Pater Silvestro wird davon gehört haben. Da liegt die Frage auf der Hand.»

«Und was machen wir jetzt?»

«Was schlagen Sie denn vor, Bossi?»

Bossi setzte ein nachdenkliches Gesicht auf. Dann sagte

er zögernd: «Man könnte zum Campo San Giobbe fahren.»

Wobei das «man» nichts anderes bedeuten sollte, als dass Bossi es sich sehr gut vorstellen konnte, auch alleine mit Signor Montinari zu sprechen. Tron verkniff sich ein Lächeln. «Brauchen Sie mich dabei, Bossi?»

Bossi setzte wieder ein nachdenkliches Gesicht auf. Schließlich räusperte er sich und erwiderte: «Nicht unbedingt, Commissario.»

«Dann würde ich vorschlagen», sagte Tron, «dass Sie alleine zum Campo San Giobbe fahren und mich vorher in der Questura absetzen.»

## 15

Boldù hätte es sich ohne weiteres leisten können, am Molo oder an der Dogana eine Gondel zu mieten, aber er zog es vor, zu den Fondamenta Nuove zu laufen und dort die Fähre zu nehmen. Die Fahrt mit der Gondel hätte mindestens eine halbe Stunde gedauert, und die Wahrscheinlichkeit, dass sich der Gondoliere an ihn erinnern würde, wäre ziemlich groß. Nicht dass er beabsichtigte, etwas Gesetzwidriges zu tun, aber er hielt es für besser, so wenig Spuren wie möglich zu hinterlassen.

Er hatte die Isola di San Michele noch nie in seinem Leben betreten. Es hatte keinen Grund dafür gegeben – weder einen dienstlichen noch einen privaten. Er kletterte aus der Fähre und stieg mit einem Blumengebinde in der Hand, das er am Rio dei Mendicanti gekauft hatte, die fünf abgetretenen Travertinstufen empor. Sein Gesicht zeigte die gemessene Miene eines Mannes, der an einem Todestag seine Pflicht tut. Er trug den dunkelgrauen Gehrock, den er auch im Zug getragen hatte. Falls er einem der Männer begegnete, denen er am Sonntag den Sarg übergeben hatte, könnte sich ein Problem ergeben. Aber er rechnete nicht damit.

Er durchquerte die Insel der Länge nach und blieb ein paar Minuten am nördlichen Ufer stehen. Vor ihm lag der Canale dei Marani, dahinter die Insel Murano. Ein dalmatinischer Lastsegler, der hoch mit Brennholz beladen war, glitt vorüber, und Boldù konnte sehen, wie die Männer an Deck froren. Dann drehte er sich um und schlenderte langsam zurück, unsicher, wie er vorgehen sollte. Er brauchte die Information und wusste nicht, wie er sie sonst besorgen sollte. Schließlich entdeckte er im Sektor Greco einen Gärtner, und seine Stimmung hob sich schlagartig.

Als er eine halbe Stunde später wieder in die Fähre stieg, um sich zurück an die Fondamenta Nuove bringen zu lassen, hatten sich alle Probleme zu seiner Zufriedenheit gelöst. Er hatte sein Blumengebinde auf einem Grab niedergelegt, auf dem «Angelo Crispi» stand, und war – rein zufällig – mit dem Gärtner ins Gespräch gekommen, der zwei Grabstellen weiter eine kleine Buchsbaumhecke beschnitten hatte. Ohne dass er ihn danach fragen musste, hatte ihm der Gärtner mitgeteilt, dass heute Mittag zwei Polizisten auf der Toteninsel gewesen waren und eine längere Unterredung mit Pater Silvestro geführt hatten.

Und dann hatte der Mann am Schluss des Gesprächs noch etwas sehr Interessantes gesagt. Er hatte gesagt, dass man am Montag an den Fondamenta Nuove einen Ertrunkenen geborgen habe, praktisch gegenüber der Isola di San Michele. Die Polizei, hatte er noch hinzugefügt, sei mit drei Gondeln im Einsatz gewesen und habe die Fondamenta einen halben Tag lang gesperrt. Boldù hatte instinktiv nach seiner Börse gegriffen, um dem Mann ein großzügiges Trinkgeld zu geben, hielt es dann aber doch für besser, davon abzusehen. Die Nachricht war viel wert, aber das brauchte er den Mann nicht wissen zu lassen.

## 16

Eberhard von Königsegg schlug die Augen auf und war sich ein paar tröstliche Sekunden lang im Unklaren, in welcher Stadt und in welchem Bett er erwacht war. War es Wien? Graz? Oder Innsbruck? Dann erkannte er die gelblich getünchte, mit Wasserflecken gesprenkelte Decke, sah den Klingelzug am Kopfende seines Bettes und wusste, dass er in Venedig war. Die Erkenntnis überfiel ihn wie eine kochend heiße Brühe.

Was, zum Teufel, war gestern Abend nach seiner Verhaftung passiert? Das Letzte, woran er sich erinnerte, waren die beiden Polizisten, die dem *professore* hinterhergerannt waren, und dass er, Königsegg, in die Dunkelheit gelaufen war und sich schließlich auf dem Campo Santo Stefano wiedergefunden hatte. Doch was war anschließend geschehen? Hatte er sich – was in Anbetracht der Umstände durchaus wahrscheinlich gewesen war – ein Schlückchen genehmigt? Aber wo hatte er so viel getrunken, dass er sich jetzt an nichts mehr erinnerte? Und: War er ganz ohne fremde Hilfe in den Palazzo Reale zurückgekommen, oder hatte ihn eine Militärpatrouille in einer dunklen Gasse aufgelesen? Wenn er es mit eigener Kraft in den Palazzo Reale zurückgeschafft hatte, blieb allerdings unklar, wie er es in seinem Zustand fertiggebracht hatte, die Wachen zu passieren und die Treppen hochzusteigen.

Das waren quälende, unbarmherzige Fragen, bei denen jetzt schon feststand, dass die eine Antwort genauso erniedrigend sein würde wie die andere. Und dabei hatte er sich die schlimmste Frage noch gar nicht gestellt: Was würde geschehen, wenn der Kaiser den Tresor öffnete und feststellte, dass die Kette verschwunden war? Königsegg schloss die Augen und stöhnte. Nein, an all das konnte er in seiner momentanen Verfassung nicht denken, ohne Gefahr zu laufen, dass sein Schädel auf der Stelle explodierte.

Ach, wie sehr er sich wünschte, tot zu sein – mausetot in Venedig. Sanft dahinzugehen wie das Abendrot, vielleicht ein männlich-militärisch letztes Wort auf den Lippen. Vorsichtig hob er den Kopf und stellte erstaunt fest, dass dies durchaus möglich war – den Kopf zu heben, ohne dass sein Magen revoltierte und eine Horde kreischender Mänaden durch seinen Schädel zog. Dann schlug er die Augen ein zweites Mal auf, und diesmal behielt er sie tapfer geöffnet.

Er lag auf der Tagesdecke seines Bettes und trug immer noch den bräunlichen Gehrock, in dem er gestern Abend den Palazzo Reale verlassen hatte. Dünnes, kaltes Winterlicht sickerte durch die halbgeschlossenen Vorhänge in sein Zimmer und schien alles mit einem schmierigen grauen Film zu überziehen. Ein Blick auf seine Uhr – sie steckte tatsächlich noch in seiner Westentasche – sagte ihm, dass es kurz vor zwei Uhr war. Ob sie bereits nach ihm fahndeten? Und ob sie bereits erkannt hatten, was für ein Schatz ihnen da in die Hände gefallen war?

Zweifellos hatten die beiden Sergeanten heute Morgen

ein Gespräch mit dem zuständigen Commissario geführt. Also mit – Königsegg war der Name wieder eingefallen – Commissario Tron. Und selbstverständlich würde der Commissario mit dem Polizeipräsidenten darüber sprechen. Aber eben nicht sofort. Dieser Tron würde die Halskette zuerst untersuchen lassen, und das konnte sich ein oder zwei Tage hinziehen. Königsegg brachte seinen Oberkörper in die Senkrechte und schwenkte die Beine aus dem Bett. Auf einmal wusste er, was er zu tun hatte.

Tron, der sich in seiner Freizeit als Herausgeber einer Lyrikzeitschrift mit dem Namen *Emporio della Poesia* betätigte, beugte sich über den Probedruck der Dezemberausgabe, schloss die Augen und genoss den unvergleichlichen Geruch, den jungfräuliches Papier und frische Druckerschwärze ausströmten. Ein Bote hatte das kleine Konvolut eben in die Questura gebracht, und Tron war froh, dass er nicht mit Bossi zur Piazza San Giobbe gefahren war – es gab Wichtigeres zu erledigen. Er hatte sich dazu entschlossen, das Pineto-Gedicht des Unbekannten auf der ersten Seite zu bringen, gefolgt von einem deutenden Essay, den er während seiner dienstlichen Aufenthalte im Café Florian verfasst hatte. Wie üblich war das letzte Drittel des *Emporio* der deutschsprachigen Reimkunst gewidmet, und die lag ausschließlich in den Händen österreichischer Staatsdiener. Spaur und Stadtkommandant Toggenburg waren prominent vertreten, aber auch ein paar schöngeistige Offiziere aus dem Generalstab und dem Hauptquartier in Verona hatten die Feder gewetzt, was dem *Emporio della Poesia* erfahrungsgemäß einen lebhaften Absatz sicherte.

Tron, der nicht mit einer Störung gerechnet hatte, blickte verärgert auf, als es klopfte und sich der Türflügel quietschend nach innen schwang. An der Tür zeigte sich das Mondgesicht von *sergente* Vazzoni.

«Was gibt es, *sergente*?»

*Sergente* Vazzoni salutierte umständlich, bevor er antwortete. «Ein Graf Königsegg ist unten. Er möchte Sie sprechen, Commissario.»

Tron riss erstaunt die Augen auf. «Der Oberhofmeister der Kaiserin? Trägt er Uniform?»

Vazzoni schüttelte den Kopf. «Er trägt Zivil. Und wie ein Graf sieht er auch nicht aus.»

«Hat er gesagt, was er will?», erkundigte sich Tron.

«Nur dass es sich um etwas Wichtiges handelt.» Vazzoni trat einen Schritt zurück. «Soll ich ihm sagen, dass Sie beschäftigt sind, Commissario?»

Tron hob entsetzt die Hand. «Auf keinen Fall, *sergente*.»

Er ließ die Probeabzüge des *Emporio* in der Schublade verschwinden, erhob sich hastig und strich seinen Gehrock glatt. Wenn der Oberhofmeister der Kaiserin ihn in der Questura aufsuchte, dann hatte er ein Problem. Vielleicht hatte sogar die Kaiserin ein Problem. Und wenn das tatsächlich der Fall war, dann ... Tron konnte sein Glück kaum fassen. Er holte tief Atem und rieb sich die Hände. «Begleiten Sie den Grafen nach oben», sagte er zu Vazzoni. «Und behandeln Sie ihn äußerst zuvorkommend.»

Fünf Minuten später öffnete sich die Tür, und Eberhard von Königsegg betrat das Büro. Er trug einen perlgrauen Gehrock, Stiefel mit weißen Gamaschen, dazu, offenbar um eine Schlagseite nach backbord auszugleichen, einen Spazierstock. Tron tippte auf die Nachwehen einer durchzechten Nacht, denn als Königsegg über die Schwelle getreten war, verbreitete sich sofort ein intensiver Geruch nach

Cognac und Eau de Cologne. Tron rückte den knarrenden Besucherstuhl zurecht und nahm wieder hinter seinem Schreibtisch Platz.

«Ich nehme an, der Bericht liegt Ihnen bereits vor», eröffnete Königsegg das Gespräch.

Selbst über den Schreibtisch hinweg war seine Ausdünstung deutlich zu riechen. Für einen Mann, auf dessen Leeseite man sich wahrscheinlich eine Alkoholvergiftung holte, sprach Königsegg erstaunlich verständlich.

Tron setzte das Lächeln eines Hoteldirektors auf, der es mit einem schwierigen, aber gut zahlenden Gast zu tun hat. Ob er so tun sollte, als gäbe es diesen Bericht, von dem Königsegg sprach? Weil der Gast immer recht hatte? Nein, lieber nicht – das würde nur zu überflüssigen Komplikationen führen. Tron hatte das Nachtprotokoll vorhin überflogen. Außer einer kleinen Rangelei im Quadri hatte sich in der gestrigen Nacht nichts ereignet.

Er beugte sich höflich über den Tisch, die Alkoholfahne Königseggs mannhaft ignorierend. «Welcher Bericht, Herr Generalleutnant?»

Königsegg sah Tron irritiert an. «Der Bericht über die Verhaftung in Santo Stefano und die Beschlagnahmung der Kette.» Er senkte die Stimme zu einem verschwörerischen Flüstern. «Ich kann Ihnen behilflich sein, Commissario. Und vielleicht könnten Sie dann auch mir behilflich sein.»

Das hörte sich ausgesprochen paranoid an. Litt Königsegg unter Wahnvorstellungen? Tron entschied sich zu einer behutsamen Nachfrage. Er erneuerte sein Hoteldirektorlächeln. «Wann soll diese Verhaftung stattgefunden haben?»

Königseggs Unterkiefer klappte herab. Er starrte Tron ungläubig an. «Gestern Abend in Santo Stefano.»

«Wer hat diese Verhaftung vorgenommen?»

«Zwei uniformierte Polizisten.» Königsegg rang sichtlich um Fassung. «Soll das bedeuten, dass Sie nicht darüber Bescheid wissen?»

«Im Nachtprotokoll ist von einer Verhaftung nicht die Rede», sagte Tron. «Das einzige Vorkommnis war ein Gerangel im Quadri.» Dabei hatte es sich um eine Messerstecherei zwischen zwei alkoholisierten kroatischen Offizieren gehandelt, aber Tron hielt es für taktlos, diesen Umstand jetzt zu erwähnen. «Für das wir», fuhr er fort, «nicht zuständig gewesen sind, weil es sich um zwei kaiserliche Offiziere gehandelt hat. Wenn gestern Nacht irgendetwas geschehen ist, dann hat es keinen Niederschlag in den Akten gefunden.»

«Kann es sein, dass uniformierte Polizisten aus einem anderen Sestiere auch in San Marco Verhaftungen vornehmen?»

Tron hob die Schultern. «Theoretisch schon – nach einer Verfolgung, die in einem anderen Sestiere begonnen hat. Aber auch in diesem Fall müsste ein Bericht darüber vorliegen.»

«Ich habe die Polizisten mit eigenen Augen gesehen», beharrte Königsegg.

«Und wo?»

Darüber musste der Generalleutnant eine Weile nachdenken. Schließlich sagte er: «In einer Trattoria am Campo Santo Stefano.»

«Was genau ist passiert?»

Königsegg hob die rechte Hand und rieb sich die Schläfe. Er sah plötzlich aus wie ein Mann, der eine fürchterliche Migräne bekommt. «Ich war mit einem Herrn verabredet, der mir eine goldene Halskette verkaufen wollte.»

«Mit einem Juwelier?»

Königsegg räusperte sich nervös. «Das kann ich Ihnen nicht sagen. Es handelte sich eher um eine Zufallsbekanntschaft. Wir hatten uns in der Trattoria verabredet, weil er mir die Kette zeigen wollte.»

«Sie kannten den Mann also nicht?»

Königsegg schüttelte den Kopf. «Nein.»

«Und wie kam es zur Verhaftung?»

«Ich war am Ausschank, um meine Bestellung zu ändern. Als ich an den Tisch zurückgehen wollte, waren plötzlich die beiden Polizisten da und haben den Mann abgeführt.»

«Sind Sie sicher, dass die beiden Männer tatsächlich Polizisten gewesen sind?»

Tron sah, wie Königsegg bei dieser Frage zusammenzuckte, so als hätte er ihm einen Schlag verpasst. «Was soll das heißen, Commissario?»

«Dass man ausrangierte Polizeiuniformen an jeder Straßenecke kaufen kann», antwortete Tron. «Aber wenn es tatsächlich zwei Polizisten gewesen wären – in welcher Weise hätte ich Ihnen helfen können und in welcher Weise hätten Sie mir helfen können?»

«Nun, ich dachte, weil ...»

Königsegg brach den Satz ab und sah Tron an. Tron kannte diesen Ausdruck. Es war der Ausdruck eines Mannes, der kurz davor war, zu reden, weil er nicht mehr weiterwusste und Hilfe brauchte. Doch dann straffte sich die Gestalt Königseggs, sein Oberkörper bog sich zurück, und er erhob sich hastig. Wenn Königsegg nahe daran gewesen war, ihm etwas zu erzählen, dann würde er es jetzt nicht mehr tun. Tron stand ebenfalls auf.

Er lächelte verständnisvoll. «Falls Sie meine Hilfe brauchen, können Sie mich jederzeit im Palazzo Tron erreichen.»

«Das wird nicht nötig sein», erwiderte Königsegg steif. Er verbeugte sich förmlich, drehte sich um und stapfte mit unsicheren Schritten zur Tür.

Erst als er die Tür hinter sich geschlossen hatte, fiel Tron auf, dass die ohnehin schon reichlich bizarre Geschichte Königseggs noch einen kleinen Schönheitsfehler hatte. Am Campo Santo Stefano gab es keine Trattoria. Seitdem das kleine Café direkt gegenüber der Kirche geschlossen hatte, existierten keine Gaststätten mehr am Campo Santo Stefano. Königsegg hatte also entweder etwas verwechselt, oder er hatte gelogen. Aber warum?

Tron zuckte die Achseln. Er nahm wieder an seinem Schreibtisch Platz, zog die Schublade auf und griff nach dem Probeabzug des *Emporio*. Es gab wirklich Wichtigeres zu erledigen. Und wenn Königsegg tatsächlich ein Problem hatte, würde er sich wieder melden. Und man würde ihm mit dem größten Vergnügen behilflich sein.

## 17

Oberst Hölzl betrat den Campo Santa Margherita von der Südseite aus, ein mittelgroßer, unauffällig gekleideter Mann, der einen schwarzen Zylinderhut trug und in der rechten Hand einen jovialen Spazierstock hielt. Der Spazierstock war in Wahrheit ein Stockdegen, ohne den Oberst Hölzl nie das Haus verließ. Er liebte ihn, weil er sich selbst als eine Art Stockdegen betrachtete – als Mann aus blitzendem Stahl, dessen wahre Natur sich hinter der Maske eines harmlosen Biedermanns verbarg. Oberst Hölzl nahm sich vor, Boldù bei passender Gelegenheit auf seinen Stockdegen hinzuweisen – der würde dann daraus seine Schlüsse ziehen.

Mit der einbrechenden Dunkelheit hatte der Nieselregen aufgehört, der den ganzen Nachmittag auf die Stadt herabgesickert war, aber der Himmel war immer noch bedeckt. Da das Licht der wenigen Öllämpchen an den Hausfassaden nicht weiter reichte als ein paar Schritte, lag der größte Teil des Campo Santa Margherita im Dunkeln. Selbst die Scuola dei Varotari, das mitten auf dem Campo stehende Backsteingebäude, an dem sie sich verabredet hatten, war nur undeutlich zu erkennen – der perfekte Ort für eine diskrete Zusammenkunft. Oberst Hölzl glaubte nicht, dass Boldù überwacht wurde, aber es war besser, kein Risiko einzugehen. Als er die Scuola dei Varotari umrundet hatte, stellte er fest, dass Boldù noch nicht gekommen war – allerdings war es zehn Minuten vor der verabredeten Zeit.

Das Telegramm aus Turin hatte ihn vorgestern Morgen in Wien erreicht – zehn harmlos klingende Sätze, die dechiffriert allerdings so brisant waren, dass er sofort in die Hofburg gefahren war, um Crenneville zu konsultieren. Und da der ihn angewiesen hatte, sich vorsichtshalber nach Venedig zu begeben, hatte er am nächsten Tag den Morgenzug nach Triest genommen und sich von der *Erzherzog Sigmund*, einem Raddampfer des Österreichischen Lloyd, nach Venedig bringen lassen.

Oberst Hölzl, der Venedig nicht reizvoller fand als Klagenfurt, hatte im Quadri zu Mittag gegessen und im Florian einen Kaffee getrunken, wobei er sich jedes Mal für seine Spesenabrechnung eine genaue und datierte Quittung geben ließ. Zweimal hatte er lange auf der Piazzetta gestanden und eingehend die Dachluken der Biblioteca Marciana studiert, des Gebäudes also, von dem – aus einem sehr schrägen Winkel heraus – die Schüsse fallen würden. Er würde Boldù anweisen müssen, sich in der Dachluke aufzurichten, während er seine Operettenschüsse auf den Kaiser abgab. Es war notwendig, dass man sie nicht nur hörte, sondern auch den Mann sah, der im Begriff war, den Allerhöchsten zu töten. Oberst Hölzl blieb stehen und schloss die Augen. Er hörte den Schuss, dann den panischen Aufschrei, der sich aus der Menge erhob, und er sah – in auffälligem Kontrast dazu – die Kaltblütigkeit des Kaisers und auch den anerkennenden Blick, den der Allerhöchste anschließend auf ihn warf.

Keine Frage, dass man auch ihn dann zum abendlichen Empfang in den Palazzo Reale bitten würde und dass der Kaiser nicht anstehen würde, ihn auszuzeichnen. Vielleicht durch einen festen Händedruck von Mann zu Mann? Und – wer weiß? War nicht unter diesen Umständen zu erwarten, dass er in Wien mit einer Beförderung rechnen konnte? Vielleicht sogar mit einem … Orden? Dem Leopoldskreuz am Band? Der Prinz-Eugen-Medaille mit Eichenlaub und Schwertern? Oder gar mit dem Maria-Theresia-Orden an der Diamantspange? Oberst Hölzl spürte, wie ihm einen Moment lang der Atem stockte und er sich an den Griff seines Spazierstocks – seines Stockdegens – klammern musste. Die Aussichten waren einfach schwindelerregend.

Als er hinter sich ein Räuspern hörte, wirbelte er auf dem Absatz herum und stieß einen kleinen Schrei aus. Einen Augenblick lang hatte er die grauenhafte Vision, Opfer eines Raubüberfalls zu sein und seiner Geldbörse und seines Stockdegens beraubt zu werden. Er hätte damit nicht einmal zur Polizei gehen können – so peinlich und albern wäre das gewesen. Aber es war nur Boldù, der vor ihm stand – größer, als er ihn in Erinnerung hatte.

«Leutnant Boldù?» Oberst Hölzl konnte sein Gesicht in der Dunkelheit nicht erkennen, aber er hatte den Eindruck, dass der andere sich amüsierte.

«Lassen Sie das *Leutnant* lieber weg, wenn wir hier in Venedig miteinander reden», sagte Boldù ruhig. «Sie wollten erst übermorgen kommen.»

«Ich weiß. Aber es gibt eine kleine Komplikation», erwiderte Oberst Hölzl. «Der Mann, den Sie im Zug beseitigt haben, hätte sich aus Venedig melden sollen. Es war verabredet gewesen, dass er ein Telegramm nach Turin schickt.»

«Davon war nie die Rede.» Falls Boldù verärgert oder aufgebracht war, ließ er es sich nicht anmerken.

«Weil wir es nicht gewusst haben.»

«Und nun?»

«Herrscht in Turin eine gewisse Aufregung», sagte Oberst Hölzl. «Ich hielt das für so wichtig, dass ich es Ihnen persönlich mitteilen wollte. Zumal sich noch eine weitere Komplikation ergeben hat.» Oberst Hölzl räusperte sich nervös. «Als der Mann sich nicht in Turin gemeldet hat, ist ein Telegramm an einen gewissen Ziani geschickt worden.»

«Ziani? Wer ist das?»

«Jemand aus der Gruppe. Er zieht das rechte Bein ein wenig nach.»

«Dann nennt er sich Rossi», meinte Boldù. «Das ist der Mann, der mich vom Bahnhof abgeholt hat.» Er schwieg einen Moment. Als er sprach, konnte Oberst Hölzl den Unmut in seiner Stimme hören. «Sie hatten mir versichert, dass sich der Kontakt zwischen den verschiedenen Gruppen auf ein Minimum beschränkt. Wissen Sie, was in dem Telegramm steht?»

«Dass Ziani diese Information vorerst für sich behalten soll», sagte Oberst Hölzl.

«Weil man nicht allen Mitgliedern der venezianischen Gruppe traut?»

Oberst Hölzl nickte. «Es sieht fast danach aus. Wie groß ist die Gruppe?»

«Vier Personen», sagte Boldù. «Ziani, der sich jetzt Rossi nennt, und noch drei weitere.»

«Und was haben die Leute vor?»

«Sie basteln Bomben», antwortete Boldù. «Sie wollen sie aus der Menge heraus auf den Kaiser werfen und anschließend fliehen.»

Über so viel Naivität konnte Oberst Hölzl nur den Kopf schütteln. «Die meisten Zivilisten auf der Piazza sind in Wahrheit Soldaten aus Verona und Peschiera, die man in Zivilkleidung nach Venedig geschickt hat, um zu jubeln», sagte er. «Ihre Freunde hätten keine Chance zu entkommen.» Der Oberst sah Boldù an. «Wissen Sie, ob die Leiche des Mannes, den Sie getötet haben, bereits gefunden worden ist?»

«Schon am Montag», antwortete Boldù. «Sie haben sie aus der nördlichen Lagune gezogen, und ich habe das Eisenbahnbillett in der Tasche des Toten gelassen. Das ist die erste Spur, und sie sind ihr bereits gefolgt. Die Polizei war heute Mittag auf der Isola di San Michele.»

Oberst Hölzl war überrascht. «Woher wissen Sie das?»

Boldù lächelte. «Weil ich heute dort gewesen bin. Sie sind vermutlich mit einer Fotografie des Toten auf dem Bahnhof von Verona gewesen. Da haben sie erfahren, dass der Mann mit einem Sarg gereist und dass dieser noch am Sonntag nach San Michele gebracht worden ist. Dort werden sie sich erkundigt haben, wer die Grabstelle bestellt hat und wer alles auf der Beerdigung war. Ich denke, es war nur ein einziger Mensch auf der Beerdigung, und der wird dem Priester ein Märchen erzählt haben.»

«Dieser Ziani?»

«Oder einer der drei anderen. Auf jeden Fall wird die Polizei eine Spur verfolgen, die erst mal im Nichts endet.»

«Was werden sie dann tun?»

Boldù überlegte einen Moment. «Äußerst misstrauisch werden. Und weitermachen.»

«Aber wie?»

«Möglicherweise werden sie so misstrauisch werden, dass sie sich den Sarg ansehen», erklärte Boldù. «Das würde mir die Arbeit erleichtern.»

«Der Kaiser kommt am Dienstag», sagte Oberst Hölzl. «Die venezianische Polizei muss diese Leute spätestens am Montag unschädlich gemacht haben.»

Boldù stieß ein humorloses Lachen aus. «Notfalls lege ich einen zweiten Köder für sie aus. Einen, den sie unmöglich übersehen können. Wann bekomme ich das genaue Protokoll des kaiserlichen Besuchs?»

«Am Montag», antwortete Oberst Hölzl, froh, dass sich das Gespräch dem Ende näherte. «Der Besuch des Kaisers im Markusdom wird am Donnerstagnachmittag stattfinden. Die lokalen Behörden erfahren aus Sicherheitsgründen den genauen Ablauf erst Donnerstagmorgen. Ich hinterlasse Ihnen wieder eine Nachricht *poste restante*. Kommen Sie zweimal täglich auf die Hauptpost.» Oberst Hölzl genoss es, eine Art Befehl geben zu können.

«Wie erreiche ich notfalls Sie?»

«Auf dem gleichen Weg», sagte Oberst Hölzl. «Postlagernd für Signor Mödling.»

Sie verabschiedeten sich mit einer knappen Verbeugung. Boldù verschwand so geräuschlos, wie er aufgetaucht war, und Oberst Hölzl packte den Griff seines Spazierstocks – seines Stockdegens – unwillkürlich ein wenig fester, als er in die Dunkelheit schritt.

## 18

Tron, der heute ungewöhnlich früh in die Questura gekommen war, legte das letzte Protokoll zu den anderen Polizeiprotokollen, die er bereits sorgfältig studiert hatte. Was für eine friedliche Stadt Venedig doch war, dachte er, während er den Aktendeckel zuklappte. Nicht nur im Sestiere von San Marco, sondern auch in den fünf anderen Sestieri war in der vorletzten Nacht nichts Ernsthaftes vorgefallen. Kein Mord, kein Raubüberfall, kein Einbruch – und auch nicht die Verhaftung eines Mannes, der eine wertvolle Halskette in seinem Besitz hatte.

Trons Gedanken waren immer wieder zu der bizarren Geschichte zurückgekehrt, die ihm der Oberhofmeister erzählt hatte – eine Verhaftung in einer Trattoria, die es nicht gab. Königsegg hatte gelogen, das stand fest. Aber weshalb? Und was hatte er sich von seinem Besuch auf der Questura versprochen? Es sprach jedenfalls alles dafür, dass der Oberhofmeister in Schwierigkeiten steckte. Und das konnte Tron nur recht sein. Denn es bedeutete, dass Königsegg sich wahrscheinlich wieder melden würde.

Als Bossi kurz vor zehn sein Büro betrat – Tron war wieder mit der Durchsicht des *Emporio della Poesia* beschäftigt –, spielte er kurz mit dem Gedanken, ihm von dem Besuch des Oberhofmeisters zu berichten, ließ es dann aber sein, zumal Bossi etwas ganz anderes auf dem Herzen hatte.

«Ein Signor Montinari ist an der Piazza San Giobbe nicht bekannt», erklärte Bossi. Er ließ sich vorsichtig auf dem knarrenden Bugholzstuhl nieder, auf dem Königsegg gestern Nachmittag gesessen hatte. Die Sterne seiner Schulterklappen glänzten und blitzten, als hätte er sie gerade nach Kräften poliert – was vermutlich auch der Fall war.

Tron beugte sich über seinen Schreibtisch. «Haben Sie in der Kirche nachgefragt?»

«Selbstverständlich», sagte Bossi kühl.

«Und in den Läden am Campo?», erkundigte sich Tron.

«Es gibt nur einen einzigen Laden am Campo San Giobbe, einen Gemüseladen. Die Leute haben noch nie etwas von einem Signor Montinari gehört.»

«Also hat Pater Silvestro gelogen», schlussfolgerte Tron. «Oder Pater Silvestro ist selbst belogen worden und hat uns das erzählt, was er für die Wahrheit hielt.» Der Vollständigkeit halber fügte er noch die dritte mögliche Version hinzu. «Oder er ist belogen worden und hat selbst gelogen.»

Bossi zupfte die Ärmel seiner Uniformjacke glatt und seufzte. «Das alles ergibt nicht den geringsten Sinn.»

«Dann fangen wir ganz von vorne an», sagte Tron lächelnd. «Signor Montinari – wer immer das in Wirklichkeit ist – bestellt persönlich eine Grabstätte auf San Michele. Dann fährt er nach Peschiera und holt den Sarg seines Vaters ab. Er wird im Zug ermordet, und eine andere Person – nämlich sein Mörder – nimmt an seiner Stelle den Sarg am Bahnhof in Empfang und leitet ihn weiter nach San Michele. Auf der Beerdigung am nächsten Tag ist aber Signor Montinari wieder am Leben – was nicht sein kann. Also ist Signor Montinari nicht der Mann, der den Sarg nach Venedig gebracht hat. Oder nicht derjenige, der die Grabstätte bestellt hatte und auf der Beerdigung war.»

Bossi schüttelte den Kopf. «So kommen wir nicht weiter, Commissario.»

Tron nickte. «Ganz recht. Wir drehen uns im Kreis. Es steht allerdings eines fest.»

«Was?»

«Dass es sich – rein formal – um einen Raubmord gehandelt hat», sagte Tron. «Nur dass die Beute – der Sarg – in diesem Fall nicht spurlos verschwunden, sondern ordnungsgemäß begraben worden ist.»

«Das sagte ich ja.» Bossi drehte die Augen zur Decke. «Es ergibt einfach keinen Sinn.»

«Nur unter einer Voraussetzung.»

«Und die wäre?»

«Dass wir es hier mit einem ganz normalen Sarg zu tun haben.»

Bossi runzelte die Stirn. «Ich weiß nicht, worauf Sie hinauswollen, Commissario.»

«Eigentlich müssten Sie als Venezianer darauf kommen.» Tron sah Bossi an. «Warum hat sich die christliche Gemeinde in Alexandria nicht beschwert, als die venezianischen Kaufherren ihr die Gebeine des heiligen Markus entführt haben?»

Bossi starrte auf die goldenen Knöpfe am Ärmel seiner Uniformjacke, so als wäre in ihnen die Geschichte der Serenissima eingraviert. Schließlich hob er den Kopf und sagte: «Weil die Kaufherren in den Sarg des Evangelisten heimlich einen anderen Heiligen gelegt hatten. So steht es in der Chronik des Dogen Andrea Dandolo.» Er hob fragend die Augenbrauen. «Sie meinen, es könnte eine andere Leiche in dem Sarg liegen? Nicht die Leiche von Signor Montinari?»

Tron schüttelte den Kopf. «Ich meine lediglich, dass sich

in dem Sarg etwas befinden könnte, das wir nicht vermuten. Ich weiß natürlich nicht, worum es sich handelt. Aber es wäre eine Erklärung für das merkwürdige Verhalten von Pater Silvestro. Er hat uns etwas verheimlicht.»

«Vielleicht ist das, was auf diesem Weg nach Venedig gebracht worden ist, wieder aus dem Sarg entfernt worden?»

Tron zuckte die Achseln. «Ich würde das nicht ausschließen. Auf jeden Fall ist es eine ziemlich raffinierte Methode, etwas nach Venedig zu schmuggeln. Versiegelt und zusätzlich getarnt als Choleraleiche.»

«Meinen Sie, wir sollten noch einmal mit Pater Silvestro sprechen?»

Tron schüttelte den Kopf. «Wir sollten eine Exhumierung beantragen.»

«Weil wir vermuten, dass der Tote einem Verbrechen zum Opfer gefallen ist? Dafür gibt es keinen Anhaltspunkt.»

«Aber es gibt Anhaltspunkte dafür, dass etwas mit dem Sarg nicht stimmt», sagte Tron. «Das dürfte als Begründung ausreichen. Ich werde einen Antrag an die entsprechende Hofstelle im Wiener Innenministerium richten. Die wendet sich dann an den Patriarchen von Venedig. Spaur wird den Antrag unterschreiben, wenn ich ihn darum bitte.»

«Und dann?»

«Wird geprüft», sagte Tron. «Der Patriarch wird Rückfragen haben, die das Innenministerium an uns weiterleitet.»

«Es zieht sich also hin.»

«Die Kirche ist sehr empfindlich, was ihre Rechte angeht. Und sie ist ein wichtiger Verbündeter Österreichs. Da hütet man sich davor, sie zu verstimmen.»

«Es ist also mit einer Entscheidung in absehbarer Zeit nicht zu rechnen.»

«Erfahrungsgemäß nicht.»

Bossi machte ein harmloses Gesicht. «Wer wohnt eigentlich auf San Michele?» Er schnippte ein unsichtbares Stäubchen vom Ärmel seiner Uniformjacke. «Ich meine, außer Pater Silvestro?»

«Ich weiß es nicht. Vielleicht noch seine Haushälterin, ein Küster und ein paar Gärtner.»

«Vermutlich in den Nebengebäuden der Kirche.»

Tron nickte. «Vermutlich.»

«Also nicht gerade in der Nähe des Grabes», sagte Bossi nachdenklich. «Das Grab ist gegenüber den Fondamenta Nuove. Auf der anderen Seite von San Michele.»

Tron brauchte einen Augenblick, um zu begreifen, worauf Bossi hinauswollte. «Sie meinen ...»

Bossi nickte stumm.

«Ist Ihnen klar, was passiert, wenn man uns erwischt?»

«Man wird uns nicht erwischen», sagte Bossi gelassen. «Jedenfalls nicht, wenn wir spät in der Nacht kommen. Ich könnte uns einen *sandalo* besorgen.»

«Sie sind verrückt, Bossi. Wenn es sich tatsächlich um eine Choleraleiche handelt, können wir uns anstecken und eine Epidemie auslösen. Und ein verlöteter und versiegelter Zinksarg lässt sich nicht so ohne weiteres öffnen.»

«Dann nehmen wir den Sarg mit.»

Tron musste lachen. «In einem *sandalo*, einem Boot, das schon für zwei Personen fast zu klein ist?»

«Der Sarg dürfte schwimmen», sagte Bossi ungerührt. «Wir könnten ihn hinter uns herziehen. Wie eine längliche Boje.»

«Und dann? Wohin bringen wir ihn? In die Questura?

Zu mir in den Palazzo Tron? In den Palazzo Balbi-Valier? Oder zu Ihnen nach Hause?» Tron schüttelte energisch den Kopf. «Nein, Bossi, das geht nicht.»

Bossi dachte kurz nach. «Es ist vielleicht gar nicht nötig, den Sarg mitzunehmen.»

«Warum?»

«Wenn Sie recht haben, und es befindet sich tatsächlich etwas anderes als eine Leiche in dem Sarg, dann wird man sich sehr beeilt haben, ihn auszuräumen. Und man wird ihn anschließend nicht wieder verlötet haben. Dafür hätte es keinen Grund gegeben – und keine Zeit.»

Tron musste zugeben, dass sich das plausibel anhörte. «Sie meinen, wir müssten uns den Sarg nur ansehen, um entscheiden zu können, ob etwas mit ihm nicht stimmt?»

Bossi nickte. «So ungefähr. Alles, was wir brauchen, ist ein kleiner Spaten und eine Blendlaterne. Wir könnten uns um halb zwölf an der Ponte dei Mendicanti treffen. Oder ich hole Sie ab, Commissario.»

Also ein mitternächtlicher Besuch auf einem Friedhof, um zur Geisterstunde ein Grab zu öffnen – darauf lief es hinaus. Offensichtlich war *ispettore* Bossi jetzt zur Lektüre von Schauerromanen übergegangen. Andererseits hatte sein Vorschlag eine gewisse Logik. «Sie können mich um halb zwölf am Wassertor des Palazzo Tron abholen», sagte Tron lässig.

Bossis Augen wurden groß und rund. «Ist das Ihr Ernst, Commissario?»

«Selbstverständlich. Ich sorge für die Blendlaterne. Tragen Sie dunkle Kleidung.»

«Dann bringe ich den Spaten mit.» Bossis Mund klappte auf.

«Erster Spatenstich um Mitternacht.» Tron nickte lächelnd. «Und machen Sie den Mund wieder zu, Bossi. Sie sehen aus wie ein Fisch im Aquarium.»

## 19

Der Palazzo Soranzo war einer der unauffälligen Palazzi, die die Ostseite der Calle Lunga San Barnaba säumten und mit ihrer Rückseite an den Rio Malpaga stießen. Mit dem abblätternden Putz und den mit Brettern vernagelten Fenstern war er als Palazzo kaum noch zu erkennen. Über Generationen hinweg aufgeteilt, ausgeweidet und misshandelt, erinnerten allenfalls die Dreipassfenster und die Reste eines steinernen Balkons am *piano nobile* daran, dass das Gebäude einmal bessere Tage gesehen hatte. *COLORI E PENNELLI*, Farben und Pinsel, stand auf einem verblichenen Holzschild, das über einem kleinen Laden neben dem Durchgang zum Hof hing, aber es machte den Eindruck, als hätte den Laden schon lange kein Kunde mehr betreten.

Eberhard von Königsegg, den es noch nie in diesen Teil von Dorsoduro verschlagen hatte, tastete nach dem Dienstrevolver in seiner Manteltasche. Dann durchquerte er den Durchgang, betrat den Hof und stellte fest, dass die Beschreibung, die er von einem Nachbarn des *professore* erhalten hatte, zutraf. Die wuchtige Holztür auf der anderen Seite des Hofes konnte nur zum *andron* führen, dem großen Lagerraum des Palasts. Dort war angeblich Signor Andreotti anzutreffen – der Mann, der die Mieten in dem Haus kassierte, das der *professore* bewohnt *hatte*, denn seit vorgestern Abend hatte ihn kein Nachbar mehr gesehen.

Was das bedeutete, war klar. Der *professore* musste irgendwo im Labyrinth der Lagunenstadt untergetaucht sein.

Nach dem niederschmetternden Gespräch mit dem Commissario in der Questura war Königsegg zu dem Schluss gekommen, dass die beiden falschen Polizisten mit dem *professore* unter einer Decke gesteckt hatten. Königsegg hatte den gestrigen Nachmittag und den größten Teil der Nacht damit verbracht, Cognac trinkend einen Schlachtplan zu entwerfen. Er würde den *professore* suchen – und er würde ihn finden. Natürlich war es die Suche nach einer Nadel im Heuhaufen. Aber hatte ihm der Herr nicht schon einmal einen Engel gesandt? Und vollbrachte der Erlöser nicht täglich Wunder? Grenzte nicht auch die *coagulatio* der Halskette, deren Zeuge er geworden war, an ein Wunder?

Heute war Königsegg erst gegen Mittag erwacht – jedoch mit einem erstaunlich klaren Kopf und mit der ebenso erstaunlichen Gewissheit, dass er den *professore* aufspüren würde. Und wer weiß, dachte Königsegg, während er auf die Tür des *andron* zuschritt, vielleicht gelang es ihm sogar, ihm das Geheimnis der *coagulatio* zu entreißen.

Die mächtige Tür knarrte und schloss sich mit einem dumpfen Ton, der den Boden unter seinen Füßen erzittern ließ. Königsegg sah, dass die rechte Hälfte des Lagerraums durch eine unverputzte Ziegelmauer abgetrennt war, in die man eine rohe Holztür eingefügt hatte. Klopfgeräusche und ein leises, zwitscherndes Piepen drangen nach außen, fast so als würde Signor Andreotti Hunderte von Singvögeln halten.

Königsegg nahm seinen Zylinderhut ab und schlug mit dem Knauf seines Spazierstocks gegen die Tür. «Signor Andreotti?»

Das Klopfen hörte abrupt auf, und zugleich schwoll das

vielstimmige Piepen an, so als wären die Vögel – *unsere kleinen Frühlingsboten*, wie die Gräfin Königsegg sie nannte – durch das Klopfen in Aufregung geraten.

Schließlich öffnete sich die Tür, und ein hagerer Mann unbestimmten Alters streckte Königsegg sein Gesicht entgegen. Er trug eine fleckige Schürze, in der Hand hielt er ein Hackmesser. Er sah Königsegg unwirsch an.

«Sind Sie Signor Andreotti? Der Signore, der die Mieten im Palazzo Soranzo kassiert?»

Andreotti, um den es sich offenbar handelte, nickte schweigend.

«Ich brauche eine Auskunft über einen Ihrer Mieter», sagte Königsegg. «Es geht um die Wohnung im ersten Stock. Die Nachbarn konnten mir nichts über ihn sagen. Ich muss diesen Mann unbedingt finden.»

Das schien Andreottis Aufmerksamkeit zu erregen. «Er schuldet Ihnen Geld?»

Ja, dachte Königsegg. So konnte man es bezeichnen. Er nickte. «Ziemlich viel Geld.»

«Der Bursche ist verschwunden, ohne seine Miete zu bezahlen», sagte Andreotti verdrossen. Dann trat er überraschend zurück. «Kommen Sie rein.»

Königsegg machte einen Schritt in den Raum, und was er dort erblickte, verschlug ihm den Atem. Anstelle zierlicher Volieren mit *Frühlingsboten* waren an der rückwärtigen Wand des Raumes Dutzende von Käfigen übereinandergestapelt, deren Vorderseiten aus Maschendraht bestanden. Sie waren voller Ratten – es musste sich um Hunderte und Aberhunderte von Ratten handeln. Jetzt erkannte Königsegg auch, dass das zarte Zwitschern, das er vor der Tür zu hören geglaubt hatte, in Wahrheit ein zischendes Pfeifen war. Obwohl es kühl war, lag ein schwerer, säuerlicher Geruch über dem Raum. Unter einer von der Decke hängenden Petroleumlampe stand ein Hackklotz, auf dem kleine Fleischstücke lagen, denen zum Teil noch das Fell anhaftete. Daneben befand sich ein hölzerner Bottich, der bis zum Rand mit toten Ratten gefüllt war.

«Ich bereite gerade das Futter zu», sagte Andreotti. Er lächelte und entblößte ein paar spitze Schneidezähne.

Königsegg hätte am liebsten wieder kehrtgemacht. «Sie handeln mit Ratten?»

Andreotti nickte. «Die Nachfrage ist rege.»

Einen Augenblick lang war Königsegg irritiert, dann hatte er begriffen. Ob dieses Fleisch nur in Würsten landete? Dort, wo am wenigsten auffiel, worum es sich in Wahrheit handelte? Oder gab es womöglich Trattorias, die das Fleisch dieser Tiere als – *Geflügelfleisch* auf den Tisch brachten? Oder Hotelrestaurants, die es kräftig gewürzt als *ungarisches Gulasch* servierten?

Königseggs Blick fiel auf die zerkleinerten Ratten auf Andreottis Arbeitstisch. «Und Sie füttern diese Tiere mit dem Fleisch ihrer ...» Er brach den Satz ab. Es war klar, was er meinte.

«Sie fressen sich ohnehin gegenseitig auf, wenn sie Hunger haben», bestätigte Andreotti. Er zuckte gleichgültig mit den Achseln. «Viele Tiere werden dabei nur angefressen. Und verletzte Ratten kann ich nicht gebrauchen. Ich muss frische, gesunde Tiere liefern.» Er wischte sein Hackmesser an einem schmutzigen Lappen ab. «Aber Sie wollten mich eigentlich nach diesem Mieter fragen, der Sie betrogen hat.»

«Was wissen Sie über ihn?»

«Praktisch nichts», sagte Andreotti. «Er ist vor einem Monat eingezogen, und gestern war die Miete für den zweiten Monat fällig. Er scheint verschwunden zu sein. Ich habe einen Nachschlüssel, die Wohnung ist leer.»

«Für wie lange hatte der Mann die Wohnung gemietet?»

«Das kann ich Ihnen nicht sagen.» Andreotti bückte sich, zog eine tote Ratte aus dem Bottich und warf sie auf den Hackklotz. «Die Abmachung hat Signor Montalban getroffen, der Eigentümer des Gebäudes. Ich kassiere nur die Mieten.» Andreottis Hackmesser sauste – rums! – auf die Ratte nieder und trennte ihr den Kopf ab.

Königsegg hatte Schwierigkeiten, sich auf die Unterhaltung zu konzentrieren. «Und wo finde ich Signor Montalban?»

«Er wohnt nicht in Venedig.» Ein zweiter Schlag mit dem Hackmesser – zack! – trennte den Schwanz ab.

Königsegg schluckte. «Wohin bringen Sie dann das Geld?»

«Wir treffen uns.» Ein dritter Schlag – rums! – zerteilte die Ratte in zwei Hälften. Königsegg schloss die Augen.

«Könnte ich ihn auch treffen?»

Als Königsegg seine Augen wieder aufschlug, steckte sich Andreotti gerade etwas in den Mund. Dann sagte er kauend: «Er ist heute Abend in seinem Casino.»

«Er betreibt ein Casino?»

Andreotti, der immer noch geräuschvoll auf seinem Bissen kaute, nickte. «Das Casino ist in Castello.»

Von einem Casino in Castello – dem Arme-Leute-Sestiere Venedigs – hatte Königsegg noch nie gehört. «Handelt es sich um ein Spielcasino?»

Andreotti dachte einen Augenblick lang nach. Dann sagte er zögernd: «Ja, so könnte man es bezeichnen.»

«Was wird in diesem Casino gespielt?»

«Es wird *gewettet*», entgegnete Andreotti. «Eine Art Hunderennen, für das man nicht sehr viel Platz braucht. Allerdings sind die Rennen nicht öffentlich. Die Teilnehmer ziehen es vor, unter sich zu sein. Solch spezielle Wetten werden von der Obrigkeit nicht gerne gesehen.» Er sah Königsegg unschlüssig an. «Am Campo della Brágora befindet sich eine Trattoria. Fragen Sie den Wirt nach Jacko. Das ist das Passwort. Es wird Sie dann jemand in das Casino bringen.»

«Wer ist dieser ... Jacko?»

«Ein schwarz-weiß gefleckter Bullterrier», sagte Andreotti. Er bückte sich und zog eine weitere tote Ratte aus dem Bottich. «Er war der schnellste Hund der Welt. Kommen Sie gegen zehn und fragen Sie nach dem Patron.»

Signor Andreottis Hackmesser sauste auf die Ratte herab und trennte ihr – rums! – den Kopf ab.


## 20

Adressen in Venedig waren fast immer ein Witz. Das hatte Boldù schon vor langer Zeit festgestellt. In der Regel lauteten sie: *Campiello San Anselmo, neben der* farmacia, oder auch: *Salizzada San Cristoforo, dritte Tür hinter dem Marienschrein*. Doch begab man sich dahin, stellte sich meist heraus, dass es am Campiello San Anselmo gar keine *farmacia* und in der Salizzada San Cristoforo keinen Marienschrein gab. In diesem Fall jedoch war die Adresse, die Oberst Hölzl ihm gestern Nacht gegeben hatte – *Campo San Maurizio, über der Macelleria* – erstaunlicherweise richtig gewesen. Boldù hatte sich dessen vergewissert, indem er zwei äußerst preiswerte, aber merkwürdig riechende Würste in der *Macelleria* gekauft und sich beiläufig nach einem Signor Ziani erkundigt hatte. Nein, den Namen kenne man nicht, aber vor zwei Monaten sei ein Signore über ihnen eingezogen, der ein wenig hinke – ob er wohl den meine?

Boldù hatte sich im gegenüberliegenden Hauseingang postiert. Dass ihn Ziani bei einem Blick aus dem Fenster entdecken würde, war unwahrscheinlich. Erstens war es dunkel, und zweitens verfügte Boldù über die wichtige Tugend eines Jägers, stundenlang geduldig, notfalls regungslos zu warten und dabei mit seiner Umgebung zu verschmelzen. Natürlich hätte es ein wenig wärmer sein können. Aber es regnete nicht, und der scharfe Ostwind, der den ganzen Tag lang über die Stadt geweht hatte, schien eingeschlafen zu sein.

Um kurz vor neun erlosch das Licht hinter den Fenstern, und ein paar Minuten später verließ Ziani das Gebäude. Boldù trat vorsichtshalber einen Schritt in den Hauseingang zurück, in dem er gewartet hatte. Als Ziani in der Calle Zaguri verschwunden war, überquerte Boldù den Campo San Maurizio, betrat das Haus und stieg ohne Hast die Stufen empor. Er ging davon aus, dass er mindestens zwei Stunden Zeit hatte, bis Ziani zurückkam. Wie jeden Abend ging er zum Essen ins Quadri. Doch länger als eine halbe Stunde würde Boldù nicht brauchen.

Sie hatten auch diesen Nachmittag im ehemaligen Bordrestaurant der *Patna* Feuerwerksraketen hergestellt. Boldù schätzte, dass es inzwischen mindestens dreihundert Stück waren. Gleichzeitig über der Piazza San Marco abgefeuert, würden die grün-weiß-roten Raketen ein grandioses Spektakel abgeben, und fast bedauerte Boldù, dass er gezwungen war, die Feuerwerker ans Messer zu liefern. Aber Oberst

Hölzl hatte sich klar ausgedrückt: Spätestens am Montag musste die venezianische Polizei die Leute gefasst haben.

Nicht dass er inzwischen ein freundschaftliches Verhältnis zu seinen Mitverschwörern entwickelt hätte. Die Arbeit wurde weitgehend schweigend verrichtet, und auch untereinander beschränkten Ziani und seine beiden Mitstreiter die Unterhaltung auf das Nötigste. Nur einmal hatte einer der beiden eine rätselhafte Bemerkung über eine falsche Polizeiuniform gemacht, worauf alle drei, auch der humorlose Ziani, in lautes Gelächter ausgebrochen waren. Überhaupt Ziani – Boldù wurde nicht recht schlau aus ihm. Ziani musste das Telegramm aus Turin eigentlich erhalten haben, aber Boldù hatte heute Nachmittag vergeblich nach Anzeichen von Misstrauen in Zianis Verhalten geforscht. Wahrscheinlich, dachte er, hatte Ziani beschlossen, noch ein paar Tage abzuwarten. Doch in ein paar Tagen hatte die venezianische Polizei die Feuerwerker vielleicht bereits am Wickel.

Was wollte er also in Zianis Wohnung? Was hoffte er dort zu finden? Weshalb nahm er das Risiko eines Einbruchs auf sich? Die Idee war ihm gekommen, als Ziani in einem ihrer Gespräche erwähnt hatte, dass er jeden Abend zum Essen ins Quadri ging, seine Wohnung also für ein paar Stunden leer war. Den Entschluss, sich dort ein wenig umzusehen, hatte er noch auf der *Patna* gefasst –, ohne dass es einen bestimmten Grund dafür gab. Es kam selten vor, dass er eine Entscheidung traf, die er nicht erklären konnte. Aber manchmal war es gut – und auch das sagte ihm sein Verstand –, wenn man seinem Instinkt folgte.

Zianis Türschloss zu öffnen war ungefähr so kompliziert, wie eine Cognacflasche zu entkorken. Es dauerte nicht länger als ein paar Sekunden, und er hätte es auch mit bloßen

Händen geschafft. Boldù zog die Tür vorsichtig auf und lauschte in die Wohnung hinein. Als sich nichts rührte, trat er ein, schloss leise die Tür hinter sich und entzündete seine Blendlaterne.

Er stand in einem schmalen, vielleicht fünf Schritte langen Flur, von dem links und rechts eine Tür abging. Bis auf einen Kleiderhaken und einen Schirmständer war der Flur leer. Es war kalt, und es roch nach verdorbenem Fisch und abgestandenem Zigarettenrauch. Im Zimmer auf der rechten Seite des Flures, das zum Campo San Maurizio hinausging, standen ein Bett mit Nachttisch, ein Tisch und ein Kleiderschrank. Auf dem Nachttisch lagen zwei Bücher. Als Boldù näher trat, sah er, dass es sich um eine eisenbeschlagene alte Bibel und Eugène Sues *Geheimnisse von Paris* handelte – zwei Werke, die er immer als ausgesprochen langweilig empfunden hatte. Der eiserne Ofen in der Ecke des Zimmers mit den akkurat übereinandergeschichteten Holzscheiten daneben war kalt. Kein Wunder, dachte Boldù, dass sich Ziani lieber im Quadri als in seiner Wohnung aufhielt.

Das einzig Auffällige in diesem Zimmer war eine bizarre Apparatur, die auf dem Fußboden hinter Zianis Bett abgestellt war – weiß der Himmel, welchen geheimnisvollen Zwecken sie diente! Sie bestand aus zwei kochtopfgroßen kupfernen Zylindern, die durch eine Reihe von Röhren miteinander verbunden waren. Boldù erinnerte das Gerät an einen primitiven Destillationsapparat, was aber nicht sein konnte, weil sich an der Vorderseite der Zylinder zwei Klappen befanden, die sich offensichtlich nur locker schließen ließen.

Boldù trat an den Kleiderschrank und öffnete ihn vorsichtig. Ein Gehrock hing dort, ein Paar Hosen und ein bräunlicher Mantel. In offenen Fächern lagen Socken und einige Hemden. Nirgendwo gab es etwas Persönliches – keine Papiere, keine Briefe, keine Telegramme aus Turin. Auch in der Küche, deren Fenster auf den kleinen Hof hinausgingen, stieß Boldù auf nichts, das ihm Rückschlüsse auf Zianis Person gestatten würde. Bis auf den Herd, einen Stuhl, einen fleckigen Tisch und einen Schrank, der kaum Geschirr enthielt, war die Küche leer. Keine Flaschen, weder volle noch ausgetrunkene, und bis auf ein wenig Käse und ein angeschimmeltes Brot keine Vorräte. Es schien fast so, als hätte Ziani damit gerechnet, dass irgendjemand die Wohnung in seiner Abwesenheit unter die Lupe nahm. Aber das kam Boldù außerordentlich unwahrscheinlich vor. Er musste irgendetwas übersehen haben. Aber was?

Boldù durchquerte den Flur und lief in Zianis Zimmer zurück. Dann ging er vor den beiden Kupferzylindern mit den Röhren in die Knie und tat das, was er vorhin versäumt hatte. Er öffnete die Klappe des linken Zylinders, steckte die Hand hinein und zog etwas heraus, das auf den ersten Blick einer riesigen Garnspule ähnelte, in Wahrheit aber, wie Boldù sofort erkannte, eine aufgewickelte Zündschnur war. Der zweite Zylinder enthielt ein kleines Bündel aus rotem Samtstoff, in den ein schwerer Gegenstand eingeschlagen war. Boldù nahm das Bündel heraus, legte es auf den Tisch, schlug vorsichtig das Tuch auseinander – und stieß vor Überraschung einen Pfiff aus.

Die Kette, die vor ihm auf der Tischplatte lag und im Schein der Blendlaterne schimmerte, war aus purem Gold. Sie bestand aus zahlreichen, mit kleinen Scharnieren verknüpften Medaillons, auf denen, so wie auf Münzen, Profile abgebildet waren. Boldù konnte den künstlerischen Wert des Geschmeides nicht beurteilen, aber allein das

Material musste ein Vermögen wert sein. Wie war Ziani an diese Kette gekommen? Und warum versteckte er sie ausgerechnet hier in dieser schäbigen Wohnung? Ob Boldù sie mitnehmen sollte? Oder war es klüger, nichts anzurühren?

Unschlüssig starrte Boldù auf die Kette, als er plötzlich ein Geräusch an der Wohnungstür hörte – unverkennbar ein Schlüssel, der im Schloss gedreht wird. Er löschte die Blendlaterne und trat lautlos hinter den geöffneten Türflügel. Schritte kamen näher, und dann betrat Ziani das Schlafzimmer. Er stellte die Petroleumlampe, die er im Flur entzündet hatte, auf den Tisch, und als er die goldene Kette auf dem Tisch sah, drehte er sich erschrocken um – und erstarrte.

Boldù bewegte sich ohne Hast einen Schritt auf Ziani zu und ließ sein rechtes Knie zwischen dessen Beine schnellen. Zianis Oberkörper klappte mit einem erstickten Schmerzensschrei nach vorne – genau in die richtige Position für den zweiten Stoß mit dem Knie. Diesmal brach Zianis Nase, und er ging zu Boden. Er versuchte, unter den Tisch zu kriechen, aber ein Fußtritt katapultierte seinen Kopf gegen das Tischbein. Schnell warf sich Boldù auf Ziani, packte seinen Kopf mit beiden Händen und drehte ihn mit aller Kraft nach links. Zianis Genick brach mit einem scharfen Knacken. Dann schleifte Boldù ihn auf die andere Seite des Zimmers und verstaute ihn auf dem Boden des Kleiderschranks. Das war nur möglich, wenn Ziani eine sitzende Position einnahm und die Beine stark anzog – keine bequeme Haltung, aber so wie die Dinge lagen, würde sich Ziani kaum beschweren.

Boldù ließ die Kette in die Tasche seines Gehrocks gleiten, löschte die Petroleumlampe und verließ die Wohnung, ohne abzuschließen. Zwei Minuten später überquerte er mit ruhigen Schritten den Campo Maurizio und verschwand in der Calle Zaguri – ein gutgekleideter Herr mittleren Alters auf dem Weg zur Piazza San Marco, um dort, vielleicht im Quadri, ein spätes Abendessen einzunehmen.

## 21

Eberhard von Königsegg stand im Vorraum der großen Lagerhalle am Rand des Arsenals, zu der ihn ein junger Bursche vom Campo San Brágora gebracht hatte, und fragte sich, warum er immer noch nicht den Mut gefunden hatte, sich seinen Dienstrevolver an die Schläfe zu setzen und abzudrücken. Pffft! Ex! Morte! Sein Blick fiel auf zwei muskelbepackte Hunde, die ein untersetzter, schlechtgekleideter Mann an der Leine hielt. Ob sie auch ins Rennen gehen würden? Sie sahen nicht besonders schnittig aus und wirkten, passend zum Herrchen, eher wie zwei rauflustige Straßenköter. Jedenfalls schien es sich bei dem Rennen um eine gutbesuchte Veranstaltung zu handeln. Durch die angelehnte Tür, die in die große Halle führte, waren Stimmengewirr und Gelächter zu hören. Der Geruch von gegrilltem Fleisch drang verlockend in den Vorraum.

Königsegg drehte sich erschrocken um, als ihm plötzlich jemand auf die Schulter tippte. Es war Andreotti, der vor ihm stand. Er trug zu einem braunen Gehrock eine weiße Schürze, was ihn wie den Betreiber eines gehobenen Feinkostladens aussehen ließ – guten Appetit! Königsegg zuckte unwillkürlich zusammen. Einen kurzen Augenblick schoss ihm der Gedanke durch den Kopf, dass Andreotti auf dieser

Veranstaltung einen Imbiss – eine Wurstbraterei! – betrieb, und ihm wurde übel, was allerdings auch an den diversen Cognacs liegen konnte, die er sich noch im Palazzo Reale als Vorbereitung auf das ominöse *Hunderennen* genehmigt hatte.

«Der Patron ist noch nicht da», sagte Andreotti, ohne sich lange mit einer Begrüßung aufzuhalten. «Sie müssen ein wenig warten, aber Sie werden sich nicht langweilen.»

Königsegg zeigte auf die beiden Hunde, die sich jetzt zu Füßen ihres Herrchens hingelegt hatten. «Sind das Hunde, die heute an den Start gehen?»

Andreotti nickte. «Vermutlich.»

«Sie sehen nicht besonders schnell aus.»

«Sind sie aber», sagte Andreotti.

«Was für ein Rennen ist das?»

Andreotti sah ihn ungläubig an. «Wissen Sie es immer noch nicht?»

Königsegg schüttelte den Kopf.

«Das sind keine Rennhunde», sagte Andreotti und zeigte auf die Tiere.

«Sondern?»

Andreotti machte kein Hehl daraus, dass er sich amüsierte. «Das sind Kampfhunde.»

Königsegg brauchte fünf Minuten, bis er Andreottis Erklärungen begriffen hatte. Dabei war alles ganz einfach und ziemlich offensichtlich. Er hätte lediglich die richtigen Schlüsse aus den beiden Hunden ziehen müssen, die immer noch zu Füßen ihres Besitzers lagen und nicht die geringste Ähnlichkeit mit Windhunden hatten.

Andreotti ergriff seinen Arm. «Kommen Sie?»

Königsegg folgte Andreotti und fand sich in einer großen quadratischen Halle wieder, bei der es sich offenbar um ein ehemaliges Lager handelte. Der Raum hatte einen von geschwärzten Balken getragenen Dachstuhl, die Wände bestanden aus unverputzten Backsteinen. Königsegg schätzte, dass sich mindestens hundert Personen in der Halle versammelt hatten, meist einfaches Volk, aber auch Herren in Gehröcken und eleganter Abendgarderobe, dazu auffällig viele Engländer in karierten Reiseanzügen. Auch ein paar kaiserliche Offiziere hatten sich eingefunden. Königsegg sah zwei Herren in der Uniform der Innsbrucker Kaiserjäger und drei Leutnants der kroatischen Jäger, die auf der anderen Seite des Raumes vor dem Ausschank standen. Erleichtert stellte er fest, dass er keinen von ihnen kannte. Der Boden der Halle war mit schmutzigen Sägespänen bestreut, und dichter Tabakrauch hing über der Versammlung. Praktisch jeder der Anwesenden rauchte und hielt ein Glas Bier in der Hand. Aus einer offenstehenden Tür neben dem Ausschank drang unablässig Hundegebell.

Und jetzt entdeckte Königsegg auch die hüfthohe Holzwand inmitten der Menge. Als er näher trat, sah er, dass es sich bei der Arena um ein aus Holz gefertigtes Oval handelte, dessen Grundfläche ebenfalls mit Sägemehl bestreut war. Unmittelbar hinter der Arena hatte man zwei Stühle auf ein Podest gestellt. Auf einem Stuhl lag eine große Glocke.

Königsegg wandte sich an Andreotti, der ihm gefolgt war. «Wer sitzt auf den Stühlen?»

«Der Schiedsrichter und der Hundemeister», sagte Andreotti. «Der Schiedsrichter nimmt die Zeit ab, und der Hundemeister überwacht die Regeln. Er kann den Kampf auch abbrechen, wenn ein Hund zu schwer verletzt wird.»

«Die Ratten verletzen den Hund?»

Andreotti nickte. «Das kommt häufig vor. Allerdings wird sehr selten ein Kampf deswegen abgebrochen.»

Zwei Männer, der eine bärtig, der andere glattrasiert und mit dem Aussehen eines Engländers, drängten sich jetzt durch die Menge und bestiegen die Stühle auf dem Podest. Der glattrasierte Mann schrieb etwas auf ein Klemmbrett, das er in der Hand hielt, und der Mann mit dem Bart schüttelte die Glocke.

Auf einen Schlag verstummte das Stimmengewirr. Die Zuschauer lösten sich aus ihren Gruppen und verteilten sich um die Arena. Niemand sprach mehr, und Königsegg sah, wie sich alle Augen auf die Tür neben dem Ausschank richteten.

«Zuerst kommen die Ratten in die Arena», flüsterte Andreotti, «danach die Hunde.»

Die Zuschauer auf der anderen Seite der Arena wichen zur Seite, um einem Mann Platz zu machen, der einen hölzernen Kasten auf der rechten Schulter trug. Er stellte den Kasten unsanft auf der Brüstung ab und öffnete eine Klappe, sodass die Ratten wie eine Ladung Kartoffeln auf den Boden purzelten. Danach machte er eine Verbeugung, und die Zuschauer brachen in lärmenden Applaus aus.

Zuerst konnte Königsegg auf dem Boden der Arena nicht mehr als einen pelzigen braunen Haufen erkennen, in dem es zuckte und piepte. Schließlich kam Bewegung in die Meute, und jetzt unterschied Königsegg einzelne Tiere. Einige Ratten richteten sich auf ihren Hinterbeinen auf, schnupperten mit spitzen Nasen und fiepten, andere rannten los und liefen wie besessen an der runden Innenseite der Arena entlang, während wieder andere versuchten, an den glatten Holzwänden hochzuklettern. Königsegg war sich sicher, dass die Tiere ihren nahenden Tod witterten.

«Wie viele Ratten sind in der Arena?»

«Genau zwanzig Stück», sagte Andreotti, der den Blick nicht von der Arena gelassen hatte. «Gute und gesunde Ratten.»

«Und was geschieht jetzt?»

Königsegg stellte fest, dass ihn dieses wilde Schauspiel faszinierte – der Geruch nach Zigarren, Bier und Hunden, die eigentümliche Spannung, die in der Halle herrschte. Es war fast wie in einem Spielcasino – nein, es war besser, intensiver.

«Der Schiedsrichter beobachtet die Ratten ein paar Minuten», erklärte Andreotti. «Wenn er sich davon überzeugt hat, dass sie alle gesund sind, lässt der Hundemeister den ersten Hund in die Arena holen», sagte Andreotti.

«Und dann?»

«Es geht in dieser Runde nach Zeit», sagte Andreotti. «Fünf gleich schwere Hunde treten gegeneinander an, und wer am schnellsten mit den zwanzig Ratten fertig ist, hat gewonnen.»

«Wie lange braucht der Hund für eine Ratte?»

Andreotti zuckte die Achseln. «Zwischen fünf und sechs Sekunden. Jacko war schneller. Der hat im Durchschnitt knapp drei Sekunden gebraucht. Je mehr Ratten in der Arena sind, desto länger ist die durchschnittliche Zeit.»

«Sie meinen, bei zwanzig Ratten sind die Hunde pro Ratte am schnellsten? Und bei fünfzig Ratten am langsamsten?»

Andreotti nickte. «Es geht hoch bis zu einhundertzwanzig Ratten in einem Kampf. Das kann dann knapp zehn Minuten dauern.»

«Wie hoch sind die Einsätze?»

«Das kommt auf den Buchmacher an.» Andreotti wies

auf zwei Signori, die hinter einem Tisch auf der anderen Seite der Halle saßen und die Königsegg noch nicht bemerkt hatte. «Manchmal wird hier ziemlich hoch gespielt.»

«Setzt man auf Sieg?»

«Oder auf Platz. Wie Sie wollen.» Andreotti hob den Kopf, als plötzlich ein Raunen durch die Menge ging. Königsegg sah, dass die beiden Leutnants der kroatischen Jäger ihre Unterhaltung unterbrachen und einer von ihnen auf einen Stuhl kletterte. «Da kommt der erste Hund», bemerkte Andreotti.

Wieder öffnete sich die Tür neben dem Ausschank, und wieder machten die Zuschauer auf der anderen Seite der Arena Platz für eine Gasse. Der Mann, der einen nicht besonders großen, aber äußerst kompakt wirkenden Hund an der Leine führte, trug einen karierten Gehrock und einen schwarzen Zylinder, im Mund hatte er eine kurze Shag-Pfeife. Er wechselte ein paar Worte mit dem Hundemeister und dem Schiedsrichter.

Dann rief der bärtige Schiedsrichter: «Topolino!»

Es öffnete sich eine kleine Klappe in der Holzwand, die Königsegg übersehen hatte, und plötzlich stand der schwarze Hund, *Topolino*, in der Kampfbahn – Auge in Auge mit den Ratten, die sich auf die andere Seite der Arena geflüchtet hatten und in hektisches, schrilles Pfeifen ausgebrochen waren.

Es war ein Hund, wie ihn Königsegg noch nie gesehen hatte – eine pelzige Kampfmaschine aus Fleisch und Blut mit einem dicken, überdimensionierten Kopf und kleinen schlitzartigen Augen. Sein gewaltiger Brustkorb und seine muskulösen Vorderbeine vibrierten förmlich vor Energie. Obwohl der Hund nicht groß war, er Königsegg höchstens bis zum Knie ging, hatte er eine brutale und gefährliche Ausstrahlung.

Königsegg hatte erwartet, dass sich der Hund sofort auf die Ratten stürzen würde, aber das tat er nicht. Stattdessen lief er langsam zur Mitte der kleinen Arena. Dort blieb er stehen, sah sich um und bellte kurz und heiser. Dann setzte er sich hin und begann, sich in aller Ruhe die Hinterläufe zu lecken.

«Was für ein Hund ist das?», fragte Königsegg.

«Ein Manchester-Terrier», antwortete Andreotti, «er wiegt dreißig Pfund, und das ist sein zwölfter Kampf. Er liegt bei vier Sekunden.» Und kurz darauf setzte er hinzu: «Die Zeit läuft erst, wenn er anfängt.»

«Was macht er so lange?»

«Er putzt sich, um in Stimmung zu kommen», erläuterte Andreotti. «Aber es geht sofort los.»

Königsegg sah, wie sich der Hund langsam nach hinten duckte, er schien seinen muskulösen Körper wie eine Feder zu spannen. Dann machte er einen eleganten Sprung und landete vor einer dunkelbraunen Ratte. Blitzschnell stieß er den Kopf nach vorne, biss zu, schüttelte die Ratte und ließ sie fallen. Das Sägemehl auf dem Boden spritzte auf wie Wasser, die Glocke bimmelte, und die Zuschauer klatschten und skandierten brüllend den Namen des Hundes: *To-po-li-no! To-po-li-no!*, während das Tier mit fast geschäftsmäßiger Routine seine Arbeit verrichtete. Zubeißen, schütteln, fallen lassen, dann wieder zubeißen, schütteln, fallen lassen. Dabei ging der Hund, fand Königsegg, seiner Arbeit mit tänzerischer Eleganz nach und tat dies lautlos – ganz im Gegensatz zu den johlenden Zuschauern und den panisch piepsenden Ratten.

Nach anderthalb Minuten, schätzte Königsegg, war die

erste Runde beendet. Topolino hatte wieder seine Ausgangsposition eingenommen und leckte sich – harmlos wie ein Mäuschen und als wäre nichts geschehen – wieder die Hinterläufe. Dann sah Königsegg, wie ein Mann, der zwei Holzböcke und ein Brett trug, die Arena betrat. Er baute eine Art Tisch auf und fing an, die toten Ratten aufzusammeln und sie auf dem Brett nebeneinanderzulegen – wie die Strecke bei einer Jagd, nur dass es sich hier nicht um Hasen oder Fasane handelte. Schließlich trat der Bärtige vor das Brett und versetzte jeder der Ratten einen kleinen Schlag mit einem Stöckchen – so verlangten es die Regeln. Keine Ratte zuckte, keine versuchte, mit letzter Kraft vom Brett zu kriechen. Sie waren alle tot.

Jetzt ertönte die Klingel, und alle Augen richteten sich auf den Bärtigen. Er hob die Hand und wartete, bis er die ganze Aufmerksamkeit des Publikums hatte. «Eine Minute und vierzig Sekunden», verkündete er.

Wieder brachen die Zuschauer in hektisches Gebrüll aus und skandierten den Namen des Hundes: *To-po-li-no! To-po-li-no!* Es kostete Königsegg einige Anstrengung, nicht in das Gebrüll einzustimmen.

«Er hat im Schnitt fünf Sekunden pro Ratte gebraucht», sagte Andreotti.

«Ist das gut?»

Königsegg wischte sich den Schweiß von der Stirn. Er tat dies, wie ein echter Kerl, mit dem Ärmel seines Gehpelzes und nicht mit einem affigen, nach *Eau de Cologne* riechenden Taschentuch. Er war immer noch außer Atem – so als hätte er selbst jede einzelne Ratte gejagt und zu Tode geschüttelt. Sein Puls raste, und das Herz schlug ihm bis zum Hals, aber es war ein höchst angenehmer Erregungszustand.

«Eher mittelmäßig», meinte Andreotti. Er sah Königsegg aufmerksam an. «Hat es Ihnen gefallen?»

Darüber musste Königsegg, dessen Atem sich langsam normalisierte, nachdenken. Hatte es ihm gefallen? Nein – *gefallen* war nicht das richtige Wort. *Gefallen* war ein Wort für Blumensträuße, Romane und Abendkleider, ein *weibliches* Wort. Aber das hier – der Kampf, den er eben gesehen hatte, war ausgesprochen *männlich*. Es hatte ihn ... *gepackt*. Ja, das war das richtige Wort.

Königsegg hob den Kopf und lächelte männlich. «Wann kommen die nächsten Ratten?»

Drei Stunden später gingen sie, Königsegg und Andreotti, Arm in Arm die Riva degli Schiavoni entlang. Es regnete nicht, aber ein feiner Schleier aus winzigen Wassertröpfchen hing in der Luft. Am anderen Ende der Riva waren undeutlich die Lichter der Piazzetta zu erkennen, auf der linken Seite konnte man die schwappenden Wellen des Lagunenwassers hören.

Königsegg hatte sich seit langem nicht mehr so prächtig gefühlt. Zweimal hatte er lautstark das *Fiakerlied* angestimmt, konnte sich dann aber nicht mehr an den Text erinnern, was er sehr bedauerte, denn Andreotti hatte sich lobend über seine Stimme geäußert. Überhaupt Andreotti – wie kam es, dass er diesen Mann bei ihrer ersten Begegnung so völlig falsch eingeschätzt hatte? So negativ! Hatte es an dem Hackmesser gelegen? An Andreottis spitzen Zähnen und seinem Mundgeruch? Oder gar an veralteten Standesvorurteilen, die er als modern denkender Mensch längst über Bord geworfen haben sollte?

Andreotti hatte sich jedenfalls als ein interessanter und äußerst sympathischer Bursche erwiesen. Und als ein wandelndes Lexikon! Über was der alles Bescheid wusste! Über Manchester-Terrier! Über Pitbull-Terrier! Über Jack-Russel-Terrier! Und darüber, welcher Hund wann und wo und in welcher Zeit wie viele Ratten zu Tode geschüttelt hatte! Sagenhaft!

Sie hatten bis zum Schluss in der Halle ausgeharrt. In der letzten Runde war ein virtuoser Pitbull gegen eine ganze Hundertschaft Ratten angetreten und hatte die Tiere in unglaublichen sieben Minuten und siebzehn Sekunden zur Strecke gebracht. Ein neuer Rekord! Die Zuschauer hatten regelrecht getobt, und auch Königsegg hatte das Geschehen erregt verfolgt. Inzwischen empfand er eine tiefe Bewunderung für diese vierbeinigen Gladiatoren. Ob diese speziellen Hunde teuer waren? Ob sie ihm treue Gefährten sein würden? Und was würde die Gräfin Königsegg dazu sagen, wenn er sich in Zukunft einer Sportart widmen würde, die vielleicht nicht jedermanns Geschmack entsprach? Königsegg hatte das unangenehme Gefühl, dass die Gräfin einem derartigen Vorhaben mit Vorbehalten begegnen würde. Aber vielleicht konnte er ihr dafür die Einstellung seiner Casino-Besuche anbieten.

Das großzügige Angebot Andreottis, sich *sine pecunia* an den duftenden Fleischspießchen aus eigener Herstellung zu laben, hatte Königsegg dankend abgelehnt. Er hatte es auch taktvoll vermieden, Fragen nach der Herkunft der leckeren Häppchen zu stellen. Stattdessen hatte Königsegg dem süffigen Grappa zugesprochen, der an Andreottis Imbiss ausgeschenkt wurde. Wie der ihm geschmeckt hatte! Und wie viel man davon trinken konnte, ohne dass es einem schlecht wurde! Seinem Magen jedenfalls ging es großartig, und sein Kopf war im Prinzip klar, auch wenn er hin und wieder einmal zur Seite oder auf die Brust sackte. Nur seine Beine fühlten sich schwach und gummiartig an. Kein Wunder, dass er ständig ins Schlingern geriet, und deshalb war es auch gut, sich bei Andreotti – bei Ercole! – einzuhaken. Ein schöner Name, dachte Königsegg. Herkules! Ein Name, den er nie erfahren hätte, wenn sie nicht an diesem anregenden Abend – jawohl! – Brüderschaft getrunken hätten! Herkules und Eberhard!

Die Anschrift des *professore* hatte Königsegg problemlos erfahren. Der *patrone* war tatsächlich noch erschienen, ein massiver, sorgfältig gekleideter Mann, der ihm, ohne seinerseits Fragen zu stellen, mitgeteilt hatte, dass der *professore* in Padua wohnte und gelegentlich eine Wohnung – oder auch zwei – in einem seiner Objekte mietete, wohl um dort geschäftliche Transaktionen durchzuführen. Welcher Art, sei ihm nicht bekannt. Zurzeit bewohne er zwei Zimmer über einer *macelleria* am Campo San Maurizio.

Als Königsegg sich kurz vor Mitternacht von Andreotti auf der Piazza verabschiedete, spielte er einen Moment lang mit dem Gedanken, Andreotti – Ercole – darum zu bitten, ihn morgen bei seinem Besuch am Campo San Maurizio zu begleiten und vorsichtshalber das Hackmesser einzustecken. Aber dann hielt er es doch für besser, diesen Besuch ohne seinen neuen Freund zu absolvieren. Die *coagulatio* der Kette würde unweigerlich dabei zur Sprache kommen, und einen allzu tiefen Blick in seine Angelegenheiten wollte er Andreotti – Ercole – nun doch nicht tun lassen.

## 22

«Ach, armer Yorick», sagte Tron.

Bossi, der Totengräber, lehnte den Spaten an den Rand der Grube und wischte sich den Schweiß von der Stirn. Er legte den Kopf in den Nacken und sah Tron verwirrt an. «Ich dachte, er hieß Montinari.»

Tron lächelte. «So hieß er auch. Ihre Graberei hat mich nur an etwas erinnert. Wie lange brauchen Sie noch?»

«Vielleicht fünf Minuten.»

Sie hatten das frische Grab ohne langes Suchen gefunden. Die Wolkendecke war kurz vor Mitternacht aufgerissen, und ein bleicher Halbmond hatte sich am Himmel über der östlichen Lagune gezeigt. Bei völliger Dunkelheit, dachte Tron, wäre es vielleicht schwierig gewesen, sich auf der Toteninsel zu orientieren, und bei hellem Vollmondschein hätte die Gefahr bestanden, entdeckt zu werden. So war es perfekt, zumal ein brusthoher Nebelschleier über den Gräbern hing, der alle Geräusche dämpfte. Die Erde, obgleich nass vom Regen der letzten Tage, schien noch locker und beweglich zu sein. Tron hatte nicht den Eindruck, dass Bossi sich außerordentlich anstrengen musste. Bis jetzt lief alles hervorragend. Nur das laute Scharren, das jedes Mal zu hören war, wenn das Blatt von Bossis Spaten über den metallenen Sargdeckel schrammte – er war dabei, den Sargdeckel freizulegen –, war etwas irritierend.

Bossi drehte seinen Kopf zum Rand der Grube, an dem Tron stand und die Blendlaterne hielt. «Meinen Sie, dieses Scharren hört jemand?»

Tron schüttelte den Kopf. «Obskuren Geräuschen, die

zur Geisterstunde aus Gräbern kommen, geht man nicht nach, Bossi.»

«Und wenn jemand die Blendlaterne sieht?»

«Dann wird er sie für Elmsfeuer halten», sagte Tron.

«Für *Elmsfeuer*?» Das Wort schien Bossi nicht ganz geheuer zu sein.

«Für Irrlichter», sagte Tron. «Das sind die Geister der Toten, die um eins wieder verschwinden.»

Bossis Gesicht war nicht zu erkennen, aber Tron hatte nicht den Eindruck, dass den *ispettore* diese Antwort beruhigte. Überhaupt schien dieser nächtliche Friedhofsbesuch seine Nerven stark zu strapazieren.

Tron ging vorsichtig in die Hocke und hielt die Blendlaterne direkt über den Sargdeckel. Bossi hatte die Erde jetzt fast vollständig entfernt. Die metallische Oberfläche des Deckels schimmerte im Mondlicht.

«Können Sie erkennen, ob der Sarg verlötet ist?»

«Ich glaube ...» Bossi verstummte und räusperte sich nervös. Dann beugte er sich auf den Sarg hinab, und Tron hörte leise Kratzgeräusche.

«Sie glauben was?»

«Dass er nicht verlötet ist», sagte Bossi.

«Ist er verlötet *gewesen*?»

«Das kann ich bei dem Licht nicht erkennen», erwiderte Bossi. «Der Deckel lässt sich jedenfalls verschieben.»

«Dann schieben Sie ihn vorsichtig zurück. Nur ein paar Zentimeter.»

Tron konnte nicht sehen, was Bossi unter ihm in der Grube tat, aber er hörte Ächzen und dann ein Geräusch, als würde sich Metall auf Metall bewegen.

Bossi holte tief Luft und hob den Kopf. Offenbar war es ihm gelungen, den Deckel zu verschieben. «Und jetzt?»

«Jetzt riechen Sie erst mal, Bossi.»
«Riechen?»
«Ja, riechen», sagte Tron. «Mit der Nase.»
«Wie ansteckend ist ... Cholera?»
«Cholera wird nicht durch Miasmen übertragen. Sie können unbesorgt die Nase in den Sarg stecken.»
«Miasmen?»
«Pestgeschwängerte Luft», erklärte Tron. «Viele glauben immer noch, dass sich die Cholera so überträgt. Aber in der Regel ist es das Trinkwasser.»

Bossi sah Tron misstrauisch an. «Sind Sie da sicher, Commissario?»

«Absolut sicher. Rein mit der Nase!» Tron klatschte in die Hände – ein Geräusch, das sich auf dem stillen Friedhof so laut wie ein Pistolenschuss anhörte und Bossi zusammenzucken ließ. «Das ist ein dienstlicher Befehl!»

Bossi zögerte einen Moment lang, doch dann beugte er sich über den Sargdeckel und senkte das Gesicht.

«Und?»

Bossi hob seinen Kopf. «Nichts.»

«Was nichts?»

«Es riecht überhaupt nicht», sagte Bossi.

«Dann öffnen Sie den Sarg noch weiter und stochern Sie mit dem Spaten herum», ordnete Tron an.

«Ich?»

«Sie. Das ist *Ihr* Spaten.»

Tron sah, wie Bossi den Sargdeckel mit dem Fuß zur Seite schob und anschließend mit äußerster Vorsicht – so als wäre er im Begriff, ein schlafendes Ungeheuer zu wecken – den Spaten in den Sarg steckte. Dann zog er ihn plötzlich heraus und stieß einen Schrei aus.

«Was ist, Bossi?»

Bossis Stimme klang verängstigt. «Da liegt irgendetwas Großes, Weiches in dem Sarg.»

Tron, der neben der Grube in die Hocke gegangen war, wich unwillkürlich mit dem Oberkörper zurück. «Sie haben eben wirklich nichts gerochen?»

Bossi schüttelte den Kopf.

«Dann machen Sie den Deckel auf!»

«Warum muss *ich* das alles machen, Commissario?»

«Weil dieser kleine Ausflug *Ihre* Idee war, Bossi», sagte Tron unerbittlich. «Und weil jemand die Blendlaterne halten muss. Machen Sie schon.»

Der Deckel aus dünnem Eisenblech war nicht schwer. Bossi hatte keine Probleme, ihn hochzuheben und auf den Rand der Grube zu legen.

Als Tron sich hinabbeugte, um den Inhalt des Sarges in Augenschein zu nehmen, wäre ihm die Blendlaterne fast vor Schreck aus der Hand gefallen. Im Sarg lag ein menschlicher Rumpf ohne Kopf, Beine und Arme – ein Torso, der in einen straff anliegenden hellen Stoff gehüllt war.

«Was ist das?» Tron konnte Bossi hecheln hören, wie ein Hund in der Hitze.

«Der dürfte schwer zu identifizieren sein», sagte Tron ruhig.

Er ging in die Knie, stützte sich mit der linken Hand auf den Rand der Grube und senkte die rechte Hand mit der Laterne so dicht wie möglich auf den Sarg hinab. Der Torso war völlig glatt, ohne Auswölbungen und Mulden, die noch etwas von der ursprünglichen Form des Körpers ahnen ließen. Das war seltsam. Ebenso seltsam war, dass der helle Stoff, in den der Rumpf gehüllt war, nirgendwo Flecken aus getrocknetem Blut aufwies – fast so, als hätte man den Torso sorgfältig ausbluten lassen, bevor man ihn in das Tuch einschlug. Plötzlich wusste Tron, worum es sich handelte, und wäre fast in Gelächter ausgebrochen. Er sah Bossi an. «Das ist ein Sandsack, Bossi.»

«Ein Sandsack?» Bossi lachte zittrig.

«Haben Sie ein Messer?»

Bossi nickte stumm. Hinter ihm huschte ein kleines Tierchen über den Erdhaufen, den Bossi am Rand des Grabes aufgeschüttet hatte. Tron hielt es für klüger, den *ispettore* in seiner momentanen Verfassung nicht darauf hinzuweisen.

Er sagte: «Dann schneiden Sie den Sack auf. Der beißt nicht, Bossi.»

Bossi sah Tron gallig an, und es verstrichen ein paar Sekunden, bis er reagierte. Schließlich zog er ein Messer aus der Innentasche seines Mantels, kniete sich auf den Rand des Sarges und stieß die Klinge in den Stoff. Es knirschte leise, und Bossi seufzte erleichtert.

«Na bitte.» Tron lächelte. «Und da es keinen vernünftigen Grund gibt, Sand nach Venedig zu schmuggeln», sagte er, «hat sich vermutlich noch etwas anderes in dem Sarg befunden. Etwas, das man wegen der vielen Patrouillen nicht über die nördliche Lagune nach Venedig bringen wollte.»

«Auf dem Boden sind ein paar dicke schwarze Kleckse aus einer schmierigen Masse», sagte Bossi nachdenklich.

«Riecht das Zeug?»

Bossi schüttelte den Kopf. «Nein, Commissario.»

«Versuchen Sie, so viel wie möglich davon abzukratzen. Dann müssen wir den Sarg nicht mitnehmen. Haben Sie ein Taschentuch?»

«Ja, sicher.»

«Schlagen Sie das Zeug in Ihr Taschentuch ein», sagte Tron. Wir werden es morgen früh untersuchen lassen.»

«Was könnte das sein?»

Tron zuckte die Achseln. «Vielleicht tatsächlich der Rest von etwas, das man auf legalem Weg nicht nach Venedig einführen konnte.»

«Und das jemandem einen Mord wert war», ergänzte Bossi nachdenklich. Er sah Tron an. «Und was machen wir jetzt?»

«Feststellen, worum es sich bei dem Zeug handelt», sagte Tron. «Sie bringen es morgen früh zu Signor Pescemorte. Vielleicht kann er mittags schon etwas dazu sagen. Dann sehen wir weiter.»

## 23

Das Frühstück, das sich Eberhard von Königsegg im Café Quadri bestellt hatte, nannte sich *Ungarisches Dragonerfrühstück* und kostete einen halben Gulden. Es bestand aus zwei Schinkenbroten, zwei Fischbrötchen, drei weichen Eiern, einer großen Tasse Kaffee, schwarz wie die Nacht, und einem doppelten Kornschnaps. Königsegg hatte keine Ahnung, was ungarische Dragoner zum Frühstück verspeisten, aber Liebhaber von Milchkaffee und süßer Konfitüre waren sie offenbar nicht.

Jedenfalls schien sich das *Ungarische Dragonerfrühstück* speziell bei kaiserlichen Offizieren großer Beliebtheit zu erfreuen. Mit zweien von ihnen, Angehörigen der in Venedig stationierten kroatischen Jäger, musste sich Königsegg einen Vierertisch teilen – zwei knochige Oberleutnants, die ihre Offizierssäbel ungeniert an die Wand gelehnt hatten und sich mit lauter Stimme unterhielten. Königsegg fragte sich, ob diese Kroaten – einer von ihnen tunkte sein Fischbrötchen ungeniert in den Kaffee – überhaupt Deutsch konnten und ob sie nicht bei der ersten Gelegenheit zum Feind überlaufen würden. Wäre er in Uniform gewesen, hätten es die beiden kaum gewagt, sich zu ihm zu setzen. Aber so musste er ihre Gesellschaft dulden und auch noch ertragen, dass die beiden ihn für einen Zivilisten hielten.

Das Quadri, ohnehin das bevorzugte Café der kaiserlichen Offiziere, schien heute besonders gut besucht zu sein. Jeder zweite Tisch war von Offizieren besetzt, wobei nicht nur die hier stationierten kroatischen Jäger, sondern alle möglichen Waffengattungen vertreten waren. Vermutlich, dachte Königsegg, lag dies auch daran, dass der kaiserliche Besuch bereits seinen Schatten auf die Lagunenstadt warf. Jedes Mal, wenn Franz Joseph Venedig besuchte, strömten ganze Heerscharen von Offizieren aus Verona und den Festungen des *Quadrilatero* nach Venedig, um sich per Unterbringungsschein ein paar schöne Tage zu machen. Und das Erste, was sie gewöhnlich nach ihrer Ankunft taten, war, sich ins Café Quadri zu begeben.

Auch der Palazzo Reale, in dem der Kaiser in vier Tagen Quartier beziehen würde, hatte sich in den letzten beiden Tagen deutlich gefüllt. Die unmittelbare Entourage des Kaisers umfasste auf dieser Venedigreise rund zweihundert Personen, und jeden Morgen hatten die von Triest kommenden Raddampfer des Österreichischen Lloyd Dutzende von ihnen ausgespuckt: Sekretäre, Nachrichtenspezialisten, Adjutanten, Hofräte und Sicherheitsoffziere – ein riesiger Apparat, der jedes Mal in Gang gesetzt werden musste, wenn der Allerhöchste zu einem Staatsbesuch aufbrach.

Überhaupt die Sicherheitsoffiziere: Sie schienen jetzt das Kommando übernommen zu haben. Vom heutigen Tag an benötigte man einen Sonderpassierschein, um den Palazzo

Reale zu betreten – angeblich hatte sich die Sicherheitslage im Veneto drastisch verschärft. Aber solche Gerüchte tauchten bei jeder Venedigreise des Kaisers auf, und Königsegg war weit davon entfernt, sie ernst zu nehmen.

Am Nebentisch hatten jetzt drei Herren Platz genommen, die Königsegg vage bekannt vorkamen – ein Zivilist in einem nach der letzten Pariser Mode geschnittenen Gehrock und zwei Oberleutnants in den eleganten Uniformen der Innsbrucker Kaiserjäger, drei typische Mitglieder des Schönbrunner *bon ton*, die nichts dabei fanden, schon am Vormittag eine Flasche Champagner zu bestellen. Einer der beiden Oberleutnants hatte kleine spitze Zähne, und Königsegg musste unwillkürlich an Andreotti denken – an *Ercole*.

Ob es ein Fehler war, dass er gestern Abend Andreottis Angebot abgelehnt hatte, ihn bei seinem Besuch beim *professore* zu begleiten? Nein, er hatte richtig gehandelt. Es war äußerst unwahrscheinlich, dass er Andreottis tatkräftige Unterstützung benötigen würde. Viel wusste er nicht über den *professore* – eigentlich nur, dass er ein genialer Erfinder und ein Betrüger zugleich war. Und dass er und seine Komplizen nicht gewalttätig waren. Sie schauspielerten, arbeiteten mit Tricks. Solche Leute wurden beim Anblick eines Revolvers sofort nervös – speziell, wenn man ihnen mit der natürlichen Autorität eines kaiserlichen Offiziers entgegentrat. Königsegg, der sich zur Abrundung des *Ungarischen Dragonerfrühstücks* und seiner natürlichen Autorität zwei zusätzliche Kornschnäpse genehmigt hatte, winkte den Kellner an seinen Tisch, um die Rechnung zu bezahlen.

Zwanzig Minuten später stand Königsegg in einem nach Kohl und Fisch riechenden Treppenhaus und klopfte im ersten Stock an eine schäbige Holztür. Ein Namensschild war nirgendwo zu sehen, aber es handelte sich eindeutig um die Wohnung, die ihm der *patrone* gestern beschrieben hatte. Sie lag direkt über der *macelleria* am Campo San Maurizio. Ein wenig merkwürdig war lediglich, dass die Tür, wie er erst feststellte, nachdem er geklopft hatte, einen winzigen Spalt offen stand. Aber vermutlich, dachte Königsegg, war sie nicht richtig verschlossen gewesen, und die Zugluft hatte sie geöffnet.

Königsegg beugte sich leicht nach vorne und versuchte, seiner Stimme einen energischen Klang zu geben. *«Professore?»*

Dann legte er das Ohr an den Türspalt und lauschte. Als er nichts hörte, keine Stimme, keine Schritte, die sich der Tür näherten, rief er noch einmal, aber diesmal etwas lauter: *«Professore?»*

Wieder kam keine Antwort. Entweder war der *professore* nicht in seiner Wohnung, oder er hatte ihn gehört, ihn womöglich zufällig vom Fenster aus gesehen und lauerte ihm jetzt auf. Königsegg spürte eine Welle von Panik in sich aufsteigen. Er zwang sich zur Ruhe, zog seinen Dienstrevolver aus der Manteltasche, entsicherte ihn und öffnete die Tür. Ein schmaler Flur – staubiges Terrazzo, keine Holzdielen –, von dem links und rechts jeweils eine Tür abging, beide standen auf. Dünnes, fahles Licht fiel von zwei Seiten auf die Rückwand des Flurs und beleuchtete einen Schirmständer. Aus keinem der beiden Räume, vermutlich Küche und Zimmer, kam ein Geräusch. Königsegg, der den Atem angehalten hatte, um zu lauschen, schlich weiter und warf einen vorsichtigen Blick in die Küche. Ein Tisch, zwei Stühle, in der Ecke ein gemauerter Herd und auf der eisernen Platte ein Topf. Es roch schwach nach verdorbenen

Lebensmitteln, aber der Geruch schien nicht vom Herd zu kommen. Das Küchenfenster war geschlossen, und durch die schmutzigen Scheiben sah Königsegg Wäscheleinen auf dem Hof.

Er drehte sich um, den Revolver immer noch im Anschlag, überquerte den Flur und betrat das Zimmer, das er ebenso verlassen vorfand wie die Küche. Auch hier waren die Fenster geschlossen, und der Geruch nach verdorbenen Lebensmitteln war noch stärker als in der Küche. Die Einrichtung beschränkte sich auf einen Tisch, ein Bett, einen Nachttisch, einen eisernen Ofen und einen Kleiderschrank. Als Königsegg in die Mitte des Zimmers trat und sein Blick auf die kleine Nische zwischen dem Fußende des Bettes und der Wand fiel, hätte er fast den Revolver fallen gelassen. Hier standen, dicht aneinandergerückt, die beiden Messingzylinder, in denen sich die *coagulatio* zugetragen hatte. Einen wahnsinnigen Moment lang hegte er die völlig irre Hoffnung, dass sich die Halskette in einem der Zylinder befinden würde. Doch nachdem er die Klappe des linken Zylinders geöffnet hatte, stellte er fest, dass er leer war. Auch der rechte Zylinder enthielt lediglich ein Bündel dicker, schwärzlich aussehender Schnüre.

Nein, dachte er, es wäre auch äußerst unwahrscheinlich gewesen, dass der *professore* die Kette und das Gold in einer so schlecht gesicherten Wohnung aufbewahren würde – einer Wohnung, die offenbar nur angemietet worden war, um noch mehr betrügerische Geschäfte abzuwickeln. Allerdings konnte man sich da nie sicher sein. Und was sprach dagegen, sich noch ein wenig genauer umzusehen?

Königsegg ließ sich ächzend auf die Knie sinken, um einen Blick unter das Bett zu werfen. Nichts. Dann hob er die Matratze an und tastete sie sorgfältig ab, ebenfalls ohne etwas zu entdecken. Danach inspizierte er die Schublade des Tisches, fand aber nur einen Korkenzieher und Besteck. Auf dem Nachttisch lagen zwei Bücher. Er klappte sie auf, um auszuschließen, dass es sich um raffiniert getarnte Schatullen handelte – er war schließlich kein Dummkopf. Aber es waren nur die Bibel und ein französischer Roman. Schließlich nahm er eine Gabel aus der Schublade des Tisches, öffnete die Ofenklappe und stocherte in der Asche, die sich unter dem Rost gesammelt hatte – auch hier, ohne irgendetwas zu finden. Blieb also nur noch der Schrank.

Königsegg trat vor die Schranktür, drehte den Schlüssel vorsichtig nach links, hörte das metallische Klicken, mit dem sich das Schloss öffnete – und stellte fest, dass sich die Tür langsam von alleine öffnete, so als würde der Schrank auf unebenem Fußboden stehen, was definitiv nicht der Fall war. Offenbar drückte irgendetwas von innen gegen die Tür. Königsegg versetzte der Tür einen kräftigen Stoß, um dieses Was-immer-es-war an die Rückwand des Schrankes zu kippen, aber es gelang ihm nicht. Ganz im Gegenteil – jetzt schien der Druck auf die Tür noch stärker geworden zu sein, sodass er sie losließ und einfach einen Schritt zurücktrat.

Dann sah Königsegg, wie ein Kopf an der aufschwingenden Tür erschien, sich danach ein Paar Schultern zeigte und schließlich der Rest des Körpers mit einem dumpfen Poltern aufschlug und vor dem Schrank liegen blieb. Dass aus Kleiderschränken Tote fallen, war eine neue Erfahrung für Königsegg, und entsprechend lange dauerte es, bis er begriffen hatte, was er sah. Es war der *professore*, der ihm zu Füßen lag.

Er war auf die Seite gefallen, hatte den Mund und die Augen geöffnet, was seinem Gesicht einen staunenden

Ausdruck verlieh. Sein Kopf war weit und offenbar mit großer Gewalt in den Nacken gebogen, und Königsegg musste unwillkürlich an einen Mann denken, der die Bahn einer aufsteigenden Rakete verfolgt. Da man ausschließen konnte, dass der *professore* freiwillig in den Schrank gestiegen war, sich dort eigenhändig das Genick gebrochen und anschließend die Schranktür von außen verschlossen hatte, kam Königsegg zu dem naheliegenden Schluss, dass der *professore* ermordet worden war.

Sein erster Gedanke war, die Wohnung so schnell und leise wie möglich zu verlassen. Sein zweiter Gedanke war, vorher die Taschen des Toten zu durchsuchen. Zu einem dritten Gedanken kam er nicht, weil er plötzlich Schritte auf dem Flur hörte, schwere, schlurfende Trollschritte. Königsegg drehte sich um, holte tief Luft und schob den Sicherungshebel seines Revolvers zurück. Als sich die Gestalt an der Türöffnung zeigte, spannte er den Hahn.

Es war eine vielleicht fünfzigjährige, ziemlich korpulente Signora, die abrupt stehenblieb und ihn jetzt mit weit aufgerissenen Augen anstarrte. Sie hielt einen Korb in der Hand, aus dem ein Brot und eine Weinflasche ragten, und Königsegg brauchte nicht übermäßig viel Phantasie, um sich vorzustellen, was sich jetzt vor ihren Augen abspielte: Sie sah einen Mann, der einen Revolver auf sie richtete, und sie sah zu seinen Füßen den toten *professore* mit geöffnetem Mund und einem grotesk nach hinten gebogenen Kopf. Sie sah den Mörder und das Opfer.

Königsegg, der Mörder, setzte ein beschwichtigendes Lächeln auf. Er sagte: «Signora, holen Sie ...»

Aber die Signora wollte nicht beschwichtigt werden. Sie stieß einen durchdringenden Schrei aus, ließ den Korb fallen und drehte sich um. Dann rannte sie kreischend den Flur hinunter, und Königsegg hörte nur noch, wie die Wohnungstür krachend ins Schloss fiel.

«Signora, holen Sie Commissario Tron von der venezianischen Polizei», hatte Königsegg sagen wollen. Aber dafür würde jetzt ohnehin jemand sorgen.

Er ließ den Arm mit dem Revolver sinken, arretierte den Sicherungshebel und legte die Waffe auf den Tisch. Dann setzte er sich auf das Bett und lehnte seinen Rücken an die Wand, um auf die Polizei zu warten. Da er vermeiden wollte, dass sein Blick auf den toten *professore* fiel, schloss er die Augen.

## 24

Signor Pescemorte, Eigentümer der Farmacia San Marco, hatte den Kaffee und die *baicoli*, die Tron ihm angeboten hatte, höflich abgelehnt. Selbst auf den Stuhl, auf dem er jetzt saß, hatte man ihn regelrecht nötigen müssen. Vermutlich, dachte Tron, hätte Signor Pescemorte seinen Vortrag am liebsten im Stehen gehalten. Der *farmacista* war ein sorgfältig gekleideter Mann mit einem kahlen Schädel und abstehenden Ohren. Er hatte die letzte Viertelstunde ununterbrochen gesprochen. Da er seine gelegentlichen Gutachten für die Questura *pro bono* erstellte, wäre es unhöflich gewesen, ihn zur Eile zu drängen oder ihn zu bitten – endlich! –, auf den Punkt zu kommen.

«Der Nachweis des Salpeters und des Schwefels ist kein Problem», erklärte Signor Pescemorte jetzt in einem Ton, der hoffen ließ, dass sich der Vortrag seinem Ende näherte. «Es besteht kein Zweifel daran, mit welchen Substanzen wir es zu tun haben. Zum Kohlenstoff, zur pulverisierten Holzkohle, hatte ich mich ja bereits geäußert.»

Signor Pescemorte war berüchtigt für seine feuchte Aussprache, und Tron war auf seinem Stuhl unwillkürlich immer weiter nach hinten gerutscht, um dem feinen Sprühregen zu entkommen, der sich aus dem Mund des *farmacista* auf ihn ergoss. Ein wenig irritierend war außerdem, dass Signor Pescemorte ihn während des ganzen Vortrages kein einziges Mal ansah. Die Augen des *farmacista* waren entweder auf seine Notizen oder auf die Lithographie des Kaisers gerichtet gewesen, die hinter Trons Schreibtisch an der Wand hing.

«Es handelt sich hier also um eine Mischung von Schwefel, Salpeter und Holzkohle», sagte Signor Pescemorte mit einer gewissen Feierlichkeit.

Das hörte sich, fand Tron, immer noch arg nach Chemieunterricht an – ein Fach, in dem er nie geglänzt hatte. Er schwieg, um Signor Pescemorte die Gelegenheit zu weiteren Ausführungen zu geben. Aber der schwieg jetzt ebenfalls und richtete einen erwartungsvollen Blick auf die Lithographie des Kaisers, so als würde er einen Kommentar des Allerhöchsten zu dieser speziellen Mischung erwarten.

Es war Bossi, der schließlich das Schweigen brach. «Um Schießpulver also.»

Signor Pescemorte senkte den Kopf. *«Esatto, signore.»*

Äh, wie bitte? Tron setzte die Kaffeetasse, die er in die Hand genommen hatte, abrupt auf die Untertasse zurück. Hatte Bossi *Schießpulver* gesagt? Ja, das hatte er. Also konnte man die Füllung eines *scaldino* durch das Hinzufügen von Schwefel und Salpeter in eine gefährliche Bombe verwandeln. Eine beängstigende Vorstellung, fand Tron. Aber noch beängstigender war, dass jemand einen ganzen Sarg voller Schießpulver nach Venedig gebracht hatte. Er räusperte sich nervös. «Sind Sie sicher, Signor Pescemorte?»

Einen Moment lang befürchtete Tron, dass Signor Pescemorte indigniert auf seine Frage reagieren würde, aber der *farmacista* schien eher erfreut zu sein. Er lächelte die Lithographie des Kaisers an. «Wenn Sie möchten», sagte er zu Franz Joseph, «kann ich es Ihnen demonstrieren.»

Signor Pescemorte zog ein kleines Papiertütchen aus der Tasche seines Gehrocks und beugte sich über die Schreibtischplatte. Dann nahm er, ohne um Erlaubnis zu fragen, Trons Tasse von der Untertasse, schüttete ein wenig Schießpulver auf die Untertasse und zündete es an. Das Pulver verbrannte mit einer hellen Stichflamme. Hellgrauer, übelriechender Rauch kräuselte sich über der Untertasse.

Signor Pescemorte lächelte stolz wie ein Zauberkünstler, der gerade einen Kartentrick vorgeführt hat. «Das Mischungsverhältnis wird je nach Verwendungszweck verändert», fuhr er fort. «Wir unterscheiden zwischen Jagdpulver, Militärpulver, Kanonenpulver und Sprengpulver. Hier handelt es sich um ein Pulver mit einem mittleren Salpeteranteil. Man bezeichnet es als Sprengpulver.»

Tron fand, das Wort *Sprengpulver* hörte sich noch gefährlicher an als Schießpulver. Ein ganzer Sarg voller Sprengpulver! «Dieses Pulver – *heißt* es nur Sprengpulver, oder eignet es sich tatsächlich zum Sprengen?», fragte er.

Signor Pescemorte verzog kurz das Gesicht. «Es eignet sich tatsächlich zum Sprengen, Commissario», sagte er.

«Sind Schwefel und Salpeter in Venedig frei erhältlich?», schaltete Bossi sich ein.

Signor Pescemorte schüttelte den Kopf. «Militärisch relevante Chemikalien können Sie in Venedig nicht kaufen.»

«Und woher beziehen Sie Ihr Salpeter und Ihren Schwefel?», fragte Bossi weiter.

«Salpeter führen wir nicht», erklärte Signor Pescemorte. «Schwefel beziehen wir in kleineren Mengen aus Padua, für Salben und für Medikamente gegen Bronchitis.»

«Sie meinen, es wäre ein Problem, größere Mengen Schwefel und Salpeter einzuführen?»

Signor Pescemorte nickte. «Selbst für die paar Gramm Schwefel, die wir alle paar Monate erhalten, brauchen wir eine Genehmigung.»

«Die wer erteilt?», erkundigte sich Tron.

Auf Signor Pescemortes Gesicht erschien ein hauchdünnes Lächeln. «Das Büro des Stadtkommandanten.»

«Also war es Sprengstoff», sagte Bossi ein paar Minuten später. Sie hatten Signor Pescemorte verabschiedet, und Bossi hatte sich auf dem Stuhl niedergelassen, auf dem vorher der *farmacista* gesessen hatte. «Das dürfte einiges erklären.»

Tron runzelte die Stirn. «Und was?»

«Den Mord.»

«Das verstehe ich nicht, Bossi.»

«Ich glaube, dass wir es hier mit der Hinrichtung eines Verräters zu tun haben», sagte Bossi langsam.

«Sind wir uns darüber einig, dass der Sprengstoff im Zusammenhang mit dem Besuch des Kaisers steht?»

Bossi nickte. «Es sieht jedenfalls ganz danach aus. Irgendjemand plant ein Attentat auf den Kaiser.»

«Und wer hat jetzt wen verraten?»

«Der Ermordete hatte offenbar nicht die Absicht, den Sarg auf die Toteninsel bringen zu lassen», sagte Bossi. «Vielleicht war er gegen das Attentat und wollte sich nach seiner Ankunft in Venedig an die Behörden wenden.»

«Wovon die venezianische Gruppierung erfahren und ihn deshalb getötet hat. Ist es das, was Sie andeuten wollen?»

Bossi nickte. «Auf äußerst professionelle Art und Weise. Das ist es ja, was mich so irritiert, Commissario. Diese Leute sind gefährlich.»

Tron schüttelte den Kopf. «Es gibt keine ernsthaften venezianischen Widerstandsgruppen. Höchstens ein paar harmlose Flugblattverteiler und Tricoloreschwenker. Aber keine *professionellen Killer*.»

«Es sei denn, Turin steckt hinter diesen Leuten.»

«Niemand in Turin kann ein Interesse daran haben, dass im Veneto das Chaos ausbricht», widersprach Tron. «Wenn die Piemontesen von einem Attentat auf den Kaiser erführen, würden sie uns einen Wink geben. Oder die Attentäter notfalls selbst aus dem Verkehr ziehen.»

«Haben Sie denn eine bessere Erklärung?»

«Nein», sagte Tron. «Aber die brauche ich auch nicht. Es reicht, dass der Sprengstoff nach Venedig gebracht worden ist, um ein Attentat auf den Kaiser zu begehen.»

«Sie meinen, das ist ein Fall für die Militärpolizei?»

«Ja, sicher. Zumal uns deutlich signalisiert wurde, dass man uns für unzuverlässig hält. Spaur wird den Fall auf der Stelle abgeben.»

Bossi lehnte sich auf seinem Stuhl zurück. «Spaur hält nicht viel von der Militärpolizei.»

«Ich auch nicht. Aber wir haben keine Wahl. Wir müssen die Kommandantura informieren. Sonst wird man uns unterstellen, dass wir mit den Verschwörern unter einer Decke stecken.»

«Die Militärpolizei wird diese Leute nie fassen.»

Tron deponierte seine Kaffeetasse behutsam neben der

Untertasse mit den Schießpulverresten – den *Sprengpulverresten*. Dann sagte er: «Man kann den Besuch des Kaisers noch immer verschieben.»

«Das wird nicht geschehen. Es wäre ein Eingeständnis der eigenen Unfähigkeit», sagte Bossi. «Ist Ihnen klar, was es für Folgen hat, wenn es zu einem Attentat auf den Kaiser kommt? Dass ein Sprengstoffattentat Dutzende von Toten bedeuten kann?» Er machte eine bedeutungsvolle Pause. «Auch die Kaiserin wäre in Gefahr.»

«Es ist Spaurs Entscheidung», insistierte Tron. «Und er wird den Fall abgeben.»

Bossi schwieg einen Moment. Als er sprach, hatte er diesen speziellen Gesichtsausdruck, den Tron bereits kannte. «Wir könnten vielleicht …» Bossi brach den Satz ab und sah Tron fragend an.

Tron musste lachen. «Die Ermittlungen hinter dem Rücken von Spaur weiterführen?» Er schüttelte energisch den Kopf.

«Nur für ein paar Tage», sagte Bossi. «Wenn wir Sonntagabend nicht einen großen Schritt weiter sind, dann …»

Aber Bossi konnte den Satz nicht zu Ende sprechen, denn in dem Moment klopfte es an der Tür. Es war *sergente* Vazzoni, der auf der Schwelle stand. Er salutierte und machte ein verlegenes Gesicht.

«Was gibt es, Vazzoni?»

«In einer Wohnung am Campo San Maurizio, direkt über der *macelleria* ist jemand ermordet worden», sagte Vazzoni. «Ein Nachbar war auf der Wache an der Piazza. Seine Frau wollte dem Mann, der dort wohnt, die Zeitung bringen. Aber der lag auf dem Boden seines Wohnzimmers, und neben ihm stand ein anderer Mann mit einem Revolver in der Hand.»

«Der Mörder?»

«Das weiß ich nicht.»

«Hat die Frau vorher einen Schuss gehört?»

«Davon hat ihr Mann nichts gesagt.»

«Hat der Mann mit dem Revolver die Frau bedroht?»

«Ja, das hat er. Aber die Frau konnte fliehen.»

«Wo ist der Nachbar jetzt?», erkundigte sich Bossi.

«Mit Valli und Malpiero auf dem Weg zum Campo San Maurizio», erklärte Vazzoni. «Seine Frau steht unter Schock. Er wollte schnell wieder zu ihr zurück.»

«Dann schicken Sie jemanden ins *Ognissanti* zu Dr. Lionardo», sagte Tron. Er erhob sich von seinem Schreibtisch. «Der *dottore* möchte sofort zum Campo San Maurizio kommen. Und sorgen Sie dafür, dass wir in zehn Minuten eine Gondel haben.» Tron wandte sich an Bossi. «Wie lange brauchen Sie, um Ihre Ausrüstung zusammenzupacken?»

Bossi war ebenfalls aufgestanden. Er rieb sich unternehmungslustig die Hände. «Drei Minuten. Es steht alles bereit. Trockenplatten, Kamera, alles.» Er hielt inne und sah Tron unsicher an. «Vielleicht könnten Sie mir …»

Tron ahnte, was jetzt kam. Er seufzte. «Das Stativ tragen?»

Bossi nickte. «Ja, Commissario. Und was machen wir mit Spaur?»

Tron zuckte die Achseln. «Mit dem rede ich, wenn wir wieder zurück sind.»

## 25

Natürlich hatte sich die Nachricht von einem Mord in der Wohnung über der *macelleria* wie ein Lauffeuer in der Nachbarschaft verbreitet. Als Trons hochgerüstete Polizeitruppe den Campo San Maurizio im Gänsemarsch überquerte, hatte sich ein Pulk schwatzender Anwohner vor dem Haus versammelt.

Tron, in Gehrock und Zylinder, schritt der uniformierten Abteilung voran, wobei er sich bemühte, Bossis hölzernes Stativ wie einen Spazierstock zu handhaben. Es folgte Bossi, der eine Leinentasche mit dem schwarzen Tuch und einen polierten Mahagonikasten mit der Kamera trug. Hinter ihm lief *sergente* Vazzoni, in jeder Hand einen Holzkoffer, in denen sich die geheimnisvollen *Gelatine-Trockenplatten* befanden. Der Polizeigondoliere, beladen mit zwei weiteren Holzkoffern, in denen die spiegelverstärkten Petroleumlampen Bossis untergebracht waren, bildete die Nachhut. Auf jeden Fall, dachte Tron, war dies eine eindrucksvolle Demonstration *moderner Polizeitechnik*, wie Bossi sich auszudrücken pflegte. Und er fragte sich, was man in ein paar Jahren zum Tatort schleppen würde, wenn die Technik weiter so rasante Fortschritte machte. Würden sie in Zukunft mit Mikroskopen ausrücken? Mit mobilen chemischen Laboratorien? Mit funkensprühenden galvanischen Apparaturen? Tron liebte das Wort *galvanisch*, obwohl er nicht genau wusste, was es bedeutete.

*Sergente* Valli salutierte, als Tron die Treppe heraufkam. «Die Leiche ist rechts im Zimmer. Den Mann haben wir in der Küche eingeschlossen. Wollen Sie ihn sofort sprechen?»

Tron schüttelte den Kopf. «Ich will zuerst die Leiche sehen.» Er lehnte das Stativ gegen die Wand des Hausflurs. «Hat der Tote einen Namen?»
«Alessandro Ziani.»
«Und das hier ist seine Wohnung?»
Der *sergente* nickte. «So ist es.»

Alessandro Ziani lag zusammengekrümmt vor dem geöffneten Kleiderschrank, ein bartloser Mann mittleren Alters, der keine sichtbaren äußeren Verletzungen aufwies – wenn man davon absah, dass sein Kopf in einem unnatürlichen Winkel nach hinten gebogen war. Ein Kampf hatte offenbar nicht stattgefunden, es gab keine umgestürzten Stühle, kein zerbrochenes Geschirr, nichts.

Das einzig Bemerkenswerte war eine rätselhafte Apparatur, die sie zuerst übersehen hatten, weil sie zwischen dem Bett und der Wand auf dem Fußboden stand. Sie bestand aus zwei kupfernen Zylindern von der Größe eines geräumigen Kochtopfes, die auf eiserne Füße montiert und mit kupfernen Röhren verbunden waren. Beide Zylinder hatten an der Vorderseite eine Klappe. Tron ließ sich auf die Knie nieder und zog aus einem der Zylinder ein Bündel Schnüre. Als er daran zog, blieb eine schwarze, pulverige Substanz an seinen Fingern haften, und er musste an die kleinen Lunten an den Raketen denken, die die Venezianer jedes Jahr zum Redentore-Fest abfeuerten. Er schnitt ein Stückchen mit seinem Federmesser ab und erhob sich.

«Haben Sie Streichhölzer, Bossi?»
Bossi nickte.
«Dann zünden Sie bitte dieses Stückchen Schnur an.»
Bossi entzündete ein Streichholz, hielt es an ein Ende

der Schnur, und Tron sah, wie sie Feuer fing. Es bildete sich eine kleine Flamme, die sofort erlosch und sich in ein dunkles Glühen verwandelte, das die Schnur mit einem feinen Zischen verzehrte.

Bossi hob die Augenbrauen. «Zündschnüre?»

Tron nickte. «Es sieht ganz so aus.»

«Denken Sie, was ich denke?»

«Sie könnten denken, dass es einen Zusammenhang zwischen dem Sprengstoff und den Zündschnüren gibt. Und dass zwei Genickbrüche so kurz hintereinander kein Zufall sind. Was sagen Sie zu dem Apparat, in dem die Zündschnüre waren? Als Spezialist für moderne Technik?»

Bossi warf einen fachmännischen Blick auf die beiden kupfernen Zylinder zu seinen Füßen. «Man könnte eine Substanz in dem linken Zylinder erhitzt haben», sagte er. «Eine Substanz, die Gase entwickelt, welche über die Röhren in den rechten Zylinder geleitet werden. Eine Art Destillierapparat. Aber eigentlich kann in den Zylindern kein Druck entstehen, weil die beiden Klappen nicht dicht schließen.» Er machte ein nachdenkliches Gesicht. «Die ganze Konstruktion ist sinnlos. Der Apparat sieht aus wie ein Theaterrequisit. Vielleicht kann uns der Mann in der Küche etwas dazu sagen.»

Tron nickte. «Zu dem gehe ich jetzt. Sie empfangen Dr. Lionardo und reden mit der Frau, die den Burschen überrascht hat.»

Den Herrn im Gehrock, der am Küchentisch saß und mit ausdruckslosem Gesicht den Kopf hob, als Tron die Küche betrat, umgab die Aura eines Mannes, auf den der Scharfrichter wartet. Der Zylinderhut, der mit der Öffnung nach oben vor ihm auf dem Tisch lag, sah aus wie ein Suppentopf, aus dem er gerade seine Henkersmahlzeit gelöffelt hatte. Außerdem hatte der Mann eine fatale Ähnlichkeit mit Königsegg.

Tron gab sich keine Mühe, seine Überraschung zu verbergen. «Herr Generalleutnant?»

Königsegg senkte den Kopf langsam herab und verharrte ein paar Sekunden in dieser Position. Dann hob er ihn wieder, nickte unmerklich und sah Tron mit einem Gesichtsausdruck an, als wollte er sagen: Alles perdu.

Tron räusperte sich. «Sie hätten sich zu erkennen geben sollen, Herr Generalleutnant.»

Königsegg zuckte gleichgültig die Achseln. Dann atmete er schwer und lehnte sich auf seinem Stuhl zurück. «Wozu, Commissario? Ich habe keine Eile.»

«Was ist passiert?»

Darüber musste Königsegg eine Weile nachdenken. Schließlich sagte er mit matter Stimme: «Ich hatte mit dem Signore, der hier wohnt, etwas Geschäftliches zu besprechen. Und da die Tür nicht verschlossen war und auf mein Klopfen niemand reagierte, betrat ich die Wohnung. Ich musste dann allerdings feststellen, dass der Signore nicht in seiner Wohnung war.»

«Er lag vor seinem Kleiderschrank», korrigierte Tron.

Königsegg schüttelte den Kopf. «Er *fiel* aus dem Kleiderschrank, als ich ihn geöffnet habe.»

«Er war im Kleiderschrank?»

Königsegg nickte. «Tot im Kleiderschrank. Fragen Sie mich nicht, wie er da hineingeraten ist.»

«Und warum haben Sie den Schrank geöffnet?»

Königsegg beugte sich nach vorne und drehte an seinem Zylinderhut – der Suppenschüssel. Ohne Tron anzusehen, sagte er: «Ich habe etwas gesucht.»

Tron runzelte die Stirn. «Steht das in Zusammenhang mit der Verhaftung des Mannes, der Ihnen eine goldene Halskette verkaufen wollte?»

«Die Geschichte hat sich etwas anders abgespielt», erwiderte Königsegg. Er warf einen Blick auf die Küchentür, um sich zu vergewissern, dass sie geschlossen war. «Kann ich mich auf Ihre Diskretion verlassen?»

«Selbstverständlich.»

«Nun, ich gehe hin und wieder mal ins Casino Molin, um dort ein kleines Jeu zu machen», erklärte Königsegg. Er warf einen treuherzigen Blick über den Tisch. «Ich bin kein, äh ...»

Tron wusste, was Königsegg jetzt sagen würde. *Ich bin kein Spieler.*

«Ich bin kein Spieler», sagte Königsegg.

Na bitte, wörtlich.

«Und ich hatte vor einigen Tagen Pech.» Königsegg stieß einen tiefen Seufzer aus und sah Tron an. «Fünftausendfünfhundert Gulden – futsch.» Er stieß einen noch tieferen Seufzer aus. «Ich war gezwungen, dem Casinodirektor einen Schuldschein auszuschreiben. Da traf es sich gut, dass ich zufällig die Bekanntschaft von Signor ...»

«Er hieß Ziani.»

«Von Signor Ziani machte», beendet Königsegg den Satz. «Der mir freundlicherweise in Aussicht stellte, eine goldene Halskette gegen eine prozentuale Beteiligung zu, äh, verdoppeln.»

Tron runzelte die Stirn. «Zu verdoppeln?»

Königsegg nickte. «Mit Hilfe einer Apparatur, die er erfunden hat. Sie steht drüben im Zimmer.» Er starrte auf den Rand seines Zylinderhuts und hob verlegen die Schultern. «Ich weiß, dass solche Verdoppelungen nicht legal sind.»

«Welche *Verdoppelungen*, Herr Generalleutnant?»

Königseggs Augenbrauen hoben sich überrascht. «Sie haben noch nie davon gehört?»

Tron schüttelte den Kopf. «Nein.»

«Mit diesem Apparat und ein wenig Quecksilber können Sie einen goldenen Gegenstand verdoppeln», erklärte Königsegg. «Signor Ziani hat es mir einen Tag zuvor an einem Ring demonstriert. Sonst wäre ich nie mit der Halskette zu ihm gekommen.» Er lachte kurz. «Ich bin ja kein Esel.»

«Und was ist passiert?»

«Wir waren gerade dabei, die Verdoppelung vorzunehmen, als plötzlich zwei Polizisten in der Wohnung standen.»

«In dieser Wohnung hier?»

«Nein, in einer Wohnung am Campo Santo Stefano.»

«Und?»

«Die Polizisten haben die Kette beschlagnahmt und uns abgeführt. Aber Signor Ziani und ich konnten auf dem Weg zur Questura fliehen», erklärte Königsegg.

«Und am nächsten Tag haben Sie von mir auf der Questura erfahren, dass es keinen nächtlichen Polizeieinsatz gegeben hat.»

Königsegg nickte. «Woraus hervorging, dass es sich nicht um echte Polizisten gehandelt hat. Sie hatten das ja bereits angedeutet.»

«Und warum haben Sie mich nicht um Hilfe gebeten?»

«Weil ich das Problem selbst lösen wollte.» Der Generalleutnant schwieg und fing wieder an, seinen Zylinderhut zu drehen. Schließlich, nachdem er sich eine ganze Weile mit seinem Hut befasst hatte, sagte er: «Es handelt sich um eine ganz besondere Kette.»

«Inwiefern?»

«Diese Halskette», sagte Königsegg mit tonloser Stimme, «stammt aus dem Palazzo Reale.»

«Sie gehört Ihnen nicht?»

Königsegg schüttelte den Kopf. Er schürzte die Lippen, und seine Kiefer führten eine mahlende Bewegung aus – so als würde er seine Henkersmahlzeit verspeisen. Dann ergänzte er: «Ich hatte sie mir nur ... ausgeborgt.»

«Ausgeborgt von wem?»

«Sie stammt aus dem Tresor im Arbeitszimmer des Kaisers.»

«Wie bitte?»

Königsegg sah Tron an, aber er blickte durch ihn hindurch, denn sein Blick war auf ein imaginäres Schafott gerichtet. «Die goldene Halskette gehört der Kaiserin», sagte er mit tonloser Stimme.

Bossi richtete sich so heftig auf, dass ein kleineres Boot als eine Polizeigondel ins Schwanken geraten wäre. «Das ist eine absolut unglaubliche Geschichte, Commissario.» Er verzog das Gesicht und konnte sich offenbar nicht entscheiden, ob er lachen oder ernst bleiben sollte. «Königsegg schleicht sich nachts in die Suite des Kaisers», fuhr er fort, «borgt sich die goldene Halskette der Kaiserin aus und lässt sich dann auf diese plumpe Art über den Tisch ziehen. Und als er Ziani schließlich aufspürt, fällt er ihm als Leiche vor die Füße.» Der *ispettore* verdrehte die Augen. «Hat der Generalleutnant Ihnen verraten, wie er den Tresor im Arbeitszimmer des Kaisers geöffnet hat?»

«Die Zahlenkombination bestand aus den Geburtsdaten des Kaisers», sagte Tron. «Es war kein Problem für ihn.»

«Und was geschieht, wenn man entdeckt, dass die Halskette verschwunden ist?»

«Es wird zunächst eine interne Untersuchung geben», sagte Tron. «Und dann wird sich die Militärpolizei irgendwann an uns wenden. Wie vor ein paar Jahren, als das Silberbesteck aus dem Palazzo Reale verschwunden ist und sie nicht weitergekommen sind.»

«Das war ein *Eh-be-deh*», sagte Bossi in dem Ton, in dem er normalerweise *Gelatine-Trockenplatte* und *Indizienkette* aussprach.

«Ein *was*, bitte?»

«Ein Einbruchdiebstahl.» Bossi lächelte nachsichtig. «Die Frage ist, was wir in diesem Fall machen.»

«Wir ermitteln», entgegnete Tron.

«Gegen Königsegg?»

Tron schüttelte den Kopf. «Ich habe Königsegg absolute Diskretion zugesichert. Aber das ist jetzt nicht unsere Hauptsorge.» Er zog die Beine an, um nicht ständig an den Kasten mit den *Gelatine-Trockenplatten* zu stoßen, die Bossi zusammen mit der Kamera vor die Sitze der Gondel gestellt hatte. Der zuckte schon jedes Mal nervös zusammen, wenn Trons Fußspitze das Holz berührte. «Was hat Dr. Lionardo gesagt?»

«Er will nicht ausschließen, dass es sich um denselben Täter handelt, der auch den Mann im Coupé getötet hat», sagte Bossi. Er dachte einen Moment lang intensiv nach, dann sah er Tron an. «Denken Sie das, was ich denke, Commissario?»

«Vermutlich denken Sie, dass es auch einen Zusammenhang zwischen dem Sprengstoff und diesen Zündschnüren gibt», sagte Tron. «Fragt sich nur, welchen.» Er lehnte sich nach rechts, um die Schaukelbewegung auszugleichen, in die ein vorbeifahrender griechischer Raddampfer die Polizeigondel versetzt hatte. «Was hat Ihnen die Frau erzählt? Wissen wir jetzt etwas über diesen Ziani?»

«Ziani hat erst seit vier Monaten am Campo San Maurizio gewohnt», antwortete Bossi. «Er war viel aus, hat nie Besuch empfangen und hin und wieder nachts im Casino Molin gearbeitet. Bei Ihrem alten Freund Zorzi. Das hat die Frau durch einen Zufall erfahren.» Bossi schwieg kurz und schürzte nachdenklich die Lippen. Schließlich sagte er: «Dieser Zorzi – könnte er etwas mit dem Anschlag auf den Kaiser zu tun haben?»

Tron zuckte die Achseln. «Zorzi war im Turiner Exil. Er ist amnestiert worden und dann nach Venedig zurückgekehrt. Sein Verhältnis zum Kaiser ist nicht ausgesprochen gut. Aber dass er in einen Anschlag verwickelt ist, kann ich mir nicht vorstellen.»

«Werden Sie heute noch mit ihm reden?»

Tron nickte. «Ich setze Sie an der Questura ab und lasse mich anschließend zum Campo San Felice bringen. Wann sind die Fotografien fertig, die Sie von Ziani gemacht haben?»

«Ich brauche drei Stunden», erwiderte Bossi.

Tron lächelte. «Denken Sie, was ich denke, *ispettore*?»

Bossi erwiderte Trons Lächeln. «Sie denken, dass es vermutlich eine gute Idee wäre, diese Fotografien Pater Silvestro zu zeigen», sagte er. «Vielleicht sind ja Signor Ziani und dieser mysteriöse Signor Montinari ein und dieselbe Person. In diesem Fall hätte der *professionelle Killer* ...»

Tron schloss die Augen und hob abwehrend die Hand. «Das werden wir sehen, Bossi. Morgen ist Samstag. Wir treffen uns um zehn im Florian.»

## 26

Bei Trons letztem Besuch in Zorzis Casino hatte ihn eine Gondel am Wassertor des Palazzo Molin abgesetzt. Heute war er zu Fuß unterwegs und näherte sich dem Casino von der Rückseite. Als er in die Calle della Rachetta einbog, eine schmale Gasse, in die sich nur selten ein Fremder verirrte, stellte er überrascht fest, dass er nicht der Einzige war, der zu dieser frühen Stunde das Casino Molin besuchen wollte.

Vor der Rückfront des Palazzo hatte sich eine Gruppe versammelt, die Tron sofort als *Reisegruppe* identifizierte. Sie umfasste zwei Dutzend Personen und schien von einem militärisch aussehenden Engländer geleitet zu werden, der gerade damit beschäftigt war, bunte Karnevalsmasken und Papierhütchen zu verteilen. Die Damen trugen praktische halbhohe Stiefel, dazu pelzbesetzte Wollmäntel, die Herren waren in karierte Umhänge gekleidet. Anstelle der üblichen Zylinderhüte hatten sie sportliche Tweedmützen auf dem Kopf. Über dem unscheinbaren Hintereingang des Palazzo Molin, den man leicht übersehen konnte, prangte jetzt ein großes gelbes Schild mit roten Buchstaben: *CASINO MOLIN.*

Tron bahnte sich mit einem gemurmelten *permesso* einen Weg durch die Versammlung, die ihm bereitwillig Platz machte, vermutlich, weil man ihn für einen potenziellen Taschendieb hielt. Im Vestibül, das sich im ersten Stock befand, traf er auf eine weitere englischsprechende Reisegruppe. Sie hatten sich bereits ihrer Mäntel entledigt, die Damen trugen Masken, die Herren bunte Hütchen, und alle schienen ungeduldig auf das Signal zu warten, den Ballsaal betreten zu dürfen.

Die großen Flügeltüren, die zum Ballsaal führten, wurden von zwei Dienern in Schnallenschuhen, Kniebundhosen und blonden Allongeperücken flankiert. Stimmengewirr und Musik drangen aus dem Ballsaal ins Vestibül, die Musiker spielten *O mia bella Napoli*. Das alles hatte einen Einschlag ins Alberne, schien aber zu den Veränderungen zu passen, die im Casino Molin vorgenommen worden waren: Das Vestibül, ehemals ein kerzenbeleuchteter Raum von diskreter Eleganz, war vor kurzem renoviert worden. An die Wände hatte man Gemälde gehängt, die in bunten Farben den Markusplatz, den Ponte Rialto und eine Gondel vor der Salute – bei Mondschein! – zeigten. Der Terrazzofußboden war neu, ebenso wie die auf Hochglanz polierten Flügeltüren des Ballsaals. Im Schein der modernen Petroleumlampen, die an den Wänden befestigt waren, wirkte alles billig und zugleich hochgradig entflammbar.

Tron zog seinen Gehpelz aus und trat an die Garderobe – ein heller Holztresen, hinter dem Dutzende von Mänteln an nummerierten Haken hingen. Die Garderobiere, eine maskierte junge Frau, trug ein Kostüm im Stil des *Settecento*. Sie musterte Tron abschätzig, nachdem sie einen Blick auf seinen abgewetzten Gehpelz geworfen hatte. «*Do you belong to the Cook-Party, Sir?*»

Äh, wie bitte? Tron hatte keine Ahnung, was diese *Cook-Party* sein sollte. Er schüttelte den Kopf.

«*Do you have a reservation, Sir?*» Das Lächeln der Garderobiere war ausgesprochen frostig.

Tron räusperte sich. «Ich bin Commissario Tron von der venezianischen Polizei.» Und setzte hinzu: «Ich habe eine Verabredung mit Conte Zorzi.»

Einen Augenblick lang sah die Garderobiere Tron an wie eine unbekannte Lebensform. Dann schien sie ihm zu glauben und sagte, nun ihrerseits leicht verwirrt, aber dafür zu Trons Überraschung in einwandfreiem *veneziano*: «Möchten Sie Ihre Garderobe abgeben, Commissario?»

Eine völlig sinnlose Frage, denn Tron hatte seinen Mantel bereits auf den Tresen gelegt. Schließlich empfing er einen nummerierten rosa Zettel und bahnte sich mit vielen *permessi* durch die Damen und Herren der Reisegruppe den Weg in den Ballsaal.

Auch an der *sala* war der Fortschritt nicht spurlos vorübergegangen. Der Fußboden war abgeschliffen und poliert worden, das alte Mobiliar war durch Möbel im Stil des *Second Empire* ersetzt worden. Die auffälligste Veränderung war jedoch die Beleuchtung. Tron stellte mit einer gewissen Enttäuschung fest, dass die zahlreichen, mit Kerzen ausgestatteten Kandelaber, die ein weiches, flirrendes Licht verbreitet hatten, modernen Petroleumlampen gewichen waren.

Ebenso wie die Türsteher trugen auch die Croupiers an den Roulettetischen keine Fräcke mehr, sondern Schnallenschuhe, Kniebundhosen und Perücken. Die meisten Damen waren maskiert, einige trugen Reifröcke und Schönheitspflästerchen. Viele der Herren hatten sich, zusätzlich zu den Papphütchen, die sie auf dem Kopf trugen, bunte Papierschlangen um den Hals gewunden. Obwohl es im Ballsaal brechend voll war, sah Tron weder Herren im schwarzen Gesellschaftsanzug noch kaiserliche Offiziere. Bei seinem letzten Besuch hatte eine Atmosphäre dekadenter Illegalität im Casino Molin geherrscht. Jetzt dominierte – obwohl die Einsätze an den Spieltischen zum Teil erstaunlich hoch waren – ein Geist mittelständischer Biederkeit den Ballsaal.

Nachdem Tron die *sala* vergeblich nach Zorzi durchsucht hatte, entdeckte er ihn schließlich in einem der kleineren

Salons, in denen Baccarat gespielt wurde. Zorzi stand neben einem der Spieltische, und Tron bemerkte, dass er immer noch so schlank aussah wie früher. Das Monokel, das er jetzt trug, gab ihm das Aussehen eines Generalstabsoffiziers. Tron umrundete den Baccarat-Tisch zwischen ihnen, und als Zorzi ihn kommen sah, streckte sein alter Schulfreund ihm vergnügt die Hand entgegen. «Wolltest du spielen?»

Tron lachte. «Genau die gleiche Frage hast du mir gestellt, als wir uns das letzte Mal gesehen haben.»

Zorzi dachte einen Augenblick nach. «Richtig, der Lloyd-Fall. Ich erinnere mich.» Mit einem resignierten Lächeln und weil er davon ausging, dass keiner seiner Gäste Italienisch, geschweige denn *veneziano* verstand, sagte er: «Damals ging es bei uns ein wenig vornehmer zu.»

«Ich bin gefragt worden, ob ich zur *Cook-Party* gehöre», sagte Tron.

Zorzi seufzte. «Heute ist ein Pauschaltag.»

«Pauschaltag?»

«Wir arbeiten mit englischen Reisebüros zusammen. Die Kunden buchen nicht nur die Passage und die Hotels in Venedig, sondern im Preis inbegriffen ist auch ein Programm an Ort und Stelle.»

«Was für ein Programm?»

«Ein Besuch im Fenice», erläuterte Zorzi, «eine Gondelfahrt mit Gesang, ein Gottesdienst in San Marco und» – Zorzi fuhr in einem Tonfall fort, als würde er aus einem Prospekt zitieren – *«ein Besuch in einem typisch venezianischen Spielcasino, in dem sich die Atmosphäre des 18. Jahrhunderts noch unverfälscht erhalten hat».* Dann trat er mit einer knappen Verneigung zur Seite, um einem Herrn in kariertem Gehrock und mit einem bunten Hütchen auf dem Kopf Platz zu machen.

Tron musste unwillkürlich lachen. «Also deshalb machst du jetzt auf *Settecento*.»

«Die Herren von Cook waren begeistert. Wir sind jetzt immer ausgebucht. Nachmittags war ja sonst nie viel los bei uns.»

«Wie viele Pauschaltage habt ihr?»

«Zwei in der Woche, während des Karnevals fünf.»

«Und die üblichen Gäste? Die kaiserlichen Offiziere? Kommen die noch?»

«Die kommen viel später. Dann haben wir wieder Kerzen, und die Croupiers tragen einen Frack.» Zorzi sah Tron scharf an. «Bist du wegen eines Offiziers hier?»

«Kennst du einen gewissen Königsegg?», antwortete Tron mit einer Gegenfrage.

«Den Oberhofmeister der Kaiserin?»

Tron nickte. «Ich hatte heute ein Gespräch mit ihm. Er macht sich Sorgen wegen seiner Schulden und hatte Pech bei einem Geschäft, auf das er sich eingelassen hat.»

Zorzi schwieg einen Moment. Dann sagte er: «Gehen wir in mein Büro.»

Das Büro war, wie Tron ein paar Minuten später feststellte, der Modernisierungwelle im Palazzo Molin glücklich entkommen. Zorzi besaß immer noch seinen antiken Refektoriumstisch, und auch an der verblichenen Wandbespannung und der wunderbaren alten Holzdecke, an die Tron sich noch erinnerte, war nichts verändert worden.

Nachdem er Tron einen Madeira angeboten und eine silberne Schale mit Biskuits auf den Tisch gestellt hatte, kam Zorzi zur Sache: «Hat dich dieser Königsegg geschickt?»

Tron schüttelte den Kopf. «Er weiß nicht, dass wir uns kennen. Es geht um den Mann, mit dem er dieses Geschäft gemacht hatte. Er soll hier als Croupier arbeiten. Sein Name ist Alessandro Ziani.»

Zorzi hob überrascht den Kopf. «Ziani arbeitet am Wochenende für mich. Was ist mit ihm?»

Seinem Grundsatz folgend, dass es in solchen Situationen unsinnig ist, lange um den heißen Brei herumzureden, erläuterte Tron: «Er ist in seiner Wohnung ermordet worden.»

Einen Moment lang starrte Zorzi sein Gegenüber an, so als würde ein Gespenst vor ihm sitzen. «Wann?»

«Heute Nacht.»

«Wer hat ihn getötet?»

«Das wissen wir nicht.»

«War es ein Raubmord?» Zorzis Stimme klang heiser und kraftlos.

«Ich glaube nicht. Aber auch darüber haben wir keine Gewissheit. Es gibt im Moment noch nicht die geringste Spur.»

«Und was willst du von mir?» Zorzi tunkte ein Biskuit in seinen Madeira und steckte das Gebäckstück in den Mund. Tron sah, dass seine Hand zitterte.

«Ein paar Informationen über Ziani», sagte Tron. «Was für ein Leben er geführt hat. Ob er Feinde hatte.»

Zorzi schloss einen Moment lang die Augen. Als er sie öffnete, hörte sich seine Stimme wieder normal an. «Er war ein guter Croupier. Er sprach Englisch und kam mit den Leuten von Cook zurecht.»

«Was weißt du noch über ihn?»

«Nicht viel. Dass er aus Padua kam. Und dass er angeblich im Gefängnis gesessen hat. Ohne dass ich dir sagen kann, aus welchem Grund.» Zorzi trank einen Schluck Madeira, und ein wenig Farbe kehrte in sein Gesicht zurück.

«War er aus politischen Gründen inhaftiert?»
«Wir haben darüber nie gesprochen.»
«Auf welcher Seite stand er?»
«Ziani war kein glühender Anhänger des Kaisers.»
«War er in irgendeiner Weise aktiv? Hatte er Verbindungen zum *Comitato Veneto*?»
«Wenn er die gehabt hätte, würde er es mir kaum verraten haben», sagte Zorzi knapp. «Wie kommst du darauf? Eben hast du noch gesagt, dass ihr nicht die geringste Spur habt.»

Richtig, das hatte er. Zorzis Frage war durchaus berechtigt. Aber Tron hielt es trotzdem für unklug, seinem alten Schulfreund die Geschichte mit dem Sarg und dem Sprengstoff zu erzählen. «Wir haben Zündschnüre in Zianis Wohnung gefunden. Es gibt Gerüchte, dass ein Anschlag auf das Leben des Kaisers vorbereitet wird.»

Zorzi verdrehte die Augen. «Das ist lächerlich, Tron.»
«Dass jemand einen Anschlag plant? Oder das Ziani in diese Geschichte verwickelt ist?»
«Beides. Alle wissen, dass es nur noch eine Frage der Zeit ist, bis die Österreicher aus dem Veneto abziehen», entgegnete Zorzi. «Woher stammt das Gerücht?»
«Einer meiner Leute hat es von seinem Friseur gehört», sagte Tron lahm.
«Unternimmst du deswegen etwas?»
«Der Friseur hat es von einem Kunden gehört, der Kunde beim Bäcker, der Bäcker wieder von einem Kunden. Für ein bloßes Gerücht wird sich auf der Kommandantura niemand interessieren.» Tron seufzte. «Außerdem haben wir mit der Sicherung des kaiserlichen Besuchs nichts zu tun. Man hält uns für politisch unzuverlässig. Um die Sicherheit des Kaisers kümmert sich die Militärpolizei.»

Zorzi schnaubte verächtlich. «Wenn es tatsächlich eine Verschwörung geben sollte, wird das Militär sie garantiert nicht aufdecken.»

«Ein Attentat auf den Kaiser wäre eine Katastrophe», sagte Tron. «Für Venedig und für Österreich.» Und auch für die Geschäfte der Principessa, setzte er in Gedanken hinzu.

Zorzi nickte. «Aber reaktionäre Militärkreise würden ein Attentat vermutlich begrüßen. Toggenburg und Konsorten hätten endlich einen Vorwand, hart durchzugreifen.» Er nippte an seinem Madeira. «Was für ein Geschäft hat dieser Königsegg mit Ziani gemacht?»

«Ziani hat Schmuck veruntreut», antwortete Tron.

«Steht Königsegg unter Verdacht? Könnte *er* den Mord begangen haben?»

Tron schüttelte den Kopf. «Königsegg hat ein wasserdichtes Alibi.»

«Und der Schmuck?»

«Ist spurlos verschwunden.»

«Was habt ihr jetzt vor?»

«Ich weiß es nicht», sagte Tron. «Uns irritieren die Zündschnüre.»

«Vielleicht sind es einfach Überreste vom letzten Redentore-Fest», schlug Zorzi vor.

«War Ziani ein Feuerwerker?»

Zorzi machte ein ratloses Gesicht. «Nicht dass ich wüsste. Aber es wäre eine triviale Erklärung für den Fund der Zündschnüre.» Er lächelte. «Und die trivialen Erklärungen sind in der Regel die besten.»

## 27

«Wunderbar», sagte die Principessa. «Du beschaffst das Halsband, stellst den Sprengstoff sicher und verhaftest die Attentäter und die beiden Mörder. Dann werden dir Königsegg, die Kaiserin und der Kaiser auf ewig dankbar sein.» Mit einer Handbewegung gab sie Moussada, der eben den Nachtisch serviert hatte, die Erlaubnis, sich aus dem Speisezimmer zu entfernen. «Wo ist das Problem?»

Tron musste lachen. «Soll ich die Verhaftungen sofort vornehmen, oder darf ich noch mein Dessert verspeisen?»

Das Dessert bestand heute – sehr passend – aus *Reis auf Kaiserin-Art mit sechs Schätzen*, einem mit Ingwer zubereiteten und mit Vanillesauce übergossenen Reispudding, der von einem Kranz separater Schälchen umgeben war, auf dem die *Schätze* lagen: kandierte Pflaumen, Ananas, Birnen, Datteln, Kirschen und Erdbeeren.

«Ich habe es ernst gemeint, Tron.»

«Das Problem ist, dass wir im Dunkeln tappen. Wir haben nicht die geringste Ahnung, wer Ziani ermordet haben könnte und was mit der Halskette geschehen ist.» Er häufte sich einen großen Löffel Reispudding auf seinen Teller und dekorierte ihn mit ein paar kandierten Kirschen.

«Bis jetzt hast du deine Fälle immer gelöst», entgegnete die Principessa.

«Aber dieser Fall ist komplizierter, und es steht wesentlich mehr auf dem Spiel.»

«Das ist die Chance, auf die wir gewartet haben!» Die Principessa hatte, wie üblich, auf ihr Dessert verzichtet und sich stattdessen eine Zigarette angezündet. «Für wie wahrscheinlich hältst du es, dass tatsächlich irgendwelche Leute ein Attentat vorbereiten?»

«Genau das ist die Frage», sagte Tron. «Ein Attentat auf den Kaiser, ob es gelingt oder nicht, wird uns im Ausland Sympathien kosten und eine harte Reaktion der Österreicher heraufbeschwören. Es wäre kontraproduktiv.»

«Also handelt es sich um Verrückte», stellte die Principessa fest.

«Wahrscheinlich um italienische Nationalisten», erwiderte Tron.

Was ihm sofort einen tadelnden Blick der Principessa eintrug. «Das sind keine Verrückten», sagte sie scharf. «Wofür hast du denn 1848 gekämpft?»

«Unsere Parole war *Viva San Marco*, nicht *Viva Italia*.» Wie oft hatten sie sich bereits über dieses Thema gestritten? Hundertmal? Tausendmal? «Wir wollten die Wiederherstellung der Republik. Ob die Turiner Leine, an der ihr alle so gerne hängen möchtet, lockerer ist als die Wiener Leine, bezweifle ich. Die Piemontesen können ja noch nicht einmal richtig Italienisch.»

«Das sagst ausgerechnet du.»

«Mein Toskanisch ist nicht schlechter als deines, wenn ich mir Mühe gebe.» Tron holte tief Atem und deklamierte: *«Nel mezzo del cammin di nostra vita, mi ritrovai per una selva oscura ...»*

Gequält schloss die Principessa die Augen. «Der arme Dante! Du hast einen furchtbaren Akzent.» Sie öffnete ihre Augen wieder und nippte an ihrem Kaffee. «Aber eigentlich wollten wir über deine Ermittlungen reden.»

«Überdrehte Nationalisten», sagte Tron, «sind die eine Möglichkeit.» Er häufte sich eine neue Portion Reispudding auf den Teller. «Die andere Möglichkeit sind ultrareaktionäre Militärkreise, die ein Attentat begrüßen würden, weil sie dann durchgreifen können, nicht nur nach außen, sondern auch nach innen.»

«Nach innen?»

«Gewisse Kreise nehmen es dem Kaiser noch immer übel, dass er 1861 das Februarpatent unterschrieben hat», erläuterte Tron. «Seitdem bestimmt das Parlament den Militäretat.»

«Franz Joseph hatte nach dem verlorenen Feldzug in der Lombardei eine schwache Position.»

«Er hätte es vielleicht darauf ankommen lassen können», entgegnete Tron. «Wie der preußische König. Der hat die Verfassung einfach ignoriert.»

«Weil ihn der ehemalige preußische Botschafter in Paris, dieser, äh ...»

«Bismarck.»

«Weil ihn dieser Bismarck dazu getrieben hat», sagte die Principessa.

«Jedenfalls hat der preußische König das getan, was Franz Joseph nicht einmal versucht hat.»

«Und das werfen ihm die Militärs vor?»

Tron nickte. «Sie halten ihn für einen Schwächling. Und würden ihn vielleicht gerne loswerden. Auf jeden Fall wäre ein Anschlag auf den Kaiser die Stunde der Militärs.»

Die Principessa schüttete ein wenig Zucker in ihren Kaffee und rührte um. «Willst du ernsthaft behaupten, dass es eine militärische Verschwörung gibt? Offiziere, die einen Anschlag auf den Kaiser vorbereiten?»

Tron zuckte die Achseln. «Ich stelle lediglich fest, dass diese Kreise ein Motiv hätten.»

Ein Stirnrunzeln der Principessa deutete an, dass sie von dieser Theorie nicht viel hielt. «Aber warum hätten sie dann den Sprengstoff auf diesem umständlichen Weg nach Venedig gebracht? Sie hätten das Zeug doch einfach auf ein Kriegsschiff laden können.»

Tron schüttelte den Kopf. «Hätten sie nicht. Es wird in jedem Fall eine Untersuchung geben – ob der Anschlag gelingt oder nicht. Und da darf nicht der Schatten eines Verdachts auf die Hintermänner fallen. Deshalb die umständliche Inszenierung mit dem Sarg.»

«Und was wollt ihr jetzt machen?»

«Bossi wird die Fotografie Zianis auf dem Bahnhof und auf San Michele vorzeigen», sagte Tron. «Und dann sehen wir weiter.»

«Und wenn sich herausstellt, dass tatsächlich jemand ein Attentat auf den Kaiser vorbereitet?»

«Dann soll Spaur entscheiden, ob wir den Fall an die Militärpolizei abgeben oder nicht», sagte Tron.

«Wie denkst du, wird er entscheiden?»

«Er wird beide Fälle abgeben. Den Mord im Coupé und den Mord am Campo San Maurizio.»

«Und die Halskette?»

«Die wird nicht erwähnt. Weder Spaur noch der Militärpolizei gegenüber. Das habe ich Königsegg versprochen.»

«Was passiert, wenn man entdeckt, dass der Tresor leer ist? Fällt dann der Verdacht nicht auf Königsegg?»

«Nicht unbedingt», antwortete Tron. «Denkbar ist auch, dass man an einen Einbruch in den Palazzo Reale glaubt. Aber das ist schwer zu sagen, und genau deshalb ist Königsegg so nervös. Und wegen seiner Schulden bei Zorzi.»

«Wie hoch sind sie?

«Fünftausendfünfhundert Gulden.»

Die Principessa nahm einen Zug aus ihrer Zigarette und dachte nach. Schließlich sagte sie: «Die könnte man ihm vorstrecken. Er kann uns einen Wechsel geben. Erzähl ihm, dass du dich als Verwandter verpflichtet fühlst, ihm zu helfen.»

«Er wird das Geld nie zurückzahlen.»

«Das hoffe ich.»

Tron sah die Principessa irritiert an. «Das *hoffst* du?»

«Königsegg», erklärte die Principessa im Geschäftston, «ist in einer Situation, in der wir ihn *kaufen* können. Wenn es tatsächlich so ist, dass Zorzi sich an die Kommandantura wenden wird und Königseggs Karriere damit beendet ist, würde er seinen Posten als Oberhofmeister dir verdanken. Und sich entsprechend erkenntlich zeigen.» Die Principessa lächelte zufrieden. «Die fünftausend Lire sind hervorragend angelegtes Geld.»

«Es sei denn, Franz Joseph stößt etwas in Venedig zu.»

«Hältst du das wirklich für möglich?»

«Morgen früh werden wir mehr wissen.»

Es entstand eine Pause. Dann sagte die Principessa: «Wie würdest du anstelle von Spaur entscheiden? Würdest du den Fall abgeben?»

«Wenn wir den Fall nicht abgeben, und es findet ein Anschlag statt», antwortete Tron, «wird man uns unterstellen, dass wir in diese Geschichte verwickelt sind.» Er goss ein wenig Vanillesauce über die kandierten Kirschen, die er sich auf den Teller gehäuft hatte. «Aber wenn wir diese Leute schnappen, *wenn*, dann wird es Orden regnen, und das Problem mit den Schutzzöllen wird sich leicht lösen lassen.»

## 28

Als Tron am nächsten Vormittag das Florian betrat, schlug ihm der charakteristische Geruch von Kerzenlicht, Parfum und frischem Kaffee entgegen, sodass er unwillkürlich stehenblieb und einen Moment die Augen schloss. Gab es irgendwo anders auf der Welt ein Café, das so wunderbar roch wie das Florian? Nein, ganz gewiss nicht.

Eigentlich hatte er erwartet, dass die Salons des Cafés an einem Samstagvormittag brechend voll sein würden, aber sie waren eher mäßig besucht. Vermutlich lag es an dem überraschend schönen Wetter, dass die meisten Gäste es vorgezogen hatten, sich an den Tischen auf der Piazza niederzulassen. Und an der österreichischen Militärkapelle, die ihr übliches Wochenendkonzert absolvierte und heute – ganz unmilitärisch – einen Wiener Walzer nach dem anderen spielte, sodass die Menschenmenge, die sich über die Piazza wälzte, unwillkürlich in einen leichten Dreivierteltakt geriet. Auch etwas, dachte Tron, das es auf der ganzen Welt kein zweites Mal gab.

Bossi saß im letzten Salon und erhob sich, als er Tron sah. Er kam sofort zur Sache, nachdem sie Platz genommen hatten. «Ziani», sagte er triumphierend, so als hätte er es bereits vorher gewusst, «ist identisch mit dem geheimnisvollen Signor Montinari, der die Grabstelle bestellt hatte und der am Montag auf der Beerdigung war. Pater Silvestro hat ihn auf der Fotografie sofort erkannt.»

«Das heißt ...»

«Dass die beiden Morde zusammenhängen», kam Bossi ihm zuvor. Er machte eine Pause, bevor er weitersprach. «Dann habe ich noch etwas erfahren.»

Tron seufzte. Warum musste ihm der *ispettore* immer alles in kleinen Portionen servieren?

«Es hat mich einer der beiden Totengräber, die am Sonntag den Sarg am Bahnhof abgeholt haben, am Grab stehen sehen. Weil ich Uniform trug, hat er mich angesprochen.»

«Was wollte er?»

«Mir mitteilen, dass der Bursche, der ihnen den Sarg übergeben hat, gestern Mittag ebenfalls am Grab gewesen ist. Und dass er kurz mit ihm gesprochen hat. Der Bursche hat ihn gefragt, ob irgendetwas am Grab verändert wurde.»

«Was hat der Totengräber ihm geantwortet?»

«Dass er glaubt, dass tatsächlich irgendjemand nachts am Grab gewesen ist und gegraben hat.»

«Unsere nächtliche Aktion scheint aufgefallen zu sein. War das Gespräch damit zu Ende?»

Bossi nickte. «Der Mann hat dem Totengräber ein Trinkgeld gegeben und ist in Richtung Anleger verschwunden. Was kann er gewollt haben, Commissario?»

Tron zuckte die Achseln. «Was immer es war – er weiß jetzt, dass sich jemand am Grab zu schaffen gemacht hat.» Er sah Bossi an. «Sie halten immer noch daran fest, dass es sich um einen – wie sagten Sie? – *professionellen Killer* handelt?»

«Auf jeden Fall. Dr. Lionardo sieht das genauso. Das hat er Ihnen ja bereits gesagt.»

«Und Sie sind auch davon überzeugt, dass er zu den Leuten gehört, die einen Anschlag auf das Leben des Kaisers vorbereiten?»

«Ich denke schon.»

«Dann wundert mich zweierlei», sagte Tron. «Einmal, dass er das Billett in der Westentasche des Mannes übersehen hat, den er im Coupé getötet hat. Und zum Zweiten, dass wir die Zündschnüre in der Wohnung von Ziani gefunden haben. Das Billett hat uns zum Bahnhof geführt und von dort zu einem leeren Sarg mit Sprengstoffresten. Die Zündschnüre in Zianis Wohnung haben den letzten Zweifel daran ausgeräumt, dass jemand ein Attentat auf den Kaiser plant.»

«Der Mann hat zweimal einen Fehler begangen.»

«Genau das ist die Frage, Bossi. Hat er das tatsächlich, oder wollte er, dass wir das Billett finden und uns über die Zündschnüre Gedanken machen?»

«Sie meinen, der Mann hat eine Spur gelegt?»

Tron nickte. «Genau das meine ich.»

«Wenn Verbrecher Spuren legen, dann tun sie das, um die Ermittlungen in eine falsche Richtung zu lenken. Aber das ist offensichtlich hier nicht der Fall. Oder wollen Sie etwa behaupten, dass es sich um ein Ablenkungsmanöver handelt? Und wir uns hier nur etwas einbilden, während die beiden Verbrechen einen ganz anderen Hintergrund haben?»

Tron schüttelte den Kopf. «Das will ich nicht behaupten.»

«Aber dann verstehe ich Sie nicht, Commissario.»

«Es ist ganz einfach. Er *will*, dass wir dem Anschlag auf die Spur kommen. Das ist die einzige Erklärung, die ich für diese plumpen Fehler habe. Womit auch der gestrige Besuch des Mannes auf San Michele erklärt wäre. Er wollte feststellen, wie weit wir mit unseren Ermittlungen gekommen sind.»

Bossi machte ein skeptisches Gesicht. «Es gibt also, sagen Sie, jemanden in dieser Gruppe, die einen Anschlag auf das Leben des Kaisers vorbereitet, der nicht möchte, dass der Anschlag gelingt? Und deshalb zweimal getötet hat?»

Tron nickte. «So ungefähr.»

«Dann frage ich mich, warum dieser Mann uns nicht einfach einen anonymen Brief schreibt, in dem er uns mitteilt, wo sich der Sprengstoff befindet und wer sonst noch an diesem Anschlag beteiligt ist.»

«Die Frage liegt auf der Hand. Aber ich kann sie Ihnen nicht beantworten.»

«Und was machen wir jetzt?»

«Ich glaube nicht, dass *wir* uns darüber den Kopf zerbrechen müssen.»

«Wer soll sich sonst den Kopf darüber zerbrechen?»

«Die Kommandantura. Wir hätten den Fall bereits abgeben müssen, als uns Signor Pescemorte mitgeteilt hat, dass es sich bei dem schwarzen Zeug aus dem Sarg um Sprengstoff handelt.»

«Werden Sie mit Spaur reden?»

«So schnell wie möglich. Und Sie gehen in die Questura und schreiben einen Bericht. Wenn Spaur den Fall an Toggenburg weitergibt, braucht er eine schriftliche Vorlage. Fügen Sie die Sektionsberichte hinzu.»

«Soll ich auch das aufnehmen, was Sie eben über die absichtlich gelegten Spuren gesagt haben?»

Tron schüttelte den Kopf. «Wir ziehen keine Schlussfolgerungen. Referieren Sie nur die Tatsachen.»

«Die ergeben keinen Sinn.»

«Ein Grund mehr, den Fall abzugeben.»

«Und das Halsband der Kaiserin?»

«Davon wissen nur Königsegg, Sie und ich. Das hat mit dem Fall nichts zu tun. Es reicht, wenn Sie erwähnen, dass der Generalleutnant eine Verabredung mit Ziani hatte, über die er sich nicht näher geäußert hat. Dass er als Täter nicht in Frage kommt, ergibt sich aus dem Sektionsbericht.»

«Wissen Sie, wo Sie Spaur heute erreichen?»

«Im Danieli. Ich gehe gleich zu ihm.»

Bossi machte ein unglückliches Gesicht. «Schade eigentlich.»

«Was?»

«Dass *wir* nicht die Ermittlungen durchführen. Dem Kaiser das Leben zu retten ist gut für das Avancement.» Bossi dachte kurz nach. «Wie hieß der Leutnant, der dem Kaiser bei Solferino das Leben gerettet hat und anschließend nobilitiert wurde?»

«Er hatte einen slowenischen Namen. Jetzt ist er Freiherr von Trotta.»

«Werden österreichische Adelsprädikate auch in Turin anerkannt?»

«Selbstverständlich werden sie das.»

«Man würde also nach einem politischen Umschwung seinen Titel behalten?»

Tron musste lachen. «Bossi, Sie sind gerade mal *ispettore* geworden. So schnell wird das mit der Nobilitierung nicht gehen. Und nach einem – wie Sie freundlicherweise sagen – *Umschwung* können Sie sich Ihren Titel immer noch aus Turin holen. Die haben auch einen Monarchen. Und ein Turiner Titel putzt nicht weniger als ein Titel aus der Hofburg.»

«Ich frage mich, was man in Turin zu einem Attentat auf den Kaiser sagen würde.»

«Man wäre entsetzt», meinte Tron.

«Also würde man auch dort eine Rettung von Franz Joseph mit Wohlwollen betrachten», sagte Bossi nachdenklich.

Tron nickte. «Auf jeden Fall. Aber das kann uns herzlich egal sein. Wir haben mit dem Fall nichts mehr zu tun.»

## 29

Johann Baptist von Spaur stand am Fenster seiner Suite im Danieli und sah missmutig auf die Riva degli Schiavoni hinab. Das unerwartet schöne Wetter hatte ganze Heerscharen von Spaziergängern auf die Uferpromenade getrieben. Die Leute standen in kleinen Gruppen zusammen, kauften *frittolini* und geröstete Maronen bei fliegenden Händlern oder folgten der langen Reihe der an der Kaimauer festgemachten Segelschiffe bis zum Ponte dei Greci. Der Himmel war blau und wolkenlos, und auf der anderen Seite des Wassers zeichnete sich militärisch klar die Isola San Giorgio ab. Wie hieß nochmal dieser italienische Architekt, der die Kirche dort gebaut hatte? Palli... Pallo... Palludino? Irgend so etwas in der Art. Nicht dass es darauf ankam, aber es machte sich immer gut, dachte Spaur, wenn man einen dieser italienischen Namen im Gespräch fallenlassen konnte.

Normalerweise hätte ihn der Blick aus den Fenstern seiner Suite mit Freude erfüllt, doch heute musste er daran denken, dass in wenigen Tagen die kaiserliche Raddampferyacht *Jupiter* das Becken von San Marco durchqueren würde – begrüßt von zwei Dutzend Salutschüssen. Und dass er, Johann Baptist von Spaur, beim anschließenden Empfang gezwungen sein würde, gute Miene zum bösen Spiel zu machen.

Das kaiserliche Schreiben, die Antwort auf sein Gesuch, war gestern Nachmittag in der Questura eingetroffen. Ein Oberleutnant aus dem Stab Toggenburgs hatte ihm den Umschlag persönlich übergeben. Er hatte sich den Erhalt des Schreibens auf zwei verschiedenen Formularen quittieren lassen und war anschließend mit einem übertrieben zackigen Salut verschwunden. Ob er sich über ihn lustig gemacht hatte? Nachdem Spaur das Schreiben gelesen hatte, war ihm kurz der Gedanke gekommen, dass der Oberleutnant den Inhalt kannte und anschließend vor der Questura in schallendes Gelächter ausgebrochen war.

Spaur hätte jedes einzelne Wort des kaiserlichen Bescheids inzwischen auswendig hersagen können, doch irgendetwas zwang ihn dazu, das Dokument alle zehn Minuten aus dem Umschlag zu holen, um es abermals zu lesen. Er hatte kurzfristig die Möglichkeit erwogen, dass es sich um eine Fälschung handelte, dass ihm jemand auf der Kommandantura (wo man seine persönlichen Verhältnisse bedauerlicherweise gut kannte) einen geschmacklosen Streich gespielt hatte. Aber das war natürlich Unsinn. Es zeigte lediglich, dass seine Nerven am Boden schleiften.

Eine ganz andere Frage war, ob der Kaiser das Dokument persönlich unterschrieben hatte. Wie viele Unterschriften musste er täglich leisten? Hundert? Zweihundert? Dreihundert? Griff er dann jedes Mal höchstpersönlich zur Feder? Und wenn – *las* er alles, was er unterschrieb? War es nicht denkbar, dass der Allerhöchste dieses fatale Schreiben zwar unterschrieben, aber nie gelesen hatte? Dass dies alles auf einer Entscheidung subalterner Ränge beruhte? Allerdings war es auch vorstellbar, überlegte Spaur weiter, dass Franz Joseph tatsächlich in eigener Person über sein Gesuch entschieden hatte. Und dass er nichts dabei fand, ihn kalten Herzens ins Unglück zu stoßen.

In diesem Falle, dachte Spaur grimmig, blieb ihm nur noch die Hoffnung, dass ein Sturm die *Jupiter* in den Grund bohren und der Kaiser und seine Entourage als Fischfutter enden würden. Dann würde Erzherzog Maximilian aus Mexiko zurückkehren, um den verwaisten Thron zu besteigen. Und der war ein warmherziger, liberal denkender Mensch, der nie auf den Gedanken käme, einen treuen Diener hartherzig um die Erfüllung seines Lebensglücks zu bringen.

Spaur wandte sich seufzend vom Fenster ab und ging zu seinem Schreibtisch, um das kaiserliche Schreiben einer erneuten Prüfung zu unterziehen. Als er den Umschlag zur Hand nahm, klopfte es an der Tür.

Spaur hatte kurz die Vision, es könne sich um Signorina Violetta handeln. Er straffte sich und rückte sein Halstuch zurecht. «Ja, bitte?»

Nein, es war nur der kroatische Etagendiener, der seinen Kopf ins Zimmer steckte. «Commissario Tron möchte Sie sprechen, Exzellenz.»

Als Tron das Zimmer betrat, sah er Spaur einen Umschlag mit dem Gesichtsausdruck eines Mannes, der bei etwas ertappt wird, auf den Schreibtisch zurücklegen. Der Polizeipräsident trug eine gesteppte Hausjacke, ein gepunktetes Halstuch und an den Füßen weiche Hausschuhe. Ein Frühstückstablett mit Kaffee, kuchigen Resten und einer Schale Demel-Konfekt stand auf einem kleinen Tischchen vor dem geöffneten Fenster.

Spaur, der auf Tron den Eindruck machte, als plagten ihn schwere Sorgen, musterte ihn missmutig. «Das ist nicht ganz meine Dienstzeit, Commissario.»

Wie bitte? Seit wann hielt sich Spaur an Dienstzeiten? Tron deutete eine Verbeugung an. «Es geht um etwas außerordentlich Wichtiges, Exzellenz.»

Einen Augenblick lang hatte Tron die Befürchtung, dass ihn Spaur auf Montag vertrösten würde – vielleicht war ja Signorina Violetta auf dem Weg zu ihm. Doch dann hob der Polizeipräsident resigniert die Schultern. Er deutete auf eine plüschbezogene Causeuse und einen Sessel, die an der Rückwand des Salons unter einem Bild des Kaisers und der Kaiserin standen. «Nehmen Sie Platz, Commissario.»

Tron brauchte eine Viertelstunde, um die Geschichte zu erzählen – der Mord im Coupé, die nächtliche Exkursion zur Toteninsel, die Sprengstoffreste im Sarg und dann der zweite Mord, im gleichen Modus Operandi ausgeführt, am Campo San Maurizio. Der Polizeipräsident war seinen Ausführungen mit wachsendem Interesse gefolgt.

«Das Problem», schloss Tron seinen Bericht, «ist, dass wir nicht wissen, warum dieser Mann den Sarg gestohlen und ihn gleich wieder abgeliefert hat. Wir wissen auch nicht, aus welchem Grund er Ziani getötet hat.» Tron seufzte. «Es ergibt alles keinen Sinn.»

Spaur hatte, während er Trons Ausführungen lauschte, in Goldpapier eingewickelte Konfektstückchen aus der linken Tasche seiner Hausjacke gezogen und in seinem Mund verschwinden lassen. Erst ein Praliné aus Trüffelkrokant, dann ein Haselnuss-Praliné, schließlich ein rosafarbenes Fruchtfondant-Praliné. Es klang etwas undeutlich, als er sprach. «Existieren schriftliche Aufzeichnungen zu Ihren Ermittlungen?»

«Nur ein Bericht, den Bossi im Moment auf der Questura schreibt», sagte Tron.

Spaur runzelte unwillig die Stirn. «Einen Bericht für wen?»

«Toggenburg wird ein Protokoll verlangen, wenn er den Fall übernimmt. Mit Tatortfotos, Zeugenaussagen und den Sektionsbericht.»

Der missbilligende Ausdruck auf Spaurs Gesicht hatte

sich verstärkt. «Sie gehen also davon aus, dass wir die Kommandantura einschalten?»

«Was die Zuständigkeiten betrifft, haben wir keinen Entscheidungsspielraum», erwiderte Tron förmlich. «Die Aufklärung eines Attentats auf den Kaiser gehört nicht in die Hände der italienischen Polizei. Wenn wir den Fall nicht sofort abgeben, könnten wir selbst in Verdacht geraten.»

«Die Angelegenheit wird erst zu einem Fall, wenn wir ihn abgeben.» Spaurs Stimme klang jetzt scharf. «Wie sind die Aussichten, diese Leute schnell zu fassen?»

«Schlecht», sagte Tron. «In unseren Karteien sind nur gewöhnliche Kriminelle. Wir brauchen die politischen Dossiers. Ich vermute, dass diese Personen bereits registriert sind.»

Ein schlagendes Argument, den Fall schleunigst weiterzureichen, fand Tron. Doch anstatt zustimmend zu nicken, zog Spaur zwei weitere Pralinés aus der Tasche und starrte sie unschlüssig an, so als würde er um eine wichtige Entscheidung ringen. Erst Nougat und dann Marzipan? Oder lieber umgekehrt? Schließlich blickte er auf. Auf seinem Gesicht lag jetzt ein Ausdruck grimmiger Entschlossenheit. «Sagt Ihnen der Name Holenia etwas?»

«Nein.» Tron schüttelte den Kopf.

«Alexander Holenia war Chef der militärischen Aufklärung im Hauptquartier in Verona», erläuterte Spaur. «Er hat den Dienst vor einem Jahr quittiert und lebt in Venedig. Wir sind als junge Offiziere bei der ersten Arcièren-Leibgarde in Wien gewesen, zuständig für die Regimentsstandarten. Er ist ein Freund von mir. Ich glaube nicht, dass er uns einen Dienst abschlagen wird.» Der Polizeipräsident wickelte einen Nougatwürfel aus seinem goldenen Papierkleidchen.

«Äh, welchen Dienst?» Tron hatte Mühe zu folgen.

«Zugang zu den Dossiers der Kommandantura kann er Ihnen nicht verschaffen», erwiderte Spaur knapp. Er lehnte sich auf seinem Sessel zurück und schloss die Augen. «Aber er verfügt über ein blendendes Gedächtnis. Und er war jahrelang zuständig für aufrührerische Aktivitäten im Veneto.»

Wie bitte? Tron brauchte einen Augenblick, um zu begreifen, was Spaur da eben gesagt hatte. Er musste schlucken. «Soll das bedeuten, dass wir den Fall *nicht* abgeben?»

Spaur hob die Schultern. «Das entscheiden wir, wenn ich am Montag aus Asolo zurück bin.»

Spaur hatte also die Absicht, sich bis dahin in die Berge abzusetzen. Vermutlich zusammen mit Signorina Violetta.

Tron räusperte sich. «Und wo finde ich Signor Holenia?»

«Wahrscheinlich in seiner Wohnung im Palazzo Mocenigo», antwortete Spaur. «Wir sind uns gestern auf der Piazza begegnet. Holenia nimmt heute Nacht die *Prinzessin Gisela* nach Triest.»

Der Polizeipräsident erhob sich aus seinem Sessel, um zu signalisieren, dass die Unterredung beendet war. «Am besten, Sie gehen sofort bei ihm vorbei.» Dann fügte er noch hinzu, obwohl es sich von selbst verstand: «Und sehen Sie zu, dass sonst niemand von der Geschichte erfährt.»

Als die Tür hinter Tron ins Schloss gefallen war, musste sich Spaur erst mal aus der böhmischen Kristallglaskaraffe, die ihm Signorina Violetta zu seinem Namenstag geschenkt hatte, einen Doppelten einschenken. Ein Attentat auf den Kaiser! Er konnte es einfach nicht glauben. Wo sich alle Welt darüber einig war, dass es nur eine Frage der Zeit war, bis auch das Veneto an das neugegründete italienische Königreich fiel. Würde ein Anschlag diese Entwicklung beschleunigen? Nein! Spaur schüttelte den Kopf. Er wäre ein gefundenes Fressen für Toggenburg und die Falken im Wiener Generalstab. Die würden regelrecht aufleben! Kriegsrecht! Ausgangssperre! Hausdurchsuchungen! Eine wunderbare Gelegenheit, die Zeit zurückzudrehen! Bei den Attentätern musste es sich um Verrückte handeln.

Aber was sollte er jetzt Signorina Violetta sagen? Er hatte ihr die neue Lage, die sich aus dem Schreiben des Kaisers ergab, noch nicht erläutert. Wäre es nicht unter diesen dramatischen Umständen am besten, ein paar Tage zu warten? Vielleicht erledigte sich das Problem von selbst. Entweder der Anschlag gelang, oder sie schafften es, diese Leute rechtzeitig zu ergreifen. Was zweifellos besser wäre, denn anschließend würde ihm der Kaiser aus der Hand fressen. Doch wie wahrscheinlich war es, dass sie Erfolg hatten? Spaur stieß einen Seufzer aus. Nein – sehr wahrscheinlich war es nicht. Andererseits konnte man bei diesem Tron nie wissen.

Er trat vor den Spiegel und stellte fest, dass die gedanklichen Anstrengungen der letzten Stunde sein Gesicht gerötet und tiefe Furchen in Stirn und Mundwinkel gezogen hatten. Spaur fand, er sah regelrecht durchgeistigt aus – wie ein Dichter oder ein Kunstmaler. Was hatte Signorina Violetta vor ein paar Tagen bemerkt? Richtig! Dass er einen ausgesprochenen Charakterkopf habe!

Beim Ankleiden entschied er sich gegen Gehrock und Zylinder und für eine Jacke aus weichem Wollstoff – schließlich hatte er nicht die Absicht, die Questura aufzusuchen. Das Barett aus grünem Samt, schräg aufgesetzt, gab seinem Aussehen einen zusätzlichen Einschlag ins Künstlerische. Signorina Violetta würde zufrieden sein.

## 30

In alten Zeiten, dachte Tron, als seine Familie noch hohe Ämter in der Stadt bekleidete, hätte ihn eine Gondel am Wassertor des Palazzo Mocenigo abgesetzt, und ein livrierter Diener hätte ihn empfangen, um ihn nach oben zu geleiten. Jetzt betrat er, den Anweisungen Spaurs folgend, den Palazzo durch die Seitenpforte und erreichte nach ein paar Schritten den Hof.

Es war ein dunkles Geviert, umgeben von schadhaften Mauern und übersponnen von einem dichten Netz von Wäscheleinen, auf denen Hemden, Unterhosen und Strümpfe hingen. In einer Ecke des Hofs türmte sich Abfall, in der anderen hatte man Kisten unordentlich übereinandergestapelt. Das einzige Lebewesen, das Tron sah, war eine Katze. Sie kam näher, rieb ihren Kopf zutraulich an seinem Hosenbein, und als er sich bückte, um sie zu streicheln, fiel ihm wieder ein, was sich vor mehr als dreihundert Jahren in diesen Mauern abgespielt hatte.

Wo hatte man den Philosophen damals verhaftet? In dem düsteren Hof, in dem er, Tron, jetzt stand? In dem Zimmer, das er im Palazzo Mocenigo bewohnte? Hatte er seine Verhaftung geahnt? Und hatte er gewusst, was ihm bevorstand? Tron konnte nie an diese unrühmliche Episode in der Geschichte seiner Heimatstadt denken, ohne dabei einen tiefen Groll auf Giovanni Mocenigo zu empfinden, der Giordano Bruno nach Venedig gelockt und dann an die Inquisition verraten hatte. Tron, ein lauer Katholik und mit dem natürlichen Drang der Venezianer zu Ketzereien ausgestattet, hatte Brunos Vorstellung eines lebendigen, beseelten Universums immer sympathisch gefunden. Und er hatte diesen mutigen Mann, der sein ganzes Leben auf der Flucht vor der Inquisition verbringen musste, immer bewundert. Ob Lord Byron, der eine Hausnummer weiter gewohnt hatte, diese traurige Geschichte wohl bekannt gewesen war? Tron war sich sicher, dass der englische Lord und der ehemalige Dominikanermönch – wären sie sich in einem gemeinsamen Jahrhundert begegnet – Gefallen aneinander gefunden hätten.

Holenias Wohnung bestand aus zwei schäbigen, unter dem Dach gelegenen Räumen, deren einziger Vorzug in dem Ausblick bestand, den man aus ihren Fenstern hatte. Auf der gegenüberliegenden Seite des Canal Grande lag der Palazzo Grimani, drehte man den Kopf ein wenig nach links, sah man die beiden Obelisken auf dem Dach des Palazzo Balbi. Die Einrichtung des Zimmers, in das Holenia Tron geführt hatte, beschränkte sich auf ein zerschlissenes Kanapee, einen Tisch, zwei Stühle und einen ausrangierten Aktenschrank. Mitten im Zimmer stand ein Kajütenkoffer, der offenbar auf seine Abholung wartete, darauf lag ein Regenschirm. Bücher häuften sich in kniehohen Stapeln an den Wänden, bedeckten Tisch und Stühle. Einen Stuhl räumte Holenia frei, damit Tron sich setzen konnte, er selbst hatte auf dem Kanapee Platz genommen. Auf dem Tisch stand, zwischen zwei Bücherstapeln, ein Schachbrett mit einer angefangenen Partie. Holenia war ein hagerer, asketisch wirkender Mann mit freundlichen grauen Augen, die Scharfsinn und Humor zugleich ausstrahlten.

«Ich wusste nicht, dass Sie verreisen, Herr Oberst», sagte Tron und deutete auf den Kajütenkoffer.

Holenia zuckte die Achseln. «Mein Dampfer nach Triest geht um Mitternacht. Morgen beginnen die Militärmeisterschaften in Görtz. Man war so freundlich, mich einzuladen, obwohl ich nicht mehr im aktiven Dienst bin.» Er sah Tron neugierig an. «Spielen Sie Schach?»

«Leider nicht, Herr Oberst.»

«Ein Fehler», sagte Holenia. «Es schult den Verstand.» Er lehnte sich in sein Kanapee zurück. «Spaur hat mich gebeten, Ihnen behilflich zu sein. Worum geht es?»

Tron beschränkte sich auf die Schilderung der Tatsachen, ohne zu versuchen, sie in einen sinnvollen Zusammenhang zu stellen. Während er sprach, beobachtete er mit Genugtuung, dass Holenia, so wie Spaur, ihm mit wachsendem Interesse folgte.

«Eine bizarre Geschichte», meinte Holenia, nachdem Tron seinen Bericht beendet hatte. «Jemand transportiert einen verlöteten Sarg nach Venedig, in dem sich Schießpulver befindet. Der Transporteur wird ermordet, der Sarg von seinem Mörder abgeholt. Einen Tag später wird das Schießpulver beerdigt und am darauffolgenden Tag wird der Mann ermordet, der die Beerdigung besucht hat, aber definitiv nicht der Mörder des Mannes aus dem Zug ist. Und in seiner Wohnung finden sich Zündschnüre. Es passt alles irgendwie zusammen. Man weiß nur nicht, wie.» Holenia lächelte. «Haben Sie schon eine Theorie, Commissario?»

«Wir tappen vollständig im Dunkeln.»

«Warum lassen Sie nicht das Militär tappen? Für Attentate auf den Kaiser ist die Kommandantura zuständig. Das ist Toggenburgs Ressort. Andererseits ist dieser Fall ein ausgesprochener Leckerbissen.»

Tron bezweifelte, dass er die Auffassung Holenias über Leckerbissen teilte. «Der Baron glaubt, dass die Kommandantura damit überfordert wäre. Er hält Toggenburg und seine Militärpolizei für ...» Da er befürchtete, zu weit zu gehen, brach er ab und schwieg.

«Sprechen Sie es ruhig aus.»

«Für unfähig, schwerfällig und korrupt.»

«Womit er völlig recht hat», stimmte der Oberst zu. «Das gilt auch für das Hauptquartier in Verona.» Er rieb sich die Hände. «Was kann ich für Sie tun, Commissario? Sie sehen mich geradezu – begeistert. Fast wünschte ich, ich könnte diese Reise verschieben.»

«Die Questura ist nicht für Politik zuständig», sagte Tron. «Wir befassen uns mit Kriminalität. Informationen über konspirative Gruppen haben wir nicht.»

«Und was erwarten Sie von mir?»

«Dass Sie uns einen Hinweis geben. Wer könnte dieses Schießpulver bestellt haben? Wer könnte ein Interesse daran haben, ein Attentat auf den Kaiser zu verüben?»

Holenia lächelte. «Die Antwort ist sehr einfach, Commissario. Sie lautet: niemand.»

«Wie bitte?»

«Es gibt konspirative Gruppen», sagte Holenia, «die Schleifchen in den Farben der Tricolore anfertigen. Andere Gruppen besitzen illegale Druckmaschinen und führen hochverräterische Korrespondenzen. Aber dass es jemanden gibt, der ein Attentat auf den Kaiser vorbereitet, kann ich mir nicht vorstellen.» Holenia zuckte die Achseln. «Weil es nur noch eine Frage der Zeit ist, bis Österreich das Veneto räumt. Ein Anschlag würde ein Durcheinander zur Folge haben und alles nur unnötig verzögern. Die Einzigen, die ein Attentat auf den Kaiser begrüßen würden, sind gewisse Kreise innerhalb des kaiserlichen Militärs selbst. Das gäbe ihnen einen Vorwand, das Kriegsrecht zu verhängen und ihre Kanonen zu laden. Aber diese Leute schmuggeln ihr Schießpulver nicht in verlöteten Särgen nach Venedig.»

«Tatsache ist, dass dieses Schießpulver existiert», stellte Tron fest. «Hier in Venedig. Und dass irgendjemand etwas damit plant. Sonst hätten nicht zwei Menschen ihr Leben lassen müssen.»

«Dann kann es sich höchstens um Verrückte handeln, die bislang nicht aufgefallen sind.» Holenia dachte einen Moment nach. Dann sagte er: «Wir hatten so einen Fall vor sieben Jahren. Ein paar Verrückte wollten Bomben aus Knallquecksilber auf den Kaiser werfen. Wir bekamen einen Hinweis von der piemontesischen Armee. Die Leute sind in Verona verhaftet worden.»

«Und was folgt daraus?»

«Dass Sie es vielleicht mit Leuten zu tun haben, die noch nie in Erscheinung getreten sind. Wie heißt der Ermordete, in dessen Wohnung Sie Zündschnüre gefunden haben?»

«Pietro Ziani.»

«Der Name sagt mir nichts.»

«Er hat noch vor kurzem als Croupier für einen gewissen Zorzi gearbeitet.»

«Moment mal, Commissario.» Holenia hob die Augenbrauen und sah Tron überrascht an. «Sagten Sie *Zorzi*? Andrea Zorzi? Der das Casino am Rio di San Felice betreibt?»

Tron nickte. «Das Casino Molin.»

«Was wissen Sie von diesem Zorzi?»

«Nicht viel. Er musste Venedig 1849 nach dem Zusammenbruch des Aufstands verlassen und hat längere Zeit in Turin gelebt, bevor er nach Venedig zurückkehrte. Warum fragen Sie?»

«Weil Zorzi reichlich Spuren in unseren Akten hinterlassen hat.» Holenia lächelte Tron vergnügt an. «Er hat nach seiner Rückkehr nach Venedig für das *Comitato Veneto* gearbeitet.»

«Das war mir nicht bekannt», sagte Tron matt. «Glauben Sie, dass er in das geplante Attentat verwickelt ist?»

«Ich könnte mir vorstellen, dass er ziemlich tief in diese Geschichte verwickelt ist. Aber auf eine ganz andere Art und Weise.» Holenia schwieg einen Moment, um dem, was er anschließend erklärte, den nötigen Nachdruck zu verleihen. «Zorzi hat nicht nur für das *Comitato Veneto* gearbeitet», sagte er, «sondern auch für das piemontesische Militär.»

Tron musste schlucken. «Zorzi?»

«Wir wissen, dass er 1852 in die piemontesische Armee eintrat», fuhr Holenia fort. «Wir wissen auch, dass er den Krimkrieg mitgemacht hat. Und dort einer piemontesischen Sondereinheit angehört hat.»

«Und welche Aufgaben hatte er nach seiner Rückkehr nach Venedig?»

«Vermutlich sollte er dafür sorgen, dass die Dinge hier nicht aus dem Ruder laufen», antwortete Holenia.

«Sie meinen, dass es nicht zu voreiligen Aktionen kommt? Zu Anschlägen oder zu Attentaten?»

Holenia nickte. «So ungefähr. Der Widerstand der Venezianer soll sich auf das Schwenken der Tricolore beschränken. In Turin überlässt man die Einigung Italiens ungern dem Volk.»

«Arbeitet Zorzi immer noch für die Piemontesen?»

«Vor einem Jahr hat er es noch getan.»

Tron runzelte die Stirn. «Soll das bedeuten, dass Zorzi Ziani getötet haben könnte?»

«Ich würde es nicht ausschließen.»

«Und wer hat den Mord in der Eisenbahn begangen?»

Holenia lächelte. «Ebenfalls Zorzi.»

«Das müssen Sie mir erklären.»

Holenias Miene besagte, dass er nichts lieber tat. «Wissen Sie, wie diese Gruppen funktionieren?»

Tron schüttelte den Kopf.

«Sie arbeiten völlig unabhängig voneinander», erklärte Holenia. «Das *Comitato Veneto* ist keine straffe Organisation im militärischen Sinne. Im Idealfall wissen die verschiedenen Gruppen nichts voneinander.»

«Um sich gegenseitig nicht verraten zu können?»

Holenia nickte. «Das ist der Sinn. Es kann nun der Fall eintreten», fuhr er fort, «dass eine Gruppe Hilfe braucht. Vielleicht Waffen benötigt, die sie selbst nicht besorgen kann. In diesem Fall verläuft der Austausch zwischen den Gruppen so, dass sie sich gegenseitig nicht gefährden können. Der Überbringer der Lieferung muss nicht wissen, was er liefert. Und die Empfänger müssen nicht wissen, wer die Lieferung zu ihnen bringt. Dann werden Erkennungszeichen vereinbart.»

«Meinen Sie, das Schießpulver in dem Sarg ist auf diesem Weg von Mailand nach Venedig gelangt?»

«Sehr wahrscheinlich. Und da es kaum eine Gruppe im Königreich Sardinien gibt, die nicht von der Regierung infiltriert ist, wird man in Turin von diesem Vorhaben gewusst haben. Also mussten die Behörden etwas unternehmen.»

«Ein Fall für Zorzi?»

Holenia nickte. «Wahrscheinlich kannten die Piemontesen den Zug, mit dem das Schießpulver kam. Wahrscheinlich kannten sie auch den Mann, der es überbringen sollte. Und sie wussten, dass er in Venedig ein Unbekannter war.» Er sah Tron lächelnd an. «Den Rest muss ich Ihnen nicht erzählen.»

Tron räusperte sich. «Wollen Sie behaupten, Zorzi hätte den Mann getötet und sich an seine Stelle gesetzt? Sie dürfen nicht vergessen, dass er Ziani kannte.»

«Ziani wird überrascht gewesen sein, dass Zorzi ebenfalls für das *Comitato Veneto* arbeitete», erwiderte Holenia. «Aber das war nicht das Problem.»

«Was war das Problem?»

«Dass Ziani misstrauisch werden konnte. Was möglicherweise geschehen ist.»

«Worauf Zorzi ihn getötet hat?»

Holenia hob die Schultern. «Ich stelle lediglich fest, dass es zwischen den beiden gewisse Schwierigkeiten gegeben haben könnte. Wenn Zorzi diesen Mann getötet hat, dann hätte er sicher ein Motiv gehabt. Natürlich unter der Voraussetzung, dass er den Burschen im Coupé auf dem Gewissen hatte und immer noch für die Piemontesen arbeitete.»

*Hätte, würde, könnte.* Tron fragte sich, ob Holenia bewusst war, dass er eben in einer Orgie von Konjunktiven geschwelgt hatte. Andererseits musste er zugeben, dass Holenias Theorie eine kühne Eleganz hatte, die alle Ereignisse zu einer plausiblen Geschichte verknüpfte. Aber Zorzi als *Doppelagent*? Konnte man sich das vorstellen? Und sagte man das so? *Doppelagent?* Schon das Wort hörte sich an, als käme es aus einem der Romane, die Bossi stapelweise verschlang.

Tron stand auf und gab Holenia zum Abschied die Hand. Dann sagte er das einzig Vernünftige, was ihm zu der Geschichte des Obersts einfiel. «Wir werden überprüfen, ob Zorzi ein Alibi hat.»

## 31

Bossi war außer sich vor Freude. Zorzi ein *Doppelagent!* Dieses Wort, dessen Bekanntschaft der *ispettore* bislang nur zwischen zwei Buchdeckeln gemacht hatte, war endlich Wirklichkeit geworden. Bossi wurde nicht müde, es immer wieder auszusprechen, wobei es sich in seinem Mund so ähnlich anhörte wie *Profikiller, Gasventil* oder *Gelatine-Trockenplatte*. Natürlich hatte Bossi sein Entzücken über Zorzis Enttarnung nicht offen gezeigt. Er hatte allerdings seiner Befriedigung darüber Ausdruck verliehen, dass er den Bericht für die Kommandantura nicht zu Ende schreiben musste. Und dass die Aufklärung des Falls vorerst weiter in den Händen von – wie er es nannte – *Professionellen* lag. Ob der *ispettore* nur sich damit meinte oder auch Tron dazuzählte, blieb unklar.

Tron hatte *ispettore* Bossi in seinem Büro im Dachgeschoss der Questura angetroffen – einem kleinen, mit fotografischen Apparaturen vollgestopften Raum, der im Winter eisig und im Sommer ein Brutkasten war. Als Tron mit seinem Bericht zu Ende gekommen war, hatte Bossi seinen Dienstrevolver aus der Schublade gezogen und damit begonnen, ihn zu laden. Dass er jede Patrone mit der Zunge anleckte, bevor er sie augenrollend in die Trommel steckte, fand Tron ein wenig irritierend.

«Gehen wir allein ins Casino Molin, oder nehmen wir Verstärkung mit?» Bossi warf einen kantigen Blick auf Tron und sah aus wie die personifizierte Tatkraft.

Tron, den Menschen mit Tatkraft immer nervös machten, runzelte die Stirn. «Um was zu tun?»

«Um Zorzi zu verhaften. Nach zwei Morden hat er

nichts mehr zu verlieren. Solche *Doppelagenten* sind gefährlich.» Bossi hielt mittlerweile ein Tuch in der Hand, mit dem er den Lauf des Revolvers polierte – Gott sei Dank, ohne ihn vorher abzulecken.

«Ich hatte nicht die Absicht, Zorzi zu verhaften», sagte Tron. «Dass Holenias Theorie originell ist, gebe ich zu. Aber ob seine Spekulationen über einen Piemonteser Agenten, der einen Anschlag auf den Kaiser verhindern soll, tatsächlich stimmen, das wissen die Götter.»

«Und was hatten Sie vor?» Bossi hatte Mühe, seine Enttäuschung zu verbergen.

«Festzustellen, ob Holenias Theorie überhaupt stimmt», antwortete Tron. «Wenn Zorzi Sonntagnacht im Casino Molin gewesen ist, kann er den Mord im Coupé nicht begangen haben. Und dann hätte er wohl auch nichts mit Zianis Tod zu tun.»

«Das heißt, wir überprüfen, ob Zorzi Sonntagnacht im Casino Molin war?»

«*Sie* überprüfen das, Bossi. Mich kennt man im Casino Molin bereits. Und diesen verdammten Revolver lassen Sie in der Schublade.»

Bossi bequemte sich, die Patronen wieder aus der Trommel zu entfernen. Ein schwerer Seufzer deutete an, dass er gezwungen sein würde, sein Leben aufs Spiel zu setzen. «Was mache ich, wenn Zorzi nicht im Casino Molin gewesen ist?»

«Dann finden Sie – ohne Ihr Schießeisen – heraus, wo er gewesen ist», sagte Tron lässig.

«Und wenn sich herausstellen sollte, dass Zorzi am Sonntag im Zug gewesen ist? Und dass er kein Alibi für den Mord an Ziani hat?»

Tron zuckte die Achseln. «Das sind zu viele Schritte auf

einmal, Bossi. Darüber müssen wir uns jetzt nicht den Kopf zerbrechen.»

«Wo erreiche ich Sie, Commissario?»

«Ich bin heute im Palazzo Tron. Und morgen im Palazzo Balbi-Valier.» Tron erhob sich von seinem Schemel und wandte sich zur Tür. Als er die Hand auf die Klinke legte, stellte Bossi die Frage, die Tron die ganze Zeit erwartet hatte.

«Warum wollte Spaur den Fall nicht sofort abgeben?»

Darüber hatte Tron bereits nachgedacht. Allerdings ohne zu einem Ergebnis zu kommen. «Weil er angeblich der Militärpolizei nicht traut», antwortete er lahm. «Aber noch ist nichts endgültig. Spaur wird am Montag darüber entscheiden, ob wir den Fall behalten oder nicht. Er fährt mit Signorina Violetta über das Wochenende nach Asolo in die Berge.»

Diese Mitteilung schien Bossi zu interessieren. «Hat er etwas über seine Heirat gesagt?»

«Das hat er nicht», sagte Tron. Und fügte noch hinzu: «Aber ich weiß, dass Signorina Violetta guter Hoffnung ist.»

Bossi riss die Augen auf und versank einen Augenblick lang in Schweigen. Das musste er erst mal verdauen. Er räusperte sich. «Sie meinen, Signorina Violetta erwartet ein ...?»

Tron nickte. «Folglich kann Spaur die Heirat mit ihr nicht endlos aufschieben. Das Problem ist, dass er dafür die Erlaubnis des Kaisers braucht.»

«Wie?» Bossi sah Tron verständnislos an. Es war auch nicht leicht zu verstehen.

«Polizeipräsidenten und Offiziere im Generalsrang», erläuterte Tron, «werden behandelt wie Erzherzöge. Sie benötigen für eine Hochzeit das Einverständnis der Hofburg. Oder sie demissionieren. Was Spaur offenbar nicht möchte.»

Bossi schüttelte empört den Kopf. «Das ist ja mittelalterlich. Wie wird der Kaiser entscheiden?»

«Es kursiert ein Gerücht, dass Signorina Violettas Bruder mit Garibaldi in Sizilien gewesen ist», antwortete Tron. «Wenn das auch in den Akten steht, die dem Kaiser vorliegen, sehe ich schwarz für Spaurs Heirat.»

«Denken Sie, das ist der Grund dafür, dass er den Fall nicht sofort abgegeben hat?»

«Wenn wir dem Kaiser das Leben retten», sagte Tron, «kann er Spaur die Erlaubnis, Signorina Violetta zu heiraten, nicht verweigern.»

## 32

Es war kurz nach elf, als Boldù den Campo San Vidal überquerte und langsam die Treppen des Ponte Accademia hinaufschritt. Er hatte sich verspätet, aber Oberst Hölzl würde auf ihn warten. Auf der Brücke blieb er stehen. Erdgeruch wehte aus dem Garten des Palazzo Franchetti herüber, der Himmel war wolkenlos, ein samtiges, sternengesprenkeltes Schwarz. Eine Gondel näherte sich dem Ponte Accademia, verschwand unter der Brücke und tauchte auf der anderen Seite wieder auf. Der Gondoliere trug eine weiße Jacke und zeichnete sich im Mondlicht deutlich vom Schiefergrau des Wassers ab. Boldù stützte den Arm auf das gusseiserne Geländer, formte mit den Fingern seiner linken Hand eine Röhre und spähte hindurch wie durch ein Zielfernrohr. Sein rechter Zeigefinger zuckte unwillkürlich, als sich die Gondel ungefähr hundert Meter von der Brücke entfernt hatte. Die Entfernung zwischen dem Dach des Palazzo Reale und dem Podest, das der Kaiser am Donnerstag besteigen würde, betrug knapp hundert Meter. Mit dem Gewehr, das für ihn bereitlag, würde es kein Problem sein.

Erstaunlich, dachte er, wie glatt alles bisher gegangen war. Die Operation im Coupé, sein Spiel mit den Spuren und auch die improvisierte Liquidation von Ziani – es war alles so problemlos verlaufen, dass es fast beängstigend war. Die Nachricht von Zianis Tod hatte gestern eingeschlagen wie eine Bombe. Oder, passender gesagt, wie ein Kanonenschlag, hergestellt unter der Verwendung von Sprengkapseln mit starker Wandung, ausgelöst von gefüllten Schwärmerhülsen. Inzwischen kannte er sich in der Feuerwerkskunst hervorragend aus.

Sie hatten Bukettraketen gefüllt, als Zorzi, kalkig bis in die Lippen, auf der *Patna* aufgetaucht war und den Tod Zianis verkündet hatte. Natürlich tappten sie im Dunkeln, schienen aber zu glauben, dass das Verbrechen in Zusammenhang mit einem Geschäft stand, das Ziani vor kurzem getätigt hatte. Was für ein Geschäft, blieb unklar. Boldù vermutete, dass es mit dem goldenen Halsband in Zianis Wohnung zu tun hatte und dass auch die beiden jungen Burschen daran beteiligt waren. Mit ihnen zusammen hatte er in den letzten Tagen Schlag-, Kometen-, Repetier- und Schwärmerraketen fabriziert. Ihre Gespräche hatten sich lediglich mit Leuchtkugeln, Zündpapieren und Schwärmern befasst – Politisches war kaum zur Sprache gekommen. Natürlich liebten sie den Kaiser nicht, das war ganz deutlich geworden. Aber waren sie – Verschwörer? Auch wenn es sich hier um eine Verschwörung etwas anderer Art handelte? Nein. Eher kamen sie ihm vor wie junge, abenteuerlustige Glücksritter. Was wiederum zu ihrer Beteiligung an dem dunklen Geschäft passte, in das auch Ziani verwickelt gewesen war. Er hatte sich jedenfalls entschlossen, die beiden ungeschoren entkommen zu lassen, wenn er, wie auch immer, dafür sorgte, dass ihre Operation rechtzeitig platzte.

Und Zorzi? Der jetzt die Leitung des Unternehmens übernommen hatte? Boldù hatte immer noch Schwierigkeiten, ihn einzuschätzen. Ein *nobile*, ohne Frage. Hochgewachsen, hager, möglicherweise ein ehemaliger Offizier. Nur, wo konnte Zorzi gedient haben? Bei den Österreichern? Unwahrscheinlich. Oder gar bei den Piemontesen? Mischte sich da nicht ein leichter piemontesischer Akzent in sein *veneziano*? Eigentlich, dachte Boldù, hätte ihm Zorzi sympathisch sein müssen, aber das Gegenteil war der Fall. Auch hatte er das Gefühl, dass die Abneigung, die er Zorzi gegenüber empfand, auf Gegenseitigkeit beruhte.

Er hatte lange darüber nachgedacht, was die vier Leute, die unterschiedlicher nicht sein konnten, zu diesem Unternehmen vereinigt hatte. Natürlich konnte er nicht danach fragen – Gespräche über Politik waren tabu. Ob es *doch* die Piemontesen waren, die hinter der Sache steckten? Dass man in Turin an einem echten Attentat auf den Kaiser kein Interesse haben konnte, war klar. Europäische Souveräne gingen sich nicht gegenseitig an die Gurgel. Aber eine phantasievolle Demonstration für die Einheit Italiens, eine gewaltlose Aktion, die sich nicht als Vorwand für einen massiven Gegenschlag der kaiserlichen Behörden eignete – daran konnte Turin Gefallen finden. Und würde wahrscheinlich bereit sein, dachte Boldù, für ein solches Spektakel fürstlich zu bezahlen. Ging es nur um Geld? Auch das war nicht auszuschließen.

Bei ihrer letzten Begegnung auf dem Campo Santa Margherita war der Himmel bedeckt gewesen, und Boldù hatte kaum die Hand vor Augen erkennen können. Heute tauchte der Mond alles in ein ausgelaugtes Halbdunkel, und der ohnehin schon große Campo Santa Margherita kam Boldù riesig vor. Oberst Hölzl stand bewegungslos auf der Südseite der Scuola dei Varotari, nur sein Kopf bewegte sich langsam hin und her. Offenbar wollte er sich nicht ein zweites Mal überraschen lassen.

Als Boldù näher kam, wäre er fast in Gelächter ausgebrochen. Der Oberst sah aus wie jemand, der auf der Bühne eines Liebhabertheaters einen Spion spielt: Er trug einen Radmantel, dazu einen bis zur Unterlippe reichenden Schal, auf dem Kopf einen halb ins Gesicht gezogenen Schlapphut. Die nächste Militärpatrouille würde ihn sofort verhaften und sich nur schwer davon überzeugen lassen, dass ihnen ein kaiserlicher Oberst in die Hände gefallen war. Hölzl begnügte sich damit, zur Begrüßung unauffällig den Kopf zu senken.

Ohne sich mit Floskeln aufzuhalten, sagte Boldù knapp: «Ziani ist ermordet worden.»

Worauf der Oberst unter seinem Schlapphut kräftig zusammenzuckte.

«Jemand hat ihn gestern Nachmittag in seiner Wohnung tot aufgefunden», ergänzte Boldù unerbittlich.

Oberst Hölzl hatte sich wieder gefasst. «Wissen Sie, wer ihn getötet hat?»

Boldù schüttelte den Kopf. Er hatte lange darüber nachgedacht und war zu dem Schluss gekommen, dass es überflüssig war, die näheren Umstände von Zianis Tod zu schildern. Das würde den Oberst nur unnötig verwirren.

«Ziani war in eine Betrugsgeschichte verwickelt», antwortete Boldù. «Es könnte ihn jemand getötet haben, den er betrogen hat. Genaueres ist nicht bekannt.»

Der Oberst kam sofort auf den Punkt. «Wird die Operation jetzt abgebrochen?»

«Sie wollen weitermachen. Auch ohne Ziani.»

«Was ist mit dem Telegramm aus Turin?»

«Das hat Ziani vermutlich vernichtet. Und offenbar hat er zu niemandem etwas gesagt.»

«Keine misstrauischen Blicke? Keine Fragen?»

«Sie sind völlig ahnungslos.»

«Dann war der Mord ein glücklicher Umstand.»

Dem konnte Boldù nur zustimmen. Er lächelte. «So könnte man es sehen.»

«Haben Sie etwas über den Stand der Ermittlungen erfahren können?»

«Commissario Tron hat so reagiert, wie ich es erwartet hatte», sagte Boldù. «Er war nachts auf San Michele und hat das Grab geöffnet.»

«Von wem wissen Sie das?»

«Von einem Totengräber auf der Insel. Er hat mir erzählt, dass sich nachts jemand am Grab zu schaffen gemacht hat. Es kann nur die Polizei gewesen sein.»

«Ein leerer Sarg hilft ihnen auch nicht weiter.»

«Doch», erwiderte Boldù. «Sie werden sich gesagt haben, dass irgendetwas nach Venedig geschmuggelt worden ist.»

«Aber sie können nicht wissen, was geschmuggelt wurde.»

Auch über diesen Punkt hatte Boldù nachgedacht. Das Tempo, in dem die venezianische Polizei ihre Ermittlungen vorantrieb, war beeindruckend. Dieser Commissario Tron war hochintelligent. Und vermutlich hatte er das getan, was Boldù selbst als Polizist getan hätte.

«Es kommt darauf an, wie das Schießpulver verpackt worden ist», sagte Boldù.

Oberst Hölzl runzelte die Stirn. «Sie meinen, es könnten sich noch Reste im Sarg befunden haben?»

Boldù nickte. «Die Substanz lässt sich analysieren. Was sie vermutlich bereits getan haben.»

«Also wissen sie, was in dem Sarg transportiert worden ist. Aber wie kommt die venezianische Polizei auf Zorzi und seine Leute?»

«Sie sind schon dran», sagte Boldù. «Commissario Tron war wegen des Mordes an Ziani bei Zorzi.»

«Wie das?»

«Dieser Zorzi betreibt ein Spielcasino in Canareggio, und Ziani hat dort als Croupier gearbeitet», erklärte Boldù.

«Reden Sie weiter.»

«Sie haben Zündschnüre in Zianis Wohnung gefunden», fuhr er fort. «Und natürlich eine Verbindung zwischen ihnen und dem Sprengstoff hergestellt. Jedenfalls soll sich der Commissario im Gespräch mit Zorzi so geäußert haben.»

Oberst Hölzl stieß einen Pfiff aus. «Das heißt, sie wissen auch, dass Ziani in die Angelegenheit verwickelt war.»

Boldù nickte. «Und vermutlich werden sie jetzt Zorzi unter die Lupe nehmen.»

«Was ist, wenn sie nichts finden? Wir haben keine Zeit mehr. Diese Leute müssen spätestens Dienstagmorgen ausgeschaltet sein.»

Boldù überlegte. «Wenn Tron nicht weiterkommt, werden wir ihm einen anonymen Hinweis geben. Der selbstverständlich später in keinem seiner Berichte auftauchen wird.»

«Sie meinen, er wird den Hinweis unterschlagen, damit

wir später den Ermittlungserfolg seinem Scharfsinn zurechnen?»

«Natürlich. Aber es wäre mir lieber, wenn wir nicht auf dieses letzte Mittel zurückgreifen müssten», sagte Boldù.

«Und Sie sind sich ganz sicher, dass Tron den Fall nicht doch noch an die Kommandantura abgibt?»

Boldù schüttelte den Kopf. «Das werden sie nicht tun.»

«Und warum nicht?» Oberst Hölzl zog die Mundwinkel nach unten und sah Boldù skeptisch an.

Eine berechtigte Frage, dachte Boldù. Er hatte in den vergangenen Tagen immer wieder versucht, sich ein Bild von diesem Tron zu machen, und war zu dem Schluss gekommen, dass er nur für seinen Beruf lebte. Und dass es ihm ein großes Vergnügen bereiten würde, die militärischen Ermittlungsbehörden zu blamieren.

«Dieser Tron ist extrem ehrgeizig», antwortete Boldù. «Ich bin sicher, dass er von morgens bis abends an dem Fall arbeitet.»


## 33

Die Fliege auf Trons Brötchen hatte ihre besten Tage hinter sich. Sie klebte an einer halben Kirsche, man hätte sie mit einem Fruchtpartikel der Konfitüre verwechseln können. Normalerweise hätte Tron zugebissen, und das Insekt wäre unbemerkt in seinem Magen verschwunden. Aber da er seinen Kneifer aufgesetzt hatte, sah er es mit großer Deutlichkeit. Die Flügel und die Beinchen fehlten, doch daran, womit er es hier zu tun hatte, bestand kein Zweifel.

Tron schloss die Augen und überlegte. Sollte er die

Marmelade wieder abkratzen und eine Diskussion über die Qualität des Brotaufstrichs riskieren? Eine Diskussion, zu der er sich so früh am Morgen nicht aufgelegt fühlte? Oder sollte er heroisch die Augen schließen, in das Brötchen hineinbeißen und den Happen sofort mit einem Schluck Kaffee nachspülen? Und wie war eigentlich die Laune seiner Mutter, der Contessa Tron, heute, an diesem etwas trüben Sonntagmorgen? Zu Alessandro jedenfalls, der vorhin das Frühstück serviert hatte, war sie kalt und förmlich gewesen. Das ließ darauf schließen, dass sie nicht gut geschlafen hatte und man gut daran tat, ihren ...

«Alvise?»

Die Contessa Tron hatte die Kaffeetasse, die sie gerade zum Mund führen wollte, wieder abgesetzt und warf einen misstrauischen Blick über den Tisch. «Was ist los? Stimmt etwas mit der Konfitüre nicht?»

Tron räusperte sich. «Da scheint eine Fliege in die Marmelade geraten zu sein.»

Die Contessa sah ihn verständnislos an. «Gütiger Himmel, dann nimm den Löffel und entferne sie! Ich nehme an, das Tier ist tot. Oder soll ich nach Alessandro klingeln?»

Eine rein rhetorische Frage. Tron schüttelte den Kopf. «Nein, das wird nicht nötig sein.»

Nach Alessandro zu läuten wäre auch schwierig gewesen, denn der Klingelzug, der im Zuge der Renovierungsarbeiten des Palazzo Tron zwischen Küche und Speisezimmer installiert worden war, hatte nie funktioniert. Man zog, wartete, und es passierte nichts. Weil irgendwo irgendetwas klemmte. Selbstverständlich hatte sich die Contessa geweigert, die Rechnung zu bezahlen.

Überhaupt – die Renovierungsarbeiten. Es war nicht zu

übersehen, dass sie ins Stocken geraten waren; zu Trons großer Freude, denn er liebte den Palazzo Tron, so wie er war: mit seinen ausgetretenen Stufen, dem abblätternden Putz, den blinden Spiegeln im Ballsaal und den schadhaften Terrazzoböden. Und da sich bereits nach zwei Tagen zwischen der Contessa und den Handwerkern schwerwiegende Meinungsverschiedenheiten hinsichtlich der Kosten ergeben hatten, ruhte die Arbeit bis auf weiteres. Drei Leitern und zwei Eimer, die von der Renovierung zurückgeblieben waren, hatte Alessandro auf der Treppenkehre neben einer alten Admiralslaterne versammelt. Dort würde man sich an ihren Anblick gewöhnen, bis man sie irgendwann nicht mehr wahrnahm. Und da die Contessa ihr Geld ohnehin lieber *investierte*, hatte Tron die Hoffnung, dass sich im Palazzo Tron nicht viel ändern würde.

Auf einem anderen Gebiet waren die Renovierungsarbeiten im Hause Tron allerdings erfolgreicher verlaufen: Die geschäftlichen Aktivitäten schienen wie eine Verjüngungskur auf die Contessa gewirkt zu haben. Sie trug ihr graues Haar jetzt sorgfältig onduliert, ihr altmodisches Lorgnon hatte sie gegen einen schnittigen Kneifer eingetauscht. Im Palazzo Tron verbreitete sie einen Tatendrang, der Tron, welcher die Lethargie seines Vaters geerbt hatte, immer nervös machte. Inzwischen zog er sich meistens in sein Zimmer im Zwischengeschoss zurück, um am *Emporio della Poesia* zu arbeiten – was er sich auch für heute gleich nach dem Frühstück vorgenommen hatte.

*Nach* dem Frühstück – denn das musste er noch hinter sich bringen. Und so wie es aussah, war das nicht ganz einfach. Das Brötchen, in das er biss, nachdem es ihm gelungen war, das Tier aus der Konfitüre zu entfernen, war uralt. So alt, dass seine Zähne nicht einmal einen Fingerbreit eindrangen. Er drehte es um und probierte sein Glück auf der anderen Seite – ohne Erfolg. Tron ließ entnervt das Brötchen sinken und stellte fest, dass ihn die Contessa bereits stirnrunzelnd beobachtete.

«Kann es sein, dass diese Brötchen von …» Nein – bloß keine zweite Diskussion über das Frühstück. Er schwieg, unterdrückte einen Seufzer und tunkte das Brötchen tapfer in seine Kaffeetasse.

Das Stirnrunzeln der Contessa verstärkte sich. Es hatte jetzt einen unheilverkündenden Einschlag ins Energische. «Was ist mit den Brötchen, Alvise?»

«Nun, sie sind vielleicht ein wenig …» Tron dachte nach. Wie lautete das *mot juste*? Mit welchem Adjektiv hätten Manzoni oder Dante das Brötchen bezeichnet? Fest? Hart? Granithaft? Nein, das alles waren böse Worte, die nur neuen Hader mit der Contessa beschwören würden. Tron sagte zaghaft: «Die Brötchen sind vielleicht ein wenig zu … knusprig.»

«Sie sind von vorgestern, Alvise», erwiderte die Contessa kalt. «Du hattest sie gestern Morgen nicht aufgegessen und einfach liegengelassen. Alessandro musste sie wieder abtragen.»

Die Contessa machte ein Gesicht, als hätte sie die Brötchen höchstpersönlich gebacken, im Schweiße ihres Angesichts die Treppe hochgetragen, sie umsonst serviert und wieder abgetragen.

«Aber bei den kühlen Temperaturen, die wir im Moment haben», fuhr sie fort, «kann man sie schon mal ein paar Tage aufheben.»

Tron sagte schnell und ohne nachzudenken: «Ich dachte, du *kaufst* sie bereits, wenn sie nicht mehr frisch sind.»

Himmel, diese Bemerkung hätte er unterlassen sollen.

Er duckte sich unwillkürlich. Aber anstatt eine scharfe Replik über den Tisch zu schleudern, nickte die Contessa lebhaft.

«Das mache ich allerdings», sagte sie. «Wenn ich die Brötchen nachmittags kaufe, kosten sie die Hälfte. Ich erziele also in sechs Stunden einen Gewinn von hundert Prozent. Wenn du das auf das Jahr hochrechnest, wirst du zu dem Schluss kommen, dass ich mir frische Brötchen nicht leisten kann.»

Dem konnte Tron nicht ganz folgen. Aber dass sie ihm tatsächlich zutraute, *auf das Jahr hochzurechnen*, fand er erstaunlich. «Ich dachte, die Verkaufszahlen sind so gut. Die Principessa meinte, euer Pressglas läuft hervorragend.»

«Sag nicht immer *euer* Pressglas, als hättest du nichts damit zu tun, Alvise.»

Tron lächelte konziliant. «Gut. Sie meinte, *unser* Pressglas läuft hervorragend.»

«Das tut es allerdings. Was nicht bedeutet, dass wir nicht ständig *investieren* müssen. Wir können das Geld entweder verjubeln und verjuxen – wie es dein Vater immer getan hat – oder es eben in den Betrieb *investieren*.»

Die Contessa sah Tron an, als würde er die Bedeutung ihres neuen Lieblingswortes nicht kennen. Dann nahm sie sich demonstrativ ein weiteres Brötchen und tunkte es in den dünnen Milchkaffee. «Die Principessa hat erwähnt, dass du bald ein Gespräch mit der Kaiserin führen wirst.»

«Hat sie das?»

«Ja, das hat sie. Und dass du die Sache mit den Schutzzöllen klären wirst. Immerhin bist du gut mit der Kaiserin bekannt, Alvise.»

Wahrscheinlich, dachte Tron, würde die Contessa jetzt mit bewegter Stimme erwähnen, dass die Kaiserin schon mal Gast im Palazzo Tron gewesen war. Und er mit ihr in der *sala* getanzt hatte.

«Schließlich war Elisabeth Gast in unserem Hause», sagte die Contessa mit bewegter Stimme. «Und du hast mit ihr in der *sala* getanzt. Falls du dich daran erinnerst.»

Na bitte. Tron nickte. «Selbstverständlich erinnere ich mich daran.»

«Und da ihr», fuhr die Contessa wieder mit normaler Stimme fort, «gewissermaßen auf einem Plauderfuß miteinander steht, dürfte es kein Problem für dich sein, ihr den Fall zu schildern.»

Dass er auf einem *Plauderfuß* mit Kaiserin Elisabeth stand, hatte Tron nicht gewusst, fand aber das Wort niedlich. «Die Frage ist, ob sich überhaupt eine Gelegenheit ergibt. Die Sicherung des kaiserlichen Besuches erfolgt ausschließlich durch militärische Kräfte. Wir haben nichts damit zu tun.»

«Weil man euch nicht traut?»

Tron nickte. «Darauf läuft es hinaus.»

«Wird es keinen Empfang geben?»

Tron zuckte die Achseln. «Niemand hat das genaue Programm des Besuches. Zu welcher Stunde sich Franz Joseph an welchem Ort aufhält, wird aus Sicherheitsgründen erst kurz vorher bekannt gegeben.»

«Ist das nicht albern?»

«Nicht unbedingt», entgegnete Tron. «Es kursieren in der Stadt Gerüchte über einen Anschlag.»

Die Contessa beugte sich bestürzt über den Tisch. «Und du frühstückst hier in aller Ruhe?»

Tron gähnte. Der dünne Kaffee war nicht geeignet, seine Lebensgeister zu wecken. «Bossi kümmert sich bereits darum», sagte er matt.

Eine Antwort, die die Contessa zu einem langen, prüfenden Blick über den Tisch veranlasste. Schließlich schüttelte sie tadelnd den Kopf. «Weißt du, was dir völlig abgeht, Alvise?»

Nein, das wusste er nicht. Biberzähne für die Brötchen? Geschmack an toten Fliegen? «Vielleicht kannst du es mir verraten», entgegnete Tron.

«Beruflicher Ehrgeiz», verkündete die Contessa mit resignierter Stimme. «Genauso wie deinem Vater.» Sie lächelte gequält und griff nach ihrer Kaffeetasse. «Und wie gedenkst du den heutigen Tag zu verbringen?» Ein tiefer Seufzer deutete an, dass er seine Zeit wahrscheinlich vertrödeln würde.

Tron hielt es für klüger, den *Emporio della Poesia* unter diesen Umständen nicht zu erwähnen. «Spaur hat mich aufgefordert, einen Plan für die Sicherung des kaiserlichen Besuches aufzustellen», log er. «Falls die Kommandantura uns in letzter Minute doch noch hinzuziehen sollte.»

Die Contessa nickte befriedigt. «Es wäre fatal, wenn dem Kaiser etwas zustößt.»

## 34

In der Nacht war ein heftiger Regen auf die Hofburg niedergegangen. Elisabeth war zweimal von dem Prasseln gegen ihre Fensterscheiben erwacht, und sie hatte jedes Mal Mühe gehabt, wieder einzuschlafen. Doch im Lauf des Vormittags hatte der Regen nachgelassen, gegen Mittag war er zu einem matten Tröpfeln versiegt. Auch war der Flüssigkeitsspegel im Schnabel ihres Goethebarometers deutlich gestiegen. Aus Gründen, die sie nie verstanden hatte, bedeutete dies, dass sich das Wetter ändern würde – es hatte sich ja bereits geändert. Das war beruhigend, denn die Vorstellung, sich morgen Abend an der Seite des Kaisers bei strömendem Regen zum Glocknitzer Bahnhof begeben zu müssen, hatte etwas Abschreckendes.

Als Elisabeth kurz nach zwölf Uhr an eines der Fenster des Alexander-Appartements trat und die Gardine zur Seite schob, hatte sich das Schiefergrau des Himmels in ein helles Taubengrau verwandelt. Der Ballhausplatz unter ihrem Fenster war zwar noch immer voller Pfützen, aber die meisten Fiaker hatten bereits ihre Verdecke heruntergeschlagen – ein untrügliches Zeichen dafür, dass es so bald nicht wieder anfangen würde zu regnen. Elisabeth ließ die etwas brüchige Tüllgardine an ihren Platz zurückfallen und drehte sich um.

Seit zwei Tagen stand ihr Reisegepäck im großen Salon des Alexander-Appartements – Truhen, Schrankkoffer, Handkoffer und Koffer für Schuhwerk und Wäsche. Zusammen waren es vierundzwanzig Gepäckstücke – jedes einzelne sorgfältig nummeriert, in einer Liste erfasst und jetzt exakt nebeneinander aufgestellt – ein Werk der Gräfin Königsegg, die in den letzten Tagen zehn Stunden täglich mit den Vorbereitungen der Venedigreise befasst war.

Das letzte Gepäckstück, das ganz auf der rechten Seite stand, war ein kleiner, unauffälliger Lederkoffer. Er stammte noch aus Possenhofen, auf der Vorderseite war das Wappen der Herzöge von Bayern eingeprägt. Elisabeth hatte ihn höchstpersönlich gepackt, es war das wichtigste Gepäckstück von allen. Es enthielt drei schlichte Promenadenkleider, zwei ebenso unauffällige Mäntel und – in einer separaten Schachtel, damit er nicht verknickte – einen perlgrauen Hut, an dessen Krempe ein schwarzer Schleier befestigt war.

Ob es wirklich stimmte, was man sich über Pauline Metternich und die Kaiserin Eugénie erzählte? Dass die beiden verkleidet die Pariser Pferdebahn benutzt hatten? Und dabei gequalmt hatten wie die Schlote? Eigentlich unwahrscheinlich, dachte Elisabeth. Die Metternich war eine dumme Pute. Aber Eugénie – *der* würde sie das glatt zutrauen. Hatte sie nicht mal in Spanien einem Torero einen Preis überreicht und dabei eine Zigarette im Mund gehabt? Und einen Dolch im Gürtel? Kein Wunder, dass Franz Joseph nicht viel von der Kaiserin der Franzosen hielt – ebenso wenig wie von ihrem Gatten. Wenn das Gespräch auf Napoléon kam, wurde er immer gleich sekkant.

Jedenfalls würde der Hut mit dem Schleier völlig ausreichen. Niemand würde die unauffällig gekleidete Fremde, die im Florian einen Kaffee zu sich nahm, für die Kaiserin von Österreich halten. Die Bestellung würde die Ferenczy übernehmen, die sprach ein wenig Italienisch. Elisabeth vermutete, dass die Kellner im Florian auch Deutsch sprachen, aber das war nicht das Problem. Und es würde aufregend sein, den Blick an die Decke zu richten und sich vorzustellen, dass der Kaiser auf der anderen Seite gerade mit Toggenburg konferierte. Im Grunde genommen würde sie den Palazzo Reale gar nicht verlassen. Elisabeth nahm sich vor, gegebenenfalls darauf hinzuweisen.

Das Protokoll des kaiserlichen Besuchs, das ihr die Gräfin Königsegg heute Morgen nach dem Frühstück überreicht hatte, entsprach in groben Zügen dem, was bereits mit Franz Joseph besprochen worden war. Sie hatte drei Auftritte zu absolvieren: eine Gala-Vorstellung im Fenice, dann am nächsten Tag die Messe in San Marco mit anschließender Präsenz auf der Piazza, wenn der Kaiser das Wort an seine venezianischen Untertanen richtete. Schließlich am Abend desselben Tages der große Ball im Palazzo Reale, auf dem sie mit Franz Joseph tanzen müsste, aber das war nicht zu vermeiden. Die Besichtigung des Arsenals und eine Stippvisite bei den kroatischen Jägern hatte sie abgelehnt, und Franz Joseph war nicht weiter in sie gedrungen. Größten Wert hatte er allerdings auf ihre Anwesenheit bei seiner Rede auf dem Markusplatz gelegt – ohne dass er ihr näher erklärt hatte, warum.

Erfreulich war, dass ihr das Programm einen gewissen Spielraum bot, und den gedachte sie zu nutzen. Maria Ferenczy wusste bereits Bescheid. Die Königsegg würde sie vor vollendete Tatsachen stellen. Und wenn Franz Joseph davon erfahren sollte – was mit ein wenig Geschicklichkeit zu vermeiden war –, würde sie ihn zu besänftigen wissen. Notfalls müsste sie seine ehelichen Umarmungen ertragen. Elisabeth schüttelte sich. Schon der Gedanke daran war grauenhaft.

Nicht ganz so grauenhaft, aber auch keinesfalls angenehm war der Gedanke an die Einzelheiten der morgigen Abreise – die sich wie üblich in aller Öffentlichkeit zutragen würde. Sie würden sich morgen Abend in zehn Kutschen – eskortiert von berittenen Offizieren der Ersten Arcièren-Leibgarde – zum Glocknitzer Bahnhof begeben, um den Sonderzug nach Triest zu besteigen. Natürlich würde sich eine gewaltige Menschenmenge am Bahnhof einfinden, denn die Zeitungen hatten ausführlich über die kaiserliche Venedigreise berichtet. Mein Gott, dachte Elisabeth, wie sehr sie diese Glotzerei hasste. Speziell, wenn die Leute auch noch die Dreistigkeit besaßen, Feldstecher und Operngläser auf sie zu richten.

Als sie das Boucher-Zimmer des Alexander-Appartements durchquerte, um wieder in ihren Teil der Hofburg zu gelangen, fiel ihr die letzte Strophe des Gedichtes ein, das sie gestern Abend verfasst hatte. Sie sprach die Verse leise vor sich hin:

> *Gewahr ich gar ein Opernglas*
> *Tückisch auf mich gerichtet,*
> *Am liebsten sähe ich gleich das,*
> *Samt der Person vernichtet.*

Nicht schlecht, dachte sie, obwohl das Poem noch nicht die bissige Eleganz Heines hatte – der war allerdings auch nicht mit Franz Joseph verheiratet. Etwas mit dem Rhythmus stimmte da nicht – und dadurch ergab sich eine falsche Betonung. Aber egal. Sie hatte ohnehin nicht die Absicht, ihre Gedichte zu veröffentlichen. Außerdem konnte sie die Strophe immer noch überarbeiten. Vielleicht würde sie morgen Nacht in ihrem Salonwagen auf dem Weg nach Triest ein wenig an den Versen herumfeilen. Oder übermorgen auf dem Achterdeck der *Jupiter* – wenn das Wetter mitspielte und sich weiter so erfreulich entwickelte. Oder im Florian.

## 35

Wie Boldù befürchtet hatte, war die dritte Klasse des Zuges nach Padua überfüllt. Schon vor den Waggons drängten sich Trauben von Reisenden, die alles Mögliche mit sich schleppten – nicht nur Koffer, sondern auch Kartons, zusammengebundene Kleiderbündel, große Körbe und Säcke. Der Vorteil jedenfalls war, dass er hier mit seinem bizarren Koffer nicht auffiel. Schließlich fand er einen Sitzplatz zwischen einem Zimmermann aus dem Arsenal und einer Putzmacherin aus Castello, die, wie sich bald herausstellte, ihre Cousine in Verona besuchte. Denn im Gegensatz zu den Reisenden der ersten Klasse, die sich fast immer in vornehmes Schweigen hüllten, hatte sich bald eine lebhafte Unterhaltung im Abteil entwickelt. Der ziegenbärtige Glatzkopf, der ihm gegenübersaß, fuhr ebenfalls nach Verona, die ältlichen Damen, die neben ihm Platz genommen hatten, würden in Vicenza aussteigen. Dass sie ihn alle für einen Künstler hielten, war zu erwarten gewesen.

Er trug ein Barett, eine karierte Jacke mit ausgebeulten Ärmeln, dazu eine farbenfrohe, nachlässig gebundene Schleife. Sein Gepäck bestand aus einem übergroßen flachen Koffer, wie Künstler ihn gerne benutzten. Er enthielt ein Dutzend Bogen großformatiges Papier, ferner einen Satz Pinsel, verschiedene Bleistifte und ein hölzernes Kästchen mit Aquarellfarben. Außerdem führte er ein englisches Buch mit dem Titel *Elements of Drawing* mit sich, das ihm der freundliche Verkäufer in der Kunsthandlung am Campo San Zacharia empfohlen hatte. Boldù hatte den Koffer vor dem Ankauf genau vermessen. Die Diagonale betrug einhundertzwanzig Zentimeter – der Lauf der Waffe würde also hineinpassen. Auch für die Windkammer und das Schloss war noch reichlich Platz. Die Munition und das Zielfernrohr konnte er in den Kasten legen, in dem er die Aquarellfarben aufbewahrte. Er hielt es für unwahrscheinlich, dass auf Strecken innerhalb des Veneto Kontrollen stattfanden. Falls doch, würde man einen Künstler, der in der Dritten reiste, durchwinken. Boldù wollte kein unnötiges Risiko eingehen. Es wäre fatal, mit einer Waffe erwischt zu werden, deren Besitz aus guten Gründen strengstens verboten war.

Er hatte Girandoni, einen Büchsenmacher, vor drei Jahren im Beschaffungsamt in Verona kennengelernt. Eigentlich war er davon überzeugt gewesen, dass niemand mehr von Waffen verstand als er selbst. Aber Girandoni hatte ihn eines Besseren belehrt. Der Büchsenmacher war ein schmächtiger, unauffälliger Mann im Rang eines Stabsgefreiten, dessen Aufgabe es war, die Qualität der gelieferten Zündhütchen zu kontrollieren. Er widmete sich ihr so gewissenhaft, dass man ihn nach einem Streit mit seinem vorgesetzten Oberst unehrenhaft aus der Armee entließ. Ein Jahr später war Boldù ihm zufällig im Café Pedrocchi in Padua begegnet, wo sie ein langes Gespräch über das preußische Zündnadelgewehr führten. Wie waren sie auf Windbüchsen gekommen? Boldù wusste es nicht mehr. Jedenfalls hatte Girandoni erwähnt, dass er in seiner Werkstatt immer einige auf Lager hatte – für besondere Kunden. Boldù hatte ihm bereits aus Wien ein Telegramm geschickt, und die Antwort war einen Tag später eingetroffen. Die Waffe lag für ihn bereit. Und Girandoni würde keine Fragen stellen.

In Padua hatte der Nieselregen aufgehört, und es hatte ein wenig aufgeklart. Als Boldùs Kutsche durch abgeernete Felder fuhr, konnte er am Horizont die Umrisse der Euganeischen Hügel erkennen. Girandoni bewohnte ein Haus an der Chaussee nach Abano Terme, umgeben von einer halb zerfallenen, efeubewachsenen Mauer und mindestens eine Meile von jeder menschlichen Behausung entfernt.

Boldù entlohnte den Kutscher und kletterte hinaus. Außer einer graugefleckten Katze, die hinter dem Haus hervorkam und ihn aus sicherer Entfernung neugierig betrachtete, gab es kein Lebenszeichen auf dem Anwesen. Der Büchsenmacher schien nicht mal einen Hund zu besitzen. Boldù überquerte den unkrautüberwucherten Vorplatz, stieg die zwei Stufen zur Tür hoch und klopfte. Erst nach dem zweiten Klopfen hörte er schlurfende Schritte. Zwei Schlösser wurden geöffnet, dann schwang die Tür auf.

Wenn Girandoni sich freute, ihn wiederzusehen, dann zeigte er es nicht. Sie gaben sich schweigend die Hand, und Girandoni führte Boldù durch den Flur in einen verwilderten Garten, in dem ein kleines Nebengebäude stand. Er schloss die Tür auf und ging voraus. Drinnen roch es nach abgestandenem Zigarrenrauch und Maschinenöl. Durch die schmutzigen Scheiben eines vergitterten Fensters fiel verwaschenes Herbstlicht in den Raum. Vor dem Fenster stand eine große Werkbank, auf der ein länglicher, in eine Decke eingeschlagener Gegenstand lag. Girandoni wickelte ihn aus und trat einen Schritt zurück.

Boldù hatte zweimal für eine Operation eine Windbüchse benutzt, aber Girandonis *fusil à vent* war zierlicher als das Modell, das er kannte. Der gezogene Lauf aus matt glänzendem Metall, das präzise gearbeitete Schloss und die schlanke, wohlgeformte Windkammer boten einen erregenden Anblick. Boldù fühlte, wie sich sein Herzschlag beschleunigte. Er räusperte sich. «Hat die Windkammer Kompression?»

Girandoni nickte. «Es reicht für zehn Schüsse.»

«Mehr als einen Schuss werde ich nicht abgeben können», sagte Boldù.

«Aus welcher Entfernung?»

«Gut hundert Meter.»

«Dann sollten wir es ausprobieren.»

Der Büchsenmacher schloss eine weitere Tür an der Rückwand des Schuppens auf, und sie betraten ein freies, mit spärlichem Gras bewachsenes Gelände, das an ein kleines Pappelgehölz grenzte. An einem der Bäume war bereits eine Zielscheibe aus geflochtenem Stroh mit schwarzen Ringen und einem roten Kreis im Zentrum befestigt.

«Von hier sind es ziemlich genau hundert Meter», erklärte Girandoni. «Werden Sie die Waffe auflegen können, wenn Sie arbeiten?»

Boldù nickte. Er kniete hinter einem alten Fass nieder, das neben der Tür stand, und legte die Waffe an, wobei er den Deckel als Stütze für den Lauf benutzte.

Die Optik war ausgezeichnet, der rote Punkt in der Mitte der Zielscheibe deutlich zu erkennen. Boldù atmete tief durch, um die Spannung aus den Armen zu nehmen, zielte sorgfältig und zog den Abzugshebel durch. Die Waffe war nicht völlig lautlos, aber das hatte er auch nicht erwartet. Es gab einen Plopp – wie wenn man mit der flachen Hand auf ein leeres Fass schlägt. Aber niemand würde dabei an einen Schuss denken, zumal es weder Mündungsfeuer noch Rauchentwicklung gab. Wieder zielte er sorgfältig, gab einen zweiten Schuss ab und danach einen dritten. Mit der Windbüchse unter dem Arm ging er zu der Pappel und untersuchte die Schießscheibe. Die Einschüsse lagen dicht beieinander, allerdings eine Handbreit links vom Zentrum. Also justierte er die Optik der Waffe mit Hilfe von zwei Schrauben, die an der Halterung des Zielfernrohrs angebracht waren, lief wieder zur Hütte zurück und gab drei weitere Schüsse ab. Die Kompression in der Windkammer musste inzwischen nachgelassen haben, aber Boldù konnte nicht feststellen, dass sich der Druckabfall auf die Schussbahn auswirkte. Tatsächlich lagen die

Einschüsse diesmal fast genau im Zentrum. Die Windbüchse war der Traum von einer Waffe. Boldù nickte anerkennend. «Perfekt.»

Girandoni lächelte. «Es geht noch besser.» Sein Lächeln wurde breiter. «Wollen Sie das Zielobjekt nur beschädigen, oder wollen Sie es zerstören?»

Darüber musste Boldù nicht lange nachdenken. «Ich will es zerstören.»

«Dann kann ich das Projektil für Sie modifizieren. Ich zeige es Ihnen.»

Sie gingen wieder in den Schuppen zurück, Girandoni entzündete einen kleinen Petroleumkocher und gab ein paar Körnchen einer grauen Substanz in den Tiegel über der Flamme. «Blei», erklärte er.

«Wofür?»

«Das werden Sie gleich sehen.»

Girandoni nahm eine weitere Patrone aus der Schublade, schliff mit einer groben Feile die Spitze des Projektils ab, sodass man unter der Kupfer-Nickel-Schicht die Bleifüllung erkennen konnte. Dann bohrte er mit einem dünnen Bohrer ein Loch in den Bleikern und füllte ein Tröpfchen Quecksilber hinein. Schließlich versiegelte er den Hohlraum, in dem sich jetzt das Quecksilber befand, mit Blei. Zum Schluss nahm er eine Feile und schliff das Projektil in seine ursprüngliche Form zurück.

«Die ballistischen Eigenschaften sind identisch», sagte Girandoni. «Gleiches Gewicht, gleiche Form. Fast der gleiche Schwerpunkt.»

«Aber?»

«Das Projektil hat eine andere Wirkung. In dem Moment, in dem es auf einen Widerstand trifft, wird das Quecksilber gegen den Bleiverschluss an der Spitze des Geschosses geschleudert, und der Druck lässt das Blei nach allen Seiten explodieren.»

«Sie meinen, das Projektil durchschlägt das Ziel nicht, sondern ...»

«... verwendet seine Energie vollständig darauf, zu zerstören. Das Objekt fliegt förmlich auseinander», bestätigte Girandoni und hielt das Projektil zwischen zwei Fingern wie ein Praliné. «Probieren wir es aus?»

«Gerne.»

«Dann sollten wir allerdings ein anderes Ziel wählen, eines, bei dem Sie die Wirkung des Geschosses deutlich erkennen können.»

«Dachten Sie an etwas Bestimmtes?»

Girandoni überlegte einen Augenblick, dann nickte er. «Warten Sie.»

Er verschwand in der Hütte und kam kurz darauf mit einen Schemel zurück, auf dem ein Kürbis lag. Er stellte ihn genau vor die Pappel. Der Kürbis hatte die Größe eines Kopfes. Boldù fragte sich, wie viel Girandoni bereits ahnte.

Wieder kniete er sich hinter das Fass, sodass er den Lauf des Gewehrs auflegen konnte. Dann zielte er sorgfältig, und als die Mitte des Kürbisses im Fadenkreuz lag, zog er den Abzugshebel durch. Es ertönte ein trockenes *Plopp*, und den Bruchteil einer Sekunde später explodierte der Kürbis. Sein Inneres sprengte die Schale und spritzte nach allen Seiten auseinander. Den Weg zur Pappel konnte man sich sparen: Das Ziel auf die Genauigkeit des Einschusses zu untersuchen, war unmöglich – es existierte nicht mehr.

«Wer immer Sie beim Gebrauch dieser Waffe beobachtet», sagte Girandoni lächelnd, «wird beeindruckt sein.»

## 36

Manchmal staunte Tron darüber, wie souverän er zwischen dem Palazzo Tron und dem Palazzo Balbi-Valier, zwischen Kargheit und Überfluss, hin- und herpendelte. Ein weniger gefestigter Geist, dachte er dann, hätte dieses kulturelle Wechselbad kaum verkraftet. Er hingegen genoss es. Er fand, dass das eine den Reiz des anderen noch erhöhte. Die wohlgeheizten Räumlichkeiten im Palazzo Balbi-Valier erschienen ihm noch luxuriöser, wenn er sich dabei die feuchte Kälte des Palazzo Tron vergegenwärtigte. Die Aura melancholischen Verfalls, die er am Palazzo Tron so schätzte, kam ihm noch liebenswerter vor, wenn er an den leichten Einschlag ins *nouveau riche* im Palazzo Balbi-Valier dachte. Und natürlich fielen ihm bei dem Éclair, das er gerade verspeiste, sofort die preisgünstigen Brötchen der Contessa und die Marmelade mit der Fliege ein. Worauf ihm das Éclair gleich noch besser schmeckte. Ob er sich noch eine vierte Hasenpfote einverleiben konnte, ohne dass sich eine kameralistische Diskussion daraus entwickelte? Tron beugte sich über den Tisch des Speisezimmers und warf einen diskreten Blick auf die Principessa. Wurde er bereits beobachtet?

Nein – die Principessa war in Gedanken versunken. Sie starrte auf das Zigarettenetui in ihrer Hand und schien über das nachzudenken, was sie eben gehört hatte. «Die Theorie Holenias», sagte sie schließlich, «hört sich an, als würde sie aus einem dieser Romane stammen, die Bossi liest.»

«Bossi war auch ganz angetan von ihr», sagte Tron. «Jedenfalls erklärt die Theorie, warum jemand einen Sarg stiehlt, um ihn gleich wieder abzuliefern. Obwohl ich mir nicht vorstellen kann, dass es sich bei diesem Jemand um Zorzi handelt.»

«Wie gut kennst du ihn?»

«Wir saßen im Seminario Patriarchale nebeneinander. Aber als er ins Exil musste, haben wir uns aus den Augen verloren. Dass er in der piemontesischen Armee war und den Krimkrieg mitgemacht hat, wusste ich nicht.»

«Wenn es denn stimmt.»

«Holenia hat keinen Grund, uns Märchen aufzutischen.»

«Hört sich abenteuerlich an, dass Zorzi sowohl für das *Comitato Veneto* als auch für den Turiner Geheimdienst gearbeitet hat.»

«Warum? Turin will die Einheit Italiens. Und das *Comitato Veneto* den Anschluss Venedigs an Turin.»

«Traust du Zorzi einen Mord zu?»

«Es handelt sich allenfalls um ein Tötungsdelikt. Begangen, um etwas Schlimmeres zu verhindern. Ein Anschlag auf den Kaiser hätte fürchterliche Folgen. Da sind mir zwei Tote lieber.»

«Wie geht es jetzt weiter?»

Tron hob die Schultern. «Bossi wollte sich noch melden. Er versucht herauszufinden, ob Zorzi im Casino Molin gewesen ist, als der Mann im Zug ermordet wurde. Wenn nicht, muss man schnell feststellen, wo er sich aufgehalten hat.»

«Was sagt dir deine Intuition?»

«Die funktioniert nur bei Gedichten.»

«Das ist keine Antwort auf meine Frage.»

«Meine Intuition sagt mir, dass Zorzi es nicht gewesen ist. Und dass wir noch immer nicht verstanden haben, was sich hier im Moment abspielt.»

«Werdet ihr den Fall abgeben?»

«Das wird auch davon abhängen, was Bossi herausfindet. Aber letztlich entscheidet es Spaur.» Tron seufzte. «Der dringend einen Erfolg braucht, weil er ohne kaiserliche Erlaubnis nicht heiraten darf. Die Ergreifung der Attentäter wäre solch ein Erfolg.»

«Wir brauchen auch dringend einen Erfolg», sagte die Principessa. «Was ist mit der Halskette, die Zianis Mörder mitgenommen hat? Wenn Zorzi der Mörder war, dann hat er sie irgendwo versteckt.» Sie nahm eine Zigarette aus ihrem Etui und zündete sie an. «Was hältst du von einer Razzia?»

«Vielleicht im Casino Molin?»

«Warum nicht?»

«Das Casino hat eine Militärlizenz. Für eine Razzia benötigen wir die Einwilligung Toggenburgs», sagte Tron. «Abgesehen davon bin ich noch immer nicht davon überzeugt, dass Zorzi unser Mann ist.»

«Hat er eine Privatwohnung?»

«In der Nähe der Gesuati.»

«Dann werft doch einen Blick in seine Schränke, während er im Casino Molin ist», schlug die Principessa vor. «Wenn ihr das Halsband findet, hättest du Zorzi in der Hand. Und könntest Spaur die Verschwörer auf dem silbernen Tablett servieren.»

«Du redest wie Bossi. Jedes zweite Wort ist *hätte* oder *könnte*. Lass uns abwarten, was er herausgefunden hat.»

«Wenn er überhaupt etwas herausgefunden hat.»

Tron lächelte. «Das hat er. Und meine Intuition sagt mir, dass er bereits auf dem Weg ist.»

Wie Tron vorausgesagt hatte, erschien Bossi tatsächlich eine halbe Stunde später. Da Massouda die Anweisung hatte, den *ispettore* nicht anzumelden, sondern sofort in den Salon zu führen, öffnete sich die Tür nach kurzem Anklopfen formlos, und Bossi erschien auf der Schwelle. Tron erhob sich, um ihm die Hand zu geben, aber auch um sein Eintreten in den Salon der Principessa besser beobachten zu können – ein Schauspiel, das ihn immer wieder aufs Neue faszinierte. Der Stolz, im Palazzo Balbi-Valier empfangen zu werden, ließ Bossi jedes Mal sein Kinn emporrecken. Zugleich aber bewirkte die Beklemmung, in die er angesichts des üppigen Luxus im Palazzo der Principessa geriet, dass sein Kopf nach unten sackte und sich seine Schultern nach oben zogen. Resultat dieser widerstrebenden Impulse war, dass sein Oberkörper in eine Schieflage geriet und er sich mit leichter Schlagseite über den Teppich schob.

«Zorzi ist also Sonntagnacht *nicht* im Casino Molin gewesen», erriet Tron.

Bossi hatte Platz genommen, und Tron hatte den *ispettore* – man bediente sich abends im Salon der Principessa selbst – mit Kaffee und Gebäck versorgt.

Bossi zog erstaunt die Augenbrauen hoch. «Woher wissen Sie das, Commissario?»

«Weil es kein Problem für Sie gewesen sein dürfte, das herauszufinden», sagte Tron. «Vermutlich haben Sie es bereits gestern gewusst.»

Bossi nickte. «So ist es.»

«Und würden mich bereits benachrichtigt haben, wenn sich Zorzi Sonntagnacht im Casino aufgehalten hätte. Folglich ist er nicht im Casino Molin gewesen, und Sie haben den heutigen Tag damit verbracht festzustellen, *wo* er sich aufgehalten hat. Wie ich Ihrer Miene entnehme, hat sich dabei etwas Interessantes ergeben.»

«Holenia hatte recht», sagte Bossi.

«Was heißt das?»

«Zorzi war am Sonntag in Verona und ist mit dem Nachtzug zurückgekommen.»

Die Principessa beugte sich nach vorne. «Sind Sie sicher, *ispettore*?»

«Ich habe einen Zeugen. Einer der vier Gondolieri, die für das Casino Molin arbeiten, hat Zorzi am Sonntagmorgen zum Bahnhof gebracht und ihn nachts wieder abgeholt.»

«Es könnte eine harmlose Erklärung dafür geben, dass Zorzi den Zug benutzt hat», sagte Tron.

«Sie meinen, es war Zufall?»

Tron nickte. «So ungefähr. Haben Sie auch herausfinden können, wo Zorzi in der Nacht zum Freitag gewesen ist, als Ziani ermordet wurde?»

Bossi schüttelte den Kopf. «Es würde mich aber nicht überraschen, wenn er auch nicht im Casino Molin war. Und wenn wir das Halsband bei ihm finden würden.» Bossi dachte einen Moment nach. Dann sagte er in beiläufigem Ton: «Er soll eine Wohnung in der Nähe der Gesuati haben. Ich bezweifle, dass sich das Halsband im Casino Molin befindet.»

«Bossi, wir wissen noch immer nicht, ob Zorzi überhaupt etwas mit der Sache zu tun hat.»

«Einen harten Beweis haben wir nicht. Aber wir könnten ihn uns besorgen. Unser kleiner Ausflug auf die Toteninsel war auch nicht legal.»

«Eine originelle Idee.» Tron musste lachen. «Aber Sie sind nicht der Erste, der darauf gekommen ist. Die Principessa hatte bereits vorgeschlagen, Zorzis Wohnung ein wenig unter die Lupe zu nehmen.»

Bossi setzte die Kaffeetasse ab. «Worauf warten wir dann noch?»

«Darauf, was Spaur zu der Angelegenheit sagt. Ich würde

vorschlagen, dass Sie einen Bericht schreiben und ich morgen mit ihm spreche.»

«Wie, denken Sie, wird er entscheiden?»

«Wir sind bereits so weit gekommen, dass man uns beim Verteilen der Lorbeeren nicht mehr übersehen kann», sagte Tron. «Wenn wir jetzt weitermachen, setzen wir alles aufs Spiel.» Er griff nach der fünften Hasenpfote. «Spaur wird den Fall abgeben.»


## 37

Spaurs Gondel bewegte sich langsam den Rio di San Lorenzo hinunter, wich geschickt einem Gemüseboot aus und legte direkt vor der Questura an. Da es regnete, hatte man über den Sitzen die *felze* aufgeschlagen, und es dauerte eine Weile, bis der Polizeipräsident das kleine schwarze Zelt verließ. Tron vermutete, dass Signorina Violetta ebenfalls in der Gondel saß und sich der Abschied der beiden in die Länge gezogen hatte. Ob sie in Asolo über das Problem gesprochen hatten? Und ob Signorina Violetta Spaur einen Rat erteilt hatte? Würde jetzt eine Soubrette aus dem Malibran über das Leben des Kaisers entscheiden? Das hätte Tron nicht überrascht. Es entsprach seiner Vorstellung vom Gang der Weltgeschichte, dass über die entscheidenden Dinge nicht auf Schlachtfeldern, sondern in Küchen und Schlafzimmern entschieden wurde.

Tron, der die Ankunft Spaurs vom Fenster seines Büros beobachtete, konnte den Gesichtsausdruck des Polizeipräsidenten nicht erkennen. Aber sein beschwingter Gang zeigte, dass er ein befriedigendes Wochenende verbracht hatte. Es war kurz vor zwölf, und Bossis Bericht lag seit zwei Stunden auf Spaurs Schreibtisch. Tron schätzte, dass der Polizeipräsident eine gute halbe Stunde brauchen würde, um ihn durchzulesen. Selbstverständlich hatte Bossi erwähnt, dass Zorzi am Sonntag den Nachtzug von Verona nach Venedig benutzt hatte. Dass es sich dabei um einen reinen Zufall gehandelt haben konnte, stand nicht in dem Bericht, denn das wäre bereits eine Bewertung der Tatsachen gewesen. Sie hatten sich darauf geeinigt, dass der Bericht nur die nackten Fakten enthalten würde.

Die Fakten jedoch, das musste Tron zugeben, sprachen nicht unbedingt für Zorzis Unschuld Aber konnte er sich Zorzi als *professionellen Killer* vorstellen? Als einen Menschen, der seinen Opfern kaltblütig den Hals umdrehte – so wie die Köchin dem Huhn? Nein, dachte Tron, das konnte er nicht. Allerdings gab es viele Dinge, die er sich nicht vorstellen konnte. Dass Zorzi als Angehöriger der piemontesischen Armee auf der Krim war, hätte er auch nie für möglich gehalten.

Um eins klopfte *sergente* Kranzler, Spaurs neuer Adlatus, und teilte ihm mit, dass ihn der Polizeipräsident zu sprechen wünsche. Als Tron Spaurs Büro betrat, bot sich ihm das übliche Bild dar: Spaur saß in entspannter Haltung an seinem Schreibtisch, verschanzt hinter drei Fotografien Signorina Violettas und einer neuen Großpackung Demel-Konfekt, die er, wie Tron zufällig erfahren hatte, von seinem Spesenkonto bezahlte. Dies alles wurde angereichert durch eine Portion Wochenendgemütlichkeit in Gestalt einer grünlichen Lodenjoppe, die Spaur von seinem Ausflug nach Asolo anbehalten hatte. Den Bericht Bossis, der vor ihm auf dem Schreibtisch lag, schien er aber gelesen zu haben.

«Ich gratuliere Ihnen, Commissario.» Die Hand des Polizeipräsidenten, die auf dem Weg zu einem Praliné war, machte einen Schlenker zu Bossis Bericht. «Sie haben gute Arbeit geleistet.»

Spaur zog ein blauverpacktes Praliné aus der Schachtel und löste das Papier mit Daumen und Zeigefinger. Dann beugte er sich nach vorne, sperrte den Mund auf und ließ das Praliné auf seine Zunge schnappen, indem er das Papier kräftig zusammendrückte.

«Sie sollten *ispettore* Bossi gratulieren», sagte Tron. «*Er* hat herausgefunden, dass Zorzi am Sonntag die Bahn benutzt hat – nicht ich. Und ohne Oberst Holenia wären wir nie darauf gekommen, diese Spur zu verfolgen.»

«Und nun? Wie soll es Ihrer Ansicht nach weitergehen?»

«Wir haben die Vorbereitungen zu einem Anschlag entdeckt, von denen das Militär keine Ahnung hat», sagte Tron. «Das ist ein gutes Ergebnis und eine Blamage für Toggenburg. Wir sollten jetzt aussteigen.»

«Und dieser Zorzi? Sie kennen ihn doch. Was halten Sie von ihm?»

«Ich glaube nicht, dass er beide Personen getötet hat. Es kann ein Zufall gewesen sein, dass er die Bahn am Sonntag benutzt hat. In diesem Fall würden wir wieder vollständig im Dunkeln tappen. Und der Kaiser trifft morgen in Venedig ein.»

«Sie trauen den Militärs zu, diese Leute bis morgen unschädlich gemacht zu haben?»

Tron schüttelte den Kopf. «Natürlich nicht. Aber Toggenburg könnte das Protokoll des kaiserlichen Besuchs ändern.»

«Alle öffentlichen Auftritte des Kaisers absagen?»

«Notfalls.»

«Darauf wird sich Franz Joseph nicht einlassen. Außerdem bezweifle ich, dass Toggenburg diesen Vorschlag macht.»

«Warum?»

«Weil man ihm Unfähigkeit vorwerfen wird. Man wird ihn fragen, warum *wir* den Anschlag aufgedeckt haben und nicht seine Leute.» Eine Vorstellung, die Spaur zu gefallen schien. Er lächelte hinterhältig.

«Und was wäre Toggenburgs Alternative? Für den Fall, dass es der Militärpolizei nicht gelingt, die Attentäter bis morgen Nachmittag aufzuspüren?»

Spaur zuckte die Achseln. «Russisches Roulette mit dem Leben des Kaisers zu spielen: Toggenburg ändert nichts am Protokoll des Besuchs und hofft, dass alles gutgeht.»

Tron musste an das denken, was Holenia über das kaiserliche Militär gesagt hatte. «Oder dass der Anschlag auf den Kaiser gelingt.»

Spaur runzelte die Stirn. «Was soll das heißen?»

«Oberst Holenia meint, dass gewisse Kreise innerhalb des Militärs ein Attentat begrüßen würden», erklärte Tron. «Dann könnten sie endlich hart durchgreifen.»

«Da hat er vielleicht nicht unrecht.»

«Abgesehen davon glaube ich, dass weder wir noch das Militär eine Chance haben, die Leute in dieser kurzen Zeit zu schnappen. Und weil das so ist, sollten wir den Schwarzen Peter weiterreichen.»

Spaur fischte ein weiteres Praliné aus der Demel-Schachtel und dachte nach. Dann sagte er: «Nehmen wir einmal an, Ihr Freund Zorzi ist nicht das Unschuldslamm, für das Sie ihn halten. Was würden Sie in diesem Fall tun?»

«Ihm ein Arrangement vorschlagen. Wir stellen die

Ermittlungen gegen ihn ein, und er liefert uns dafür den Sprengstoff», sagte Tron. «Immerhin hat sein Auftrag darin bestanden, einen Anschlag auf den Kaiser zu verhindern.»

«Aber ohne dabei das Militär und die venezianische Polizei einzuschalten.»

«Weil man in Turin weder dem Militär noch der venezianischen Polizei über den Weg getraut hat», sagte Tron. «Uns wird er vertrauen. Mir jedenfalls.»

«Was ist mit den Leuten, die noch in den Anschlag verwickelt sind?»

«Ich wüsste nicht, was wir mit ihnen anfangen sollten», erwiderte Tron. «Wir können sie weder verhaften noch vor Gericht stellen.»

«Also lassen wir sie entkommen. Und die beiden Toten? Werden sie Teil der Geschichte sein, die wir dem Kaiser auftischen?»

«Darüber denken wir nach, wenn ich mit Zorzi gesprochen habe. Die Frage ist, ob ich Zorzi zusichern darf, dass wir die Ermittlungen gegen ihn einstellen, wenn er uns den Sprengstoff liefert.»

Spaur katapultierte ein weiteres Praliné in seinen Mund. «Sie dürfen.» Er sah Tron an. «Eben sind Sie noch davon überzeugt gewesen, dass Zorzi unschuldig ist.»

Tron schüttelte den Kopf. «Das stimmt nicht. Aber der Umstand, dass Zorzi den Zug benutzt hat, ist noch lange kein Beweis.»

«Was werden Sie also tun?»

«Mich ins Casino Molin begeben und mit Zorzi reden.»

«Was ist, wenn er sich stur stellt? Womöglich noch eine Erklärung für seine Bahnfahrt am Sonntag liefern kann?»

«Dann sollten wir davon ausgehen, dass Zorzi die Wahrheit sagt, und den Fall abgeben.»

Spaur seufzte tief und warf einen Blick auf eines der Bilder von Signorina Violetta. «Meinen Sie wirklich, dass ein wenig Ruhm und Ehre auch für uns dabei abfällt?»

Tron nickte. «Auf jeden Fall. *Wir* haben diese Konspiration entdeckt, nicht der militärische Geheimdienst. Und wenn sie keinen Erfolg haben, wird man sagen: ‹Wenn Spaur und seine Leute an der Sache weitergearbeitet hätten, dann› ...»

«... hätten sie die Attentäter geschnappt», beendete Spaur den Satz. Er schlitzte schwungvoll eine weitere Packung Demel-Konfekt auf, wobei er einen Brieföffner mit herzförmigem Griff benutzte – offenbar ein Geschenk von Signorina Violetta.

## 38

Der Cognac war wässrig, und der Kaffee, den Oberst Hölzl dazu bestellt hatte, kalt. Der Wirt hingegen, der beide Getränke auf die fleckige Tischplatte geknallt hatte, war groß und kräftig, und Oberst Hölzl hielt es für keine gute Idee, einen Streit über die Qualität der Getränke vom Zaun zu brechen. Zumal er sonst mit der Wahl des Lokals durchaus zufrieden war. Denn diese schmutzige, am Campo San Polo gelegene Trattoria, die selbst ein wohlmeinender Fremder kaum als *typisch venezianisch* bezeichnen würde, hatte den unschätzbaren Vorzug, dass ihn niemand von Belang hier zusammen mit Boldù sehen würde. Der einzige andere Gast war ein kränklich aussehender Einheimischer, der ein *sguasetto*, eine scharf gewürzte, aus Fleischabfällen bereitete Brühe löffelte und damit beschäftigt war, Knorpel und Knochensplitter aus der Suppe zu fischen. Der konnte es sich nicht leisten, den Blick von seinem Löffel zu heben. Ein kleiner Fehler, und er wäre tot.

Oberst Hölzl hatte Boldù zum Campo San Polo bestellt, weil ihn die nächtlichen Treffen auf dem Campo Santa Margherita jedes Mal beunruhigt hatten. Schon das Geräusch näher kommender Schritte auf dem nächtlichen Pflaster zerrte an seinen Nerven. Und wenn der Mond schien, war es auch nicht besser – im Gegenteil. Da präsentierte man sich ja gleich als Opfer auf dem Silbertablett. Nein, dachte Oberst Hölzl, eine von Italienern bewohnte Stadt nachts zu durchqueren war einfach zu riskant, und er hatte nicht vor, sein Leben leichtfertig aufs Spiel zu setzen. Schon gar nicht jetzt, wo seine militärische Karriere im Begriff war, in die Stratosphäre abzuheben.

Denn daran, dass ihr ein gewaltiger Schub bevorstand, war kein Zweifel mehr möglich. Nachdem er am gestrigen Morgen das Protokoll des kaiserlichen Besuchs erhalten hatte, hatte er sofort damit begonnen, die Einzelheiten des Attentats auf den Kaiser festzulegen. Es war kein Vergnügen gewesen, sich durch verstaubte, mit allem möglichen Gerümpel vollgestellte Dachböden zu quälen. Aber die Mühe hatte sich gelohnt. Jetzt stand der Plan, und selbst ein Mann wie Boldù würde zugeben müssen, dass er sich sehen lassen konnte.

Schlimm waren die Fledermäuse unter dem Dach der Marciana gewesen. Sie hingen in dichten Trauben an den Sparren, und da der Dachboden offenbar nie betreten wurde, hatten sie ihre Scheu vor den Menschen verloren. Wie sie mit ihren spitzen Vampirzähnen auf ihn zugeschossen waren, um erst in letzter Sekunde wieder umzudrehen – grauenhaft. Aber das war nicht entscheidend. Es gab eine

Verbindung zwischen dem Dachboden des Palazzo Reale und demjenigen der Marciana, und Boldù würde für diese Operation das Dach der Marciana benutzen. Die Luke bot einen freien Blick auf den Eingang des Markusdoms – dort würde das kaiserliche Podest stehen. Es war die ideale Position für ein Attentat. Es würde absolut glaubwürdig sein.

Boldù erschien zehn Minuten nach der verabredeten Zeit, ohne sich für seine Verspätung zu entschuldigen. Er sah gut aus, das musste Oberst Hölzl zugeben. Der Schnitt seines Gehrocks betonte seine kräftige Gestalt, und seine Gesichtszüge hatten diesen Anflug intelligenter Brutalität, den Frauen vermutlich attraktiv fanden. Unwillkürlich musste er an den Anblick denken, den er selbst bot, wenn er in den Spiegel sah: einen zur Dicklichkeit neigenden Mann mit banalen, leicht verwaschenen Gesichtszügen. Wieder stellte er fest, dass er Boldù nicht ausstehen konnte.

«Der *sguasetto* ist empfehlenswert», sagte er aus einem Impuls heraus. «Der Herr da drüben an dem Tisch scheint ganz angetan zu sein.»

Lebte der überhaupt noch? Oberst Hölzl warf einen schnellen Blick auf die andere Seite des Gastraums. Ja, er lebte noch. Und er schien gerade etwas von seinem Löffel zu fischen.

Boldù schüttelte den Kopf. «Danke, ich nehme einen Kaffee.» Er wies auf den Kleidersack über der Lehne des Stuhls. «Ist das die Uniform, die Sie mitgebracht haben?»

Oberst Hölzl nickte. «Sie müssten sie allerdings noch aufbügeln lassen.»

«Aufbügeln?» Das Wort schien Boldù zu amüsieren. «Also bin ich ein Offizier.»

Oberst Hölzl nickte. «Sie sind Premierleutnant Waldmüller von den Innsbrucker Kaiserjägern.» Er zog einen zusammengefalteten Bogen aus seinem Gehrock und reichte ihn über den Tisch. «Hier ist Ihr Passierschein. Ausgestellt von Generaladjutant Crenneville persönlich.»

«Wo werde ich kontrolliert?»

Oberst Hölzl dachte kurz nach. «Die erste Kontrolle findet in der Postenkette auf der Piazza statt, direkt vor der Ala Napoleonica. Die zweite an der Wache am Haupteingang. Der dritte Kontrollpunkt ist im Treppenhaus. Dort wird Sie ein Leutnant der Trabanten-Leibgarde nach Ihren Ordres fragen.»

«Was sage ich ihm?»

«Sie geben ihm das hier.» Oberst Hölzl zog einen zweiten zusammengefalteten Bogen aus der Tasche. «Ihre Ordre besteht darin, wichtige Kurierpost für Feldzeugmeister Crenneville abzugeben.»

«Und dann?» Boldù nahm einen Schluck von dem Kaffee, den der Wirt ihm gebracht hatte, und verzog das Gesicht.

«Gehen Sie den großen Flur, der parallel zum Markusplatz verläuft, bis zum Ende», sagte Oberst Hölzl. «Dort befindet sich der Personalaufgang. Auf dem obersten Treppenabsatz ist eine Tür, die in den Dachboden führt. Da wenden Sie sich nach rechts. Der Durchgang ist eine unauffällige Tür in der rechten Wand. Im Dachboden der Marciana feuern Sie aus der ersten Dachluke. Sie können sich auf die Kiste stellen, die darunter steht. Der Dachboden wird nicht benutzt – Sie werden dort keinem Menschen begegnen.» Oberst Hölzl hielt es für klüger, die Fledermäuse an den Dachlatten nicht zu erwähnen.

«Und wann genau soll ich feuern?»

«Sie feuern in dem Moment, in dem der Kaiser zu seiner Rede ansetzt.»

«Dann muss ich den Auszug des Kaisers aus dem Markusdom beobachten», erwiderte Boldù. «Das könnte Verdacht erregen. Schließlich bin ich von der Piazzetta aus gut zu sehen.»

Oberst Hölzl schüttelte den Kopf. «Es ist nicht notwendig, dass Sie den Kopf aus der Dachluke stecken. Sie müssen nur auf die *malefico* achten. Wenn sie aufhört zu läuten, nehmen Sie das Gewehr und zählen langsam bis zehn. Dann stecken Sie den Kopf aus der Luke und feuern. Die weiße Uniformjacke ziehen Sie vorher aus, denn man wird Sie von unten erkennen können.»

«Warum bis zehn?»

«Weil es der Kaiser ebenfalls tut. Er wird zehn Sekunden nach dem Läuten an den Rand des Podests treten. Alle werden sehen, dass der Kaiser im Begriff ist, das Wort zu ergreifen, und sich ruhig verhalten. Den ersten Schuss wird man vielleicht noch überhören. Aber beim zweiten wird Panik ausbrechen. Da werden die Herren, die sich ebenfalls auf dem Podest befinden, in Deckung gehen. Sie werden vermutlich hinunterspringen. Die einzige Person, die sich dann noch auf dem Podest befindet, ist der Kaiser.»

«Und dann gebe ich den dritten Schuss ab.»

Oberst Hölzl nickte. «Während Franz Joseph bereits kaltblütig Befehle erteilt. Er wird der Einzige sein, der in dieser Gefechtssituation die Übersicht bewahrt.»

«Vermutlich wird er den Befehl geben, die Marciana zu stürmen», sagte Boldù.

«Richtig. Eine kleine Abteilung Soldaten, die unter meinem Kommando direkt vor dem Eingang der Marciana postiert ist, wird den Dachboden der Bibliothek stürmen», sagte Oberst Hölzl. «Wir brauchen fünf Minuten, bis wir oben sind, und weitere fünf Minuten, um zu entdecken, dass es eine Verbindung zum Dachboden des Palazzo Reale gibt. Sie haben also genug Zeit, die Uniformjacke wieder anzuziehen und den Dachboden zu verlassen. Vergessen Sie nicht, ein paar scharfe Projektile zurückzulassen.»

«Und dann?»

«Verschwinden Sie aus dem Palazzo Reale. Um fünf Uhr fährt ein Zug nach Verona.» Oberst Hölzl machte ein zufriedenes Gesicht. «Bleibt nur noch Commissario Tron. Können Sie einschätzen, wie weit er inzwischen gekommen ist? Er hat nicht mehr viel Zeit.»

Boldù zuckte die Achseln. «Er ist gestern nicht bei Zorzi aufgetaucht. Was nicht bedeutet, dass er untätig war. Ich glaube auch nicht, dass er die Ermittlungen abgegeben hat.»

«Das hat er auch nicht. In diesem Fall hätte mich meine Dienststelle bereits benachrichtigt. Die Frage ist», fuhr der Oberst fort, «wie viel Zeit wir ihm noch lassen, bevor wir ihm einen anonymen Hinweis geben.»

Boldù dachte kurz nach. Dann sagte er: «Bis morgen früh. Die *Jupiter* legt um fünf Uhr nachmittags am Molo an. Wenn wir am frühen Vormittag eine Nachricht in die Questura schicken, hätte Tron fast einen ganzen Tag Zeit, um die Leute aufzuspüren.»

«Denken Sie, er schafft es ohne unsere Hilfe?»

«Ich würde es ihm zutrauen», sagte Boldù.

«Dann wäre da noch etwas.» Oberst Hölzl zog ein zusammengefaltetes Stück Papier aus der Innentasche seines Gehrocks und reichte es Boldù über den Tisch. «Wissen Sie, was das ist?»

Das Papier, so groß wie ein Handteller, war mit vierzehn Buchstabenreihen bedruckt, die auf den ersten Blick keinen Sinn ergaben. Oberst Hölzl hatte es gestern Morgen von einem Offizier des Nachrichtendienstes erhalten.

Boldù warf einen flüchtigen Blick auf das Blatt. Dann sagte er: «Sieht aus wie eine verschlüsselte Nachricht. Vermutlich im Fence-Code chiffriert.»

«Sie können die Nachricht entziffern?»

Boldù lächelte. «Ich denke schon. Worum handelt es sich?»

«Um das Protokoll des kaiserlichen Besuchs für den Donnerstag», sagte Oberst Hölzl. «Es wird erst vierundzwanzig Stunden vorher veröffentlicht.» Er drehte den Kopf und gab dem Wirt ein Zeichen. «Wir treffen uns Mittwoch wieder hier. Zur selben Uhrzeit. Dann besprechen wir die letzten Kleinigkeiten.»

## 39

Ursprünglich hatte Tron die Absicht gehabt, sich am Wassertor des Casino Molin absetzen zu lassen. Aber der Regen hatte aufgehört, und so war er schon am Campo Santa Sofia aus der Gondel gestiegen, um das letzte Stück zu Fuß zu gehen und sich eine Strategie für das Gespräch mit Zorzi zurechtzulegen. Aber welche Strategie? Hatten sie es hier tatsächlich mit einem *Doppelagenten* zu tun? Schon das Wort hörte sich lächerlich an. Auf dem Seminario Patriarchale war Zorzi ein schmächtiger Junge mit einem ängstlichen Gesichtsausdruck und der Neigung zu plötzlichen Tränenausbrüchen gewesen. Vielleicht, dachte Tron, lag es auch an diesen Erinnerungen, dass er sich seinen alten Schulfreund nicht als kaltblütigen *Profikiller* vorstellen konnte.

Am besten, dachte Tron, während er in die Calle della Rachetta einbog, würde er mit offenen Karten spielen. Alles, was er hatte, auf den Tisch legen und darauf vertrauen, dass Zorzi eine vernünftige Entscheidung traf. Nur: Was geschah, wenn Zorzi mit der Angelegenheit wirklich nichts zu tun hatte? Tron seufzte. Dann hatte er, Tron, ein Problem.

Jedenfalls stand heute keine Gruppe von aufgekratzten Fremden vor dem Hintereingang des Casino Molin, um den Nachmittag in einem *typisch venezianischen Spielcasino* zu verbringen. Lediglich eine Katze schlich um den Eingang herum, im Maul etwas, das wie der Schwanz eines Fisches aussah. Im Vestibül des Casinos weigerte sich der blasierte Empfangschef zuerst, Tron bei Zorzi anzumelden. Direttore Zorzi sei beschäftigt und wünsche, nicht gestört zu werden. Der Blick, den er dabei auf Trons abgewetzten Gehpelz warf, sprach Bände. Erst als Tron ihm seinen Polizeiausweis vor die Nase hielt, bequemte er sich dazu, ihn anzumelden.

Als Tron Zorzis Büro betrat, sah er, warum sein alter Schulfreund nicht gestört werden wollte. Auf seinem Schreibtisch stapelten sich Jetons aus Elfenbein und Ebenholz und Geldscheine in allen möglichen Währungen. Direkt vor ihm lag ein großes, altmodisches Kontobuch, auf dem Zahlenkolonnen zu erkennen waren. Anstelle der üblichen stinkenden Petroleumlampe stand ein eleganter vierarmiger Leuchter mit Wachskerzen auf dem Tisch. Dazu passte, dass Zorzi seine Eintragungen nicht mit einer modernen Stahlfeder, sondern mit einer altmodischen Rabenfeder vornahm, was Tron unwillkürlich an Balzac denken ließ.

Tron hatte den Madeira, den Zorzi ihm angeboten hatte, höflich abgelehnt. Diesmal war er es, der sofort zur Sache kam. «Ich nehme an, du weißt, warum ich hier bin», sagte er.

Zorzi legte die Rabenfeder aus der Hand und streute etwas Löschsand über die Zahlen, die er gerade in das Kontobuch geschrieben hatte. Er sah Tron an. «Geht es um Ziani? Seid ihr weitergekommen?» Tron musste zugeben, dass sich Zorzi bemerkenswert gut unter Kontrolle hatte.

«Wir haben den Fall gelöst», erwiderte Tron.

«Das ging schnell. War es ein Raubmord?» Zorzi zuckte mit keiner Wimper.

Tron schüttelte den Kopf. «Der Mann, der Ziani getötet hat, fühlte sich von ihm bedroht.»

«Habt ihr ihn verhaftet?»

«Nein, das haben wir nicht.»

«Und warum nicht?»

«Weil wir ihm ein Arrangement vorschlagen wollen. Er übergibt uns den Sprengstoff, und wir stellen im Gegenzug die Ermittlungen ein.»

Das war ein eindeutiges Angebot, aber Zorzi war offenbar noch nicht bereit. «Ich verstehe kein Wort.»

«Dann fange ich am besten von vorne an», sagte Tron. «Es gibt Leute, die einen Anschlag auf den Kaiser vorbereiten.»

«Das hattest du bereits am Freitag vermutet.»

«Jetzt haben wir Beweise.»

«Und wie sehen die aus?»

«Der Sprengstoff für den Anschlag ist am Sonntag in einem Sarg nach Venedig geschmuggelt worden», sagte Tron. «Am Montag hat die Beerdigung stattgefunden, und bereits in der Nacht ist der Sarg geöffnet worden, um den Sprengstoff zu entfernen.»

«Woher weißt du das?»

«Wir haben Sprengstoffreste im Sarg gefunden.»

«Wie seid ihr auf den Sarg gekommen?»

«Durch einen Mord, der im Nachtzug von Verona nach

Venedig begangen worden ist», sagte Tron. «Wir haben den Mann, der den Sarg nach Venedig bringen wollte, am Montag mit gebrochenem Genick aus der Lagune gefischt. An seiner Stelle hat sein Mörder den Sarg abgeliefert.»

Zorzi runzelte die Stirn. «Das ergibt keinen Sinn. Warum sollte er das tun?»

«Weil er den Auftrag hat, den Anschlag zu vereiteln.»

Zorzi beugte sich verständnislos über den Tisch. Tron hatte das absurde Gefühl, dass er *nicht* schauspielerte. «Den Anschlag zu *vereiteln*?»

«Der piemontesische Geheimdienst hat von der Sache Wind bekommen», fuhr Tron fort. «Sie haben einen Mann in die Gruppe eingeschleust. Das konnten sie, weil die venezianische Gruppe den Lieferanten nicht kannte. Turin hat kein Interesse daran, dass es zu einem Anschlag auf Franz Joseph kommt.»

Zorzis Miene war so aufrichtig, wie sie nur sein konnte. «Warum hat Turin den kaiserlichen Behörden nicht einfach einen Wink gegeben?»

«Weil sie weder der venezianischen Polizei noch dem kaiserlichen Militär über den Weg trauen.»

«Und der Mord an Ziani?»

«Wir vermuten, dass Ziani einen Verdacht hatte», sagte Tron, «den er aber noch für sich behielt.»

«Und um ihn am Reden zu hindern, musste er sterben?»

Tron nickte. «So sieht es aus.»

«Und wer ist dieser Mann, der Ziani getötet hat?»

«Das ist die entscheidende Frage», sagte Tron geduldig. «Und da der Kaiser bereits morgen Nachmittag in Venedig eintrifft, pressiert die Angelegenheit ein wenig.»

«Ich verstehe nicht, warum du den Fall nicht an die Kommandantura abgibst. Am Freitag hast du gesagt, du wartest noch, weil es sich nur um Gerüchte handelt. Aber offenbar weißt du inzwischen mehr.»

Tron nickte. «Wir teilen jetzt die Meinung Turins, dass man dem kaiserlichen Militär nicht trauen darf. Wir können den Fall also erst abgeben, wenn wir den Sprengstoff sichergestellt haben. Da der Turiner Agent dasselbe Ziel verfolgt wie wir, wollten wir ihm eine Zusammenarbeit vorschlagen.»

So – jetzt lagen die Karten auf dem Tisch. Aber Zorzi nippte an seinem Madeira und runzelte lediglich die Stirn. «Ich verstehe noch immer nicht, warum du mir das alles erzählst.»

«Das erkläre ich dir, wenn du mir einige Fragen beantwortest», sagte Tron. «Trifft es zu, dass du mit der piemontesischen Armee auf der Krim warst?»

«Das trifft zu.»

«Und dass du dort in einer Sondereinheit gewesen bist?»

Zorzi nickte widerwillig. «Ich war nicht bei den regulären Linientruppen, falls du das meinst.»

«Und trifft es zu, dass du am Sonntag den Nachtzug von Verona nach Venedig benutzt hast?»

Zorzis Gesicht war plötzlich so verschlossen wie eine Auster. «Ich weiß nicht, ob ich diese Frage beantworten muss.»

«Es gibt Zeugen dafür, dass du den Zug benutzt hast.»

Zorzi seufzte. «Und was folgt für dich daraus?»

War das bereits ein halbes Geständnis? «Dass du dich mit uns arrangieren solltest. Wir wollen den Sprengstoff und das Halsband. Die Leute, die noch in die Angelegenheit verwickelt sind, interessieren uns nicht.»

Zorzi sah Tron mit großen Augen an. «Unterstellst du mir, *ich* hätte im Auftrag Turins den Mann im Coupé getötet und mich an seine Stelle gesetzt? Und anschließend Ziani umgebracht, weil er mir auf die Schliche gekommen ist?»

Tron beugte sich über den Tisch. «Wo warst du in der Nacht von Donnerstag auf Freitag?»

«In meiner Wohnung und habe geschlafen.» Zorzi griff nach dem Madeiraglas und leerte es mit einem Zug. «Das ist kein gutes Alibi, aber die meisten Venezianer dürften kein besseres haben.»

«Wir wollen den Sprengstoff und das Halsband. Sonst nichts. Damit hättest du dein Ziel erreicht und wir unseres.»

Zorzis Kiefermuskeln spannten sich an, aber er zuckte mit keiner Wimper. Er überlegte eine Weile und sagte dann: «Ich könnte etwas für dich herausfinden.»

«Was?»

«Etwas, das dein Problem lösen wird», sagte Zorzi. «Ich muss es nur überprüfen, bevor ich es dir mitteile.»

«Die Zeit wird knapp. Franz Joseph trifft morgen in Venedig ein.»

Zorzi beugte sich nach vorne und rückte einen Stapel schwarze Jetons zurecht. Dann hob er den Kopf und sah Tron an. «Gib mir den Nachmittag und den Abend.»

Tron runzelte die Stirn. «Was hast du vor?»

«Das kann ich dir nicht sagen.»

«Was habe ich als Garantie?»

«Mein Wort. Als Venezianer. Und als Zorzi.»

«Venezianer sind wortbrüchig, habgierig und verschlagen», sagte Tron. «Und die Zorzis sind typische Venezianer.»

«Und die Trons?»

«Sind noch wortbrüchiger, habgieriger und verschlagener», erwiderte Tron.

Zorzi lächelte. «Wie soll ich das verstehen?»

Natürlich wusste Zorzi, wie das zu verstehen war. Tron brauchte es nicht zu erklären. Er griff nach seinem Zylinderhut und erhob sich. «Du erreichst mich im Palazzo Balbi-Valier», sagte er.

## 40

Die Wohnung, in der Boldù untergebracht war, lag direkt an den Zattere. Zorzi hatte den Zweitschlüssel, das Haus gehörte ihm. Es war ein kleines zweistöckiges, mit Coppiziegeln gedecktes Gebäude, und da die untere Wohnung nicht vermietet war und es sich bei den beiden flankierenden Gebäuden um Lager handelte, hatte es auf der Hand gelegen, ihren Gast dort unterzubringen. Ihren *Gast* – von dem sich jetzt herausgestellt hatte, dass er für den piemontesischen Geheimdienst arbeitete, Ziani getötet hatte und weiß-Gott-was mit ihnen vorhatte, um die Operation zu verhindern.

Während des Gesprächs mit Tron hatte sich Zorzi gefragt, ob das alles eine gute Idee gewesen war. Es war Zianis Einfall gewesen, ein patriotisches Feuerwerk über der Piazza zu veranstalten, und wenn er Zorzi schließlich überzeugt hatte, dann aus zwei Gründen: erstens, weil er sich als italienischen Patrioten betrachtete, und zweitens, weil er kurz zuvor eine unangenehme Unterredung mit dem Stadtkommandanten Toggenburg und einem Oberst Lamasch, dem

Chef des militärischen Geheimdienstes, gehabt hatte. Das Casino Molin gehörte Zorzi zwar, aber die Lizenz hatte er von der Kommandantura erhalten. Juristisch betrachtet war es eine Einrichtung der kaiserlichen Armee – eine wahrhaft geniale Konstruktion, weil das Casino auf diese Art keine Steuern zahlte. Aber der Pferdefuß waren die Lizenzgebühren. Die gingen an Toggenburg und Oberst Lamasch. Und beide hatten ihre Forderungen in den letzten Monaten immer höher geschraubt. Also hatte Zorzi ihnen mehr als einmal inbrünstig den Tod gewünscht, zumal es Signale aus der zweiten Reihe gab, dass man die Lizenz zu zivileren Konditionen verlängern würde, falls Toggenburg und Lamasch in der Versenkung verschwänden.

Und genau das, hatte sich Zorzi gesagt, würde passieren, wenn Dutzende von feurigen Tricoloren über der Piazza erstrahlten. Gab es einen eindrucksvolleren Beleg für die Unfähigkeit des militärischen Geheimdienstes als ein grünweiß-rotes Feuerwerk in Anwesenheit des Kaisers? Keine Frage – zuerst würde Toggenburgs Kopf rollen. Und anschließend der Kopf von Oberst Lamasch.

Aber – und dieser Gedanke war Zorzi gekommen, als er mit Tron gesprochen hatte – würden ihre Köpfe nicht ebenso rollen, wenn die Questura einen Anschlag vereitelte, den die Kommandantura verschlafen hatte? Was sprach also dagegen, Tron zur *Patna* zu schicken? Und ihm bei dieser Gelegenheit auch die Halskette zu präsentieren, die Boldù zweifellos in seiner Wohnung versteckt hatte?

Von der Gesuati schlug es sieben, und Zorzi schätzte, dass er mindestens eine Stunde Zeit hatte, bevor Boldù auftauchte. Es war geplant, heute die restlichen Raketen herzustellen, um morgen mit der Installation auf dem Dachboden der alten Prokuratien zu beginnen. Sie würden bis mindestens neun Uhr auf der *Patna* beschäftigt sein. Länger als eine halbe Stunde würde er nicht brauchen, um die Wohnung gründlich zu durchsuchen.

Zorzi zog den Schlüssel aus der Tasche, aber bevor er die Tür öffnete, entzündete er seine Blendlaterne und ließ ihren Schein über die Ränder der Tür gleiten. Schließlich fand er, wonach er gesucht hatte: ein winziges Stückchen Papier, das Boldù zwischen Zarge und Türblatt geklemmt hatte. Zorzi entfernte es und nahm es an sich, um es nachher wieder an dieselbe Stelle zu stecken.

Die Wohnung bestand aus zwei hintereinanderliegenden Räumen, Küche und Schlafzimmer. Zorzi begann in der Küche. Auf dem Tisch stand eine geöffnete Weinflasche, ein Glas und ein Aschenbecher in Form einer gläsernen Gondel mit einer Zigarettenkippe darin. Das spärliche Geschirr im Küchenschrank war offenbar nie benutzt worden, ebenso wenig wie der gemauerte Herd. Ihn mit seinen vielen Klappen und Öffnungen als Versteck zu benutzen wäre keine sehr originelle Idee gewesen, aber da sich Boldù genau das gesagt haben konnte, blieb Zorzi nichts anderes übrig, als sämtliche Klappen, Feuerlöcher und Roste genau zu untersuchen – allerdings ohne Erfolg. Auch der große Wasserkrug auf dem Herd, auf dessen Boden man eine Halskette gut verstecken konnte, enthielt nichts als abgestandenes Wasser.

Zorzi verließ die Küche und betrat das Schlafzimmer, wobei er vorsichtshalber die Tür zwischen den beiden Räumen schloss. Er sah einen Kleiderschrank, ein Bett und daneben einen Nachttisch mit einer Petroleumlampe. In der Ecke stand ein runder eiserner Ofen, daran ein langes Rohr, das ihn mit dem gemauerten, wie ein Risalit aus der Wandfläche hervorspringenden Abzug verband. Im Kleiderschrank fanden sich ein Mantel, ein Gehrock, ein paar Hemden, Unterwäsche und – zu Zorzis Überraschung – in einem Kleidersack eine Uniform der Kaiserjäger. Die Distinktionen, bestehend aus zwei Sternen auf den Schulterklappen, wiesen ihren Träger als Oberleutnant aus. Ziani, der Boldù am Bahnhof abgeholt hatte, hatte nur einen Koffer erwähnt. Von einem Kleidersack war nicht die Rede gewesen. Also musste sich Boldù die Uniform in Venedig besorgt haben. Aber aus welchem Grund?

Der Koffer aus genarbtem Leder, der auf dem Kleiderschrank lag, war leer. Kein Geheimfach, kein doppelter Boden, nichts. Zorzi ging zum Bett, schlug die Tagesdecke zurück und schüttelte das Kopfkissen. Dann tastete er die Matratze sorgfältig ab und hob sie an. Auch nichts. Schließlich kniete er sich vor dem Ofen nieder, öffnete die Klappe und stocherte mit dem Schnürhaken in der spärlichen Asche herum – ebenfalls ohne etwas zu finden. Der Ofen war eiskalt und offenbar nie benutzt worden.

Vermutlich, dachte er ein paar Minuten später, hätte er das Versteck nie entdeckt, wenn sein Blick nicht auf das kleine Häufchen Ruß gefallen wäre, das direkt unter dem schräg in den Abzug führenden Ofenrohr lag. Als er das Rohr untersuchte, stellte er fest, dass es sich gelockert hatte. Entweder hatte Boldù versucht, es zu reparieren, was äußerst unwahrscheinlich war, oder er hatte einen anderen Grund gehabt, das Rohr zu entfernen und es wieder an seine Stelle zu setzen.

Zorzi ruckelte es aus seiner Halterung und legte es vorsichtig auf den Boden. Er entfernte das Zeitungspapier an der oberen und unteren Öffnung des Rohres und fand – eingeschlagen in ein Tuch aus grobem Leinen, ein Gewehr. Es hatte einen übergroßen, metallenen Kolben, und Zorzi verstand genug von Waffen, um sofort zu erkennen, dass es sich um eine *fusile à vent* handelte – deren Besitz strengstens verboten war, weil es keine perfektere Waffe für einen Anschlag gab. In einem Leinenbeutel fand sich, separat in Zeitungspapier eingeschlagen, die goldene Kette, nach der er gesucht hatte. Der Beutel enthielt außerdem ein halbes Dutzend Projektile und ein kleines, mit vier Buchstabenreihen bedrucktes Stück Papier – offenbar eine codierte Nachricht.

Als Zorzi in die Knie ging und sich über die Nachricht beugte, wäre er fast in Gelächter ausgebrochen. Er hatte einen komplizierten monoalphabetischen Code erwartet oder einen, für den er einen Schlüssel brauchte, den er natürlich nicht kannte. Tatsächlich aber handelte es sich um die primitive Gartenzaun-Codierung, die jeder Schuljunge entziffern konnte. Was hier codiert worden war, war allerdigs weniger spaßhaft. Am Donnerstag also. Wo und wann, blieb unklar. Aber eines stand fest: Der Attentäter würde die Uniform eines Leutnants der Kaiserjäger tragen und ein *fusil à vent* benutzen. Er arbeitete auch nicht für den piemontesischen Geheimdienst, sondern für jemanden, dem das streng geheim gehaltene Protokoll des kaiserlichen Besuchs bereits jetzt bekannt war. Für jemanden aus der unmittelbaren Entourage des Kaisers.

Zorzi stand auf, und plötzlich war ihm so kalt, dass er anfing zu zittern. Er zwang sich zur Ruhe, schlug das Gewehr wieder in das Leinentuch ein und verstaute es zusammen mit dem Leinenbeutel in dem Ofenrohr. Dann verschloss er die Öffnungen mit den Zeitungen und brachte das Rohr wieder an seiner ursprünglichen Stelle an. Eines der Projektile und das Stück Papier mit der codierten Nachricht hatte er an sich genommen – er wollte die Wohnung nicht mit leeren Händen verlassen.

Wenn er sich beeilte, konnte er in einer Viertelstunde im Palazzo Balbi-Valier sein. Eine halbe Stunde später würden Tron und ein Haufen bewaffneter Sergeanten Boldù in die Falle laufen lassen. Sie würden ihn verhaften – zusammen mit allen Beweisen, die man sich nur wünschen konnte. Es wäre der größte Fisch, den die Questura je gefangen hatte, und es würde Toggenburg und Lamasch das Genick brechen.

Das war ein gutes, ein erhebendes Gefühl. Und vermutlich der Grund dafür, dass Zorzis Verstand an dem, was seine Augen sahen, keinen Anstoß nahm: Die Klinke der Verbindungstür zur Küche senkte sich langsam nach unten. Dann öffnete sich die Tür mit einer gewissen häuslichen Gemütlichkeit. Dazu passte, dass Boldù ihn nicht finster anstarrte, sondern ihn höflich anlächelte. Nur dass er einen Revolver in der Hand hielt und sein Lächeln nicht seine Augen erreichte. Die waren kalt wie Eis.

«Ich glaube», sagte Boldù, «dass Sie mir einiges erklären müssen.»

Boldù ließ die Hand mit dem Revolver langsam herabsinken, aber Zorzi sah, dass der Hahn der Waffe noch immer gespannt war. Die Entfernung zwischen ihnen betrug mindestens vier Schritte, und Zorzi wusste, dass er keine Chance hatte. Boldù hatte zwei Morde begangen und würde nicht zögern, einen dritten zu begehen. Das Einzige, dachte Zorzi, was ihn jetzt noch retten konnte, war eine gute Geschichte. Eine *glaubwürdige* Geschichte.

«Tron weiß Bescheid», sagte Zorzi, ohne nachzudenken. Er war erstaunt, wie fest sich seine Stimme anhörte.

Einen Moment lang schien Boldù irritiert. «*Was* weiß er?»

«Dass Sie nicht nach Venedig gekommen sind, um zusammen mit uns ein patriotisches Feuerwerk über der Piazza zu entzünden.»

Boldù lächelte. «Er hat keine Ahnung, dass es mich gibt.»

«Sie täuschen sich. Tron weiß, was wir vorhaben und weshalb Sie nach Venedig gekommen sind.»

«Und weshalb *bin* ich nach Venedig gekommen?»

«Um unseren Anschlag zu sabotieren und am Donnerstag den Kaiser zu töten.»

Das Lächeln auf Boldùs Gesicht war plötzlich verschwunden. Sein Kinn fuhr ruckartig nach oben. Er musterte Zorzi durchdringend. «Woher weiß der Commissario das?»

«Jemand hat geredet.»

«Wer?»

«Ein Offizier», sagte Zorzi. «Der Mann hielt es für unklug, sich an das Militär zu wenden.»

«Und warum verhaftet mich der Commissario nicht?»

«Weil er einen Offizier der kaiserlichen Armee nicht verhaften kann», sagte Zorzi. «Er möchte, dass ich Ihnen einen Vorschlag mache.»

«Ich höre.»

«Tron will, dass Sie aus der Stadt verschwinden», sagte Zorzi mit Nachdruck. Er hatte jetzt das Gefühl, dass sich das Gespräch positiv entwickelte. «Sie verlassen Venedig morgen mit dem ersten Zug, der nach Verona fährt.»

Boldùs Gesicht war ausdruckslos. «Und wenn ich mich weigere? Und Sie töte?»

«Das wäre ein Fehler», sagte Zorzi. «Der Commissario hält sich im Palazzo Balbi-Valier auf. Wir haben verabredet, dass ich mich noch im Laufe dieser Nacht bei ihm melde. Wenn er nichts von mir hört, wird sich der Polizeipräsident morgen direkt an den Adjutanten des Kaisers wenden.»

Boldù machte einen Schritt auf Zorzi zu. Dann schüttelte er den Kopf und sah Zorzi traurig an. «Sie *werden* sich bei ihm melden», sagte er.

Seine Revolverhand fuhr nach oben, und als Zorzi begriffen hatte, war es bereits zu spät zu reagieren. Das Letzte, was Zorzi sah, war die Stichflamme, die aus dem Revolverlauf schoss. Den blauen Qualm und den beißenden Korditgeruch, der unmittelbar nach dem Schuss das Zimmer erfüllte, registrierte er nicht mehr.

Normalerweise hätte Boldù eine lautlose Tötungsmethode vorgezogen, aber es wäre keine gute Idee gewesen, sich mit Zorzi auf eine Rangelei einzulassen. Außerdem bezweifelte er, dass jemand den Schuss gehört hatte. Der Regen war stärker geworden, ein böiger Wind trieb die Tropfen gegen die Scheiben und rüttelte an den Fensterläden – kein schönes Wetter für einen gemütlichen Spaziergang, aber ideal, um ein paar Dinge zu erledigen, bei denen er nicht beobachtet werden wollte.

Boldù sicherte die Waffe, steckte sie ein und kniete neben Zorzi nieder. Der lag mit angezogenen Beinen auf der Seite, der Stuhl, auf dem er gesessen hatte, war umgestürzt. Boldù hatte ihn direkt zwischen die Augen getroffen, und Zorzi konnte nicht mehr als einen kurzen, jähen Schmerz empfunden haben, bevor er sich aus dieser Welt verabschiedete. Seine Augen waren noch immer geöffnet, und Boldù strich kurz mit der Handfläche über seine Lider, um sie zu schließen.

Zorzi die paar Schritte über die Fondamenta degli Incurabili zu tragen und in den *sandalo* zu legen würde das Werk weniger Minuten sein. Dann würde er mit ihm zur *Patna* rudern, die Sprengladungen an den richtigen Stellen anbringen und die Zündschnüre miteinander verknüpfen. Wie praktisch, dachte er, dass sich sämtliche dafür erforderlichen Materialien bereits auf der *Patna* befanden: Zündschnüre in allen möglichen Varianten, pfundweise erstklassiges Sprengpulver, Satzröhren, Zündpapier, alles. Der Witz war, dass sie viel zu viel Sprengpulver hatten, sodass die fertigen Raketen lediglich das optische Sahnehäubchen bilden würden, wenn die *Patna* explodierte.

Da ihm aufgefallen war, dass Zorzi seine Hausschlüssel in der linken Außentasche seines Gehrocks aufbewahrte, konnte er sich lange Sucherei ersparen. Er griff ihm in die Tasche, nahm den Schlüssel an sich und steckte ihn ein. Wo sich Zorzis Wohnung befand, wusste er. Auch dass er allein lebte und seine Aufwartung nur alle zwei Tage und immer morgens erschien. Er würde sich höchstens ein paar Minuten lang in der Wohnung aufhalten müssen. Außerdem war sie ganz in der Nähe. Er liebte es an Venedig, dass man alle Besorgungen zu Fuß erledigen konnte.

Die kurze Nachricht an Tron würde er in einem Café an der Piazza schreiben. Dort würde er auch leicht jemanden finden, der sie in den Palazzo Balbi-Valier brachte. Anschließend würde er sich von einer Gondel hierher zurückbringen lassen und den *sandalo* benutzen, um zur *Patna* zu gelangen. Er würde genug Zeit haben, um seinen Vorbereitungen den letzten Schliff zu geben und sich danach ein trockenes Plätzchen zu suchen, an dem er in aller Ruhe auf Tron warten konnte. Gewissermaßen als Empfangskomitee.

## 41

*Pling!*, machte die goldene Stutzuhr auf dem Kamin im Salon der Principessa. Das machte sie alle fünfzehn Minuten. Aber die Minuten, die normalerweise hurtig vorübereilten, krochen jetzt quälend langsam voran, was daran lag, dass Zorzis Meldung inzwischen überfällig war und Tron sich fragte, ob es nicht ein Fehler gewesen war, ihm zu vertrauen.

Sie hatten sich nach dem Abendessen in den Salon der Principessa begeben, um dort ihren üblichen abendlichen Beschäftigungen nachzugehen: Die Principessa, den obligatorischen Rotstift in der Hand, studierte ihre Geschäftspapiere, Tron redigierte den Probedruck des nächsten *Emporio della Poesia*. Und gab es etwas Schöneres, als sich im wohlgeheizten Salon der Principessa mit dem *Emporio* zu befassen, wenn draußen ein kalter Herbstregen gegen die Scheiben prasselte? In eine legere Hausjacke gekleidet und eine Schale mit *fruits candis* in Reichweite? Nein, dachte Tron, eigentlich nicht.

Nur dass er heute seinen Gehrock anbehalten hatte und bereit war, in Kürze aufzubrechen. Und dass er sich immer häufiger dabei ertappte, wie er zu der Stutzuhr auf dem Kamin schielte. Was hatte Zorzi gesagt? *Gib mir den Nachmittag und den Abend.* Aber in gut zwei Stunden würde es bereits Mitternacht sein – auch wenn der Minutenzeiger jedes Mal eine Ewigkeit zu benötigen schien, um ein *quarto* seines Kreises zu durchmessen.

Und auch die letzten Seiten des *Emporio della Poesia*, die Tron noch durchzusehen hatte, waren nicht unbedingt geeignet, ihn zu fesseln und seine Gedanken vom Thema Zorzi abzulenken. Spaurs Beitrag bestand diesmal in einer Reihe von Sonetten, die der Polizeipräsident offenbar für seine junge Verlobte verfasst oder irgendwo zusammengeklaut hatte. Das erste Gedicht war mit *Violetta* überschrieben:

> *Die schlanke Violetta bin ich, jedes Gartens Zier.*
> *So groß ist meine Schönheit, dass der Griechen Gier*
> *Zahlt mehr für meine Zwiebel als für den Demant,*
> *Wenn rein sind meine Triebe, wenn prächtig ich genannt.*

Tron stellte fest, dass ihm *der Griechen Gier* gefiel, er aber trotzdem keine Lust hatte, Spaurs Gereime jetzt zu Ende zu lesen. Überhaupt Spaur – für den hing auch einiges vom Ausgang des heutigen Abends ab. Ebenso wie für Königsegg. Wenn die Halskette verschwunden blieb, konnte er sich gleich eine Kugel in den Kopf jagen. Und die Principessa? Und die Contessa? *Erwarteten* die beiden nicht geradezu vom ihm, dass er den Fall löste und anschließend die kaiserliche Gunst nutzte, um die leidige Zollaffäre zu einem guten Ende zu bringen? Tron ließ den Probedruck auf die Knie sinken, schloss die Augen und stieß einen tiefen Seufzer aus. Ob der Kaiser ahnte, was für ein Durcheinander er in Venedig ausgelöst hatte? Lange bevor er überhaupt einen Fuß auf den Molo gesetzt hatte? Wahrscheinlich nicht.

Wieder machte es *pling*, und Tron schlug die Augen auf. Zehn Uhr. Zwei Stunden noch bis Mitternacht. Auch die Principessa schien nicht mehr recht bei der Sache zu sein. Sie rutschte hektisch auf ihrer Recamiere hin und her und hatte ebenfalls einen unruhigen Blick auf die Kaminuhr geworfen. Schließlich ließ sie ihren Rotstift sinken, hob den Kopf von ihren Papieren und sah Tron an. Tron vermutete, dass sie ihn fragen würde, was er sich selbst die ganze Zeit gefragt hatte: ob Zorzi ihn belogen hatte.

Nein. Sie wurde gleich persönlich. «Ich verstehe nicht, wie du unter diesen Umständen seelenruhig in dem *Emporio* lesen kannst.»

Seelenruhig? Tron streckte die Hand aus, um ein weiteres *fruit candi* aus der Silberschale auf dem kleinen Tisch vor ihm zu fischen. «Ich wüsste nicht, was ich sonst tun sollte», sagte er. «Wir können leider nur warten.»

«Und wie lange noch? Bis Mitternacht? Bis morgen oder übermorgen? Bis der Kaiser tot ist?»

«Maria, ich ...»

Eine fallbeilartige Handbewegung der Principessa schnitt Tron das Wort ab. «Du lebst in einem Wolkenkuckucksheim. Dein guter Freund Zorzi hatte nie die Absicht, sich bei dir zu melden.»

«Maria, er ...»

Wieder brachte ihn das Fallbeil zum Schweigen. «Dieser Zorzi hat dich reingelegt, Tron.»

«Er hat mir gesagt, dass er den Nachmittag und den Abend braucht.»

«Dann solltest du zur Kenntnis nehmen, dass es bald Mitternacht ist.»

«Es ist gerade mal zehn, Maria.»

Aber die Principessa war nicht in der Stimmung, sich um Kleinigkeiten wie Uhrzeiten zu kümmern. Ihre Achataugen glitzerten wie polierter Stahl. «Und was machst du, wenn er sich nicht meldet?»

Eine Frage, die zu Trons grenzenloser Erleichterung nicht beantwortet werden musste, denn in dem Moment klopfte es an der Tür. Es war Moussada oder Massouda – einer der äthiopischen Diener der Principessa, die Tron immer verwechselte. Er stand auf der Schwelle, und in der Hand hielt er ein silbernes Tablett mit einem zusammengefalteten Bogen. Die Pfauenfeder auf dem Turban des Dieners wippte, als er sich verbeugte.

Tron sprang hastig auf, wobei er mit dem Knie an das Tischchen stieß und beinahe die Kaffeekanne der Principessa umgestürzt hätte. Nicht dass es darauf angekommen wäre.

Zorzis Nachricht war kurz. Sie bestand nur aus einer einzigen, offenbar in großer Eile geschriebenen Zeile.

Die Principessa sah Tron gespannt an. «Was ist?»

«Er will mich treffen», sagte Tron.

«Wann?»

«Sofort.»

«Und wo?»

«Auf einem Schiff, das vor der Punta di Santa Marta liegt. Ein ehemaliger Lastensegler mit Namen *Patna*.»

Die Principessa runzelte die Stirn. «Wieso will er dich auf einem Schiff treffen?»

«Vermutlich befindet sich dort der Sprengstoff.»

«Also ist Zorzi doch in diese Geschichte verwickelt.»

«Es kommt darauf an, was du unter *verwickelt* verstehst», erwiderte Tron. «Dass er zweimal getötet hat, kann ich mir noch immer nicht vorstellen.»

«Nimmst du Bossi mit?»

Tron schüttelte den Kopf. «Mit Zorzi muss ich unter vier Augen sprechen.»

«Und wenn sich der Sprengstoff tatsächlich auf dem Schiff befindet?»

«Dann werden wir die Ladung noch heute sichern und uns überlegen, welche Geschichte wir morgen präsentieren.» Tron lächelte. «Es wird in jedem Fall auf eine Blamage für Toggenburg hinauslaufen.»

Die Principessa ließ sich befriedigt auf ihre Recamiere

zurücksinken und griff nach ihrem Zigarettenetui. «Und Franz Joseph wird uns allen aus der Hand fressen.»

Tron bezweifelte, dass Franz Joseph ihnen allen *aus der Hand fressen* würde, aber es war nicht der geeignete Augenblick, um darüber zu diskutieren.

Er sagte: «Dein Gondoliere kann mich auf der *Patna* absetzen. Er braucht nicht zu warten. Zorzi wird mich anschließend zurückbringen.»

Im Grunde, dachte Tron, war es Wahnsinn, bei diesem Wetter eine Gondel zu benutzen. Er hätte zu Fuß zur Punta di Santa Marta gehen und an Ort und Stelle versuchen sollen, jemanden aufzutreiben, der ihn zur *Patna* hinüberruderte. Als die Gondel den schmalen Rio di San Vio verlassen hatte und in den offenen Giudecca-Kanal einbog, war der Regen stärker geworden. Er fiel in dichten, harten Tropfen auf das schwarze Wasser, und Tron musste unwillkürlich an den Acheron denken, den Totenfluss der Griechen. Sah der Gondoliere der Principessa in seinem regenfesten schwarzen Gewand mit der Kapuze nicht arg charonmäßig aus? Handhabte er das Ruder nicht wie eine Sense?

Jedenfalls kamen sie jämmerlich langsam voran, und es dauerte gut zwanzig Minuten, bis die Uferlinie des Giudecca-Kanals einen scharfen Knick nach rechts machte und Tron die freie Fläche der Spiaggia di Santa Marta erkennen konnte. Und nun wurden auch die Schiffe sichtbar, die vor der Punta di Santa Marta festgemacht hatten – schwarze, unförmige Gebilde, die sich undeutlich vor dem Dunkelgrau des regnerischen Himmels abhoben.

Tron hatte sich die ganze Zeit gefragt, wie sie die *Patna* in der Dunkelheit finden würden, aber jetzt verstand er, warum Zorzi auf nähere Instruktionen verzichtet hatte.

Nur ein einziges unter dem halben Dutzend ausrangierter Schiffe hatte Positionslichter gesetzt. Es lag am Rand der kleinen Flotte, fast gegenüber dem Campo di Marte. Als sie näher kamen, sah Tron, dass eine Petroleumlampe auf der Steuerbordseite des Bugs den Schriftzug *Patna* beleuchtete. Eine weitere Petroleumlampe, an der Reling befestigt, warf einen flackernden Lichtschein auf Zorzis *sandalo*, der direkt vor dem Fallreep angetäut war.

*Patna.* Ein merkwürdiger Name, fand Tron. Hieß so nicht eine Stadt in Nordindien, die Marco Polo auf dem Weg nach Katai besucht hatte? Tron richtete sich auf. Er ignorierte das Regenwasser, das ihm über das Gesicht lief, und sprang in den *sandalo*. Dann kletterte er über das Fallreep auf das Deck des Schiffes.

Auch hier hatte Zorzi dafür gesorgt, dass er den Weg in der Dunkelheit nicht verfehlen konnte. Eine dritte Petroleumlampe erleuchtete einen Niedergang, und Tron hielt sich vorsichtig am Geländer fest, um auf den nassen Stufen nicht zu fallen. Unten angekommen, stand er vor einer Tür, drückte die Klinke nach unten und trat ein.

Der Raum war größer, als er erwartet hatte. Bis auf einen quadratischen Tisch, auf den Zorzi eine brennende Kerze gestellt hatte, und einen Stuhl war er leer. Tron sah links und rechts je drei von Vorhängen halb verdeckte Bullaugen und in der Decke ein gläsernes Oberlicht, das er von außen nicht bemerkt hatte. Auf der anderen Seite des Raumes befand sich eine zweite Tür. Es roch nach abgestandenem Zigarettenrauch, und Tron fiel ein, dass Zorzi bei ihrer letzten Begegnung im Casino Molin geraucht hatte. Er hielt den Atem an, doch außer dem Geräusch des fallenden Regens, der auf das Oberlicht schlug, war nichts zu hören. «Zorzi? Bist du hier?»

Als keine Antwort kam, ging Tron ein paar Schritte in den Raum hinein und wiederholte seine Frage. Diesmal sprach er ein wenig lauter. «Zorzi? Bist du hier?»

Wieder antwortete niemand. Stattdessen hörte Tron ein flüsterndes Zischen in der angrenzenden Kabine. Es wurde lauter, ging in ein heulendes Kreischen über, und dann erfolgte plötzlich eine dröhnende Explosion, ein Geräusch, das nur aus einem einzigen, alles durchdringenden Ton bestand. Die Tür löste sich aus der Wand und schlug krachend gegen den Tisch. Eine Feuerzunge schoss brüllend in den Raum, und der Luftdruck einer zweiten Explosion ließ das Oberlicht der Kajüte zersplittern und schleuderte Tron zu Boden.

Tron hatte im Fallen instinktiv die Arme vor den Kopf gerissen und die Augen geschlossen. Als er sie wieder öffnete, sah er, dass er an den Rand der Kabine gerutscht war. Der Schiffsboden hatte sich nach backbord geneigt, so als hätte eine Riesenfaust die *Patna* auf die Seite gekippt. Heiße Asche klebte ihm auf Gesicht, Händen und Haaren. Die Kajüte war voller Rauch, die Gardinen vor den Bullaugen standen in Flammen, und die Tür zum Niedergang hing halb geöffnet in den Angeln und gab den Blick auf einen Vorhang aus Regen frei, der, wie von bengalischen Feuern erleuchtet, ständig die Farbe änderte. Tron versuchte aufzustehen, schaffte es aber nicht. Also kroch er, ohne sich um das Glas überall auf dem Fußboden zu kümmern, auf die Tür des Niedergangs zu. Dort zog er sich über die Süll und kroch die Stufen hoch.

Auf Deck kam er taumelnd auf die Beine und schaffte es, während hinter ihm eine weitere Salve von Explosionen die *Patna* erschütterte, mit letzter Kraft bis zur Reling. Dann zog er seinen Gehpelz aus, hielt die Luft an und sprang ins Wasser.

## 42

Das Geräusch – ein leises, raschelndes Trippeln, das man nur hörte, wenn man den Atem anhielt – kam erst näher, dann entfernte es sich wieder von dem Bett, auf dem er lag. Tron kannte es. Es war das Geräusch, mit dem größere Mäuse (oder Ratten?) über herabgefallene Noten und Papiere liefen, woraus zu schließen war, dass er sich im Zwischengeschoss des Palazzo Tron in seinem Schlafzimmer befand.

Merkwürdig, dass er sich kaum erinnern konnte, was geschehen war, nachdem ihn der Gondoliere in die Gondel gezogen hatte. Eigentlich nur an die Erleichterung, mit der er sich auf den Boden des Bootes gelegt und die Augen geschlossen hatte, und daran, wie geborgen er sich unter dem schwarzen Dach der *felze* gefühlt hatte. Auch seine Erinnerung an die letzten Augenblicke vor der Explosion war unscharf. Er war in der Dunkelheit über ein Tau gestolpert, das direkt vor dem Niedergang gelegen hatte. Er war zu Boden gefallen, und dann war plötzlich eine heiße Welle über ihn hinweggefegt, begleitet von einem gewaltigen, zischenden Getöse und einer schlagartigen Erhellung des Himmels. Hatte ihn eine zweite Explosion von Bord geschleudert? Wunderbarerweise ohne ihn zu verletzen? Tron wusste es nicht, und für den Moment reichte es ihm auch, in seinem Zimmer zu liegen und das vertraute Geräusch zu hören, mit dem die Mäuse über herabgefallene Noten trippelten.

Er schlug die Augen auf, blinzelte ein wenig – und blickte erstaunt in den seidenen Betthimmel der Principessa. Also lag er nicht im Palazzo Tron, sondern im Schlafzimmer des Palazzo Balbi-Valier.

«Guten Morgen, Tron», sagte die Stimme der Principessa.

Tron richtete sich auf, drehte den Kopf und sah, dass sie sich auf einem kleinen Schemel am Kopfende des Bettes niedergelassen hatte. Ihr dunkelblaues Atlaskleid raschelte, als sie sich über ihn beugte, um ihn zu küssen. Offenbar regnete es noch immer, die Tropfen schlugen leise gegen die Fensterscheiben.

«Wie geht es dir? Hast du Schmerzen?» Die Principessa sah Tron besorgt an.

Tron räkelte sich ein wenig. Er stellte fest, dass ihm praktisch nichts wehtat und er sich, abgesehen von einer gewissen Benommenheit, großartig fühlte. Und dann stellte er fest, dass das Bett der Principessa der wunderbarste Ort der Welt war und er nicht die geringste Lust hatte aufzustehen. Die Vorstellung, sich ein paar Tage lang verwöhnen zu lassen, hatte etwas ausgesprochen Verlockendes.

Tron ließ sich in die daunengefüllten Kissen zurücksinken und schloss demonstrativ die Augen. «Ich fühle mich noch ein wenig schwach.»

«Du solltest endlich damit aufhören, Tron», sagte die Principessa. Ihr Ton war streng, ihr Italienisch ein hartes Toskanisch ohne den geringsten Anklang an das weiche *veneziano*.

Womit? Zu simulieren? Hatte ihn die Principessa durchschaut? Tron zog die Bettdecke hoch und räusperte sich. «Womit sollte ich aufhören, Maria?»

«Mit diesem Beruf», sagte die Principessa zu seiner Erleichterung. «Denn wenn es stimmt, was mir Bossi erzählt hat, war es gestern Nacht ziemlich knapp.»

«Was hat er dir erzählt?»

«Dass die *Patna* explodiert ist und dich der Gondoliere

im letzten Moment aus dem Wasser gefischt hat. Du warst bewusstlos. Dr. Lanier ist sofort gekommen, aber außer einer Abschürfung an der linken Schulter hat er nichts entdecken können.»

«Wie spät ist es?»

«Kurz vor eins. Du bist länger als zwölf Stunden bewusstlos gewesen.»

Tron spürte auf einmal, wie sein Magen knurrte. Zwölf Stunden waren eine lange Zeit und eine gute Erklärung für den Bärenhunger, der ihn jetzt überfiel. Ob er sich danach erkundigen sollte, ob die Principessa frische *beignets à dauphin* im Haus hatte? Nein, entschied Tron, lieber nicht. Das würde einen ungünstigen Eindruck machen. Ganz der matte, aber pflichtbewusste Commissario, fragte er: «Was ist mit der *Patna*?»

«Die ist völlig ausgebrannt, meint Bossi.»

«Wann hast du Bossi gesprochen?»

«Er war gestern Nacht hier, um sich nach dir zu erkundigen. Ich hatte Massouda zur Wache an der Piazza geschickt. Und Moussada zu Bossi.» Die Principessa richtete ihren Zeigefinger auf den Fußboden. «Bossi wartet unten im Salon und hat eine kleine Schatulle mitgebracht.»

Tron zog die Augenbrauen hoch und sagte – lebhafter als beabsichtigt: «Was für eine Schatulle?»

«Das hat er mir nicht verraten.» Die Principessa sah Tron aufmerksam an. «Kannst du aufstehen? Oder soll ich ihn nach oben bitten?»

Einen Augenblick lang musste Tron an Königsegg denken, an den ermordeten Ziani und an die bizarre Geschichte mit der kaiserlichen Halskette, die noch immer spurlos verschwunden war. Hatte Bossi etwa …? Nein, das war unwahrscheinlich.

Tron schlug die Bettdecke zurück, richtete sich auf und schwenkte die Beine aus dem Bett. Den erstaunten Gesichtsausdruck der Principessa versuchte er zu ignorieren. «Ich glaube, ich schaffe es nach unten.»

Bleiches, durch den Regen gefiltertes Licht fiel in den Empfangssalon des Palazzo Balbi-Valier und ließ alles farblos und stumpf erscheinen. Es gab selbst Bossis sorgfältig gebürsteter blauer Uniform einen Stich ins Graue. Er war aufgesprungen, als Tron den Salon betreten hatte.

«Wir haben uns Sorgen gemacht, Commissario.»

Tron lächelte, während er Bossi mit einer Handbewegung aufforderte, wieder Platz zu nehmen. Auf dem Tisch, an dem Bossi gewartet hatte, standen eine Tasse Kaffee und eine Schale mit *baicoli*. «Damit, dass die *Patna* explodiert, konnte niemand rechnen.»

«Was ist passiert?»

«Zorzi wollte, dass ich auf das Schiff komme», hob Tron an. «Er hatte mir kurz nach zehn eine Nachricht geschickt. Und an Bord ...» Tron brach den Satz ab, lehnte sich zurück und stellte irritiert fest, dass die Erinnerung an die nächtlichen Geschehnisse bereits zu verblassen begann. «An Bord der *Patna* ging alles sehr schnell», sagte er.

«Haben Sie Zorzi gesehen?»

Tron schüttelte den Kopf. «Ich war unter Deck und habe nach ihm gerufen, aber er hat nicht geantwortet.»

«Warum nicht?»

Tron zuckte die Achseln. «Das kann ich Ihnen nicht sagen, Bossi. Die *Patna* ist plötzlich explodiert, und ich habe es mit Mühe und Not zurück auf das Deck geschafft und bin ins Wasser gesprungen. Offenbar hat mich der Gondoliere der Principessa noch rechtzeitig aufgefischt. Den Rest der Geschichte kennen Sie. Was ist von der *Patna* übrig geblieben?»

«Sie ist nicht gesunken, aber völlig ausgebrannt. Wir haben das Wrack durch Bojen gesichert.»

«Und Zorzi?»

Bossi machte ein betretenes Gesicht. «Vermutlich auf dem Schiff verbrannt.»

«Ich frage mich, was er mir sagen wollte.»

«Ich glaube, ich weiß es.»

«Und?»

«Dass er unseren Vorschlag akzeptiert», sagte Bossi. «Er liefert das Schießpulver, und wir lassen die Ermittlungen im Sand verlaufen.»

«Warum sind Sie so sicher?»

«Weil Zorzi – wenn auch anders als geplant – uns das Schießpulver tatsächlich geliefert hat. Und weil wir heute Morgen seine Wohnung durchsucht und etwas gefunden haben.» Bossi griff in die Tasche seines Uniformrocks und legte eine mit grünem Samt bezogene Schatulle auf den Tisch. «Es tut mir leid, aber damit dürfte der Fall gelöst sein, Commissario.»

Tron nahm die Schatulle in die Hand, registrierte ihr stattliches Gewicht – und wusste, noch bevor er den Deckel aufklappte, was darin war. Die Halskette, die auf einem kleinen Samtkissen ruhte, war nicht besonders schön, fand er. Die goldenen Medaillons schienen ungeschickt aneinandergefügt zu sein, die Bildnisse der römischen Kaiserinnen kamen Tron ein wenig schematisch vor. Aber die Kette war sicherlich einzigartig und vor allem der Beweis dafür, dass es Zorzi gewesen sein musste, der Ziani getötet hatte.

Tron klappte die Schatulle zu. «Weiß Spaur davon?»

Bossi schüttelte den Kopf. «Die Schatulle befand sich im

Geheimfach von Zorzis Sekretär. Ich habe sie unauffällig eingesteckt. Und dann war noch etwas in Zorzis Sekretär.»

Wieder griff Bossi in die Tasche seines Uniformrocks. Diesmal zog er einen zusammengefalteten Bogen heraus.

Tron faltete ihn auseinander und sah, dass es sich um den Schuldschein handelte, den Königsegg im Casino Molin ausgestellt hatte. Er stieß einen anerkennenden Pfiff aus.

Bossi lächelte. «Weder der Schuldschein noch die Kette werden in dem Bericht erwähnt.»

Tron runzelte die Stirn. «In welchem Bericht?»

«In dem Bericht für den Kaiser. Er wird Franz Joseph sofort nach seiner Ankunft vorgelegt. Eine Abschrift ist bereits in der Kommandantura.»

«Sagen Sie mir, was drinsteht.»

«Der Bericht beginnt mit dem Mord an Ziani und den Zündschnüren, die wir gefunden haben», sagte Bossi, «denen wir aber keine Beachtung geschenkt haben, weil wir dachten, es wären Überbleibsel vom letzten Redentore-Feuerwerk.»

«Wie sind wir auf Zorzi gekommen?»

«Sie haben ihn aufgesucht, weil Ziani für Zorzi gearbeitet hat. Und ihn ein zweites Mal besucht, weil Spaur Sie darauf hingewiesen hatte, dass Zorzi politisch verdächtig war. Bei dem zweiten Gespräch haben Sie Zorzi auf die Zündschnüre angesprochen.»

«Und dann?»

«Ist er in Panik geraten und hat Sie auf die *Patna* gebeten. Vermutlich, um ein Geständnis abzulegen. Was er nicht mehr tun konnte, weil es vorher zu dem Unfall kam.»

«Das ist eine stark vereinfachte Version.»

«Spaur meint, die Militärbehörden werden sich damit zufriedengeben. Natürlich werden sie den Bericht nicht mögen, weil wir es gewesen sind, die die Gefahr für den Kaiser erkannt und beseitigt haben.»

Tron legte den Schuldschein auf den Tisch zurück und seufzte. «Glauben Sie wirklich, dass Zorzi den Mord im Coupé begangen und Ziani getötet hat?»

«Er hat am Sonntag den Zug nach Venedig benutzt, und wir haben in seiner Wohnung die Halskette gefunden. Es spricht alles gegen ihn. Ich denke, dass Holenia recht hatte. Zorzi hatte den Auftrag, dieses wahnsinnige Attentat zu verhindern. Deshalb hat er zuerst den Mann ausgeschaltet, der mit dem Schießpulver nach Venedig kam, und dann Ziani, weil der misstrauisch wurde.»

Tron machte ein nachdenkliches Gesicht. «Die Frage ist nur, was wirklich auf der *Patna* passiert ist. Ich kann mir nicht vorstellen, dass ein Mann wie Zorzi das Schiff aus Versehen in die Luft gehen lässt.»

«Eine andere Erklärung gibt es nicht.»

«Also ist der Fall gelöst?»

«Im Wesentlichen schon.» Bossi zeigte auf die Schatulle und sah Tron fragend an. «Ich nehme an, Sie wollen Königsegg die Schatulle selbst ...»

Tron schüttelte den Kopf. «Gehen *Sie* zu ihm, Bossi. Wann kommt der Kaiser?»

Bossi warf einen Blick auf die Stutzuhr auf dem Kamin. «In vier Stunden. Königsegg wird sich vermutlich im Palazzo Reale aufhalten.»

Tron lächelte. «Dann können wir nur hoffen, dass er sich noch nicht erschossen hat. Und dass es ihm gelingt, die Halskette wieder an ihren Platz zu legen.»

# 43

Franz Joseph bewegte die Zehen in seinen dicken Wollsocken und stellte fest, dass er immer noch fror. Seine Füße, beidseitig von *scaldinos* flankiert, steckten in einem Bärenfellsack – ein Geschenk des russischen Hofes –, aber die feuchte Kälte, die von dem rissigen Terrazzofußboden seines Arbeitszimmers aufstieg, ließ sich nicht vertreiben.

Eigentlich merkwürdig, dachte er. Denn direkt unter ihm lag kein kalter Keller oder gar frostiger, winterlicher Erdboden, sondern ein wohlgeheiztes, stark frequentiertes Café: das Café Florian, Versammlungslokal, hatte er sich sagen lassen, aller derjenigen, die für den sofortigen Anschluss des Veneto an Italien waren. Einen Augenblick lang faszinierte – und schauderte – ihn die Vorstellung, dass nur ein paar Schritte unter ihm aufrührerische Untertanen die Köpfe zusammensteckten und sich darüber unterhielten, wie sie ihn am besten loswerden könnten. Das alles ließ ihn zusätzlich frösteln und erinnerte ihn fatal an die Geschichte des Mannes – sie spielte wohl in Afrika –, dem sein scheinbar festgefügtes Haus über dem Kopf zusammengebrochen war. Anschließend hatte sich herausgestellt, dass die Fundamente von Termiten durchlöchert gewesen waren. Oder hatte es sich um Taranteln gehandelt? Egal. Er fand, dass sich beide Wörter gleichermaßen aufrührerisch anhörten.

Franz Joseph stieß einen langen Seufzer aus, lehnte sich nach rechts, was etwas schwierig war, ohne die Füße aus dem Bärenfellsack zu ziehen, und klappte den Likörkasten auf dem kleinen Tisch neben dem Schreibtisch auf. Nach einigem Nachdenken entschied er sich für Crème de Cacao, eigentlich ein Damenschnaps; aber französischer Cognac würde ihn unweigerlich an Napoléon erinnern – an den Ersten und auch an seinen betrügerischen Neffen.

Der vom Polizeipräsidenten Spaur persönlich verfasste Bericht, den er kurz nach seiner Ankunft im Palazzo Reale erhalten hatte, war eine wahre Labsal. Er hatte ihn soeben das vierte Mal gelesen – drei Kanzleibogen mit vorschriftsmäßigem Heftrand –, und jedes Mal erfüllte ihn die Lektüre mit tiefer Befriedigung. Der tückische Anschlag war vereitelt, das Sprengmittel vernichtet und die starke Nervenbelastung, unter der er heimlich gelitten hatte, endlich beseitigt.

Rückblickend war die Reise von Wien nach Venedig – sah man von einem leichten Migräneanfall der Kaiserin ab – außerordentlich harmonisch verlaufen. Sie hatten die Nacht im kaiserlichen Waggon der Südbahn verbracht, heute Morgen in Triest die Raddampferyacht *Jupiter* bestiegen, und ein stetiger, wenn auch etwas kalter Ostwind hatte die Adriafahrt bei strahlendem Wetter begleitet. Kurz nach vier hatte die kaiserliche Yacht, flankiert von der Dampferfregatte *Prinz Eugen*, die Einfahrt zur Lagune passiert. Eine halbe Stunde später, im Becken von San Marco, hatte sich Franz Joseph dann das Bild geboten, das ihn trotz der notorischen Unbotmäßigkeit seiner Bewohner immer wieder entzückte: der Glockenturm, die Seufzerbrücke, die beiden Säulen mit dem Löwen und dem Heiligen, die prunkend hervortretende Flanke des Dogenpalasts, schließlich, kurz vor dem Anlegemanöver, der Durchblick auf Tor und Riesenuhr. Und hinter den auf dem Molo wartenden Würdenträgern hatte sich eine erstaunlich große Zahl von Venezianern eingefunden, die in fast militärisch klingende Hurrarufe ausgebrochen waren, als er seinen kaiserlichen Fuß auf den Kai gesetzt hatte.

Alles dies hatte ihn in eine gehobene, fast euphorische Stimmung versetzt – die passende Verfassung für ein halbes Dutzend Empfänge und Audienzen, die erst vor einer knappen Stunde zu Ende gegangen waren. Franz Joseph legte den Bericht, den er noch immer in der Hand gehalten hatte, auf den Schreibtisch zurück, bog seinen Oberkörper nach rechts und öffnete den Likörkasten ein weiteres Mal. Diesmal wählte er – sich über kleinliche Bedenken souverän hinwegsetzend – einen französischen Cognac, füllte das Likörglas bis zum Rand, trank es in einem Zug und genoss die Hitze, die in seinem Magen explodierte.

Er schloss die Augen und stellte ohne Überraschung fest, dass seine Bangigkeit verflogen war und er sich bereits auf die schwierige, aber glänzende Rolle, die er vor den Augen der Welt spielen würde, freute. Ob er sich schützend vor die Kaiserin werfen sollte, wenn die Schüsse fielen? Oder reichte es aus, gelassen in die Feuerlinie zu treten und kaltblütig Befehle zu erteilen, während die hohen Offiziere und die Honoratioren herumliefen wie aufgeschreckte Hühner? Und sollte er, wenn alles vorüber war, der Kaiserin gegenüber seine Karten aufdecken? Ihr erklären, was sich *wirklich* zugetragen hatte? Denn es war nicht auszuschließen, dass sein raffinierter Plan sie noch mehr beeindrucken würde als militärisches Heldentum, dem sie, wie er wusste, mit einer weiblichen Skepsis gegenüberstand. Denkbar war allerdings auch, dass die Kaiserin sowohl das eine als auch das andere missbilligen würde, es also am klügsten sein mochte, Stillschweigen zu bewahren. Andererseits kam immer alles heraus. Es war schwer möglich, etwas vor ihr geheim zu halten.

Franz Joseph zog die Füße aus dem Bärenfellsack, schwenkte sie auf den kalten Terrazzofußboden und erhob sich. Einen Moment lang blieb er, die rechte Hand auf den Tisch stützend, stehen und ließ seinen Blick durch das Arbeitszimmer schweifen. Da war die Sitzgruppe, bestehend aus drei Sesseln, einer schadhaften Causeuse und einem Tisch davor, auf der eine weitere Petroleumlampe brannte. An der anderen Wand seines Arbeitszimmers stand der klobige Geldschrank, auf den eine vermutlich weibliche Hand eine Schale mit Konfekt, Tragantkringeln und Zuckerplätzchen gestellt hatte, ahnungslos, welcher Schatz der Tresor in seinem Inneren verwahrte.

Elf Glockenschläge schallten über die Piazza, und im selben Moment hörte Franz Joseph Schritte im angrenzenden Audienzzimmer. Es klopfte, ein Türflügel öffnete sich knarzend, der Arm eines Lakaien war kurz zu sehen, und dann betrat Crenneville das kaiserliche Arbeitszimmer und verneigte sich. «Ich gratuliere, Majestät.»

«Wozu?» Franz Joseph zog die Augenbrauen empor. Eigentlich war es klar, worauf die Gratulation sich bezog.

Crenneville deutete eine weitere Verbeugung an. «Majestät haben den Bericht des Polizeipräsidenten gelesen?»

Franz Joseph nickte. «Selbstverständlich. Die Hydra ist geköpft, der Drache erschlagen. Ein schöner Erfolg, Crenneville.»

Crenneville, der wusste, was von ihm erwartet wurde, hob abwehrend die Hand. «Majestät dürfen sich selbst zu diesem Erfolg gratulieren. Immerhin beruht der ganze Plan auf einem glücklichen Einfall Dero Majestät.»

«Der Plan stammt in der Tat von mir. Das haben Sie sehr richtig bemerkt.» Franz Joseph richtete einen wohlwollenden Blick auf Crenneville. «Aber ohne die Mitwirkung der subalternen Ränge bleiben selbst die glücklichsten Einfälle folgenlos.»

Crenneville, der sich durch dieses zweideutige Lob den subalternen Rängen zugerechnet sah, nickte frostig.

«Für Toggenburg», fuhr Franz Joseph fort, «ist das ein schwerer Schlag. Zumal wir die venezianische Polizei von der Sicherung meiner Person dispensiert hatten.»

«Der Stadtkommandant wird den Vorfall nicht als persönliches Versagen empfinden. Das alles war leider unvermeidlich. Eben weil es ...» Crenneville brach ab und ließ den Schluss des Satzes in der Luft hängen. Er lächelte resigniert.

Franz Joseph sprach ihn zu Ende. «Weil es der Armee an den nötigen Mitteln fehlt.»

Crenneville senkte zustimmend den Kopf. «Ein Eindruck, der sich durch die Ereignisse des übernächsten Tages noch befestigen wird.»

Franz Joseph schien über etwas nachzudenken. Schließlich sagte er: «Was halten Sie davon, wenn wir den Commissario, der die Operation geleitet hat, auch auf den Ball bitten? Immerhin ist der Mann fast ums Leben gekommen.»

«Zusammen mit dem Polizeipräsidenten?»

Franz Joseph nickte. «Der soll ebenfalls kommen. Das wird die Animositäten, die man in der Kommandantura gegenüber der venezianischen Polizei empfindet, verstärken. Die Einladung könnte auch als subtile Kränkung der militärischen Kräfte interpretiert werden.»

«Majestät meinen, das Parlament könnte aus ...»

Franz Joseph fand an dem Gedanken, der ihm so überraschend gekommen war, Gefallen. «Sie unterschätzen den Mitleidseffekt, Crenneville. Speziell Zivilisten unterliegen diesem Gefühl recht häufig. In jedem Fall aber», fuhr der Kaiser fort, «wäre ein huldvolles Gespräch meinerseits mit dem Commissario nur angemessen. Die Kaiserin hält große

Stücke auf den Mann. Er konnte ihr und auch meinem Bruder Maximilian vor einiger Zeit behilflich sein.»

«Soll ich also eine Einladung veranlassen?»

Franz Joseph nickte. «Reden Sie mit Königsegg. Das ist sein Ressort.» Er sah Crenneville an. «Und die Vorbereitungen für übermorgen? Wie steht es damit?»

«Ich glaube nicht, dass es Anlass zur Sorge gibt, Majestät», sagte Crenneville.

Franz Joseph fand das Wort *glauben* in diesem Zusammenhang unglücklich gewählt. «Sie *glauben*?»

Crenneville räusperte sich. «Ich bin mir sicher, Majestät.»

«Hatte dieser Oberst Hölzl heute noch Kontakt mit unserem Mann?»

Crenneville schüttelte den Kopf. «Das letzte Gespräch fand gestern Nachmittag statt. Der Oberst hat unserem Mann das Protokoll für den Donnerstag übergeben.»

«Also bleibt es bei der ursprünglichen Planung.»

Crenneville nickte. «Um vier Uhr wird die *malefico* geläutet. Das ist die Angriffstrompete für unseren Mann. Zehn Sekunden später werden die Schüsse fallen.»

Plötzlich lächelte der Kaiser maliziös. «War das *Ihr* Vorschlag, die *malefico* zu läuten?»

«Es war der Vorschlag von Oberst Hölzl», sagte Crenneville matt.

«Wissen Sie, zu welchem Anlass die *malefico* in alten Zeiten geläutet wurde?» Das maliziöse Lächeln des Kaisers hatte sich verstärkt.

Crenneville schüttelte den Kopf.

«Um eine Hinrichtung anzukündigen.»

## 44

«So ein Unsinn.» Tron nahm den Kneifer von der Nase, schob die Tasse mit der heißen Schokolade zurück und faltete die *Gazzetta di Venezia* wütend zusammen.

«Was ist Unsinn?» Die Principessa, wie jeden Morgen beim Frühstück in ihre Papiere vertieft, war bereits in vollständiger Geschäftstoilette – ein Promenadenkleid aus grauem Twill, das am Hals von einer schlichten Granatbrosche geschmückt wurde. Tron, der die Absicht hatte, sich nach dem Frühstück wieder ins Bett zu legen, trug seine bequeme Hausjacke aus rotem Samt.

«Was die *Gazzetta di Venezia* über die Ankunft des Kaisers schreibt, ist Unsinn. Hör dir das an: ‹Als der Allerhöchste seinen Fuß auf den Molo setzte, brach in der zahlreich versammelten Zivilbevölkerung spontaner Jubel aus.›»

«Ein leibhaftiger Kaiser, der mit großem Gefolge am Molo aus dem Schiff steigt», sagte die Principessa, ohne von ihren Papieren aufzusehen, «ist immer ein erfreulicher Anblick.»

«Aber kein Grund zum Jubeln. Schon gar nicht für die Venezianer. Von denen es außerdem auf der Piazzetta nicht sehr viele gegeben haben dürfte.»

«Was soll das heißen?»

«Alle Hotels sind randvoll belegt mit Offizieren und Unteroffizieren aus Verona. Die meisten tragen Zivil. Und die sitzen nicht im Café, wenn der Kaiser am Molo aus dem Schiff steigt, sondern haben ihre Orders. Von spontanem Jubel der Zivilbevölkerung kann also nicht die Rede sein.»

Tron nahm sich noch eines der puddinggefüllten Zimthörnchen, von denen er schon ein halbes Dutzend verspeist hatte. «Ich kann mir nicht vorstellen, dass der Anblick der kaiserlichen Person irgendwo im Veneto spontanen Jubel auslöst.»

«Du redest wie ein Anhänger Garibaldis.»

«Das bin ich nicht. Du weißt, was ich von der italienischen Einheit halte.» Tron biss von dem Zimthörnchen ab und trank einen Schluck von seiner heißen Schokolade. «Ich frage mich, zu wie vielen Verhaftungen es diesmal gekommen ist. Aber darüber steht in der *Gazzetta di Venezia* natürlich nichts.»

«Wieso Verhaftungen?»

«Wegen der grün-weiß-roten Schleifchen, die sich die jungen Leute an die Revers heften, wenn der Kaiser nach Venedig kommt», erläuterte Tron. «Deshalb gibt es bei jedem Besuch mindestens ein Dutzend Verhaftungen.»

«Und wer nimmt sie vor?»

«Wir selbst. Uns bleibt ja nichts anderes übrig. Natürlich ist beides albern: sowohl die Verhaftungen als auch das Anheften dieser Bändchen.»

«Und was geschieht mit den Verhafteten?»

«Sie werden vierundzwanzig Stunden lang in der Questura festgehalten und dann unter der Hand freigelassen», sagte Tron. «Spaur hält es für klüger, keine große Geschichte daraus zu machen.»

«Eine Vorgehensweise, die der Stadtkommandant vermutlich nicht billigt.»

Tron nickte. «Was auch ein Grund dafür ist, dass die zivile venezianische Polizei bei dem gegenwärtigen Besuch des Kaisers nur eine Statistenrolle spielt.»

«Damit Toggenburg fleißig arretieren kann?»

«Sicher. Obwohl es nicht im Interesse des Kaisers liegt, wenn die Situation eskaliert. Man wird Toggenburg bremsen, wenn er zu scharf vorgeht.»

Die Principessa legte ihre Papiere beiseite und warf einen nachdenklichen Blick auf das oberste Blatt. Dann sagte sie:

«Der Bericht, den Spaur gestern in den Palazzo Reale geschickt hat – meinst du, der Kaiser hat ihn schon gelesen?»

«Auf jeden Fall. Die Angelegenheit ist keine Lappalie. Und wir haben sehr *effizient* gearbeitet.» Das Wort *effizient* war neu in Trons Wortschatz, und es erinnerte ihn an moderne Wörter wie *Dampfmaschine*, *Gasventil* (was immer das war) und *Telegraphie*. Tron hatte dieses Wort von Bossi gelernt und vermutete, dass es der Principessa gefiel. «So stellt Spaur es jedenfalls dar.»

«Was nichts anderes bedeutet, als dass euch der Kaiser sein Leben verdankt.» Es blieb unklar, ob die Principessa das ernst meinte.

«Es wäre jedenfalls wünschenswert, wenn der Kaiser das so sähe.» Tron nippte an seiner heißen Schokolade und genoss das leichte Vanillearoma, das in seine Nase wehte.

«Auf jeden Fall», sagte die Principessa, «ist es ein Triumph für Spaur und eine Blamage für Toggenburg.»

Tron senkte zustimmend den Kopf. «Stadtkommandant Toggenburg kann einem fast leidtun.»

Er häufte sich eine Portion Schlagsahne auf die Schokolade, fügte noch einen großzügigen Löffel Schokostreusel hinzu – und sah aus den Augenwinkeln, dass Moussada, einer der äthiopischen Diener der Principessa, das Frühstückszimmer betreten hatte. In der Hand hielt er das kleine Silbertablett, auf dem die Principessa ihre private Post empfing. Neben Trons Stuhl blieb er stehen, und Tron sah, dass ein großer und ein kleiner Umschlag auf dem Tablett lagen. Der große war in auffällig makelloser Anglaise an *Conte Tron, Questura* adressiert und trug auf der linken Seite das Wappen des Kaisers. Der kleinere Umschlag, ein billiger Militärumschlag, wie kaiserliche Behörden sie im Dienstverkehr benutzen, hatte keinen Absender, aber Tron erkannte die Handschrift Spaurs.

Die Principessa beugte sich neugierig über den Tisch. «Wer schreibt dir?»

Tron musste lachen. «*Lupus in fabula.*»

«Wie bitte?»

«Der Kaiser schreibt mir», sagte Tron. «Und der Polizeipräsident.»

«Dann mach die Briefe auf.»

Die Nachricht des Polizeipräsidenten beschränkte sich auf die knappe Mitteilung, dass heute Morgen ein kaiserliches Schreiben für ihn in der Questura abgegeben worden sei und dass er, Spaur, ihm gute Genesung wünsche. Der kaiserliche Umschlag enthielt eine prunkvoll bedruckte Einladungskarte aus dickem Chinakarton, ein Formular der Luxusklasse mit handschriftlichen Eintragungen und einer unleserlichen Unterschrift. Als Tron nach zweimaligem Lesen verstanden hatte, worum es ging, hätte er die Nachricht fast vor Überraschung fallen gelassen.

Die Principessa sah Tron gespannt an. «Würdest du mir bitte verraten, was du da hast?»

«Eine Einladung in den Palazzo Reale», sagte Tron. Lächelnd fügte er hinzu: «Für uns beide.»

Dann beobachtete er amüsiert, wie die Hand der Principessa unwillkürlich nach ihrem Zigarettenetui griff, es aufklappte und sie einen Blick in den kleinen Spiegel auf der Innenseite des Deckels warf.

Die Principessa, deren Wangen sich leicht gerötet hatten, räusperte sich nervös. «Wann werden wir erwartet?»

«Morgen Abend um sieben Uhr.» Tron schob die Karte über den Frühstückstisch.

Die Principessa überflog die Einladung und runzelte die Stirn. «Datum, Zeit und Ort sind per Hand eingetragen.»

Tron nickte. «Die genauen zeitlichen Abläufe des kaiserlichen Protokolls werden erst kurz vorher bekannt gegeben.»

«Aus Sicherheitsgründen?»

«So habe ich es verstanden. Man will potenziellen Attentätern die Arbeit so schwer wie möglich machen.»

«Empfang mit anschließender Redoute», sagte die Principessa nachdenklich. «Selbstverständlich *in pontificalibus*. Also ich in Abendtoilette und du im Frack mit Distinktionen.» Sie zögerte einen Moment, dann legte sie das Pincenez, mit dem sie die Einladung betrachtet hatte, ab und sah Tron eindringlich an. Er hatte eine Bemerkung zu seinem an den Ärmeln etwas fadenscheinigen Frack erwartet, doch stattdessen sagte die Principessa: «Wobei sich auch die Gelegenheit ergeben könnte, ein paar Worte mit der Kaiserin zu reden.»

«Ich kann die Kaiserin bei dieser Gelegenheit unmöglich auf Schutzzölle ansprechen, Maria.»

«Natürlich nicht. Aber du könntest sie um eine kurze Unterredung für den folgenden Tag bitten. Diese Leute sind dir verpflichtet. Die Kaiserin kann unmöglich vergessen haben, was du für sie, ihren Schwager und ihre Schwester getan hast.»

Tron lehnte sich ermattet zurück und schüttelte den Kopf. «Im Grunde ist das alles ein Witz.»

«Was? Dass wir uns Sorgen wegen der Schutzzölle machen?» Die Principessa warf einen frostigen Blick auf Trons Tasse mit der heißen Schokolade und dem üppigen

Sahnehäubchen darauf. «Dass wir den Wunsch haben, auch in Zukunft sündhaft teures Kakaopulver von einem Pariser Lieferanten zu beziehen?»

Tron schüttelte den Kopf. «Das meine ich nicht. Ich meine diesen Bericht, den Bossi verfasst hat. Ich kann mir noch immer nicht vorstellen, dass Zorzi zwei Menschen auf dem Gewissen hat.»

«Und was wirst du tun?»

«Mich gleich wieder ins Bett legen.» Tron gähnte herzhaft. «Ich wüsste nicht, was ich jetzt tun könnte. Die Beweise sprechen eindeutig gegen Zorzi. Alles, was ich dagegen ins Feld führen kann, ist ein schlechtes Gefühl.» Tron sah die Principessa an. «Vielleicht sollte ich ja doch auf dein Angebot zurückkommen. Und in die Firma eintreten.»

«Denkst du ernsthaft darüber nach, aus dem Polizeidienst auszuscheiden?»

«Vielleicht hast du ja recht, und es wird tatsächlich zu gefährlich.»

Die Principessa hatte sich eine Zigarette angezündet. «Sag mir, ob du das ernst meinst.»

«Ich könnte darüber nachdenken, mich in gewisse Geschäftsfelder einzuarbeiten.» Tron hoffte, dass sich das Wort *Geschäftsfelder* ebenso vage anhörte wie das Wort *einarbeiten*.

«Dann fang morgen Abend damit an. Lass dir einen Termin bei der Kaiserin geben.»

«Auf der Redoute plump mit der Tür ins Haus zu fallen könnte mich einige Sympathie kosten.»

Himmel, das hätte er lieber nicht sagen sollen. Die wütende Antwort der Principessa erfolgte auf der Stelle – in einem Florentinisch, so scharf, dass es die Luft vor ihrem Mund zerschnitt. «Soll ich dir verraten, was das Kakaopulver kostet, das wir fuderweise aus Paris beziehen?»

Tron zog die Hand, die er nach der Schokoladentasse ausgestreckt hatte, erschrocken zurück. «Nun, fuderweise ...»

«Ich verrate es dir, Tron. Ich kann dir auch die Rechnungen zeigen. Deine Frühstücksschokolade, die fünf Tassen, die du ...»

Doch die Principessa wurde unterbrochen, denn in diesem Moment öffnete sich die Tür des Frühstückssalons, und Moussada kündigte einen Besucher an.

Es war Bossi, der auf der Türschwelle stehengeblieben war, sich respektvoll vor der Principessa verneigte und sich dann an Tron wandte. «Ich weiß, Sie kurieren sich noch, Commissario. Aber ...»

«Aber was?»

Bossi räusperte sich. Er sah blass und angespannt aus. «Die Leiche von Zorzi ist angeschwemmt worden.»

Einen Augenblick lang war Tron davon überzeugt, dass er sich verhört hatte. «Wie bitte?»

«Auf der Giudecca», sagte Bossi. «Direkt vor der Redentore. Ich war eben dort.»

«Sie konnten Zorzi identifizieren?»

Bossi nickte. «Seine Kleider sind ein bisschen angesengt. Das ist alles. Die Druckwelle scheint ihn ins Wasser geschleudert zu haben.»

«Was ist mit Dr. Lionardo?»

«Der müsste auf dem Weg sein.»

«Geben Sie mir zehn Minuten, um mich umzuziehen», sagte Tron.

## 45

Zorzi lag mit geschlossenen Augen auf dem Rücken, und für einen Mann, der aus einem explodierenden Schiff geschleudert worden war, sah er erstaunlich gut aus. Der linke Ärmel seines Gehpelzes war angesengt, ebenso wie der Kragen des Mantels. Das Wasser hatte Zorzis Haut grau ausgelaugt, doch es war kaltes Wasser gewesen, und die Leiche hatte nicht länger als zwei Tage in der Lagune gelegen. Tron vermutete, dass die Ebbe sie in die südliche Lagune gezogen und die Flut sie zurück in den Giudecca-Kanal getrieben hatte. Zorzis Anblick drehte einem nicht den Magen um. Selbst der Einschuss in der Mitte seiner Stirn wirkte nicht sonderlich schockierend, vielleicht weil er an einen kurzen, schmerzlosen Tod denken ließ.

Sie hatten die Leiche die Stufen hinaufgetragen und direkt vor den Eingang der Redentore gelegt. Das war nicht nötig gewesen, und Tron deutete es als eine unbewusste Geste der Pietät. Ein Dutzend Neugieriger hatte sich vor den Stufen versammelt, aber niemand machte Anstalten, sich zu nähern. Es war kalt, und ein scharfer Nordwind trieb graue Nebelschwaden über den Giudecca-Kanal.

«Ich glaube nicht», sagte Dr. Lionardo, ohne seine Zeit mit Begrüßungsfloskeln zu verschwenden, «dass ihn die Explosion getötet hat.» Der *dottore* hatte sich erhoben und seine weißen Baumwollhandschuhe abgestreift, als Tron und Bossi neben Zorzis Leiche getreten waren. Offenbar hatte er seine Untersuchung gerade beendet.

«Es sei denn», fuhr Dr. Lionardo fort, «Signor Zorzi hat trotz des Einschusses zwischen den Augen noch gelebt, als die *Patna* explodiert ist.»

«Können Sie einen Selbstmord ausschließen?», fragte Tron.

Dr. Lionardos Miene besagte, dass er diese Frage für überflüssig hielt. «Normalerweise feuern sich die Leute ins Herz oder in die Schläfe. Sich direkt zwischen die Augen zu schießen wäre äußerst ungewöhnlich.»

«Also ist er mit großer Wahrscheinlichkeit ermordet worden», sagte Bossi.

Dr. Lionardo nickte. «Und offenbar von jemandem, der kein schlechter Schütze gewesen ist.»

«Weil er Zorzi genau in die Mitte der Stirn getroffen hat?», fragte Tron.

«So ist es.»

«Gibt es Abwehrverletzungen?», erkundigte sich Tron.

Dr. Lionardo schüttelte den Kopf. «Der Schuss muss völlig überraschend auf Signor Zorzi abgefeuert worden sein. Einen Kampf hat es nicht gegeben.»

«Haben Sie seine Taschen durchsucht?»

«Selbstverständlich.» Dr. Lionardo bückte sich und holte ein durchnässtes Stück Papier und eine Patrone aus seinem Arztkoffer und reichte Tron beides.

Das Papier war zusammengefaltet, stark aufgequollen und mit Buchstaben bedruckt, die auf den ersten Blick keinen Sinn ergaben. Es würde besser sein, dachte Tron, es in der Questura vorsichtig trocknen zu lassen, bevor sie darangingen, es zu entziffern. Bei der Patrone handelte es sich um ein längliches Messingprojektil mit einer grau-silbernen Spitze, an der offenbar jemand herumgefeilt hatte.

Dr. Lionardo sah Tron lächelnd an. «Gibt es Waffenexperten bei Ihnen an der Questura?»

«Wir könnten uns an Experten der Kommandantura wenden.»

«Das brauchen Sie nicht. Ich kann Ihnen sagen, womit Sie es hier zu tun haben. Ist Ihnen etwas an dem Projektil aufgefallen?»

«Das helle Metall an der Spitze.»

Dr. Lionardo nickte. «Das ist Blei. Ich vermute, dass es sich um einen Verschluss handelt.»

Tron runzelte die Stirn. «Ein Verschluss?»

Dr. Lionardo überlegte kurz. Dann bückte er sich, entnahm dem Arztkoffer ein Skalpell und fing an, kleine hellgraue Späne von der Spitze des Projektils zu schälen. Schließlich hielt er inne und nickte befriedigt. «Sehen Sie den kleinen Tropfen?»

Tron setzte seinen Kneifer auf und konnte tatsächlich einen winzigen, metallisch glänzenden Tropfen an der Spitze des Projektils erkennen. «Was ist das?»

«Quecksilber.» Dr. Lionardo fand offenbar Gefallen daran, sich als *Waffenexperte* zu präsentieren. «Dieses Projektil explodiert, wenn es auf einen Widerstand trifft.»

«Wer verwendet solche Munition?»

«Jemand, der sein Ziel nicht nur beschädigen, sondern zerstören will», sagte Dr. Lionardo.

Bossi mischte sich ein. «Also handelt es sich nicht um Jagdmunition.»

Dr. Lionardo schüttelte den Kopf. «Auf keinen Fall. Das Projektil reißt faustgroße Löcher in das Ziel, es würde das Fleisch des Tieres ungenießbar machen. Aber es ist die ideale Munition, um ein Lebewesen zu töten, das man anschließend weder verspeisen noch als Trophäe konservieren will.»

«Und aus welchen Waffen wird so ein Projektil abgefeuert?»

«Aus Jagdwaffen mit langen Läufen. Oder aus Scharfschützengewehren. Admiral Nelson ist mit einer solchen Waffe von französischen Marinescharfschützen getötet worden.»

Tron war erstaunt. «Woher wissen Sie das alles, *dottore*?»

Dr. Lionardo lächelte matt. «Ich war neunundfünfzig für ein paar Monate Stabsarzt. Bei Solferino sind auf der französischen Seite die Chasseurs de Vincennes beteiligt gewesen. Daher weiß ich, wie solche Projektile aussehen.»

«Die Chasseurs haben Explosivgeschosse benutzt?»

Dr. Lionardo schüttelte den Kopf. «Das haben sie nicht. Aber es hat sich um Scharfschützen gehandelt. Und die haben ähnliche Projektile benutzt.»

«Wie genau trifft ein guter Scharfschütze?», erkundigte sich Tron.

Dr. Lionardo machte ein nachdenkliches Gesicht. «Er trifft aus einer Entfernung von hundert Metern eine Spielkarte.»

«Ein Scharfschützengewehr wäre also die perfekte Waffe für einen Attentäter.»

Dr. Lionardo nickte. «Sie sagen es, Commissario.»

Als Tron und Bossi eine halbe Stunde später in der Gondel saßen, um sich in die Questura bringen zu lassen, hatte sich der Nebel verstärkt. Er trieb in dunkelgrauen, undurchsichtigen Bänken über die kabbeligen Wellen des Giudecca-Kanals und gab nur hin und wieder den Blick auf das andere Ufer frei: auf die Gesuati, auf die Masten der Schiffe, die an den Zattere festgemacht hatten, und auf die Kuppel der Salute. Erst nachdem sie die Zollstation passiert hatten und sich anschickten, die Mündung des Canalazzo zu überqueren, brach Bossi das Schweigen, in das sie beide versunken waren.

«Wie gut kannten Sie diesen Zorzi, Commissario?»

«Eigentlich überhaupt nicht. Zorzi musste nach der Wiedereroberung der Stadt durch die Österreicher ins Exil nach Turin und ist erst Mitte der fünfziger Jahre wieder nach Venedig zurückgekehrt. Wir haben uns dann kaum noch gesehen.»

Bossi seufzte. «Trotzdem hatten Sie recht.»

«Und Sie hatten recht, ihn für verdächtig zu halten», sagte Tron. «Es passte einfach alles zusammen. Die Informationen, die uns Holenia gegeben hat, und dieser merkwürdige Zufall, dass Zorzi ausgerechnet am Sonntag den Nachtzug von Verona nach Venedig benutzt hat. Dass noch eine zusätzliche Figur im Spiel war, konnten wir nicht ahnen.»

«Der große Unbekannte.»

Tron nickte. «Als Erstes tötet er den Mann, der den Sprengstoff nach Venedig bringen wollte. Dann Ziani, vielleicht, weil er misstrauisch geworden ist. Und schließlich Zorzi.»

«Was genau hat Zorzi gesagt, als er Sie bat, ihm noch den Nachmittag und den Abend zu geben?»

«Dass er etwas herausfinden könne, das den Fall löst», sagte Tron. «Und dass er dafür den Rest des Nachmittags und den Abend brauche.»

«Offenbar hatte er vor, diesen Mann zu treffen.»

«Vielleicht auf der *Patna*, vielleicht aber auch in der Wohnung des Mannes. Vermutlich eher da, denn er scheint sein Quartier durchsucht zu haben. Dabei könnte er eins der Projektile und das Papier eingesteckt haben und von dem Mann überrascht worden sein.»

«Der ihn dann getötet und auf die *Patna* gebracht hat. Aber warum hat der Mann *Sie* auf die *Patna* gelockt? Warum wollte er *Sie* töten?»

«Vermutlich hat Zorzi ihm erzählt, dass ich Bescheid wüsste und er sich bei mir noch im Laufe des Abends melden würde», sagte Tron. «Unter dieser Voraussetzung wäre es sinnlos gewesen, Zorzi zu töten.»

«Aber er hat Zorzi trotzdem getötet und Sie auf die *Patna* dirigiert.»

«Womit Zorzi nicht gerechnet hat.»

«Und anschließend hat der Mann die Halskette in Zorzis Wohnung deponiert. In der zutreffenden Annahme, dass man sie durchsuchen und die Kette finden würde.»

«Also den Beweis dafür, dass Zorzi der Mörder von Ziani gewesen ist.»

«Nur, dass er Pech gehabt hat. Sie sind entkommen, und die Leiche von Zorzi ist nicht verbrannt, sondern von Bord geschleudert und gefunden worden.» Bossi sah Tron an. «Commissario, was will der Mann?»

«Sind wir uns einig darüber, dass er nicht nach Venedig gekommen ist, um einen Anschlag auf den Kaiser zu verhindern, sondern um einen zu begehen?»

«Es sieht ganz so aus.»

«Dann war es nicht der piemontesische Geheimdienst, der den Mann in diese Gruppe geschleust hat, sondern der kaiserliche», sagte Tron. «Genauer gesagt, Teile davon.»

«Also würde es zutreffen, was Oberst Holenia gesagt hat. Dass die Einzigen, die ein echtes Interesse am Tod des Kaisers hätten, gewisse Militärkreise sind.»

Tron nickte. «So ist es. Der Mann, den sie nach Venedig geschickt haben, hatte einen doppelten Auftrag. Das Attentat dieser Gruppe zu verhindern und alle Welt in Sicherheit zu wiegen, damit das eigentliche Attentat umso besser gelingt.»

«Und nun?»

«Werden wir dieses ominöse Papier trocknen und sehen, ob wir es entziffern können», sagte Tron.

Die Apparatur, die Bossi eine halbe Stunde später in Trons Büro ersonnen hatte, um das Papier auf schonende Weise zu trocknen, war denkbar einfach. Sie bestand aus einer Petroleumlampe, einem Handschuh und einem Porzellanteller. Den Handschuh benutzte Bossi, um den Teller über den Schornstein der Petroleumlampe zu halten, auf der das Papier lag. Tron sah zu, wie es sich aufhellte und sich ein wenig dabei wellte. Ein paar Minuten später war es trocken genug, um auseinandergefaltet zu werden.

Allerdings waren sie auch nicht schlauer, als das Papier vor ihnen auf dem Schreibtisch lag. Der Text bestand aus vierzehn in Doppelreihen untereinandergesetzten Zeilen, die sich in einer – auf den ersten Blick – sinnlosen Abfolge von Buchstaben zusammensetzten.

Bossi räusperte sich, nachdem er das Papier eine Weile angestarrt hatte. «Offenbar handelt es sich um eine codierte Nachricht.»

Tron lächelte ironisch. «Danke, dass Sie mich darauf hinweisen. Jedenfalls handelt es sich um eine Nachricht, die nicht nur für eine einzige Person bestimmt war, sonst hätte man sie nicht gedruckt.»

«Von hinten gelesen ergibt der Text keinen Sinn», sagte Bossi. «Auch nicht, wenn man jeden zweiten Buchstaben auslässt. Oder jeden dritten.»

«Sie gehen also davon aus, dass man keinen Schlüssel für diesen Code braucht.»

Bossi sah Tron irritiert an. «Einen Schlüssel? Haben Sie Erfahrungen mit dem Dechiffrieren von Texten?»

Tron schüttelte den Kopf. «Eigentlich nicht. Wir haben

früher gelegentlich in der Schule ...» *In der Schule?* Ja, natürlich. Die Erkenntnis kam so plötzlich, als hätte jemand in einem dunklen Raum eine Kerze angezündet. Es war lächerlich einfach. Tron sagte: «Der Gartenzaun, Bossi.»

«Gartenzaun?» Bossi runzelte die Stirn.

«Das ist ein simpler Pennäler-Code. Haben Sie sich in der Schule nie verschlüsselte Botschaften geschickt?»

Bossi schüttelte den Kopf.

«Wir haben das auf dem *Seminario* gemacht», sagte Tron. «Zorzi auch. Sie springen einfach Buchstabe für Buchstabe zwischen den Zeilen hin und her. Ich gebe Ihnen ein Beispiel.»

Tron setzte sich und nahm einen Bogen Papier aus der Schublade seines Schreibtischs. Dann dachte er kurz nach und schrieb:

*MNAUSNDCTRNDCISCEHI*
*AHTNETEKBIGIHNIHRET*

«Die Buchstaben des Klartextes», erklärte Tron, «werden abwechselnd in zwei Reihen geschrieben. Immer von oben nach unten. Los, versuchen Sie es.»

Einen Augenblick lang studierte Bossi die Buchstaben aufmerksam. Dann las er ohne zu stocken: *Man hat uns entdeckt. Bring dich in Sicherheit.*» Er sah Tron an. «Richtig?»

«Richtig, Bossi.» Tron lächelte. «Und jetzt diktiere ich Ihnen diesen Text hier.»

Tron brauchte nicht länger als drei Minuten. Als Bossi den Stift ablegte, sah er Tron entsetzt an. «Das ist das Protokoll des kaiserlichen Besuchs für den Donnerstag. Mit genauen Zeitangaben. Das Protokoll, das offiziell erst heute Mittag bekannt gegeben wird.»

Tron nickte. «Der Kreis derjenigen, die das genaue Protokoll bereits am Montag hatten, ist klein. Und der Mörder war einer davon.»

Bossi schluckte. «Soll das etwa heißen, dass wir in der unmittelbaren Umgebung des Kaisers einen Verräter haben?»

«Oder mehrere. Jedenfalls wissen wir jetzt, dass sich der Kaiser am Donnerstag nur zweimal im Freien aufhält. Einmal auf dem Weg vom Palazzo Reale in die Basilika. Dann nach der Messe, wenn er seine Ansprache auf der Piazza hält. Da der Attentäter es vorziehen wird, auf ein unbewegliches Ziel zu feuern, wird er den Kaiser vermutlich ins Visier nehmen, wenn er seine Ansprache hält.»

«Und von wo aus?»

«Unter der Voraussetzung, dass er aus ungefähr hundert Metern feuert, dürfte er nicht sehr viele Möglichkeiten haben», sagte Tron.

«Sie dachten an die Dächer?»

Tron nickte. «Es kommen die alten Prokuratien, der Campanile, der Uhrenturm, der Palazzo Reale und die Marciana in Frage. Der Campanile und der Glockenturm werden von Soldaten besetzt sein. Und die Dachluken der alten Prokuratien wird man wie beim letzten Mal vernageln. Folglich bleiben nur noch die Marciana und der Palazzo Reale.»

Bossi war bleich geworden. «Und was machen wir jetzt?»

«Wir reden mit Spaur», sagte Tron. «Der soll sofort zu Toggenburg gehen.»

«Kann man Toggenburg vertrauen?»

«Ich glaube nicht, dass er von dem Anschlag weiß. Vermutlich wird er sich an den Generaladjutanten des Kaisers wenden, an Feldzeugmeister Crenneville.»

Bossi sprach das aus, was Tron durch den Kopf ging. «Und wenn dieser Crenneville zu den Verschwörern gehört?»

«Dann haben wir ein Problem», sagte Tron.

## 46

Das Kontor der Principessa im Untergeschoss des Palazzo Balbi-Valier wirkte auf Tron immer so, als hätte ein Theaterdekorateur es für sie eingerichtet: Da war der riesenhafte Schreibtisch, der dicht an ihn herangeschobene Aktenwagen, die in Schweinsleder gebundenen Rechnungsbücher auf den Regalen und außerdem noch der wuchtige, feuerfeste Tresor. Alles das – speziell eine Weltkarte an der Wand hinter dem Schreibtisch, auf der die geschäftlichen Kontakte der Principessa mit roten Fähnchen markiert waren, ließ an üppige Goldströme denken, die hier aus allen Himmelsrichtungen zusammenflossen, im Tresor zwischengelagert und wieder *investiert* wurden.

Die Prinzipalin selbst, eine gestrenge Herrin, die ihre Haare im Kontor gerne zu einem Dutt verknüpfte, thronte auf einem herrschaftlichen Sessel. Sie rauchte, wobei sie sich seit kurzem einer eleganten schwarzen Zigarettenspitze bediente – die neueste Pariser Mode. Zwei blonde Strähnen, die sich aus ihrer Frisur gelöst hatten, kräuselten sich anmutig über der Schläfe und verliehen ihrer Erscheinung einen unbeabsichtigten Einschlag ins Laszive. Da der Besucherstuhl, auf dem Tron saß, verkürzte Beine hatte, war er gezwungen, zur Principessa aufzublicken. Ein Gespräch in diesem Büro, dachte Tron amüsiert, erforderte ein robustes Selbstbewusstsein des Besuchers. Er hatte gerade zwanzig Minuten zu der Principessa emporgeredet.

Die sah Tron jetzt fragend an. «Spaur und Toggenburg sind *zusammen* bei Crenneville gewesen? Die beiden können sich doch nicht ausstehen.»

Tron nickte. «Toggenburg hat ausdrücklich darauf bestanden, Spaur mit in den Palazzo Reale zu nehmen. Spaur vermutet, um ihm deutlich zu machen, dass er, Toggenburg, mit der Angelegenheit nichts zu tun hat.»

«Wie hat Crenneville reagiert, als er hörte, dass jemand aus der unmittelbaren Umgebung des Kaisers in einen Anschlag verwickelt ist? Und dass ihr sogar Zeitpunkt und Ort des Anschlags mit großer Wahrscheinlichkeit voraussagen könnt?»

«Spaur sagt, Crenneville habe sich lobend über die Effizienz der venezianischen Polizei geäußert. Ansonsten sei er über die Lage bereits vollständig im Bild gewesen.»

«Bereits vollständig im Bild?» Die Principessa blies einen Rauchring über den Tisch. «Das verstehe ich nicht.»

«Crenneville behauptet, der militärische Geheimdienst habe bereits vor sechs Wochen entdeckt, dass eine venezianische Gruppe einen Anschlag auf den Kaiser vorbereitet. Worauf sie einen Agenten in die Gruppe geschleust haben, um so viel wie möglich über die Leute zu erfahren, bevor sie sie verhaften. Nur dass dann leider einiges schiefgegangen sei, sagt Crenneville.»

Die Principessa nickte. «Ziani hat Verdacht geschöpft und musste aus dem Verkehr gezogen werden.»

«Richtig. Aber das sei nicht das eigentliche Problem gewesen. Schwierig sei es geworden, nachdem sich plötzlich herausgestellt habe, dass dieser Agent Franz Joseph tatsächlich töten wolle.»

Die Principessa machte ein ungläubiges Gesicht. «Sie *wussten* es? Woher?»

«Dazu hat sich Crenneville nicht geäußert.»

«Hat er etwas über die Motive dieses Agenten gesagt?»

«Dazu hat er ebenfalls geschwiegen.»

«Warum verhaftet man den Burschen nicht?»

«Sie beobachten ihn und wollen ihn auf frischer Tat ertappen. Mit dem Gewehr im Anschlag.»

«Das kaufst du diesem Crenneville ab?»

Tron schüttelte den Kopf. «Crenneville lügt.»

«Hat er Spaur überzeugt?»

«Offenbar. Spaur hat mir die strikte Anweisung erteilt, mich ab sofort von der Angelegenheit zurückzuziehen.»

«Was ist mit Bossi?»

«Spaur hat Bossi mit Entlassung gedroht, falls er etwas im Alleingang unternimmt. Bossi glaubt diese Geschichte ebenso wenig wie ich. Aber wir sind uns einig, dass er sich raushalten wird. Ich möchte nicht, dass er seine berufliche Laufbahn aufs Spiel setzt.»

«Und deine Version?»

Tron hob die Schultern. «Ich vermute, dass Crenneville selbst in die Verschwörung verwickelt ist. Holenia hatte recht. Die Einzigen, die ein Interesse an einem Attentat auf den Kaiser haben könnten, sind gewisse Militärkreise. Richtig ist, dass der militärische Geheimdienst von einem Anschlag erfahren und einen Mann in die Gruppe eingeschleust hat. Falsch ist, dass dieser Mann völlig überraschend und aus irgendwelchen Gründen beschlossen hat, den Kaiser zu töten. Und dass Crennevilles Leute ihn jetzt in eine Falle laufen lassen wollen. Der Mann handelt im Auftrag hochkonservativer Militärkreise. Und er wird versuchen, den Kaiser morgen zu töten.»

«Du könntest morgen direkten Kontakt mit dem Kaiser aufnehmen.»

Tron schüttelte den Kopf. «Das wäre sinnlos. Dann stünde mein Wort gegen dasjenige Crennevilles.»

«Was wirst du unternehmen?»

«Ich bin im Palazzo Reale gewesen, um mit Königsegg zu reden. Leider war der Graf nicht zu sprechen. Er hat mir aber durch seinen Adjutanten ausrichten lassen, dass ich ihn um sieben Uhr im Quadri treffen kann.»

«Was willst du von ihm?»

«Königsegg schuldet mir noch einen Gefallen, und ich werde dafür sorgen, dass sich dieses Gefühl noch verstärkt», sagte Tron. Er griff in die Tasche seines Gehrocks und zog den Schuldschein heraus, den Bossi aus Zorzis Wohnung mitgenommen hatte.

Die Principessa hob überrascht die Augenbrauen. «Du willst ihm den Schuldschein zurückgeben?»

Tron nickte. «Er soll keine Wahl haben, wenn ich ihn um einen Gefallen bitte.»

«Welchen Gefallen?»

«Ich brauche eine Uniform und einen Passierschein für den Palazzo Reale.»

«Um was zu tun?»

«Wir wissen, wann und wo der Mann auf den Kaiser feuert», sagte Tron langsam. «Ich könnte im Dachboden auf ihn warten. Da ich im Palazzo Reale als Zivilist auffallen würde, brauche ich eine Uniform.»

Die Principessa schüttelte entsetzt den Kopf. «Ist dir klar, dass dieser Mann hochgefährlich ist?»

«Das weiß ich. Aber der Bursche wird völlig überrascht sein. Er wird die Hände hochnehmen und seine Waffe fallen lassen.»

«Und dann?»

«Lege ich ihm Handschellen an und übergebe ihn der Wache.»

«Kannst du denn überhaupt noch schießen? Ich meine, würdest du den Mann notfalls auch treffen?»

«Es reicht, wenn der Bursche es glaubt. Ich kann sehr überzeugend sein, wenn es darauf ankommt.»

Die Principessa zog die Augenbrauen zusammen und fixierte Tron nachdenklich, während sie an ihrer Zigarette zog. Schließlich fragte sie: «Dieser Königsegg – was ist das für ein Mann?»

«Er ist garantiert nicht in diese Verschwörung verwickelt», sagte Tron. Und fügte hinzu: «Wahrscheinlich steht er bereits auf der Abschussliste des Kaisers.»

«Warum?»

«Königsegg trinkt und spielt. Er hat beides nicht unter Kontrolle. Wenn ich den Attentäter aus dem Verkehr ziehe, wird auch für ihn einiges abfallen.»

«Und du bist dir ganz sicher, dass Königsegg nach eurem Gespräch nicht sofort zu Crenneville rennt?»

Das war in der Tat die Frage. Tron hob die Schultern. «Ganz sicher bin ich mir nicht», sagte er. «Aber das Risiko muss ich eingehen.»

## 47

Der Cognac war genauso wässrig wie bei seinem letzten Besuch in der Trattoria am Campo San Polo, der Fußboden ebenso schmutzig, der Kaffee ebenso kalt. Auch der kränkelnde Einheimische saß wieder (oder noch immer?) am selben Tisch und löffelte wieder (oder noch immer?) sein *sguasetto*. Und hatte nicht auch der Wirt denselben furchteinflößenden Gesichtsausdruck wie bei seinem letzten Besuch? Gab es Orte, fragte sich Oberst Hölzl, *magische* Orte, an denen die Zeit nicht hektisch voranschritt, sondern sich nur gemächlich im Kreis bewegte? Oder gar stillstand? Und niemandes Nerven übermäßig strapazierte? Eine Vorstellung, die er nach den Ereignissen der letzten Tage – speziell des heutigen Nachmittags – außerordentlich angenehm fand. Oberst Hölzl lehnte sich auf seinem Stuhl zurück und stieß einen tiefen, nachdenklichen Seufzer aus. Wer weiß? Vielleicht war der Einheimische am Nachbartisch ja glücklich. Vielleicht sollte er, dachte Oberst Hölzl, auch jeden Tag pünktlich um sechs Uhr ein *sguasetto* löffeln, anstatt einen fiktiven Anschlag auf den Allerhöchsten zu organisieren.

Seine Unterredung mit Feldzeugmeister Crenneville heute Nachmittag war jedenfalls nicht besonders erfreulich verlaufen. Commissario Tron knapp dem Tode entronnen! Ort und Zeitpunkt des Anschlags von der venezianischen Polizei entdeckt! Und hätte er, Crenneville, nicht im Gespräch mit Toggenburg und dem Polizeipräsidenten Baron Spaur geistesgegenwärtig eine geniale Erklärung für alles ersonnen, dann … Der Feldzeugmeister hatte diesen Satz nicht zu Ende gesprochen. Doch seine drohende Miene hatte das Schlimmste befürchten lassen – für die Laufbahn seines Untergebenen und für die Zukunft der Donaumonarchie.

Genau wie beim letzten Mal erschien Boldù zehn Minuten zu spät. In der Hand trug er einen flachen Koffer, wie Künstler ihn benutzen – er enthielt das Gewehr, und Oberst Hölzl würde ihn heute Nacht zu den Fledermäusen auf dem Dachboden der Marciana bringen.

Nachdem der Wirt einen Kaffee serviert hatte, kam Oberst Hölzl sofort zur Sache. «Davon, einen Commissario der venezianischen Polizei zu töten, ist nie die Rede gewesen.»

Boldù zuckte die Achseln. «Ich hatte keine Wahl.»

«Was ist passiert?»

«Zorzi ist misstrauisch geworden», sagte Boldù. «Ich habe ihn in meiner Wohnung überrascht. Er hat mir auf den Kopf zugesagt, dass ich die Absicht hätte, einen Anschlag auf den Kaiser zu verüben.»

«Woher wusste er das?»

«Von Commissario Tron. Angeblich hat ihm ein Offizier einen Wink gegeben, dass irgendjemand einen Anschlag plant.»

«Also haben Sie Zorzi getötet und anschließend auf die *Patna* gebracht.»

Boldù nickte. «Und da Tron Bescheid wusste, musste ich ihn ebenfalls töten.» Boldù nippte an seinem Kaffee und verzog das Gesicht. Es war unklar, ob sich seine Miene auf den Kaffee oder auf Trons Tod bezog. «Ich habe Tron in Zorzis Namen auf die *Patna* bestellt», fuhr Boldù fort, «weil Zorzi behauptet hatte, dass er sich noch im Laufe der Nacht bei Tron melden würde. An Bord hatte ich eine Explosion vorbereitet.» Boldù sah Oberst Hölzl kalt an. «Wo ist das Problem? Der Sprengstoff ist vernichtet, der Kopf der Verschwörung ist auf der *Patna* verbrannt. Dass Tron sterben musste, war unvermeidlich.»

«Das Problem liegt darin», sagte Oberst Hölzl langsam, «dass Zorzis Leiche *nicht* auf der *Patna* verbrannt ist.»

Boldù Kinn schnellte nach oben. «Wie bitte?»

Oberst Hölzl sah mit einem gewissen Vergnügen, dass Boldù bleich geworden war. «Die Leiche ist durch die Explosion ins Wasser geschleudert worden, und die Polizei hat sie heute Morgen vor der Redentore aus dem Giudecca-Kanal gefischt. In seiner Tasche hatte Zorzi das Protokoll und eines der Projektile.» Oberst Hölzl lächelte freundlich. «Zorzi hatte Ihre Wohnung durchsucht und das Protokoll und die scharfe Munition gefunden, die Sie auf dem Dachboden zurücklassen sollten. Er hat das Protokoll entziffert und seine Schlüsse gezogen. Und Ihnen dann erzählt, dass Tron ebenfalls Bescheid wisse und er, Zorzi, Tron versprochen habe, sich noch im Laufe der Nacht bei ihm zu melden.»

«Also wusste Tron nicht Bescheid?»

Oberst Hölzl schüttelte den Kopf. «Zorzi hat gelogen. Es *kann* keinen Offizier geben, der etwas gehört hat. Die Einzigen, die von dieser Operation wissen, sind der Kaiser, Crenneville und ich.» Oberst Hölzl machte eine Pause, um dem, was er jetzt zu sagen hatte, das nötige Gewicht zu verleihen. «Und Tron ist auch nicht tot. Er konnte sich retten.»

Boldù starrte Oberst Hölzl ungläubig an. «Commissario Tron lebt?»

Oberst Hölzl nickte. «Er hat das Protokoll ebenfalls entziffert und dieselben Schlüsse gezogen wie Zorzi. Deshalb ist Spaur sofort zu Toggenburg gerannt, und beide hatten eine Unterredung mit Crenneville.» Oberst Hölzl stieß einen Seufzer aus. «Der über diesen Besuch nicht erbaut gewesen ist.»

«Wie hat Crenneville reagiert?»

«Er hat den Herren erklärt, dass wir Bescheid wissen und alles unter Kontrolle haben. Und dem Attentäter bereits eine Falle gestellt haben.»

«Wird Tron sich jetzt heraushalten?»

«Crenneville hat sehr klar zum Ausdruck gebracht, dass der Fall für die venezianische Polizei erledigt ist.»

«Also ändert sich nichts?»

Oberst Hölzl schüttelte den Kopf. «Absolut nichts.»

Boldù war bereits aufgestanden. «Und wo finde ich den Koffer mit dem Gewehr?»

«In der Kiste unter der Dachluke, von der Sie feuern werden», sagte Oberst Hölzl. «Wenn diese Operation ein Erfolg wird», fügte er hinzu, «fallen wir beide die Karriereleiter nach oben. Und es ist völlig belanglos, ob dieser Tron Bescheid weiß oder nicht.»

## 48

Das Café Quadri war brechend voll, die verqualmte Luft zum Schneiden und sämtliche Stühle bis auf den letzten Platz besetzt. Überall standen Gruppen von Offizieren herum, die darauf warteten, dass Plätze frei wurden, sodass die befrackten Kellner Mühe hatten, mit ihren Tabletts zu den Tischen zu gelangen. Die kaiserliche Ankunft am gestrigen Tag schien, zusätzlich zu den bereits vorhandenen Militärpersonen, einen weiteren gewaltigen Zustrom von Militärpersonal in die Lagunenstadt bewirkt zu haben. Offiziere aller möglichen Waffengattungen quollen wie Hefeteig aus den Hoteleingängen, wälzten sich durch die Gassen von San Marco und hatten den Markusplatz in ein riesiges Feldlager verwandelt. Zweimal hatte sich der Kaiser am Fenster seines Arbeitszimmers gezeigt, und jedes Mal waren donnernde Hochrufe zum ersten Stock des Palazzo emporgeschallt.

Nachdem Tron sich fünf Minuten lang durch wartende Offiziere gedrängt und unzählige Male *permesso* gemurmelt hatte, entdeckte er Königsegg an einem Zweiertisch an der Rückwand des Quadri. Er trug die Uniform eines kaiserlichen Generalleutnants und saß in aufrechter Haltung auf seinem Platz. Vermutlich hatte er den freien Stuhl auf der anderen Seite des runden Tischchens mehrfach verteidigen müssen. Im Gegensatz zu ihrer letzten Begegnung auf der Questura wirkte der Oberhofmeister der Kaiserin heute nüchtern und präsent. Ein wenig eigenartig war allenfalls der junge Hund, der unter dem Tisch des Grafen lagerte, aber da die hohen Herren alle ihre Marotten hatten, nahm wahrscheinlich niemand daran Anstoß.

Königsegg war dienstfertig aufgesprungen, als Tron sich seinem Tisch genähert hatte. Er hatte ihn mit zeremonieller Höflichkeit begrüßt – was die in der Nähe sitzenden Offiziere dazu bewogen hatte, die Köpfe zu drehen: Was hatte den Generalleutnant wohl dazu veranlasst, diesen Zivilisten wie einen veritablen Erzherzog zu behandeln?

«Wegen Spartacus», sagte Königsegg, nachdem Tron auf der anderen Seite des Tisches Platz genommen hatte, «trinke ich jetzt nur noch Kaffee, wenn ich in eine Wirtschaft gehe.» Er beugte sich hinab, um dem kleinen Welpen den Kopf zu tätscheln, der sich zu seinen Füßen zusammengerollt hatte. «Er mag es nicht, wenn Herrchen nach Cognac riecht.»

Spartacus, ein kraftvoller Welpe von der Größe einer kleinen Katze, hatte ein schwarz-weiß geflecktes Fell und eine auffällig ausgeprägte Kinnlade. Neben ihm stand ein Teller mit Kuchenresten, die Schokoladenkrümel ließen auf eine Sachertorte schließen. Ein wenig Schlagsahne klebte an der Nase des Hundes. Ob Spartacus auch einen Kaffee zu seiner Torte getrunken hatte? Nein, offenbar nicht. Tron hatte die kleine Schale mit Wasser übersehen, die einen Schritt vom Teller entfernt an der Wand stand.

«Diese spezielle Hunderasse», erklärte Königsegg, «wird später einmal sehr kräftig. Wenn seine Zähne sich weiterentwickelt haben, gehen wir von Kuchen und Torte zu Fleisch über und wenden uns, äh, lebenden Objekten zu.» Es blieb unklar, was Königsegg unter *lebenden Objekten* verstand, und irgendetwas hielt Tron davon ab, ihn danach zu fragen.

«Sie wissen, dass ich in Ihrer Schuld stehe, Commissario», sagte Königsegg, nachdem er kurz nachgedacht hatte. Er sah erst Tron an, dann blickte er wieder auf den Welpen hinab, so als würde er das Tier auffordern, diese Aussage zu bestätigen. Tatsächlich hob der Welpe den Kopf, erwiderte den Blick Königseggs und klopfte mit dem Schwanz auf den Boden. Dann leckte er sich den Rest der Schlagsahne von der Nase, spitzte die Ohren und sah Tron an.

«Deshalb bin ich hier», sagte Tron. Er ärgerte sich darüber, dass er unwillkürlich den Hund angeredet hatte. Der sah aber auch so aus, als würde er jedes Wort verstehen.

Königsegg richtete einen wohlwollenden Blick auf Tron. «Und wie kann ich Ihnen behilflich sein?»

Ein freundliches *Wuff!* des Welpen schien auch Spartacus' Bereitschaft auszudrücken, dem Commissario behilflich zu sein.

«Ich wollte Ihnen etwas geben», sagte Tron, der sich diesmal bemühte, Königsegg und nicht den Welpen anzusehen. Er zog Königseggs Schuldschein aus seiner Brieftasche und reichte ihn wortlos über den Tisch.

Königsegg wurde bleich. «Woher haben Sie diesen Schein?»

«Aus Zorzis Wohnung, wo der *ispettore* Bossi auch die Halskette gefunden hatte», antwortete Tron.

Königsegg schüttelte den Kopf. «Ich habe das Geld nicht, Commissario.»

Der Welpe unter dem Tisch schien es ebenfalls nicht zu haben, denn er stieß ein klägliches Winseln aus.

«Ich will kein Geld», erwiderte Tron.

«Was soll ich dann mit dem Schein?» Königsegg hatte noch immer nicht verstanden.

Tron lächelte. «Ihn verbrennen oder als Andenken aufheben. Er gehört Ihnen.» Er sah Königsegg an. «Was hat Ihnen Bossi erzählt, als er Ihnen die Kette zurückgegeben hat?»

«Dass Zorzi von Zianis Geschäften wusste und versucht hatte, sich einen Anteil an Zainis letztem Fischzug zu sichern. Dass es dann zum Streit gekommen ist und Zorzi ihn getötet hat.»

«Das ist die offizielle Version. In Wirklichkeit war es anders.»

Tron ließ seinen Blick über die Gäste schweifen und stellte fest, dass niemand das Gespräch zwischen Königsegg und ihm belauschen konnte. An allen Tischen wurde laut geredet, Gläser klirrten, Geschirr schepperte und Lachsalven knatterten wie Peletonfeuer durch den Raum. Falls sich irgendjemand für das, was der Generalleutnant und der Zivilist zu besprechen hatten, interessierte, hätte er bei dem infernalischen Lärm kein Wort verstanden.

Tron beugte sich nach vorne, schon um dem Anblick des Welpen zu entkommen. Der hatte aufgehört, dem Gespräch zu folgen, und sich stattdessen mit seiner kräftigen Kinnlade in das Tischbein verbissen. «Hören Sie zu», sagte er.

Als Tron seinen Bericht beendet hatte, schüttelte Königsegg entsetzt den Kopf. «Das ist unglaublich.»

«Wer könnte außer Crenneville noch in diese Verschwörung verwickelt sein?»

«Das kann ich Ihnen nicht sagen.» Königsegg nahm einen hastigen Schluck aus seiner Kaffeetasse. «Abgesehen davon verstehe ich den Sinn dieses Anschlags nicht. Was wird passieren, wenn Franz Joseph tot ist? Dann übernimmt Maximilian die Regentschaft – ein erklärter Liberaler. Wollen sie den dann auch aus dem Weg räumen? Das alles ergibt keinen Sinn.»

«Da haben Sie recht. Aber das hilft uns nicht weiter.»

«Wenn Sie mich bitten wollen, mit dem Kaiser zu reden», sagte Königsegg, «dürfte das unter diesen Umständen wenig Sinn haben. Er wird mir nicht glauben.»

Tron nickte. «Das weiß ich. Es gibt nur eine einzige Möglichkeit, den Anschlag zu verhindern.»

«Welche?»

«Den Mann vorher unschädlich zu machen.»

«Aber Sie kennen ihn nicht», erwiderte Königsegg. «Wie wollen Sie ihn unschädlich machen? Das Einzige, was Sie von ihm wissen, ist, dass er der Armee angehört. Sie kennen weder seinen Dienstgrad noch seine Waffengattung.»

Tron schüttelte den Kopf. «Ich weiß, wann und wo er zuschlägt. Und ich weiß auch, welche Waffe er benutzt.»

«Das alles dürfte Ihnen nicht viel nützen», sagte Königsegg. «Wenn die Polizei an der Sicherung des kaiserlichen Besuchs beteiligt wäre, könnten Sie Scharfschützen auf dem Dach des Palazzo Ducale postieren und den Mann unter Feuer nehmen, sobald er den Kopf aus der Luke steckt.»

«Ich kann noch etwas tun.»

«Und was?»

«Wie ich schon sagte: ihn festnehmen, bevor er zuschlagen kann.» Tron sah Königsegg an. «Ich muss vor ihm auf dem Dachboden sein und dort auf ihn warten.»

«Aber wie kommen Sie in den Palazzo Reale?»

«Indem Sie mir eine Uniform und einen Passierschein besorgen.»

Königsegg sah Tron verlegen an und schwieg. Schließlich sagte er: «Das kann ich nicht. Es gibt nur zwei Personen, die autorisiert sind, Passierscheine für den Palazzo Reale zu unterschreiben: Graf Grünne und Feldzeugmeister Crenneville. Sonst zählt nur die Unterschrift des Kaisers und der Kaiserin.»

Tron hob die Augenbrauen. «Sagten Sie gerade, die Unterschrift der Kaiserin?»

«Sie meinen, ich soll die Kaiserin ...?»

Tron nickte. «Genau das meine ich.»

Königsegg seufzte, und auch unter dem Tisch war ein schwermütiges Knurren zu hören. «Wo erreiche ich Sie nachher, Commissario?»

«Wieder im Palazzo Balbi-Valier», sagte Tron.

## 49

Der Schuss, ein dumpfes *Plopp*, fiel zehn Sekunden nachdem die *malefico* aufgehört hatte zu läuten und sich bereits eine erwartungsvolle Stille über die Piazza San Marco gelegt hatte. Franz Joseph hatte langsam und konzentriert bis zehn gezählt, während er vor dem Standspiegel des Schlafzimmers seinen Gesichtsausdruck und die Haltung seines

Kopfes überprüfte – es wäre ein Fehler, morgen alles dem Zufall zu überlassen. Mit welcher Miene sollte er die Menge mustern, die jetzt erwartungsvoll an seinen Lippen hing? Das Kinn noch ein wenig mehr angehoben? Freundlich-landesväterlich oder eher streng-entschlossen? Und: Sollte er zusammenzucken, wenn der Schuss fiel? Oder sollte er sein Mienenspiel auf ein stoisches Minimum beschränken und lediglich die rechte Hand heben, um der Panik, die vermutlich sofort nach dem Schuss ausbrechen würde, Einhalt zu gebieten?

Franz Joseph trat zwei Schritte zurück, strich die Uniformjacke glatt und kam zu dem Schluss, dass ein weiterer Durchgang erforderlich war. Es hing zu viel davon ab, dass morgen alles wie am Schnürchen klappte. Er drehte den Kopf ein wenig zur Seite und sagte, ohne den Blick von seinem Spiegelbild zu nehmen: «Noch einmal, Rottner. Wenn ich das Zeichen gebe.»

Leibkammerdiener Rudolf Rottner verneigte sich. In der rechten Hand hielt er eine Fliegenklatsche, in der linken ein Glöckchen. Er hatte auf ein Zeichen des Allerhöchsten hin bereits ein Dutzend Mal geläutet, anschließend stumm bis zehn gezählt und dann die Fliegenklatsche auf die Hutschachtel niedersausen lassen, die er auf das kaiserliche Bett gelegt hatte. Bei jedem Klingeln hatte der Kaiser tief durchgeatmet, sich zwei Schritte auf den Spiegel zubewegt und nach dem *Plopp* der Fliegenklatsche das Kinn emporgereckt und das Gesicht verzogen – allerdings immer ein wenig anders. Was das alles für einen Sinn haben sollte, hatte der Allerhöchste Rottner nicht erklärt. Selbstverständlich hatte er keine Fragen gestellt.

Wieder hob der Kaiser den Arm – das verabredete Zeichen –, und wieder schwenkte Rottner das Glöckchen ein paarmal hin und her. Dann zählte er langsam bis zehn und sah zu, wie der Allerhöchste erneut mit durchgedrücktem Kreuz auf den Spiegel zuschritt, das Kinn nach oben reckte und zehn Sekunden später, als die Fliegenklatsche – *plopp* – auf die Hutschachtel schlug, kurz zusammenzuckte, den Blick auf die Zimmerdecke richtete und die rechte Hand hob. In dieser Haltung blieb er stehen, während sich seine Lippen stumm bewegten. Schließlich drehte er sich um und nickte befriedigt. «Das wär's dann, Rottner.»

Erstaunlich, dachte Franz Joseph, während er in sein Arbeitszimmer ging, um dort an eines der Fenster zu treten – erstaunlich, wie glatt sein gewagter Plan bisher abgeschnurrt war. Dass es den Commissario auf diesem Schiff beinahe erwischt hätte, war bedauerlich, aber offenbar war der Mann wieder auf dem Posten. Jedenfalls würde er morgen Abend die Gelegenheit haben, ihn zu sehen und ein paar Worte an ihn zu richten. Erstaunlich auch, dachte er weiter, wie harmonisch die zahlreichen Audienzen des heutigen Nachmittags mit den hiesigen Honoratioren verlaufen waren. Diese Venezianer waren so anders als die ungehobelten Böhmen und die aufsässigen Ungarn! Sie waren höflich, brachten ihre Anliegen mit Bescheidenheit vor, und wenn man gezwungen war, ihnen etwas abzuschlagen, trugen sie es mit Fassung. Oder taten sie nur so? Bei diesen Italienern konnte man nie wissen.

Franz Joseph schob den Vorhang zur Seite, öffnete den verzogenen Fensterflügel und blickte auf die Piazza hinab, die unter ihm im Schein der Gaslaternen schimmerte. Ob er wohl das Podest sehen konnte, auf dem er morgen mit einer energischen Handbewegung der ausbrechenden Panik Einhalt gebieten würde? Franz Joseph beugte sich aus dem

Fenster, drehte den Kopf nach rechts und stellte bedauernd fest, dass ihm der Campanile den Blick versperrte.

Als er ein dumpfes *Plopp* an der Tür hörte, riss er unwillkürlich den Arm hoch. Aber es war nur ein Lakai, der angeklopft hatte, um den Generaladjutanten zu melden.

«Toggenburg war gerade zusammen mit dem Polizeipräsidenten bei mir», sagte Crenneville, nachdem er eingetreten war und sich verbeugt hatte. Seine Stimme klang nervös. Er hielt einen großen braunen Umschlag in der Hand.

Franz Joseph runzelte die Stirn. «Die beiden zusammen? Was wollten sie?»

«Commissario Tron hat herausgefunden, dass jemand morgen Nachmittag vom Dachboden der Marciana auf Seine Majestät feuern wird», erklärte Crenneville. «Und dass es sich um einen Angehörigen der Streitkräfte handelt.»

Franz Josephs Unterkiefer senkte sich ruckartig. «Wie hat er das herausgefunden?»

Crenneville steckte die Hand in den braunen Umschlag. «Möchten Majestät den Bericht der Questura lesen?»

Franz Joseph schüttelte den Kopf. «Fassen Sie ihn zusammen.»

Nachdem Crenneville seinen Vortrag beendet hatte, schwieg der Kaiser eine Weile. Schließlich sagte er: «Wirklich bemerkenswert, dieser Tron. Und Sie denken natürlich, dass es sich um ein *echtes* Attentat handelt. Was haben Sie den Herren erzählt?»

«Dass wir dem Mann bereits eine Falle gestellt haben. Und dass die Angelegenheit strengster Geheimhaltung unterliegt.»

«Wird Spaur sich daran halten?»

«Auf jeden Fall. Ich habe vorsichtshalber eine Anspielung auf sein Gesuch gemacht.» Er nahm einen Kanzleibogen aus dem Umschlag, den er noch immer in der Hand hielt, und reichte ihn dem Kaiser. «Das ist heute Morgen mit der Kurierpost aus Wien gekommen.»

«Was ist das?»

«Eine Eingabe des Polizeipräsidenten in einer persönlichen Angelegenheit», sagte Crenneville. «Der Vorgang ist in der Kanzlei der Hofburg hängengeblieben, weil das entsprechende Begleitformular nicht korrekt ausgefüllt wurde. Deshalb ist die Eingabe aus formalen Gründen zunächst abschlägig beschieden worden.» Crenneville räusperte sich. «Es handelt sich also um eine Wiedervorlage.»

Franz Joseph winkte ungeduldig ab. «Schon gut. Und was will Spaur von mir?»

Crenneville gestattete sich ein diskretes Lächeln. «Er möchte heiraten.»

«Wie? Geben Sie her.» Franz Joseph überflog den Bogen und schüttelte den Kopf. «Das ist lächerlich. Wie alt ist dieser Spaur jetzt?»

«Dreiundsechzig.»

«Und die Dame?»

«Siebenundzwanzig.»

«Sie könnte seine Enkelin sein.»

Crenneville nickte. «So ist es. Aber Spaur hat ein gutes Motiv, zu schweigen.»

«Muss ich das sofort entscheiden?»

Crenneville schüttelte den Kopf. «Nein, es hat Zeit.» Er wandte sich zum Gehen, aber eine Handbewegung des Kaisers hielt ihn zurück.

«Da wäre noch etwas, Crenneville.»

«Ja, Majestät?»

«Dieser Mann, der auf mich feuern wird – er flieht doch anschließend durch den Palazzo Reale. Ist das richtig?»

Crenneville senkte den Kopf. «Das ist richtig.»

Franz Joseph machte ein nachdenkliches Gesicht. «Wäre es nicht äußerst unbefriedigend, wenn dieser Mann entkommt? Immerhin hat er versucht, einen Commissario der venezianischen Polizei zu töten.» Der Kaiser schwieg einen Moment, bevor er weitersprach. Dann sagte er in beiläufigem Ton: «Was ist, wenn dem Mann auf der Flucht ein kleiner Unfall zustoßen würde?»

Crenneville musste schlucken. «Majestät meinen, der Mann könnte auf seiner Flucht durch den Palazzo Reale ... zu Schaden kommen?»

Franz Joseph hatte plötzlich einen Gesichtsausdruck, der Crenneville nicht gefiel. «Er könnte auf jemanden treffen», sagte der Kaiser langsam, «der davon überzeugt ist, er wolle tatsächlich ein Attentat auf mich begehen.» Der Kaiser sah Crenneville an. «Würde diese Person dann nicht versuchen, den Attentäter festzunehmen?»

Crenneville nickte. «Ja, wahrscheinlich, Hoheit.»

«Und wer ist davon überzeugt, dass jemand ein Attentat auf mich begehen möchte?»

«Commissario Tron», sagte Crenneville.

Franz Joseph starrte einen Moment lang auf die Gaslaternen der Piazza hinab. Schließlich wandte er sich vom Fenster ab und sagte: «Meinen Sie, der Commissario würde zögern, diesen Mann notfalls ... auszuschalten?»

Crenneville spürte, wie sich sein Puls beschleunigte. Er wusste, was jetzt kam. «Nein, Majestät.»

Der Kaiser strich seine Uniformjacke glatt. «Dann denken Sie sich etwas aus.»

Als Crenneville draußen auf dem Gang stand, hatte sich sein Puls wieder beruhigt. *Dann denken Sie sich etwas aus.* Natürlich würde er sich nichts ausdenken. Die ganze Angelegenheit war ohnehin schon heikel genug, und den Commissario in das Geschehen einzubeziehen würde sie noch heikler machen. Außerdem: Was sollte er dem Commissario denn sagen? *Wir haben ein fiktives Attentat auf den Kaiser vorbereitet, Commissario, und es wäre schön, wenn der Attentäter anschließend nicht redet. Vielleicht könnten Sie ihn für uns – piff-paff – totschießen?* Nein – so ging das nicht. Commissario Tron würde sich selbstverständlich weigern. Der ganze Plan war albern. Crenneville atmete tief durch und beschloss, das zu tun, was in dieser Situation am vernünftigsten war. Nämlich den kaiserlichen Vorschlag zu vergessen.

## 50

Elisabeth öffnete die Augen und sah, was sie jedes Mal im Spiegel sah, wenn sie frisiert wurde: ihr von dunkelblonden Haarfluten umrahmtes Gesicht, losgelöst vom Rest der Welt durch einen Umhang, der ebenso weiß war wie die Decke ihres Frisiertischs und der Kittel ihrer Frisierkünstlerin. Die hatte die kaiserliche Mähne eine Stunde lang gekämmt und war jetzt damit beschäftigt, das Haar provisorisch zusammenzustecken. Fanny Angerer – dem Hoftheater abgeworben – schlug sich mit zweitausend Gulden jährlich auf der Zivilliste nieder, was dem Gehalt eines Universitätsprofessors entsprach, wie Franz Joseph gerne betonte, wenn er nicht gerade über die Kosten für ihre Pferde, Reisen und Garderobe dozierte.

Darauf, dass der Glanz ihrer äußeren Erscheinung auch auf ihn, den Kaiser, abstrahlte, hätte sie ihn gestern Abend hinweisen können. Als sie an seinem Arm die kaiserliche Loge im Fenice betreten hatte, war zuerst ein Raunen durch den Zuschauerraum gegangen, das sich dann zu einem wahren Begeisterungssturm gesteigert hatte, und für sie bestand wenig Zweifel daran, dass er ihr und dem Traum von einem Kleid gegolten hatte, das sie trug – einem sensationellen *Frou-Frou* aus gelblicher Seide mit langer Schleppe, Ärmeln im Renaissancestil und üppigen Spitzenvolants an Dekolleté und Ärmelsäumen. Gestern im Fenice war der Kaiser zum ersten Mal heiter und gelöst gewesen, frei von der Unruhe, die ihn seit ihrer Ankunft in Venedig umwittert und die er ihr gegenüber immer abgestritten hatte – und sich vermutlich auch selbst nicht eingestand.

Rückblickend musste Elisabeth allerdings zugeben, dass seine Nervosität nicht unbegründet gewesen war. Tatsächlich hatte die venezianische Polizei ein Bombenlegernest auf einem Schiff ausgehoben, und es hatte eine Explosion gegeben, bei der Commissario Tron fast ums Leben gekommen war – peinlich für den militärischen Geheimdienst, dem dieses Komplott offenbar entgangen war, und ehrenvoll für die venezianische Polizei. Und es war, dachte Elisabeth, eine schöne Geste des Kaisers gewesen, den Commissario auf den morgigen Ball einzuladen. Sie freute sich darauf, ihm wiederzubegegnen und auch bei dieser Gelegenheit seine Verlobte kennenzulernen, eine Principessa di Montalcino, von deren Schönheit und Geschäftssinn man sich wahre Wunderdinge erzählte.

Merkwürdig war nur, dass die Anspannung, die dem Kaiser zugesetzt hatte, nach Aufdeckung des Mordkomplotts nicht von ihm gewichen war. Noch immer ging eine unübersehbare Nervosität von ihm aus, so als würde ihm irgendetwas Gefährliches noch bevorstehen. Aber um was konnte es sich handeln? Der Kaiser hatte auf alle ihre Anfragen ausweichend geantwortet.

Und vielleicht lag es ja an dieser unbekannten Gefahr, dass all ihre Versuche, den Palazzo Reale unbemerkt zu verlassen, bisher kläglich gescheitert waren. Die Königseggs schienen in diesem Punkt spezielle Anweisungen empfangen zu haben, denn als sie dem Oberhofmeister gegenüber den Wunsch geäußert hatte, sich inkognito ins Café Florian zu begeben, war er hart geblieben, und auch seine Gattin hatte sich diesmal standhaft geweigert, sich in, wie sie sagte, *dubiose Ausflüge* verwickeln zu lassen. Das war eine der Kaiserin gegenüber völlig unangemessene Ausdrucksweise, aber Elisabeth hatte rücksichtsvoll verzichtet, da die Königsegg in neuen Hader mit ihrem Gatten verstrickt war, der sie schweren nervlichen Belastungen aussetzte. Anlass war diesmal keine amouröse Eskapade des Grafen, sondern der Erwerb eines schwarz-weiß gefleckten Welpen, mit dem Königsegg vor zwei Tagen aufgetaucht war. Bei dem Tier handelte es sich um einen niedlichen Pitbull, der auf den Namen Spartacus hörte. Spartacus hinterließ überall im Palazzo Reale Häufchen und Pfützen, und die Gräfin schien einen gewaltigen Rochus auf ihn zu haben.

Jedenfalls musste sie sich unter diesen Umständen auf Gondelfahrten mit der Königsegg beschränken, die in dumpfem Schweigen neben ihr hockte und gemäß Anweisung streng darauf achtete, dass die Gondel nirgendwo anlegte. Gestern hatten sie einen Ausflug zum Lido unternommen – besser gesagt: den Lido von der Gondel aus betrachtet und auf dem Rückweg auf ausdrücklichen Wunsch der Kaiserin hin die vor der Punta di Santa Marta gelegene Explosionsstätte angesteuert. Das Schiff, das den eigenartigen Namen *Patna* führte, war nicht gesunken, was jedoch auch daran lag, dass außerhalb der markierten Kanäle die Lagune teilweise keine zwei Meter tief war. Was genau sich auf der *Patna* zugetragen hatte, wusste sie noch immer nicht, aber sie rechnete damit, auf dem morgigen Ball mehr als nur ein paar Worte mit dem Commissario zu wechseln.

Elisabeth spürte, wie sich die Hände der Angerer von ihrem Kopf lösten und die Finger aus ihren Haaren verschwanden. Dann strich, wie jedes Mal, wenn der Umhang entfernt wurde, ein leichter Luftzug über ihr Gesicht. Im Spiegel sah sie, dass ihr Haar zu einer schlichten Flechtfrisur zusammengeführt worden war, und nickte. Das war nicht die mondäne Ballfrisur, die die Angerer morgen produzieren würde, aber für heute würde es reichen.

Fünf Minuten später meldete die Zofe den Grafen Königsegg. Der Oberhofmeister betrat den Salon mit der Miene eines Mannes, den ein schweres Problem drückt – vermutlich, dachte Elisabeth, ein Eheproblem. Sie hatte hin und wieder erfolglos versucht, beratend in die eheliche Misere der Königseggs einzugreifen, und fragte sich mittlerweile, wen sie mehr bedauerte: Königsegg, weil er die Gräfin Bellegarde geheiratet hatte, oder die ehemalige Gräfin Bellegarde, weil sie an Königsegg geraten war. Die Gräfin jedenfalls wurde von Tag zu Tag zickiger, es war also kein Wunder, wenn Königsegg der Bouteille und dem Jeu anheimfiel – oder Zuwendung bei einem Tier suchte.

Königsegg hatte sich höflich verbeugt, und Elisabeth – ganz die Landesmutter – hatte die Geste mit einem aufmunternden Nicken entgegengenommen. «Was machen die Zähne?»

Königseggs Miene hellte sich auf. «Sie kommen.»

«Frisst er immer noch Kuchen?»

«Am liebsten Torte. Aber der Züchter meint, ich soll die Ernährung möglichst bald auf, äh ...» Er zögerte einen Moment. «Auf kleingehacktes Fleisch umstellen.»

Elisabeth lächelte. «Was kann ich für Sie tun, Herr Generalleutnant?»

«Ich hatte eben ein Gespräch mit Commissario Tron», sagte Königsegg langsam. «Deshalb bin ich hier.»

«Den ich morgen Abend hoffentlich sehen werde. Hat er zugesagt?»

«Das hat er. Und auch die Fürstin von Montalcino wird kommen. Aber das war nicht der Grund, aus dem mich der Commissario um ein Gespräch gebeten hatte.»

«Und worum ging es?»

«Um den Anschlag auf das Leben des Kaisers.»

Elisabeth runzelte die Stirn. «Wir sind heute Vormittag an der Punta di Santa Marta gewesen und haben das Wrack des Schiffes besichtigt. Ich dachte, der Fall wäre erledigt.»

Königsegg seufzte. «Das dachte der Commissario auch.»

«Was ist passiert?»

«Es haben sich», begann Königsegg etwas umständlich, «Gesichtspunkte ergeben, die alles in einem völlig anderen Licht erscheinen lassen.»

Als der Oberhofmeister seinen Bericht beendet hatte, schwieg die Kaiserin eine Weile. Schließlich sagte sie kopfschüttelnd: «Das ist unglaublich.»

«Aber wahr. Der Commissario hat mich überzeugt.»

«Also hat der Kaiser mit Crenneville eine Natter an seinem Busen genährt.» Die Kaiserin sah Königsegg an. «Wollen Sie, dass ich mit Franz Joseph rede?»

Königsegg hob abwehrend die Hände. «Das wäre sinnlos und gefährlich. Der Kaiser würde sofort mit Crenneville sprechen, und der wäre gewarnt.»

«Was ist die Alternative?»

«Commissario Tron meint, diesen Mann rechtzeitig unschädlich zu machen.»

«Wie denn das? Der Commissario kennt den Mann nicht. Er weiß noch nicht einmal, ob es sich um einen Offizier handelt.»

«Das habe ich ihm auch gesagt.»

«Und was hat er Ihnen geantwortet?»

«Dass er Zeit und Ort des Anschlags zu kennen glaubt.»

«Das dürfte ihm nicht viel nützen», erwiderte Elisabeth. «Die Sicherung des kaiserlichen Besuchs liegt ausschließlich in den Händen des Militärs. Es gibt drei Sperrkreise», fuhr sie nach kurzem Nachdenken fort, «und höchstens zwei Dutzend Personen, die Zugang zum Sperrkreis eins haben. Die venezianische Polizei gelangt noch nicht einmal in die Nähe des Kaisers. Ich sehe nicht, was der Commissario ausrichten könnte.»

«Er muss nicht in die Nähe des Kaisers.»

«Wie?»

«Er muss nur in die Nähe des Attentäters», sagte Königsegg.

«Aber der Attentäter ist zum Zeitpunkt des Anschlags auf dem Dachboden des Palazzo Reale.»

Königsegg nickte. «Deshalb braucht der Commissario einen Passierschein und eine Uniform.»

Die Kaiserin erbleichte. «Sie meinen ...»

«Tron will den Mann auf dem Dachboden erwarten und festnehmen. Es ist die einzige Möglichkeit.»

Elisabeth wandte sich ab. Dann trat sie an eins der Fenster ihres Salons und starrte angestrengt in die Dunkelheit. Königsegg fragte sich, was sie beobachtete, denn über das Becken von San Marco hatte sich eine neblige Herbstnacht herabgesenkt, und außer ein paar Gaslaternen in den Giardini war draußen nichts zu sehen. Schließlich drehte die Kaiserin sich um und sagte: «Ich stelle dem Commissario einen Passierschein nur unter zwei Bedingungen aus.»

«Und die wären?»

«Die Uniform für den Commissario besorgen Sie.»

«Das ist kein Problem. Und die zweite Bedingung?»

Als die Kaiserin die zweite Bedingung nannte, wurde Königsegg bleich. «Majestät können unmöglich ...»

Eine energische Handbewegung schnitt ihm das Wort ab. «Ich kann sehr wohl. Wo ist der Commissario zu erreichen?»

«Im Palazzo Balbi-Valier.»

Der Ton der Kaiserin duldete keinen Widerspruch. «Dann schreiben Sie.»


## 51

Es war kurz vor zehn, als Tron am Molo aus der Gondel stieg. Ein leichter Nebel hatte sich über die Piazzetta gelegt, und die Gaslaternen vor Dogenpalast und Marciana malten gelbe Lichtkreise in die feuchte Luft. In der, wie Tron in den letzten Tagen festgestellt hatte, auch eine zunehmende Nervosität lag, die sich in einer Zweiteilung des militärischen Personals niedergeschlagen hatte. Während die angereisten kaiserlichen Offiziere sich in den zahlreichen Cafés an der Piazza vergnügten, war es die Aufgabe der in Venedig stationierten Soldaten – es handelte sich in der Regel um kroatische Jäger –, dafür zu sorgen, dass die Feierlichkeiten zum Besuch des Kaisers keine Störung erlitten.

So standen überall schlechtgelaunte Kroaten herum, die bei jeder Zusammenrottung rüde einschritten und gerne die Papiere einheimischer und auswärtiger Zivilisten kontrollierten. Tron sah, dass sich zwei kroatische Leutnants vor der Markussäule postiert hatten und seine Anlandung aufmerksam beobachteten. Würde er gezwungen sein, ihnen seine Papiere zu zeigen? Himmel – hatte er sie überhaupt bei sich?

Nein, er durfte unkontrolliert vorbeigehen, vielleicht flößte ihnen ja der neue (teure) Zylinderhut Respekt ein, den er sich hatte anschaffen müssen, nachdem sein alter auf der *Patna* verbrannt war.

Das Billett Königseggs hatte ihn vor einer Stunde im Palazzo Balbi-Valier erreicht. Die Mitteilung bestand aus drei knappen Zeilen, in denen ihn der Graf bat, um zehn Uhr ins Florian zu kommen.

Wie die Entscheidung der Kaiserin ausgefallen war, blieb offen. Aber die Nachricht war auf dickem, luxuriösem Papier verfasst worden, auf dem das Wappen der Kaiserin prangte – was immerhin darauf schließen ließ, dass eine längere Unterredung zwischen Königsegg und der Kaiserin stattgefunden hatte. Dass Königsegg ihn nicht wieder im Quadri, sondern ausgerechnet im aufrührerischen Florian treffen wollte, war eigenartig, aber Tron nahm an, dass der Oberhofmeister seine Gründe dafür hatte. Jedenfalls würde Königsegg unter diesen Umständen kaum seine Uniform tragen. Ob er wieder den kleinen Spartacus im Schlepptau haben würde? Tron musste unwillkürlich lächeln. Wahrscheinlich.

Er ging langsam weiter, passierte zahlreiche Stände, an denen *frittolini* oder geröstete Maronen verkauft wurden, und lief an Gruppen kaiserlicher Offiziere vorbei, die rauchend zusammenstanden. Vor dem Portal des Markusdoms blieb er stehen, um das hölzerne Podest zu betrachten, das der Kaiser morgen Nachmittag besteigen würde. Hier würde er das Wort an seine Untertanen richten. Das Podest war kniehoch, über zwei bequeme Stufen zu erreichen und von einem Geländer umgeben, das man noch mit Blumengirlanden schmücken würde. Zwei Sergeanten der kroatischen Jäger standen Wache, und als sie ihn misstrauisch beäugten – so als könne er eine Bombe unter seinem Zylinder versteckt haben –, setzte sich Tron vorsichtshalber wieder in Gang.

Keine Frage, überlegte er weiter, dass Königsegg ein ganz persönliches Interesse daran haben musste, einen Anschlag auf den Kaiser zu verhindern. Keine Frage auch, dass er wusste, wie sehr er ihm, Tron, verpflichtet war und dass er nicht die Absicht hatte, sich dieser Verpflichtung zu entziehen. Aber würde die Kaiserin sich auf dieses riskante Unternehmen einlassen? Würde sie ihm zutrauen, einen Mann – einen *professionellen Killer* – zu verhaften, von dem sich bereits gezeigt hatte, wie gefährlich er war? Andererseits: Was war die Alternative, wenn es sich verbot, mit dem Kaiser selbst zu sprechen? *Gab* es überhaupt eine Alternative?

Im Gegensatz zum Quadri war das Florian heute nur schwach besucht, was vermutlich daran lag, dass es von einem *cordon sanitaire* kroatischer Jäger umgeben war, die von jedem Gast – auch von Tron – die Papiere verlangten. Offiziere, ohnehin nur selten im Florian vertreten, sah Tron keine, auch schienen die Venezianer heute in der Minderzahl zu sein. Es dominierten die Fremden, Engländer in kariertem Tweed, zierliche Franzosen und vollbärtige Russen.

Königsegg, wie erwartet in Zivil, hatte im maurischen

Zimmer unter dem Bildnis einer schönen Orientalin Platz genommen. Ihm gegenüber und dem Raum den Rücken zukehrend, saß zu Trons Überraschung eine schlanke, schwarzgekleidete Dame, deren üppiges Haar unter einem Florentiner Reisehut verborgen war. Tron sah, dass sie einen Schleier trug. Ein wenig irritiert von der Anwesenheit einer dritten Person, trat er näher und verbeugte sich höflich. Dann drehte die Dame langsam ihren Kopf, und als Tron das Gesicht hinter dem Schleier erkannte, wäre er vor lauter Überraschung fast auf Spartacus getreten, der neben dem Tisch eine Kirschtorte verspeiste.

Merkwürdig, hatte Elisabeth vorhin gedacht, als Königsegg ihr seine Geschichte vorgetragen hatte – merkwürdig, wie ruhig sie geblieben war, nachdem sich die erste Überraschung gelegt hatte. So als wären in dieser Stadt finstere Mordkomplotte an der Tagesordnung und niemand dürfte einen Grund haben, die Fassung zu verlieren. Und hatte man nicht zugleich immer den Eindruck, als würde hier, wo jeder Campo und jedes Café wie eine Opernkulisse wirkte, nur ein weiteres Theaterstück aufgeführt? Und sich die Akteure, nachdem der Vorhang gefallen war, verbeugen und die Masken abnehmen?

Elisabeth hatte dennoch kurz erwogen, den Kaiser über dieses Komplott zu informieren. Nur, was würde dann geschehen? Königsegg hatte recht. Franz Joseph würde Crenneville zur Rede stellen und dieser ihm ein Märchen auftischen. Der Feldzeugmeister würde die Operation sofort abbrechen, aber nur, um sie zu einer anderen Zeit und an einem anderen Ort zu wiederholen. Es war also unumgänglich, ihm die Maske des Biedermanns vom Gesicht zu reißen – und zwar hier und jetzt.

Nachdem die kurzen Zeilen an den Commissario diktiert worden waren, hatte sich Elisabeth ohne die Hilfe ihrer Zofe umgezogen: ein schlichtes Kleid, der Reisehut mit dem Schleier, die geknöpften Stiefeletten und der unauffällige Umhang, den sie letztes Jahr in München gekauft hatte. Eine halbe Stunde später hatten sie, zusammen mit Spartacus (eine gute Tarnung), den Palazzo Reale durch den Eingang in der Ala Napoleonica verlassen und den Markusplatz betreten. Wieder hatte sie festgestellt, wie ungleich intensiver alles auf sie wirkte, wenn sie es nicht aus ihrer Entourage heraus betrachtete. Und wenn niemand sie mit neugierigen Blicken belästigte. Ob es Franz Joseph auch so ging, dass ihn das ständige Beglotztwerden am Sehen hinderte? Jedenfalls stand ihr jetzt alles wunderbar scharf vor Augen: die von Gaslaternen wie von leuchtenden Girlanden eingefasste Piazza, das Gewoge der Menschenmenge, der leichte Nebelschleier, der sich über den Markusplatz gebreitet hatte und durch den die Tauben wie Gespenster flatterten. Ein feuchter Salzgeruch, dem ein fauliger Unterton wie die Herznote eines Parfums beigemischt war, lag über dem Platz, und darüber schwebte, als Kopfnote, der Duft gerösteter Maronen, die überall an Ständen verkauft wurden.

Das Florian allerdings war – wie so vieles, von dem man sich übertriebene Vorstellungen gemacht hatte und es dann klopfenden Herzens tatsächlich kennenlernte – eine Enttäuschung. Hübsch, die hintereinanderliegenden, fast wie gemütliche Wohnzimmer eingerichteten Salons, aber keine Spur von hitzig diskutierenden Venezianern, die aufrührerische Pamphlete entwarfen und nach jedem Schluck aus der Kaffeetasse in donnernde Hochrufe auf Garibaldi ausbrachen – so hatte Franz Joseph ihr das Florian immer geschildert. Die einzige aufrührerische Handlung, die sie registrierte, wurde von einem gebrechlich aussehenden Cavaliere begangen, der zu einem Stück Schokoladentorte in der *Stampa di Torino* blätterte, was zweifellos verboten war. Aber Elisabeth glaubte nicht, dass die venezianische Polizei in einem solchen Fall einschritt. Im Übrigen war das Florian bemerkenswert leer. Wahrscheinlich machten sich die üblichen Gäste deshalb rar, weil jeder am Eingang genau kontrolliert wurde.

Sie hatten sich, nach nervösem Herumgegucke Königseggs, im maurischen Zimmer niedergelassen, das sie sich mit einem (russischen?) Ehepaar teilten, welches sich über zwei Kännchen Kaffee (hier wurden nur Kännchen serviert) und zwei Windbeuteln hinweg anschwieg. Als der Kellner kam, hatte sie darauf bestanden, einen *Eisbecher Italia* zu bestellen – ein harmloser Name für eine österreichfeindliche Kreation aus rotem Kirsch-, weißem Zitronen- und grünem Pistazieneis, die im venezianischen Volksmund *Coppa Garibaldi* hieß. Unter diesen Umständen kam der Kellner bestimmt nicht darauf, dass er soeben die Kaiserin von Österreich bedient hatte. Königsegg, der ihre Wahl selbstverständlich missbilligte und noch immer eine Miene machte, als würde der Schinderkarren seiner harren, hatte sich demonstrativ einen Kaiserschmarrn mit Apfelkompott (jawohl, auch das gab es hier) bestellt.

Kurz nach zehn trat der Commissario an ihren Tisch. Elisabeth drehte ihren Kopf und beobachtete amüsiert, wie sein Unterkiefer herabklappte und ziemlich lange in dieser Position verharrte, als er sie erkannte.

«Die *Grä-fin*», sagte Königsegg, indem er die beiden Silben des Wortes getrennt aussprach und Tron einen beschwörenden Blick zuwarf, «hatte den Wunsch geäußert, das Schriftstück persönlich zu übergeben.»

Es dauerte eine halbe Minute – oder auch länger –, bis es Tron gelungen war, seinen Unterkiefer wieder in eine zivilisierte Position zu befördern. Dann beugte er sich über die lächelnd emporgestreckte Hand, deutete einen Handkuss an und richtete seinen Blick auf *die Gräfin* – einen Blick, den sie mit großer Unbefangenheit, fast mit einer gewissen Intimität, wie es Tron schien, erwiderte. Er sah die hohe Stirn, die leicht über die Unterlippe ragende Oberlippe, die ironisch geschwungenen Mundwinkel, die Spur von Grübchen zu beiden Seiten der Mundes und die großen dunkelbraunen Augen – kein Zweifel, es handelte sich um die Kaiserin, die jetzt leibhaftig vor ihm saß und offenbar im Begriff war, eine *Coppa Garibaldi* zu verspeisen.

Tron räusperte sich. «Gräfin Hohenembs, wenn ich mich richtig erinnere.»

Die Kaiserin lächelte ein wenig sentimental. Dann sagte sie in ihrem weichen, bayerisch gefärbten Deutsch: «Sie erinnern sich richtig, Conte.»

«Ich hatte nicht erwartet, Sie hier anzutreffen.» Allmählich hatte Tron die Fassung wiedergewonnen.

«Und ich hatte nicht erwartet», sagte die Kaiserin immer noch lächelnd, «Sie vor dem morgigen Ball zu sehen.» Dann beugte sie sich mit ernster Miene über den Tisch. «Was genau haben Sie vor, Commissario?»

«Mich um vier auf den Dachboden zu begeben und den Mann zu verhaften.»

Tron hatte neben Königsegg Platz genommen, der mit gequälter Miene in seinem Kaiserschmarrn stocherte. Unter dem Tisch waren Schlabbergeräusche zu hören – Spartacus leckte gerade den Teller ab.

Die Kaiserin runzelte die Stirn. «Einfach so?»

«Ich werde bewaffnet sein, Gräfin», sagte Tron. «Und wenn es zum Nahkampf kommt» setzte er hinzu, «dürfte dem Mann sein Scharfschützengewehr nicht viel nützen.» Er freute sich, dass ihm das Wort *Nahkampf* eingefallen war.

Das Wort verfehlte seine Wirkung auf die Kaiserin nicht. Sie machte ein erschrockenes Gesicht. «Rechnen Sie damit, dass es zu einem solchen Kampf kommt?»

Tron schüttelte den Kopf. «Ich rechne damit, dass sich der Mann sofort ergibt.»

«Warum sind Sie sich da so sicher?» Die Kaiserin führte einen Löffel Pistazieneis zum Mund und trank anschließend einen Schluck Kaffee. Tron fiel auf, dass sie immer von einer Eissorte zur anderen wechselte, sodass die *subversive* Farbkombination der *Coppa Garibaldi* erhalten blieb.

«Wir haben es mit einem *professionellen Killer* zu tun», sagte Tron fachmännisch. «Diese Leute sind *käuflich*. Wir müssen ihm nur mehr bieten als die Kreise, die Crenneville vertritt.»

Die Kaiserin hatte sofort verstanden. «Sie meinen, er nennt uns seine Hintermänner? Gegen Geld und Straffreiheit?»

Tron nickte. «Es wird nicht zu einem Kampf kommen; höchstens zu einem Kampf mit Worten.»

«Welche Sicherheit können Sie ihm bieten?»

«Keine», sagte Tron. «Aber wir haben auch keine Garantie, dass er redet. Wir werden uns gegenseitig vertrauen müssen.»

«Und was geschieht mit dem Mann, nachdem Sie ihn verhaftet haben? Werden Sie ihn der Wachmannschaft des

Palazzo Reale übergeben?» Die Kaiserin zögerte einen Moment, bevor sie weitersprach. «Die vielleicht dafür sorgt, dass er ...»

«Auf der Flucht erschossen wird?»

«Eine Lösung, die auf der Hand läge. Tote können nicht reden.»

«Deshalb», sagte Tron, «übergebe ich ihn auch nicht der Wachmannschaft, sondern der Kommandantura.»

Die Kaiserin runzelte die Stirn. «Aber Sie müssen mit ihm am Wachpersonal des Palazzo Reale vorbei.»

Tron schüttelte den Kopf. «Muss ich nicht. Ich bringe ihn in die Marciana.»

«In die Marciana?»

«Vor ein paar Jahren ist Silberbesteck aus dem Palazzo Reale verschwunden. Als die Militärpolizei nicht weiterkam, hat sie uns um Hilfe gebeten. Wir haben dann herausgefunden, dass es auf dem Dachboden eine Verbindung zwischen dem Palazzo Reale und der Marciana gibt. Es hatte sich um einen Einbruchdiebstahl gehandelt. Die Diebe sind über den Dachboden der Marciana in den Palazzo Reale eingedrungen.»

Königsegg hob den Kopf von seinem Kaiserschmarrn und sah Tron überrascht an. «Es gibt eine Verbindung zwischen den beiden Dachböden?»

Tron nickte. «Ich könnte den Mann in die Marciana bringen und warten, bis die Soldaten, die während der kaiserlichen Ansprache den Zugang zur Bibliothek sperren, wieder abgezogen sind. Dann schaffe ich ihn in die Kommandantura. Toggenburg ist nicht in die Angelegenheit verwickelt.»

«Und dann?»

«Werden zu viele Leute Bescheid wissen. Toggenburg,

sein Adjutant, der vernehmende Offizier und ich. Zu viele, um sie alle zu töten.»

«Womit Crenneville erledigt wäre», sagte Königsegg mit einer gewissen Genugtuung.

«Und auch die Leute, die hinter ihm stehen», fügte die Kaiserin hinzu. Sie aß einen weiteren Löffel Pistazieneis und trank anschließend wieder einen Schluck Kaffee. Dann zog sie einen zusammengefalteten Bogen aus ihrer Handtasche und reichte ihn über den Tisch. «Das ist das Dokument, um das Sie mich gebeten hatten. Sie müssen nur noch Namen, Regiment und Rang eintragen.» Sie wandte sich an Königsegg. «Was ist mit der Uniform für den Commissario?»

Königsegg hatte sich unter den Tisch gebeugt, um mit Spartacus zu sprechen. Als er wieder hochkam, sah Tron, dass ein wenig Kirschtorte an seinen Lippen klebte. «Wegen der Uniform», sagte Königsegg, wobei er zur Serviette griff, um sich den Mund abzuwischen, «wenden Sie sich an Signor Carducci. Er erwartet Sie bereits.»

«Der Uniformschneider in der Calle Gritti?»

«Sie werden allerdings die Uniform nehmen müssen, die Ihnen passt. Carducci wird in der kurzen Zeit nicht viel ändern können.» Er bückte sich, um den Rest seines Kaiserschmarrns unter den Tisch zu stellen, was mit einem freudigen *Wuff* begrüßt wurde.

«Hat er eine gewisse Auswahl?»

Königsegg, wieder aufgetaucht, nickte. «Sie werden etwas finden, das Ihnen zusagt, Commissario.»

«Dann suche ich mir etwas möglichst Schlichtes aus», sagte Tron.

## 52

Tron trat einen Schritt von dem Ankleidespiegel zurück und machte einer Vierteldrehung nach rechts, um sich von der Seite zu betrachten. Die Sonne, die durch das geöffnete Fenster ins Schlafzimmer der Principessa schien, brachte das Karmesinrot der Uniform zum Leuchten und ließ die üppigen silbernen Stickereien auf Brust und Ärmeln aufblitzen. Aus Gründen, die Tron nicht kannte, war der Helm mit dunklem Fell überzogen. Darauf war rätselhafterweise eine Metallkugel befestigt, aus der eine große Straußenfeder ragte, die bei jeder Kopfbewegung heftig wippte. Tron vermutete, dass beim Entwurf dieser Uniform Alkohol im Spiel gewesen war.

«Wir haben mindestens ein Dutzend Uniformen anprobiert», sagte er, indem er sich bemühte, den Kopf nicht zu bewegen. «Die einzige, die mir gepasst hat, war diese hier. Und zu der hatte Carducci auch noch ein Paar Stiefel.»

Die Stiefel, ebenfalls mit üppigen silbernen Stickereien verziert, bestanden aus gelbgefärbtem Leder und reichten fast bis zu den Knien. Da sie zu groß waren, hatte Tron sie mit Zeitungspapier ausgestopft. Gehen konnte er nur, wenn er die Fußspitzen nach außen drehte.

«Was bist du jetzt?», wollte die Principessa wissen. Sie saß wie ein junges Mädchen mit angezogenen Beinen auf dem Fensterbrett des Schlafzimmers und rauchte eine Zigarette. Ein milder Westwind hatte den morgendlichen Nebel vertrieben, und der Himmel hinter der Principessa war wolkenlos blau. Das Wetter, dachte Tron, würde sich auf jeden Fall bis zum Abend halten.

«Ich bin ein Rittmeister der Honved-Husaren», sagte

Tron. «Eigentlich gehört zu dieser Uniform noch ein Tigerfell, das ich über der linken Schulter tragen müsste. Aber es hat nach Fisch gerochen, und wir haben es weggelassen. Signor Carducci meint, an diesem Punkt sind die Adjustierungsvorschriften unklar.»

«Du siehst ziemlich auffällig aus», stellte die Principessa fest.

«Würde jemand, der nicht bemerkt werden möchte, eine solche Uniform tragen?»

«Wahrscheinlich nicht.»

Tron nickte. «Also ist diese Uniform die beste Tarnung, die es nur geben kann.»

«Wie genau wird es ablaufen?»

«Völlig undramatisch», sagte Tron. «Ich gehe, nachdem ich meinen Passierschein ein paarmal vorgezeigt habe, die Personaltreppe bis ganz nach oben und betrete den Dachboden. Wo sich der Mann vermutlich bereits aufhalten wird.»

«Und dann?»

«Stelle ich mich vor und unterbreite ihm unseren Vorschlag.»

«So als hättet ihr euch gemütlich in einem Café verabredet?»

«Genau.»

«Wirst du bewaffnet sein?»

«Ich werde einen Revolver und ein Paar Handschellen mitnehmen.» Tron lächelte. «Falls der Mann meinen Argumenten nicht folgen kann. Aber es gibt keinen Grund, dieses Gespräch unnötig zu dramatisieren.»

Die Principessa war noch immer nicht überzeugt. «Und du glaubst, dass sich der Mann auf den Handel einlassen wird?»

«Das hat mich die Kaiserin auch gefragt.»

«Was hast du ihr geantwortet?»

«Dass ich überzeugende Argumente habe. Alles, was der Mann bisher getan hat, war äußerst rational. Er tötet nur, wenn er muss. Und er hatte gute Gründe, mich ebenfalls zu töten.»

«Die er jetzt nicht mehr hat, glaubst du.»

Tron schüttelte den Kopf. «Der Mann ist kein Fanatiker.»

«Hat das die Kaiserin überzeugt?»

«Ich denke schon.»

«Erstaunlich, dass sie dich ausgerechnet im Florian treffen wollte.»

«Absolut nicht. Das Florian ist so ziemlich der letzte Ort, an dem man die Kaiserin von Österreich erwarten würde.»

«Sie ist eine bemerkenswerte Frau. Es wird interessant sein, sie kennenzulernen.» Die Principessa sah auf die Uhr, die wie ein Medaillon an ihrer Halskette hing. «Wann musst du los?»

«Gleich.»

«Ich hasse es, wenn du zu deinen Verabredungen gehst.»

Tron lächelte. «Verabredung ist das richtige Wort. Ich werde ein Gespräch führen, den Mann in Sicherheit bringen und spätestens um sechs wieder zurück sein. Dann ist noch reichlich Zeit, sich für den Ball umzuziehen.»

Venedig leuchtete. Als Tron zwanzig Minuten später an der Calle Vallaresso aus der Gondel stieg und sich der Rückfront der Ala Napoleonica näherte (er wollte in seiner Uniform nicht über die Piazza laufen), spannte sich ein Himmel aus reinstem Della-Robbia-Blau über der Stadt. Es war fast sommerlich warm, und nach wenigen Schritten fing Tron an, unter seinem pelzbezogenen Helm mit der Straußenfeder zu schwitzen. Auch die prunkvollen gelben Stiefel, wohl eher für eine Fortbewegung zu Pferde gedacht, waren höchst ungeeignet. Nachdem Tron das Zeitungspapier, das seinen Füßen Halt geben sollte, flachgetreten hatte, lockerten sich die Stiefel, und er war gezwungen, mit kleinen, watschelnden Trippelschritten zu gehen.

Was allerdings in dem Menschengedränge, in das er sofort geraten war, nicht auffiel. Erstaunlich, dachte Tron, wie groß das Interesse der Venezianer am öffentlichen Auftritt des Kaisers war. Ein regelrechter Menschenstrom wälzte sich durch die schmalen Gassen, die zur Piazza führten, und als die Menge sich vor der Ala Napoleonica staute, erwies sich Trons prunkvolle Husarenuniform als nützlich: Man machte ihm respektvoll Platz, was er mit einem freundlichen Tippen des Zeigefingers an die Schläfe beantwortete.

Die erste Kontrolle, von kroatischen Jägern vorgenommen, fand unmittelbar vor dem Eingang des Palazzo Reale statt. Sie bestand aus einem bewundernden Blick auf Trons Uniform, dem ein militärischer Gruß und ein devotes Beiseitetreten folgte. Die zweite Kontrolle erfolgte im Vestibül des Palazzo Reale und oblag einem Kapitän der Trabantenleibgarde – er trug eine dunkelgrüne Uniformjacke mit scharlachroten Aufschlägen, dazu eine weiße, hirschlederne Hose und musterte Trons wippende Straußenfeder mit einem Kennerblick. Als er den Passierschein mit der Unterschrift der Kaiserin sah, nahm er sofort Haltung an und schlug die Hacken zusammen.

Am Fuß der großen Treppe, die in den Ballsaal führte, wandte sich Tron nach links. Er durchquerte ein zweites Vestibül, in dem ein paar Offiziere rauchend zusammenstanden, und gelangte von dort in den langen Flur, an dessen

Ende die Wendeltreppe zum Dachboden lag. Da sich die Kaiserin und der Kaiser mit ihrem Gefolge im Markusdom befanden, hatte Tron erwartet, einen nur mäßig belebten Palazzo Reale vorzufinden. Tatsächlich aber kamen ihm ganze Heerscharen von Lakaien entgegen, Ordonnanzen liefen an ihm vorbei, ein Feldkurat begegnete ihm, und auch auf der Wendeltreppe musste er zweimal einer Zofe ausweichen, die einen Wäschekorb nach unten trug.

Tron betrat den Dachboden des Palazzo Reale kurz nach drei Uhr nachmittags. Die Tür am Ende der Wendeltreppe war nicht verschlossen, und er hatte sich keine Mühe gegeben, sie leise zu öffnen. Der Mann durfte ihn ruhig hören. Er sollte ihn sogar hören. Tron zog die Tür hinter sich ins Schloss und blieb einen Moment stehen, um seine Augen an das Dämmerlicht auf dem Dachboden zu gewöhnen. Wie lange war es her, dass sie wegen des verschwundenen silbernen Bestecks im Palazzo Reale ermittelt hatten? Fünf Jahre? Sechs Jahre? Jedenfalls hatte Tron einen großen, ungeteilten Raum in Erinnerung gehabt, aber jetzt sah er, dass der Dachboden in einzelne Bretterkabinen abgetrennt war. In einer standen zwei Stühle, in einer anderen eine Kommode und eine Schneiderpuppe. Alle anderen Kabinen waren leer. Das Licht kam aus zwei schrägen Dachluken, und da die Luft von winzigen Staubpartikeln erfüllt war, fiel ein schartiges Lichtband auf die groben Holzdielen herab. Gab es die Fledermäuse noch? Als Tron den Kopf hob, konnte er sie erkennen. Sie hingen, die kleinen Köpfe nach unten, dicht zusammengedrängt an den Dachsparren, und Tron musste unwillkürlich an Bossi denken. Er würde ihm nie glauben, dass sich diese Tiere von Insekten ernährten und nicht vom Blut der Menschen.

Er wandte sich nach rechts und blieb am Ende des Ganges zwischen den hölzernen Verschlägen stehen. Hier war das Licht am schwächsten, und es dauerte ein paar Sekunden, bis Tron entdeckte, wonach er suchte. Auf den ersten Blick Teil der bretterverkleideten Trennwand zwischen dem Dachboden des Palazzo Reale und der Marciana, war die schmale Tür tatsächlich kaum zu erkennen. Tron setzte seinen Fellhelm ab, ließ ihn zu Boden fallen und holte tief Atem. Dann drückte er vorsichtig gegen das Holz. Der Türflügel schwang knarrend auf, und ein Schritt über die Schwelle brachte ihn auf den Dachboden der Marciana.

Hier war die Luft frischer, ein leichter Zug bewegte die Spinnweben an den Deckenbalken, und Tron sah sofort, woran es lag: Die Dachluke, eine von dreien des Bodenraums, war eine Handbreit geöffnet worden, und irgendjemand hatte ein Stück Holz unter den Rahmen geklemmt, um zu verhindern, dass sie wieder zufiel. Unter der Dachluke stand eine hölzerne Kiste, zwei Schritte davon entfernt sah Tron einen mächtigen Stützbalken, aus dem ein eiserner Ring ragte. In dem Augenblick, in dem er das Gewehr entdeckte – es lag vor der Kiste auf dem Boden –, sagte eine Stimme hinter ihm: «Nehmen Sie die Hände hoch und drehen Sie sich nicht um.»

Die Stimme war nicht laut, aber sie klang scharf und bestimmt. Vor allem war ihr das unverkennbare Geräusch vorangegangen, mit dem der Hahn eines Revolvers gespannt wird. Tron hob automatisch die Arme. Dann trat jemand von hinten an ihn heran, schlug seine Uniformjacke hoch und nahm Trons Handschellen und Waffe an sich.

«Gehen Sie bis zu dem Stützbalken weiter», sagte die Stimme. «Sie dürfen die Arme senken.»

Tron folgte dem Befehl. Er spürte, wie sich die eine

Handschelle um sein rechtes Handgelenk schloss. Die andere wurde an dem eisernen Ring des Dachbalkens befestigt. Schließlich sagte die Stimme: «Sie können sich jetzt umdrehen, Commissario.»

Der Mann, der direkt unter der Dachluke stand, trug die Uniform eines Leutnants der Innsbrucker Kaiserjäger und sah ihn mit leicht emporgezogenen Augenbrauen an. Er war glatt rasiert, hatte ein gutgeschnittenes Gesicht und dunkle, mit grauen Strähnen durchzogene Haare, die an den Schläfen zurückwichen. Das von oben auf ihn herabfallende Licht betonte das makellose Weiß seiner Uniformjacke und ließ die scharfen Linien neben seinen Mundwinkeln hervortreten. Den Revolver hatte er lässig in seinen Gürtel gesteckt. Ein *professioneller Killer*, dachte Tron, sieht anders aus – kälter, gnadenloser. Er dachte an Zorzis Tod, um Abscheu gegenüber diesem Mann zu empfinden, aber es gelang ihm nicht.

«Der Polizeipräsident hatte dem Generaladjutanten versichert, dass Sie sich raushalten würden, Commissario», sagte der Mann ruhig, nachdem er Tron gemustert hatte. Sein Italienisch hatte einen Einschlag ins Venezianische.

Tron runzelte die Stirn. «Sie wissen, wer ich bin?»

«Jedenfalls kein Rittmeister der Honved-Husaren. Was wollen Sie?»

«Dass Sie aufgeben. Sie können den Anschlag nicht mehr als Tat eines italienischen Patrioten verkaufen. Es wissen inzwischen zu viele Leute über die Militärverschwörung Bescheid.»

Ein flüchtiges Lächeln erschien auf dem Gesicht des Mannes. Dann sagte er etwas, das Tron nicht verstand. Er sagte: «Es gibt keine Militärverschwörung, Commissario.

Mein Auftrag bestand darin, mit Platzpatronen auf den Kaiser zu feuern.» Mit einem Achselzucken setzte er hinzu: «Nichts steigert das Ansehen eines Monarchen so sehr wie ein fehlgeschlagenes Attentat.»

Einen Augenblick lang war Tron davon überzeugt, dass der Mann etwas völlig Sinnloses gesagt hatte. Etwas, das weder zu dem passte, was sich in den letzten Tagen zugetragen hatte, noch zu dem, was sich hier auf dem Dachboden zutrug. Es war das Wort *Platzpatronen*, an dem sein Verstand schließlich andockte und das dem Satz einen Sinn verlieh. Tron unterdrückte erfolgreich den Impuls, in ein hysterisches Gelächter auszubrechen. Er musste mehrmals schlucken, bevor er sprechen konnte. «Sie meinen, es war alles ein ...» Er brach den Satz ab, weil ihm das richtige Wort fehlte.

«Ein Schmierentheater», bestätigte der Mann ruhig.

Ja, dachte Tron. Genau das war es. Nur dass dieses *Schmierentheater* ein paar Leute das Leben gekostet hatte. Er räusperte sich und sagte: «Deshalb also wollte Crenneville, dass wir uns aus der Angelegenheit heraushalten.»

Der Mann nickte. Und dann sagte er zum zweiten Mal etwas, das Tron nicht verstand – das Tron überhaupt nicht verstand. Er sagte, ohne die Stimme zu heben und in beiläufigem Ton: «Allerdings konnte er nicht wissen, dass Sie recht hatten, Commissario.»

*Dass Sie recht hatten, Commissario* –? Tron hatte plötzlich das unangenehme Gefühl, dass sein Verstand sich aus dem Schädel löste und langsam durch die Dachluke hindurch in den blauen Himmel schwebte. Er atmete tief durch und wartete darauf, dass der Satz irgendeinen Sinn ergab. Aber der Satz ergab keinen Sinn.

«Ich werde *keine* Platzpatronen benutzen», fuhr der Mann fort. Er nahm das Gewehr vom Boden, klappte den

Lauf zurück und schob eine Patrone in die Kammer. Dann sagte er: «Ich werde den Kaiser töten.»

*Ich werde den Kaiser töten* – das war, dachte Tron, wenigstens ein eindeutiger Satz, knapp und kurz wie aus einer Schulgrammatik. *Caedam Caesarem.* Zorzi fiel ihm ein, dann das Seminario Patriarchale und die schwarzen Schuluniformen, in denen sie alle wie kleine Priester aussahen; er musste an die Kälte im Winter denken und Zorzis blaugefrorene Finger. Er starrte den Mann an. «Für wen arbeiten Sie? Für Turin? Für Garibaldi?»

Der Mann setzte das Gewehr ab, und plötzlich sah er grau und müde aus, wie jemand, der tagelang nicht geschlafen hatte. «Weder – noch. Ich war Kommandant einer Spezialeinheit, die einen Trupp Rothemden verfolgt hatte. Die Rothemden hatten sich bei Einbruch der Dunkelheit in ein Haus in der Nähe von Torre di Benaco geflüchtet, und wir hatten das Gebäude umstellt. Das ist auf der Ostseite des Gardasees. Ich komme aus dieser Gegend.» Nach einer kurzen Pause fügte er hinzu: «In diesem Haus hielten sich auch eine Frau und ein Kind auf. Deshalb haben wir es nicht gestürmt.»

«Wann war das?»

«Im Sommer neunundfünfzig», sagte der Mann. «Wir haben Verstärkung aus Verona angefordert. Ich dachte, eine Übermacht würde die Rothemden bewegen aufzugeben. Die Verstärkung kam im Morgengrauen, aber der kommandierende Offizier wollte nicht verhandeln. Die Frau und das Kind haben ihn nicht interessiert.» Der Mann verstummte und starrte auf das Gewehr, das er in den Händen hielt. «Sie haben das Haus in Brand gesteckt», sagte er schließlich. «Als die Rothemden mit erhobenen Händen herauskamen, sind sie erschossen worden.»

«Und die Frau und das Kind?», fragte Tron.

«Sie wurden ebenfalls erschossen», sagte der Mann ruhig. «Der Offizier ist anschließend von Franz Joseph dekoriert worden.»

Tron räusperte sich. Die Frage war überflüssig, denn er wusste die Antwort bereits. Er sagte: «Kannten Sie die Frau und das Kind?»

Der Mann nickte ausdruckslos. «Sie waren meine Frau und meine Tochter.»

Eine Stille trat ein. Sie dauerte an, und plötzlich fing die *malefico* an zu läuten, so laut, dass die Holzbalken des Dachstuhls vibrierten.

Der Mann drehte sich ohne Hast um und stieg auf die Kiste. Dann hob er das Gewehr an die Schulter und legte an, wobei er den Lauf der Waffe auf den Rahmen der Dachluke stützte. Als die *malefico* schwieg, bewegten sich seine Lippen, so als würde er zählen oder ein Gebet sprechen.

## 53

Die Hochrufe, erst vereinzelt und zaghaft, dann zu einem mächtigen Getöse anschwellend, setzten in dem Moment ein, als Franz Joseph an der Seite der Kaiserin aus dem Dämmerlicht des Markusdoms auf die Piazza trat. Da ihm die Sonne ins Gesicht schien, konnte er die Menge nicht sehen, aber er spürte ihre Anwesenheit, hörte ihre summende Erregung und fühlte, dass sie ihm nicht feindlich gesinnt war.

Jedenfalls war er sich sicher, dass er eine *bella figura* machte. Er trug die Uniform eines Generalfeldmarschalls, eine weiße, fast vollständig von blitzenden Orden bedeckte Uniformjacke, dazu die rote Hose mit den goldenen Galons, an der Seite den Säbel, der ihn zu würdevollem Ausschreiten zwang, wenn er vermeiden wollte, dass ihm die Waffe bei jedem Schritt gegen die Kniescheibe schlug. Hinter ihm drängte sich der übliche Kometenschweif hoher und höchster Offiziere. Alle trugen Paradeuniformen, und die Sonne, die am südwestlichen Himmel stand, brachte ihre Distinktionen zum Funkeln und ließ ihre wehenden Federbüsche aufleuchten.

Während Franz Joseph auf das Podest zuschritt, hob er mehrmals grüßend den Arm, was jedes Mal eine neue Salve von Hochrufen auslöste, diesmal hauptsächlich aus den Kehlen der Leibgarde-Infanteriekompanie, die sich in Doppelreihen zwischen die kaiserliche Entourage und die Menge geschoben hatte und eine halbkreisförmige Sperrzone vor dem Eingang des Markusdoms markierte. Auch die Leibgarde war in Paradejustierung. Die Gardisten trugen dunkelgrüne Waffenröcke mit scharlachroten Aufschlägen, Schuppenepauletten mit Fangschnüren, auf den Köpfen hatten sie Pickelhauben mit schwarzen Rosshaarbüschen – ein prächtiger Anblick, bei dem Franz Joseph vor Freude das Herz im Leibe klopfte.

Als die *malefico* anfing zu läuten, löste er sich mit einer kleinen Verbeugung von der Kaiserin und stieg langsam die drei Stufen zur Plattform empor. Man hatte einen roten Teppich auf den Planken ausgebreitet, links und rechts waren zwei große Blumenkübel aus Terrakotta aufgestellt worden. Auf der anderen Seite der Plattform, vor einem hüfthohen, lorbeerumkränzten Geländer, blieb Franz Joseph stehen.

Und hier, von dieser leicht erhöhten Position aus, konnte er sehen, dass der Markusplatz bis zur Ala Napoleonica tatsächlich voller Menschen war. Sie standen dicht an dicht, ein buntes Gewoge von Uniformen, Gehröcken, Kleidern und Sonnenschirmen, aus dem heraus noch immer vereinzelte Hochrufe ertönten. Einige am Fuß des Campanile versammelte Damen hatten ihre Taschentücher gezückt und winkten ihm begeistert zu, was ihn dazu veranlasste, lächelnd den Arm zu heben und eine galante Verbeugung anzudeuten – eine kleine private Geste, die sofort verzücktes Gekreische und ein verstärktes Gefuchtel der Taschentücher zur Folge hatte. Einen herrlichen Augenblick lang kam sich Franz Joseph vor wie sein Namensvetter Franz Liszt, auf dessen Konzerten die Damen vor lauter Verzückung – so hatte man ihm berichtet – regelrechte Ohnmachtsanfälle erlitten. Ob eine der Damen vor dem Campanile wohl gerade in Ohnmacht gefallen war? Dies war leider nicht zu erkennen, aber ausschließen konnte man es nicht.

Franz Joseph ließ seinen Blick über die Menge schweifen und stellte befriedigt fest, dass die Nervosität, die ihn jedes Mal überfallen hatte, wenn er an seinen Auftritt auf dem Podest dachte, verschwunden war. Während der Patriarch von Venedig eine langweilige Predigt in holprigem Deutsch gehalten hatte, war ihm plötzlich eingefallen, wie er seiner Erregung Herr werden könnte: indem er sich vorstellte, es würde sich alles in seinem Schlafzimmer abspielen, die *malefico* wäre das Glöckchen und der Schuss das *Plopp* der Fliegenklatsche auf die Hutschachtel.

Franz Joseph atmete tief durch und nahm eine entspannte und zugleich majestätische Haltung ein. Den Arm, den er kurz nachdem die Fliegenklatsche auf die Hutschachtel niedergesaust wäre, hochreißen würde, hielt er einsatzbereit angewinkelt. Es wäre fatal, wenn er sich dabei mit dem Säbel verhedderte. Als das Geläut der *malefico* abbrach, war er ganz konzentriert – er sah seinen Kammerdiener Rottner mit Glöckchen und Fliegenklatsche klar und deutlich vor sich. Franz Joseph reckte das Kinn hoch, schloss die Augen und fing langsam an zu zählen. *Eins, zwei, drei, vier, fünf, sechs ...*

Die Detonation war so laut, dass sie Tron einen Moment lang taub machte. Sie scheuchte die Fledermäuse an den Dachsparren aus ihrem Schlaf und brachte sie dazu, wie wild durch den Raum zu flattern. Sie hätte auch den Mann mit dem Gewehr dazu gebracht, sich umzudrehen, wenn er noch dazu in der Lage gewesen wäre. Tron sah, wie sein Kopf nach vorne geschleudert wurde und seine Stirn hart gegen den Rahmen der Dachluke schlug. Dann gab er einen erstickten Laut von sich, seine Beine knickten ein, und er stürzte polternd zu Boden. Dort lag er in der gleichen Haltung, in der auch Ziani vor dem Schrank gelegen hatte, nur dass auf seiner linken Schläfe ein Loch klaffte, aus dem Blut und Gehirnmasse sickerte.

Tron riss den Kopf herum. Sein Herz schlug so heftig, dass er grelles Licht vor seinen Augen tanzen sah, wie das Nachglühen eines Blitzstrahls, und es dauerte ein paar Sekunden, bis er erkannte, dass es sich bei dem Uniformierten, der vor der Verbindungstür zum Palazzo Reale stand, um Königsegg handelte. Der Generalleutnant, in korrekter Paradeuniform, war noch in der Position, die er beim Feuern eingenommen hatte: Sein linkes Auge hatte er zugekniffen, die linke Hand umklammerte das Handgelenk des Waffenarms. Er sah auf eine irritierende Weise professionell aus, und Tron fragte sich, ob er den Grafen nicht unterschätzt hatte.

Königsegg, den rauchenden Revolver in der Hand, war mit schnellen Schritten neben Tron getreten und sah ihn besorgt an. Die herumschwirrenden Fledermäuse wehrte er ab wie lästige Fliegen. Von der Piazza waren jetzt undeutlich Schreie zu hören, dann schien eine laute Stimme einen Befehl zu geben. «Sind Sie verletzt, Commissario?»

Tron schüttelte den Kopf. Seine Ohren dröhnten noch immer von der Explosion, und er fühlte sich benommen, aber das war alles. «Der Mann», stammelte er, «hatte nicht die Absicht, mich zu verletzen.» Das tat eigentlich nichts zur Sache, aber er hatte das dringende Bedürfnis, es auszusprechen.

«Hat der Bursche noch feuern können?»

Tron deutete mit seiner freien linken Hand auf die Waffe, die neben dem Toten auf dem Boden lag. «Wenn der Mann das Gewehr abgefeuert hat», sagte er, «müsste die Kammer leer sein.»

Königsegg nickte, bückte sich hastig, und dann hörte Tron das Geräusch, mit dem der Lauf der Waffe abklappte und wieder einrastete. Als der Oberhofmeister sich wieder aufrichtete, war er bleich wie ein Gespenst. «Die Kammer ist leer.»

Franz Joseph hatte einen scharfen Knall erwartet, als er bei *zehn* angelangt war, eine laute Explosion, gefolgt von einem kriegerischen Rauchwölkchen über einer der Dachluken der Marciana. Doch stattdessen hörte er ein vertrautes *Plopp* und sah, wie der Blumenkübel, der neben ihm stand, explodierte. Kleine Fontänen aus Terrakottastückchen und Blumenerde, von Blättern und Blüten flogen gegen seine Stiefel und spritzten auf die Federbüsche der Militärs hinab, die sich neben dem Podest aufgebaut hatten und jetzt erschrocken die Köpfe drehten. Eine Frau schrie hysterisch auf, eine zweite fiel ein, und wie erwartet, breitete sich Panik in einem Teil der Menge aus. Einen kurzen Augenblick lang war Franz Joseph verwirrt, doch dann rettete ihn der mit Hilfe der Fliegenklatsche antrainierte Reflex. Er riss den rechten Arm hoch, sog Luft in seine Lungen und fühlte, wie sich die Uniformjacke über seinem Brustkorb spannte. Die Worte dröhnten kraftvoll aus ihm heraus: «*AUF DAS DACH DER MARCIANA!*»

Franz Joseph wusste, dass sich Oberst Hölzl jetzt mit seinen Leuten in Bewegung setzte, und er spürte, wie sich die Menge angesichts der schnellen kaiserlichen Reaktion wieder beruhigte. Er warf einen Seitenblick auf die Reste des Blumenkübels und unterdrückte ein Lächeln, als er daran dachte, wie echt die Explosion gewirkt hatte – ein raffinierter Bühneneffekt, der Crenneville oder diesem Oberst Hölzl offenbar in letzter Sekunde eingefallen war. Dass man unterlassen hatte, ihn zu informieren, war nicht korrekt, aber er musste zugeben, die Inszenierung war gelungen. Die Kugel des Attentäters hatte ihn knapp verfehlt und war stattdessen im Blumenkübel gelandet. Alle hatten es gesehen. Besser hätte es nicht laufen können.

## 54

«Das Collier ist perfekt», sagte Tron.

Er ließ den Verschluss einrasten, klappte den winzigen Bügel zu und unterdrückte mannhaft den Impuls, den Nacken der Principessa zu küssen. Die saß vor dem Spiegel ihres Toilettentischs, und ihr Gesicht, flankiert von zwei vierarmigen Kerzenleuchtern, schwebte über einem Grund von Parfumflakons, Puderdosen, Handspiegeln, Kämmen und Bürsten wie eine Vision. Tron hätte es nicht gewundert, wenn die Principessa sich im nächsten Augenblick zum Himmel erhoben hätte, wie Tizians Assunta in der Frari-Kirche.

«Das Collier ist *nicht* perfekt», sagte die Principessa mürrisch. «Es lässt mich *alt* aussehen.»

Äh, wie bitte? Tron verdrehte die Augen. Er war vor einer halben Stunde im Palazzo Balbi-Valier eingetroffen und hatte sich, da die Zeit drängte, sofort in seinen Frack geworfen. Die Principessa war noch immer damit beschäftigt, ihr Äußeres zu verbessern – ein Vorgang, der sich jedes Mal quälend in die Länge zog, wenn sie gemeinsam ausgingen.

«Erzähl weiter», sagte die Principessa. Ihre Hand pendelte unschlüssig zwischen zwei Puderquasten. «Hat Königsegg gesagt, weshalb er auf dem Dachboden erschienen ist?» Eine Puderquaste war hellbraun, die andere auch. Tron überlegte, ob er die Principessa darauf hinweisen sollte.

«Weil ihn die Kaiserin geschickt hat», sagte er. «Ich hatte gestern im Florian das Wort *Nahkampf* benutzt. Das ist ihr nicht mehr aus dem Kopf gegangen. Königsegg», fuhr er fort, «hat übrigens darauf bestanden, dass ich den Mann bereits erschossen hatte, als er kam.»

Die Hand der Principessa pendelte noch immer zwischen den Puderquasten. «Er überlässt die Heldenrolle *dir*?»

«Er steht in meiner Schuld und wollte vermutlich einen Teil davon begleichen», sagte Tron. Er schloss die Augen, um dem Anblick der pendelnden Hand zu entgehen. «Ich konnte ihn nicht davon abbringen. Er ist auch sofort wieder verschwunden.»

«Hast du ihn darüber aufgeklärt, dass das alles eine Farce war, die außer Kontrolle geraten ist, weil man sich den falschen Mann ausgesucht hat?»

Tron nickte. «Ja, natürlich. Und das wird er auch der Kaiserin sagen.»

«Und was ist danach passiert?» Jetzt ergriff die Hand der Principessa – endlich! – eine der Puderquasten und führte sie an ihre Stirn, um dort eine Verbesserung zu bewirken. Ein zufriedener Ausdruck erschien auf ihrem Gesicht. Tron konnte keine Veränderung auf ihrer Stirn erkennen.

Er lächelte schmal. «Kann ich dir das auf dem Weg erzählen, Maria? Es ist schon halb acht.»

Die Principessa sah Tron an wie durch pures Eis. «Du siehst doch, dass ich noch nicht fertig bin. Erzähl *jetzt* weiter.» Sie ergriff einen kleinen Pinsel und führte ihn zu ihrer linken Augenbraue.

«Dann ist ein Oberst Hölzl mit einem Trupp Soldaten aufgetaucht», sagte Tron matt. Er verspürte plötzlich den irrationalen Wunsch, auf dem Deck eines explodierenden Schiffes zu stehen. Oder mit Bossi eine illegale Exhumierung vorzunehmen. «Ich habe dem Oberst erklärt», fuhr er fort, «dass ich gerade einen Mann erschossen habe, der einen Anschlag auf den Kaiser verüben wollte. Und dass ich seinen vorgesetzten Offizier sprechen möchte. Eine halbe Stunde später kam Crenneville, und wir sind in sein Büro gegangen.»

Die Principessa ließ den Pinsel fallen und ballte die Hand vor dem Mund zur Faust – ganz die romantische Heroine in grässlicher Seelenpein. «Ich sehe furchtbar aus.» Dann ohne Pause weiter, denn sie hatte offenbar zugehört: «Was hast du Crenneville erzählt?»

«Dass ich über die Farce, die hier abgelaufen ist, inzwischen Bescheid weiß», sagte Tron. «Und dass sie an den falschen Mann geraten sind. An jemanden, der nie die Absicht hatte, Platzpatronen zu benutzen. Crenneville war ziemlich schockiert und hat mich um Diskretion gebeten. Der Kaiser glaubt noch immer, es sei alles nach Plan verlaufen.»

«Und deine offizielle Rolle in diesem Stück?»

«Ich habe geglaubt, dass der Mann tatsächlich ein Attentat durchführen wollte, und ihn irrtümlich erschossen. Das ist meine offizielle Rolle.»

«Also spielst du jetzt in diesem Schmierentheater mit», stellte die Principessa nüchtern fest.

«Ich habe von Anfang an mitgespielt. Nur, dass ich es nicht wusste.» Er schielte unauffällig zu der Stutzuhr, die auf dem Kamin stand. «Bist du fertig?»

Die Principessa warf einen letzten Blick in den Spiegel und erhob sich mit der Miene einer Märtyrerin. «Ob die Kaiserin dem Kaiser erzählt hat, dass ihn der Mann tatsächlich umbringen wollte?»

Tron hob die Schultern. «Ich weiß es nicht. Auf jeden Fall wird Franz Joseph heute Abend seinen großen Auftritt haben.»


Da sie in der breiten Gasse sehr langsam auf die Mitte des Saales zuschritten, hatte Franz Joseph genug Zeit, die erstaunliche Verwandlung zu bewundern, die der Saal in den letzten vierundzwanzig Stunden durchgemacht hatte. Er hatte diese protzige Hinterlassenschaft Napoleons, diese steife Halle mit ihren plumpen Säulen, die aussahen, als wären sie aus Blei, nie gemocht. Jetzt sah er mit Entzücken, dass fleißige Hände den Ballsaal in einen riesigen Wintergarten verwandelt hatten. Von der Decke hingen, von dünnen Eisenketten gehalten, Dutzende Körbchen voller Orchideen, die ihre dicklichen Triebe nach allen Seiten ausstreckten. Zwei riesige chinesische Rosensträucher, deren prächtiger Mantel aus Laub und Blüten bis auf den marmornen Boden reichte, flankierten das Orchester an der Stirnseite des Ballsaals. Zwischen den Säulen waren in hölzernen Kübeln Palmen aufgestellt worden. Leicht und anmutig gewölbt spannten sie ihre Fächer aus, prangten mit ihren runden Kronen und ließen ihre Wedel herabhängen wie Ruder.

Als sie die Mitte des Ballsaals erreicht hatten, war die Hymne zu Ende. Hier sah das Protokoll vor, dass er mit einer ritterlichen Verbeugung den Arm der Kaiserin freigab, sich mit einem Schritt von ihr löste, um lächelnd dem Beifall der Anwesenden zu danken, wobei die Damen einen Knicks andeuteten und die Herren sich verbeugten. Nur dass es diesmal, zu seinem grenzenlosen Entzücken, ein wenig anders kam. Hatte Crenneville den ersten Hochruf ausgebracht? Oder Oberst Hölzl, der neben dem Generaladjutanten stand? Oder war es, dachte Franz Joseph, einfach die unterdrückte Erregung gewesen, die er bereits bei seinem Eintritt in den Saal gespürt hatte und die sich jetzt in einem spontanen Ausbruch monarchistischer Begeisterung entlud? Denn plötzlich war der ganze Saal, so wie heute Nachmittag die Piazza, erfüllt von ekstatischen Hochrufen.

*Ein Triumphzug. Eine ganze Stadt, die den Verschonten zujubelt.*

Franz Joseph schloss einen Moment lang selig die Augen und dachte daran, wie er vor einer Woche am Fenster der Hofburg gestanden hatte und voller Sorge, ob sein Plan funktionieren würde, auf die Kutsche Crennevilles gewartet hatte. Nun, er hatte funktioniert! Und wie! Die Operation – *seine* Operation – war abgeschnurrt wie ein Schweizer Uhrwerk, und das Sahnehäubchen auf dem Ganzen war, dass es Crenneville gelungen war, den Attentäter zu liquidieren. Wie genau der Generaladjutant das bewerkstelligt hatte, blieb ein wenig unklar. Aber es war offenbar gelungen, den Commissario so zu manipulieren, dass ihm nichts anders übrigblieb, als den Mann zu erschießen. Dass dieser Tron jetzt als Retter des kaiserlichen Lebens galt, war natürlich ein Witz. Aber es würde kein Problem sein, nachher ein paar dankende Worte an ihn zu richten und eine entsprechende Distinktion in Aussicht zu stellen. Dieser Tron galt als extrem ehrgeizig – da war ein Orden genau das Richtige.

Und die Kaiserin, die jetzt strahlend schön an seiner Seite stand? Als er vor dem Ball in ihre Suite gekommen war, um ihr die Halskette zu überreichen, war sie ihm spontan um den Hals gefallen und hatte ihn *Joschi* genannt. Dann hatte sie ihn lange angesehen – mit einem Blick, der seltsam unentschieden war, so als wüsste sie nicht genau, wen sie da eigentlich vor sich hatte. Einen weniger erfahrenen Mann hätte das irritiert. Doch er verstand genug von Frauen, um hinter der scheinbaren Unentschlossenheit ihrer Miene die tiefe Bewunderung zu spüren, die eine Frau einem Mann entgegenbringt, der vor ihren Augen fast getötet wird und trotzdem keinen Augenblick lang die Nerven verliert.

Da sich die Gondeln den ganzen Rio dei Giardinetti herab bis zum Becken von San Marco stauten, dauerte es eine Weile, bis Tron und die Principessa ihre gefunden hatten, um zurück zum Palazzo Balbi-Valier zu fahren. Es war kühl, aber vollständig klar. Über dem Bacino di San Marco hing ein runder Mond, und der mattschwarze Himmel war mehr als sonst mit Sternen übersät. Erst nachdem sie die

Dogana passiert hatten und sich der Umriss der Salute wie ein riesenhafter Konfektaufsatz vor dem Nachthimmel abzeichnete, brach Tron das Schweigen, in das sie beide versunken waren.

«Du hast ziemlich lange mit der Kaiserin geredet», sagte er. «Königsegg meint, ihr hättet mindestens eine Stunde lang zusammen auf dieser Causeuse verbracht und *getuschelt*, wie er sich ausgedrückt hat. Es sei nur nicht aufgefallen, weil heute Abend alle Aufmerksamkeit dem Kaiser galt.» Er nahm seinen Zylinderhut vom Kopf und streckte die Beine aus.

«Was die Kaiserin außerordentlich genossen hat», sagte die Principessa. «Sie ist eine ungemein sympathische Frau.»

«Worüber habt ihr gesprochen?»

«Zuerst haben wir gegenseitig unsere Halsketten bewundert. Aber dann haben wir festgestellt, dass es Wichtigeres gibt.»

«Zum Beispiel?»

«Den richtigen Mann zu heiraten. Oder solo zu bleiben. Jedenfalls bewundert sie es, dass wir zusammenleben, ohne verheiratet zu sein. Sie denkt, wir haben ein Verhältnis wie Chopin und George Sand.»

«Sehr schmeichelhaft», sagte Tron. Er drehte den Kopf, um einer erleuchteten Gondel nachzusehen. Ihre kleinen Bugwellen hinderten das Mondlicht daran, sich in der schwarzen Oberfläche des Canalazzo zu spiegeln. Dann sagte er: «Hat sie den Kaiser nun darüber aufgeklärt, dass der Blumenkübel nicht durch einen raffinierten Feuerwerkseffekt in die Luft geflogen ist? Es sah nicht danach aus.»

«Hat sie nicht», sagte die Principessa. «Franz Joseph war so glücklich darüber, dass sein Plan aufgegangen ist. Sie wollte ihm nicht die Stimmung verderben.» Sie schwieg, und nach einer Weile sagte sie: «Übrigens ist sie ganz vernarrt in den kleinen Welpen, den sich Königsegg angeschafft hat. Sie füttern ihn immer zusammen mit Kirschtorte.» Die Principessa musste lachen. «Sie vermutet, dass der süße Welpe ein kleiner Kampfhund ist, hat aber Königsegg noch nichts gesagt. Sie meint, der Schock wäre im Moment zu viel für ihn.»

«Also alles Missverständnisse.»

Die Principessa nickte. «Aber ohne diese Missverständnisse wäre das Chaos noch größer.»

Tron lehnte sich zurück, legte den Kopf in den Nacken und sah einen hellen Lichtpunkt über den Himmel huschen. Einen kurzen Augenblick dachte er, es wäre eine Sternschnuppe. Aber es war nur eine Zigarettenkippe, die jemand aus dem Palazzo da Mula geschnippt hatte, den sie gerade passierten.

«Ich frage mich», sagte er langsam, «auf welchem Missverständnis *unser* Verhältnis beruht.»

Die Principessa zuckte die Achseln. «Mein Verhältnis zu dir ist ohnehin völlig irrational.» Wie um ihre Worte zu bekräftigen, rückte sie an Tron heran und lehnte ihren Kopf an seine Schulter.

«Das ist bei mir völlig anders», sagte Tron. «Ich weiß genau, was ich an dir schätze.»

«Was denn?» Die Principessa rückte noch ein Stück näher, und Tron konnte ihren Frangipaniduft riechen, der sich mit dem fauligen Salzgeruch in der Luft vermischte.

«Dein Geld und deine Desserts», sagte Tron.

## Venedig sehen ... und sterben.
## Commissario Tron ermittelt

**Schnee in Venedig**
rororo 25299

**Venezianische Verlobung**
rororo 25300

**Gondeln aus Glas**
rororo 25301

**Die Masken von San Marco**
Kaiser Franz Joseph, Kaiserin Elisabeth und ein fingiertes Attentat mit einem Haken: Der Attentäter hat tatsächlich vor, den Kaiser zu töten! Der vierte Fall für Commissario Tron.
rororo 24202

**Requiem am Rialto**
Venedig im Februar 1865: Es ist Karneval, die Stadt ist voll mit maskierten Fremden – und mit Prostituierten, die aus ganz Europa nach Venedig strömen. Tron muss sich mit einem absonderlichen Mord befassen: Die Leiche einer blonden Prostituierten ist gefunden worden. Der Frau wurde mit großer Kunstfertigkeit die Leber entfernt ...
Ein heißer Fall für Commissario Tron: actionreich und abgründig!

Kindler 40529

*Weitere Informationen in der* Rowohlt Revue *oder unter* www.rororo.de

1, 2, 3, 4 oder 5 Sterne?

Wie hat Ihnen dieses Buch gefallen?

**Bewerten Sie es auf**

# www.LOVELYBOOKS.de

Das Literaturportal für Leser und Autoren

Finden Sie neue Buchempfehlungen,
richten Sie Ihre virtuelle Bibliothek ein,
schreiben Sie Ihre Rezensionen,
tauschen Sie sich mit Freunden aus
und entdecken Sie vieles mehr.